LA RECOMPENSA DEL GUERRERO

CLAIRE DELACROIX

Traducido por
LAUREN IZQUIERDO

DEBORAH A. COOKE

La recompensa del guerrero
por Claire Delacroix

Edición en español 2022
Traducido por Lauren Izquierdo
Copyright © 2022 por Deborah A. Cooke

Título original: **The Warrior's Prize**
Copyright © 2014 Deborah A. Cooke

❀ Creado con Vellum

La serie, *Las novias del amor verdadero,* es sobre romances escoceses medievales con elementos paranormales. Esta serie continúa las historias de los ocho hermanos de Kinfairlie que son los nietos de Merlyn e Ysabella de **El Bribón**.

1. **El corazón del renegado**

2. **La maldición del Highlander**

3. **El beso de la doncella de hielo**

4. **La recompensa del guerrero**

LA RECOMPENSA DEL GUERRERO

LUNES 21 DE JUNIO DE 1428

DÍA DE SAN MAINE Y SAN EUSEBIO, OBISPO DE CAESARIA.

CAPÍTULO 1

Ravensmuir, en la costa este de Escocia

Elizabeth había visto a las Hadas reunirse para la víspera del solsticio de verano y apresurarse hacia la torre hermana, Ravensmuir. Ella no confiaba ni un poco en sus acciones y sabía que tenía que ir a Ravensmuir para descubrir la verdad. Alexander había cambiado de idea acerca de acompañarla allí una vez que una compañía de mercenarios se dirigió hacia la fortaleza de Malcolm, por lo que Elizabeth había escapado de Kinfairlie esa misma mañana, con su amada yegua, Demoiselle.

Para su sorpresa, se había encontrado con el conde Douglas en el camino, a una hora tan temprana, con su sobrina Jeanne y una compañía de hombres escoltándolos. Jeanne estaba lujosamente vestida, como si tuviera la intención de asistir a una coronación, aunque no había otro destino en el camino que Ravensmuir.

Elizabeth recordó la insistencia del conde de que Malcolm estaba comprometido con su sobrina, Jeanne, y se mordió el labio. Solo unos días antes ella había escuchado que Malcolm se había casado. A todo Kinfairlie le preocupaba que Malcolm se hubiera casado con la sirvienta Catriona, aparentemente por impulso, y nombrara heredero al hijo que ella había dado a luz en Ravensmuir.

Evidentemente sus compañeros aún no habían escuchado la noticia, y Elizabeth no sería quien los iluminara.

Cabalgaron en relativo silencio, ninguno de ellos evidentemente agradecía las preguntas sobre sus planes. Quizás era la hora, pero Elizabeth se contentó con guardar silencio.

Cuando la nueva torre de Ravensmuir apareció más claramente a la vista, ella no pudo evitar jadear en voz alta.

"Rayos", murmuró el conde entre dientes. "¡Qué fortificación!"

Jeanne se enderezó en la silla con evidente interés.

Elizabeth contempló la nueva estructura con asombro. La nueva fortaleza de Ravensmuir se parecía a la perdida en muchos aspectos, pero era más formidable. Mientras que el antiguo torreón había sido imponente, encaramado en la costa como un ave de caza, este era alto y erguido, tomando una postura resuelta. A Elizabeth le recordó a un caballero que miraba fijamente a un enemigo, como desafiando a su oponente a atacar.

Ciertamente, esta fortaleza no sería atacada fácilmente. Su hermano Malcolm había dejado Escocia para buscar fortuna poco después de heredar la propiedad de Ravensmuir, poco después de que la antigua fortaleza se derrumbara. Él se había ganado la desaprobación de su hermano mayor, Alexander, Señor de Kinfairlie, alquilando su espada como mercenario. Sin embargo, estaba claro que en sus años como mercenario, Malcolm había aprendido mucho sobre la defensa de lo que él llamaría suyo.

La luz del sol de la mañana tornó la piedra de la torre alta a un tono dorado pero con toques de rosado. Las paredes eran altas y lisas, y se había construido una puerta de entrada para bloquear la abertura en medio del viejo seto de espinos que Elizabeth recordaba de su niñez. Ese seto, plantado en un arco protector detrás del foso, se detenía cerca de los acantilados rocosos en ambos extremos. El camino estaba bloqueado donde pasaba a través del seto por esa puerta de entrada y su rastrillo. El seto también se había vuelto más alto y más grueso desde la última vez que ella lo visitara. Incluso los huecos en los extremos del seto, una vez lo suficientemente anchos como para que una persona pudiera haber montado a caballo alrededor de la barrera, parecían más estrechos de lo que habían sido. Elizabeth vio hombres moviendo piedras allí, haciendo el camino aún más dificil.

El camino corría directamente hacia la torre de vigilancia, como siempre lo había hecho, y atravesaba el camino árido. Esto aseguraba que nadie pudiera acercarse a la fortaleza sin que el Señor de la fortaleza o su centinela lo supieran. El camino fuera del seto estaba más hundido de lo habitual, y Elizabeth pudo ver la marca de muchas fogatas en la tierra. Todavía había allí media docena de tiendas de campaña, aunque estaban siendo quemadas, y el único fuego humeaba como si se estuviera apagando. Debía de ser allí donde habían acampado los albañiles que habían reconstruido Ravensmuir. La mayoría, estaba claro, se habían ido, y esos hombres se irían pronto.

"Podría ser una visión", murmuró el conde entre dientes, claramente sorprendido por la vista de la nueva fortaleza. "Podría haber sido construido por un hechicero, para haber llegado tan alto y ser fuerte en tan poco tiempo."

Jeanne, con su cabello rojo ondeando en la brisa, sonrió con obvia anticipación. "El señor de la fortaleza es rico", declaró con satisfacción. "Porque ningún hombre podría ordenar tal construcción de otra manera."

"—Una nueva buena fortaleza" —observó el conde con satisfacción. "Te vendrá muy bien ser una dama aquí, querida."

"Así es, tío", coincidió Jeanne. "Siempre he creído que mi destino sería casarme con un hombre rico." Le concedió a Elizabeth otra sonrisa fría. "Quizás beba aguamiel dulce de una copa de oro en Ravensmuir." Entonces se rió, muy complacida con la vida que creía que iba a reclamar.

Elizabeth no volvió a comentar, aunque se sintió profundamente tentada. Jeanne, en su opinión, había sido consentida de todas las formas posibles durante todos los días de su vida. Era bonita y podía ser bastante agradable cuando todo iba de acuerdo con su plan, pero Elizabeth la había visto cuando le habían negado un dulce cuando ambas eran pequeñas, y nunca olvidaría la furia de la rabieta de la otra mujer noble.

¿Qué haría Jeanne cuando conociera a Catriona?

¿Qué haría ella si Malcolm se negaba?

Una parte perversa de Elizabeth esperaba con ansias que la otra mujer viera por primera vez a la nueva esposa de Malcolm.

De hecho, Jeanne se había mostrado irritable cuando Elizabeth se encontró con ellos en el camino, notando cómo la belleza de Elizabeth se había desvanecido, como la de una rosa tocada por la escarcha. Había sido poco amable por su parte decirlo en voz alta, e incluso el conde frunció el ceño, aunque Elizabeth sabía que era cierto.

Un día, bella Elizabeth, vendrás a verme. Ya me impaciento.

Incluso a la luz del sol de la mañana, la promesa murmurada de Finvarra, Rey de las Hadas, hacía temblar a Elizabeth. De hecho, parecía que ella no podía olvidar las palabras, ya que resonaban en sus pensamientos repetidamente. Quizás él había lanzado algún hechizo que devorara cualquier otra idea que ella pudiera haber tenido, para asegurarse mejor de que su promesa la obsesionara.

De todos sus parientes, Elizabeth Lammergeier era la única que podía ver a las Hadas, por lo que era la única que hablaba con Finvarra, el Rey de las Hadas.

Ella había deseado repetidamente que el don la abandonara, pero había sido en vano. Incluso ahora, la reunión de pequeñas Hadas, todas correteando, volando y corriendo hacia Ravensmuir, era desconcertante, aunque sus compañeros lo ignoraban. Elizabeth mantuvo la mirada en sus manos enguantadas, para asegurarse de no reaccionar ante las Hadas.

Se dio cuenta de que había otro caballo a su lado y lo asumió como uno de los hombres del grupo. Ella miró en su dirección y se encontró mirando a Finvarra, Rey de las Hadas, en un caballo del peltre más profundo.

Ella podría haberlo convocado con sus pensamientos, aunque Elizabeth dudaba que tuviera tal poder sobre él.

"¿Has venido a visitar a tu hermano por última vez?" Preguntó Finvarra, sus ojos oscuros brillando.

Elizabeth contuvo el aliento y desvió la mirada, consciente de la locura de mirar fijamente a las profundidades de sus ojos. Jeanne y el conde no sabían que el rey de las Hadas cabalgaba junto a su grupo.

Finvarra bajó la voz a un susurro. "¿O me atrevo a esperar que vengas a mí?"

Elizabeth negó con la cabeza, incluso cuando el tío y la sobrina admiraban las proporciones de Ravensmuir.

"Han pasado siete años desde que pagamos el diezmo al infierno, y se vence nuevamente en la víspera del solsticio de verano", le informó Finvarra. "El Señor de Ravensmuir, su alma tan negra como la pluma de un cuervo, será nuestra ofrenda."

"¡No!" Elizabeth protestó, incapaz de guardar silencio. Sus compañeros mortales la miraron con preocupación. "Ha construido una puerta de entrada demasiado cerca del seto", dijo, inventando una razón para su arrebato. "Siempre me gustó sin una."

"El capricho de una doncella", dijo el conde con un movimiento de cabeza. "Difícilmente sería una defensa suficiente y hay que defender un premio que vale la pena tener." Palmeó la mano de su sobrina, claramente refiriéndose a ella y no a la fortaleza.

"Malcolm se ofreció como voluntario para tomar el lugar de su camarada", susurró Finvarra, acariciando su barba mientras la miraba con la confianza de que todo debería ser como él había dicho. "Él dio su palabra, y ahora no se puede romper."

Elizabeth agarró las riendas de Demoiselle, sabiendo que no podía permitir que eso sucediera.

Finvarra le acarició la mano y Elizabeth se apresuró a apartarla. "Podrías ofrecerte en su lugar", sugirió él.

No, ella no haría eso. Ella no confiaba en el rey de las Hadas. Probablemente él los capturaría a ambos. Ella negó con la cabeza de nuevo, negándose a mirar sus ojos oscuros.

Eso explicaba por qué había visto a las Hadas juntandose sobre Ravensmuir. Se reunían para cobrar y luego entregar su diezmo.

Que sería Malcolm, recién en casa y con una nueva esposa.

Finvarra sonrió con una calma exasperante. "Hasta que nos volvamos a encontrar, mi Elizabeth", murmuró, las palabras hicieron temblar a Elizabeth. Su figura y su caballo brillaron antes de que ambos desaparecieran. Elizabeth observó cómo el polvo de estrellas caía al suelo, brillaba una última vez y luego se desvanecía por completo.

¿Qué podía hacer ella para ayudar a Malcolm?

~

EL RASTRILLO ESTABA CERRADO para el grupo que llegaba, un hecho que al conde no le agradó.

PARA EMPEORAR LAS COSAS, Malcolm tampoco se apresuró a recibirlos en el patio de Ravensmuir. Elizabeth pudo ver a un hombre que debía ser su hermano cerca de la puerta del salón y él habló con varios de los hombres antes de caminar hacia la puerta de entrada. Estaba demasiado lejos para que ella lo viera con claridad, pero su abrigo era el único que llevaba la insignia de Ravensmuir. El conde también pareció reconocer a Malcolm porque su rostro se puso más enojado mientras miraba al guerrero que se acercaba. El conde golpeó con fuerza los pies en los estribos y Jeanne apretó los labios con fuerza.

Por sus modales, uno pensaría que ya controlaban la propiedad de Malcolm.

"—No será así cuando sea una dama, tío" —dijo Jeanne en voz baja al conde—. "Entonces podrás confiar en un cordial saludo."

"Por supuesto, querida", respondió el conde. Elizabeth notó que él era particularmente ambicioso y escudriñaba a los hombres dentro de las paredes con gran interés.

¿Era porque eran mercenarios? ¿O contaba sus números? Elizabeth nunca había visto tantos guerreros de cerca y era consciente de que más de una mirada masculina se posaba sobre ella.

Al menos sobre sus pechos malditamente llenos.

Sintió que se le subía un poco el color, aunque tal atención no solía aturdirla como antes. Eran los guerreros y sus modales, así como su convicción de que hombres como esos tomaban todo lo que codiciaban, sin disculparse, velando por sus propios deseos por encima de todos los demás.

Por extraño que pareciera, de repente se alegró de estar en el grupo del conde y no llegar sola a Ravensmuir. Era extraño dar crédito a las dudas de Alexander, pero ella vio que él había hablado con razón en este asunto.

El hombre que vestía los colores de Ravensmuir se colocó detrás del rastrillo, con los brazos cruzados sobre el pecho mientras evaluaba al grupo recién llegado. Elizabeth reconoció al hermano que recordaba por sus rasgos, aunque era un Malcolm mayor y más sombrío del que ella había conocido. Tenía los ojos entrecerrados y estaba profundamente bronceado, sin mencionar que sus modales eran menos que acogedores. ¿Podría este guerrero endurecido ser realmente el hermano que se había burlado de Elizabeth y sus hermanas tan despiadadamente todos esos años atrás?

La sombra de la muerte se cernía sobre él, eso era evidente para Elizabeth, por lo que su fin debía estar cerca. Ella pensó en las palabras de Finvarra y se estremeció. ¿Qué había hecho Malcolm que pudiera hacer que su alma fuera un diezmo para el infierno? ¿Por qué se ofrecería voluntario para tomar el lugar de otro cuando tenía tanta ventaja en sus manos?

"¡Malcolm!" dijo el conde, sus modales eran tan exagerados que Elizabeth desconfió de él. "¿Qué motivo tienes para cerrar las puertas? Será muy inconveniente para tus albañiles."

"El último de ellos empaca sus cosas en este momento, y tienen poca necesidad de acceder al patio", dijo Malcolm, sin rastro de emoción en su tono, mucho menos de bienvenida. "Y hemos tenido algunos problemas estos últimos días".

"¿Problemas?" preguntó el conde. Elizabeth habría apostado a que él ya lo sabía.

"Sí, un intruso en el salón", Malcolm arqueó una ceja. "Pero no importa. Te doy la bienvenida, caballero Archibald. Asintió con la cabeza a alguien que estaba fuera de la vista y el rastrillo comenzó a elevarse. No crujió, como había hecho el rastrillo del viejo Ravensmuir, sino que se elevó suave y silenciosamente.

Elizabeth notó que era la misma parrilla de hierro pastoso que recordaba, con las mismas puntas feroces en su base, pero anteriormente había estado instalada en la entrada del propio torreón. Malcolm debió haberla rescatado de las ruinas. Miró la puerta de entrada mientras atravesaban su portal, preguntándose cuánto más se había recuperado del torreón destruido. Sintió un destello de emoción al ver lo que había hecho Malcolm.

Las Hadas eran densas por todos lados en el patio, aunque ella se esforzó por ignorar su presencia. No servía de nada revelar la conciencia de ellos como mortales, pero Elizabeth se sorprendió por su número y variedad. ¿Estaban todas las Hadas de Escocia reunidos en Ravensmuir?

Este diezmo que Finvarra había dicho que se pagaría en la víspera del solsticio de verano debía ser de gran importancia para ellos. Incluso el propio Finvarra debería estar en su propia corte en Knockma en Irlanda, no en Escocia. Ella dudaba que la Reina Elfina estuviera contenta de tener un monarca de visita, y uno dispuesto a hacerse cargo, permaneciendo en su corte tanto tiempo.

"¡Elizabeth!" Malcolm dijo mientras ella cruzaba las puertas y una sonrisa asomó a sus labios por primera vez. Tomó las riendas de Demoiselle, rascando la nariz de la yegua con una familiaridad que tranquilizó a Elizabeth, y condujo al caballo a la puerta de Ravensmuir. Demoiselle le acarició el pelo con la nariz, como lo había hecho antes de su ausencia, y parecía que la yegua no veía ningún cambio de importancia en Malcolm. Jeanne chasqueó la lengua en señal de desaprobación de que Malcolm no la atendiera así, y el conde le aconsejó con un gesto que guardara silencio.

El conde y su grupo iban detrás de Elizabeth y Malcolm, pero ella aún escuchó la repentina inhalación de aire del conde. Y no era de extrañar, porque el patio de Ravensmuir estaba lleno de guerreros, todos armados, todos mirando con atención. Elizabeth no dudaba de que si un hombre del grupo del conde actuaba contra Malcolm, el delincuente moriría en un instante. También había tensión en el patio de Ravensmuir. ¿Era esa la naturaleza de esos hombres todo el tiempo? ¿O el descubrimiento del intruso los había vuelto tan cautelosos? Eso parecía agitar a las Hadas, que se movían rápidamente por todos lados.

Delante de la puerta del salón en sí, Malcolm se estiró para agarrar la cintura de Elizabeth y levantarla de la silla. Se miraron cuando sus pies tocaron el suelo, atrapados en una repentina incomodidad. Elizabeth no sabía qué hacer. Malcolm era tan diferente, un hombre ahora, no un niño, y uno acostumbrado a ganarse el camino con su espada. La muerte que ella veía en él era desconcertante, por decir lo mínimo, y sabía que Finvarra no le había mentido. Era imposible que ella arrojara sus brazos alrededor de ese severo guerrero y le diera la bienvenida a casa, como lo habría hecho una vez antes.

Sin embargo, había un brillo en los ojos de Malcolm, un indicio de que vio sus dudas. "Has crecido", dijo él, con un afecto en su tono que la hizo sonreír.

"Te ves más como un guerrero", se atrevió a contrarrestar ella.

Los labios de Malcolm se arquearon incluso mientras sus ojos brillaban con un humor familiar. "Y has aprendido algo de tacto. Bien hecho, hermana mía."

Elizabeth se rió, incapaz de evitarlo. Cuando él se burlaba de ella, Elizabeth podía ver al hermano que había conocido tan bien. En su juventud, Elizabeth había sido conocida por decir lo que pensaba y muchas veces se había metido en problemas por ello. Malcolm también se había metido a menudo en problemas, haciendo travesuras, aunque en realidad nunca había podido competir con Alexander como bromista. Malcolm la besó en la frente y Elizabeth lo abrazó brevemente, porque reconoció al hermano que amaba detrás de esta apariencia severa y se alegró de su regreso.

¿Podría ella hacer algo para ayudarlo a sobrevivir a la víspera del solsticio de verano?

"¿De verdad ya estás casado?" susurró y Malcolm se apartó para considerar al conde. Sus ojos se entrecerraron de nuevo cuando dos del grupo del conde fueron apartados, el par de caballos se puso al galope tan pronto como pasaron por la puerta de entrada.

"¿Qué está mal?" Elizabeth preguntó en voz baja, viendo una aceleración en los modales de Malcolm.

"No preguntes y no mires al lado de la puerta de entrada", aconsejó.

Elizabeth frunció el ceño y podría haber discutido, pero la mirada de Malcolm se volvió intensa y comprendió que debía permanecer en silencio. Vio la sombra de la muerte hacerse más resuelta en la frente de su hermano, la vista hizo que su espíritu se acobardara ante la idea de que él estaría perdido, justo cuando parecía que todas las recompensas eran suyas para reclamarlas.

Desde que Finvarra, el Rey de las Hadas, había declarado su intención de reclamar a Elizabeth, ella también había podido ver la muerte en el reino de los mortales. Sin duda, Finvarra le había dado esa maldición para hacer que el reino de los mortales fuera menos atractivo que el suyo, pero ciertamente, la ilusión había llevado a Elizabeth a rechazar a muchos pretendientes potenciales. Más de una vez, había conocido a un hombre y supo de un vistazo que estaría muerto y desaparecería en un año. Veía la muerte de una manera espantosa, como si los que la rodeaban se hubieran levantado de sus tumbas. Era un encanto de Finvarra, y Elizabeth lo sabía, pero aun así no podía deshacerse de su poder. La visión de carne podrida colgando de los huesos de los que iban a morir pronto tenía una tendencia a influir en su comportamiento en las reuniones y festividades de la corte. El olor a cadáveres infectados que salían del hombre que compartía su plato afectaba su apetito en la mesa. En los últimos años, Elizabeth se había ganado la reputación de ser una doncella extraña y de ser fácilmente disgustada por las atenciones de un hombre.

Que la muerte ensombreciera a Malcolm era inaceptable. Elizabeth tenía que salvar a su hermano de la cruel cosecha de Finvarra. ¿Qué era del camarada Malcolm que había sido reemplazado? ¿Podría ella obligar a ese hombre a que volviera a ocupar el lugar que le correspondía? ¡Debía haber algo de honor entre los combatientes!

"Esta locura nos llega con la edad", gritó el conde con ganas. "—Tengo un regalo para ti, Malcolm, pero lo dejé en mi propia morada. Mis mensajeros lo recogerán."

Los rasgos de Jeanne estaban pálidos y sus labios tan apretados que casi desaparecieron.

"Debe ser un regalo de considerable tamaño", murmuró Elizabeth.

Malcolm bajó la voz. "Si existe de verdad. ¿Sospecha él que estoy casado?

Elizabeth negó con la cabeza. "No dije nada, aunque Eleanor y Vivienne me lo dijeron cuando regresaron a Kinfairlie".

Malcolm asintió minuciosamente y ella supuso que se alegraba de ello. Su mirada se encontró con la de ella de nuevo y su sonrisa se volvió irónica. "Y apuesto a que Alexander no lo aprueba, como tampoco aprueba ninguna de las acciones que he hecho desde que heredé Ravensmuir."

Elizabeth vio que Malcolm estaba molesto por la desaprobación de Alexander. Ella podría haber dicho algo, pero en ese momento vio la cinta que se desplegaba del hombre en el que se había convertido su hermano. Era del verde pálido del mar y estaba bordeado de plata. Ella siguió su curso para encontrarlo anudado a otra cinta de la más profunda amatista con bordes dorados. La forma en que las cintas se entrelazaron le decía a Elizabeth que su hermano se había casado bien y por amor, incluso si el matrimonio no era convencional.

Ver eso le dio un gran alivio, y se alegró una vez más de su capacidad para ver estas señales de las Hadas. También renovó su determinación de ver a Malcolm a salvo.

"Lo hará", dijo ella con confianza. "Porque él verá el amor entre ustedes".

Malcolm le tocó la mejilla y ella se dio cuenta de la aspereza de su dedo. "Tienes más fe en eso que yo, Elizabeth", dijo él en voz baja. "Pero lo veremos muy pronto. Ven a conocer a mi esposa, Catriona. Puede que ella necesite tu fuerza en este día."

"¿Puedo conocer a tu compañero?" preguntó ella, tratando de sonar sólo levemente interesada. "¿El que viajó a casa contigo? Creo que tenía el nombre de uno de los arcángeles." Ella frunció el ceño, tratando de recordar.

"Rafael", respondió Malcolm. "Sí, puedes conocerlo, al menos bajo mi atenta mirada."

"¿No confías en tu amigo?"

"Hemos sido camaradas, Elizabeth, en un duro negocio. No es lo mismo que la amistad."

Elizabeth apostaba a que era bastante cierto, dada la situación en la que se encontraba su hermano, pero se mordió la lengua. ¿Podría ella convencer a un mercenario endurecido de dar un paso al frente y hacer lo correcto?

Ella ciertamente podría intentarlo.

Malcolm no pareció darse cuenta de su repentino silencio. Levantó la voz para llamar al conde. "—Por favor, venga al vestíbulo, conde Archibald. Aunque es temprano, tu viaje ha sido largo. Me gustaría invitarte a refrescarte." Volvió a tomar la mano de Jeanne, besando su espalda y conduciendo a ambas mujeres al pasillo. Jeanne se preocupó bastante por su atención y Elizabeth reprimió una sonrisa.

Era mezquino de su parte, pero Jeanne había sido tan desagradable durante tanto tiempo que sería dulce presenciar la decepción de esa doncella.

Y más dulce aún saber que nunca serían parientes.

$\sim$

UN ÁNGEL HABÍA PUESTO un pie en la tierra.

La vista le dio a Rafael en el corazón que había olvidado que poseía, un golpe tan penetrante y agudo como el de una flecha.

Él sabía que ella no podía ser verdaderamente de naturaleza divina, pero Rafael no podía encontrar otra explicación para la belleza que se acercaba con Malcolm. Ella estaba mirando a Malcolm, aún sin darse cuenta de Rafael, lo que le dio tiempo para mirar.

Rafael nunca había creído que los ángeles fueran seres de perfecta belleza. Siempre había pensado que haber presenciado tanto el bien como el mal dejaría una marca en ellos, y este ángel parecía atormentado por un dolor que había abrasado su alma. La combinación de belleza y devastación le atraía más de lo que hubiera creído posible.

Le hacía pensar que habían visto mucho de lo mismo en este mundo.

Él se preguntó si ella había venido a juzgarlo o a sentenciarlo. Rafael sospechaba que ningún juicio de su alma sería favorable, pero no evitaba el conocimiento de todo lo que había hecho.

Había sobrevivido y eso tenía algún valor.

Lo extraño era que, aunque esperaba que esa mujer lo despreciara, no quería evitarla. Ella se movía tan suavemente por el suelo que parecía flotar sobre él, y Rafael estaba seguro de que una criatura tan hermosa no podría pisar la tierra como cualquier otro mortal. Elizabeth llevaba una túnica carmesí tan roja como la sangre, con los dobladillos bordados con el oro del sol. Una diadema de plata adornaba su frente, su cabello de ébano recogido bajo un velo de oro muy fino. Su piel era tan clara como el marfil y Rafael la miraba, como un hombre convertido en una columna de sal por atreverse a contemplar tanta magnificencia.

Para su sorpresa, Malcolm la acompañó directamente hasta Rafael. Solo en el salón de su camarada podría estar en tal proximidad con una doncella así, claramente nacida en la nobleza y, sin embargo, soltera. Rafael sabía que ella no era un ángel en verdad y temía que fuera ella con quien Malcolm había jurado casarse. Rafael no quería ver a ese ángel llorar de decepción al saber que Malcolm ya estaba casado.

Curiosamente, su presencia le hizo recordar la acusación de la esposa de Malcolm, Catriona. Ella lo había acusado de ser un mal camarada y un mal amigo por permitir que Malcolm tomara su lugar y pagara su deuda con las hadas. El suyo era un intercambio justo, y Rafael lo sabía bien, un trato que pagaba la deuda que Malcolm tenía con él. Pero mientras observaba acercarse ese ser angelical, Rafael no podía evadir la verdad de las palabras de Catriona. Era la marca de los ángeles iluminar las obras de los hombres, no eludir el reconocimiento de la verdad, sin importar cuán desagradable pudiera ser.

Catriona tenía razón: ningún hombre de mérito dejaría morir a otro por él. Ningún hombre que se llamara a sí mismo amigo dejaría que ese hombre recibiera un golpe por él.

Sin embargo, él y Malcolm eran socios de armas, camaradas, no amigos.

"Malcolm, no debes cumplir tu juramento", susurró ella, su voz tan dulce como la miel de la tierra natal de Rafael. Sus ojos eran de un verde claro, vio él, de un verde tan claro como el rizo del océano, y sus labios carnosos y rosados. Sus palabras eran un eco tan cercano a los propios pensamientos de Rafael que él se asustó. "¡No pueden reclamar tu alma!"

Malcolm la miró rápidamente, como si fuera a silenciarla, y luego le hizo un gesto a Rafael. "Elizabeth, este es mi compañero, Rafael Rodríguez. Rafael, mi hermana Elizabeth."

Rafael casi se desmayó de alivio de que ella no fuera la sobrina del conde, Jeanne. Él hizo una profunda reverencia, sin atreverse a tocar su mano o acercarse. Rafael sabía cuál era su lugar en la corte de un noble, y en realidad su lugar no estaba en esa corte en absoluto. Eran en los establos o en el patio trasero o en la armería. Intercambiaron cordiales saludos.

"¿Dónde está Catriona?" Le preguntó Malcolm.

"Ella atiende a Avery", confesó Rafael, refiriéndose al bebé que Catriona había dado a luz unos días antes, y que ahora era el heredero de Malcolm.

Cuando su hermano miró hacia el solar, Elizabeth miró de lleno a Rafael por primera vez. Él se había preparado para su desaprobación, pero su mirada se iluminó con una conciencia que hizo que su propio corazón saltara. Ella lo miró y se sonrojó levemente, como si le gustara lo que veía de él. Rafael se atrevió a animarse porque ella no lo condenara con una mirada.

Ella era aún más hermosa de cerca, y él admiraba lo intrépida que era al encontrar su mirada después de su inspección. Ella no era tonta, porque él supo que ella reconocía lo que era él. Su mirada se endureció entonces mientras lo observaba, su desaprobación era tan clara que él se preguntó si había imaginado ese destello de admiración.

Puede que no fuera un ángel, pero tenía la audacia de uno, lo que le gustaba bastante a Rafael.

¿Escoltarías a mi hermana hasta la mesa mientras doy la bienvenida a la dama Jeanne y al conde? preguntó Malcolm y Rafael solo pudo obedecer tontamente.

El peso de la mano de Elizabeth en su brazo era como una pluma, su toque tan frío como un río. Él sintió la curva de su pecho rozar su brazo y no se dio cuenta de que no hubiera otra alma en el salón. Ella mantuvo la cabeza en alto y no lo miró directamente. Rafael captó el aroma de su perfume y todo dentro de él se apretó con fuerza.

Sin embargo, no era la simple lujuria lo que disparaba su sangre.

Él estaba prendado con nada más que una mirada, al igual que lo había estado su héroe, Mío Cid. Por el momento, él simplemente saboreaba las sensaciones mezcladas de deseo, admiración y una aguda conciencia de la dama, porque solo esperaba problemas de la elección de su corazón errante.

La dama Elizabeth era la hermana de Malcolm, lo que la convertía en una mujer noble, y ningún hombre de propiedad, ni siquiera Malcolm, permitiría que un hombre como Rafael cortejara a su hermana. Era un extraño giro de la fortuna lo que le permitía acompañarla como lo hacía en ese momento, y Rafael era un hombre lo suficientemente inteligente como para saber que tal vez nunca volvería a suceder.

Eso podría ser lo más cerca que estuviera de ella.

Esa podría ser la única vez que lo tocara.

Él saboreaba cada paso. Ella podría hablar con él. Eso sería todo. En el mejor de los casos, podría volver a verla. Sus caminos nunca podrían enredarse, y mucho menos unirse. Nunca la tocaría más de lo que lo hacía en ese momento, y por primera vez, Rafael lamentó en lo que se había convertido.

En su opinión, no había tenido elección, pero aun así.

"¿Eres tú a quien reemplaza mi hermano en la víspera del solsticio de verano?" Elizabeth preguntó justo antes de llegar a la mesa principal. Su disgusto por la idea era más que claro, y nuevamente él admiró que ella fuera tan impávida. Su mirada se cruzó con la de él, su decepción por él era evidente.

Una mirada de censura de esa doncella y toda su vida parecía no llegar a la medida, una medida que Rafael no había adivinado que tuviera mérito para él. Todo eso lo había encendido ella con una mirada y una sola pregunta. Rafael debería haber estado aterrorizado de que una extraña pudiera tener tanto poder sobre él.

Aun así, Rafael agradeció el hecho de que ella tuviera alguna curiosidad por él. Confirmar su suposición solo podía mostrarlo mal en su punto de vista, sin embargo, él no habría preguntado si había sido una de las que evitaba la verdad. En ese momento, se sintió avergonzado de su propia debilidad y no pudo mirarla a los ojos.

"Lo soy", confesó Rafael con desinterés, y luego continuó con una rara honestidad, "porque él es un hombre mejor que yo."

Si había esperado que ella discutiera su mérito, Rafael estaba condenado a decepcionarse.

"Así es", dijo ella, aunque su condena fue menos fuerte de lo que él esperaba.

¿Veía ella que había esperanza para él? Era una idea inesperada y convincente. Rafael se atrevió a encontrar su mirada y su corazón dio un brinco porque la dama no se apartó de él.

Aún.

Sus palabras fueron bajas, pero dichas con ardor, su mirada clara se clavó en la suya con una resolución que hizo que su corazón latiera con fuerza. "Entiendo que cuando un hombre tiene una oportunidad, es un tonto si no la aprovecha."

Rafael se sorprendió de que ella lo desafiara a hacer las cosas diferentes. Elizabeth lo miró de cerca, incluso mientras lo desafiaba a cambiar su forma de actuar, luego levantó la barbilla y se alejó, tomando su lugar en la mesa.

Era impensable que Rafael volviera a cambiar de lugar con Malcolm, que él rechazara la oferta de Malcolm y volviera a poner a ese hombre en deuda con él. No era ni razonable ni justo romper un trato hecho voluntariamente, pero los modales de Elizabeth hacían que Rafael sintiera una nueva culpa por el trato que había hecho.

Qué notable que una doncella como esta, una que debería haberlo evitado al verlo, fuera la que viera que había una promesa en él. Qué parecido a un ángel eso de mirar en el corazón secreto de un hombre y encontrar un rayo de luz. De repente, la tierra que Rafael había llegado a despreciar mostraba un atractivo tan poco común que dudaba que abandonara Escocia en el corto plazo.

No importaba cuánto nevara, no importaba cuán fríos fueran los inviernos en Ravensmuir, valía la pena soportar cualquier malestar físico para quedarse cerca de una doncella como Elizabeth.

De hecho, ella podría compadecerse de su alma condenada.

~

RAFAEL RODRÍGUEZ.

Ese era un nombre para encender una llama en el corazón de una mujer desprovista de sentido, y verdaderamente, el camarada de Malcolm era un hombre que podía robar ese corazón con una mirada ardiente. Elizabeth nunca había conocido a alguien como él. Rafael era peligroso y apuesto, tan vital y viril que hacía que los hombres que ella había conocido parecieran simples niños, independientemente de sus edades. La forma en que Rafael sonreía, como si supiera un secreto poderoso o como si pudiera tentarla a participar de placeres prohibidos, hacía que Elizabeth se sonrojara de conciencia a pesar de que conocía su verdad. Él era peligroso y ciertamente malvado, un hombre que sin duda había despojado a muchas doncellas y roto muchos corazones.

Luego seguía su camino, sin remordimientos.

¿Cómo podría un hombre que vendía su espada tener algún remordimiento? No, él era un hombre que tomaba lo que deseaba, tal vez incluso lo saboreaba, y luego buscaba un nuevo placer fugaz para satisfacerlo. Él sería insensible e imprudente y se aburriría fácilmente, y ciertamente no sería alguien en quien una dama debería confiar.

A menos, por supuesto, que quisiera mantener su defensa y pudiera pagar el precio.

Elizabeth estaba segura de que el precio de Rafael sería alto.

Ella se mordió el labio y se preguntó cómo sería ser despojada de su virtud.

Luego se preguntó si alguna vez sabría la verdad o si Finvarra se apoderaría de ella antes de que pudiera experimentar el placer que el marido y la mujer podían compartir.

Ella se contuvo, dándose cuenta de que incluso un breve

encuentro con un hombre que no podía poseer ninguna moral había puesto nociones peligrosas en sus pensamientos.

De hecho, Elizabeth no había creído en su propia audacia cuando había desafiado a Rafael a ser un mejor hombre. Apenas se había reconocido a sí misma, pero sabía que había hecho eso por el bien de Malcolm. Había poco tiempo para ser recatada sobre el asunto. A ella le había sorprendido que Rafael no hubiera respondido con dureza para que se ocupara de sus propios asuntos. En cambio, este hombre temible le había dado una mirada evaluadora, como si pudiera evaluar su mérito con facilidad. Su mirada había enviado un escalofrío a través de ella.

Seguido de un calor peligroso y seductor.

Oh, ese calor era seductor. Insinuaba todos los asuntos que Elizabeth anhelaba aprender, la razón por la que Alexander y Eleanor se retiraban tan rápido a su habitación en las noches de invierno, las sonrisas maliciosas que veía que sus hermanas concedían a sus esposos. Esa era la razón por la que su mente se volvía hacia tales tentaciones.

O él era la causa de eso. Elizabeth nunca había visto a un hombre con más probabilidades de vivir una vida de aventuras y romance, un hombre destinado a viajar por todas partes, para hacer lo que quisiera con su vida. Él podría haber sido el héroe de un cuento antiguo, más fuerte, más audaz, más temerario y guapo que cualquiera de sus compañeros, y destinado a ganar todas las recompensas. Elizabeth deseaba haber sido inmune al encanto de Rafael, pero evidentemente era lo suficientemente mujer como para sentir emoción en su presencia.

¿Era porque podía leer sus pensamientos? ¿Era porque obviamente él tenía experiencia en el arte que ella quería experimentar? Elizabeth estaba segura de que Rafael conocía todas las formas de cómo un hombre y una mujer podían amar. Elizabeth estaba segura de que él agradecería la oportunidad de mostrárselos todos.

Incluso sabiendo que sería una locura despertar su interés, Elizabeth se preguntó cómo sabría un solo beso de Rafael.

No dudaba de que cambiaría su visión de los besos durante el resto de sus días. De hecho, ella dudaba que el beso de cualquier hombre de buena reputación resistiera la comparación.

Ella no se atrevería a pedir tal cosa. De hecho, tal curiosidad solo podía llevarla al dolor. No, ella tenía que convencer a Rafael de que tomara una decisión diferente, y que él hubiera considerado su desafío incluso durante latido había sido más una victoria de lo que ella esperaba.

Ese era el hombre que debía morir en lugar de Malcolm.

Solo eso sería justo.

Elizabeth estudió a Rafael, diciéndose a sí misma que simplemente buscaba los medios para despertar su sentido del honor. Que no estuviera segura de que él poseyera uno significaba —se aseguraba a sí misma— que necesitaba un escrutinio más detenido.

Ciertamente no era difícil mirarlo.

Que Rafael era un mercenario estaba claro. Era tan alto y musculoso como Malcolm, una espada y una daga colgando en las vainas de su cinturón. También había una ferocidad silenciosa en él, y ella sabía que él estaba muy consciente de lo que le rodeaba. De hecho, parecía un hombre que no se perdería ningún detalle, así como uno que podría matar con sus propias manos.

Estaba vestido de negro, ni una pizca de ornamentación en su atuendo. Sus calzas eran de cuero negro, de corte sencillo y liso. Sus botas eran altas y de cuero negro, tan similares a sus calzas que era difícil saber dónde terminaba una y comenzaba la otra. Elizabeth tampoco tenía ninguna duda de que sus piernas eran musculosas y se enrojeció un poco por sorprenderse admirándolas. En ese día, él vestía una camisa blanca de lino, el cordón abierto en su cuello para revelar tanto su bronceado dorado como una maraña de cabello oscuro sobre su pecho. Su abrigo también era negro y le llegaba hasta la parte superior de los muslos, y llevaba guantes negros.

Sus ojos eran más oscuros que un cielo de medianoche y su cabello era tan negro como el ébano. Poseía un rizo rebelde y brillaba a la luz. Su piel estaba bronceada a un dorado más profundo que la de Malcolm, un tono tan rico que él debía haber sido más oscuro en primer lugar. Sus ojos tenían pestañas espesas y sorprendentes, dándole una mirada perezosa y sensual, una que fue alentada por la leve sonrisa que curvó sus labios.

Había un olor penetrante del mundo más grande a su alrededor, de conquista y batalla, tierras lejanas y reyes poderosos. Eso tenía que explicar su sacrílega fascinación por él. Sin pensar en que su voz fuera profunda y su acento exótico. Rafael se movía con la ágil gracia de un gato, a gusto con su cuerpo y su poder mientras caminaba hacia el otro lado del salón. Se reclinó contra la pared y cruzó las botas a la altura de los tobillos, mirando la puerta con los ojos entrecerrados. Las yemas de sus dedos no estaban lejos de la empuñadura de su espada y daba la impresión de estar alerta.

Elizabeth comprendió que Rafael estaba preparado para lo que pudiera ocurrir. Era un guerrero con experiencias mucho más allá de la suya. Él sabía de escaramuzas y batallas, pero Rafael vivía en el reino de la guerra. Él peleaba semanalmente, si no a diario, repartiendo muerte y capturando el botín. No había complacencia ni consuelo en la vida de Rafael, no había momento para estar a gusto, no había tiempo libre. Ella se preguntó con qué profundidad o con qué frecuencia dormía. Rafael había vivido con la muerte y Elizabeth no dudaba de que él mismo había matado a otros.

De hecho, esa comprensión reveló por qué Rafael, de todos los hombres, debía ser el que hiciera que su corazón saltara. Su familiaridad con la muerte tenía afinidad con la maldición de ella para presenciarla en todas partes. Cuando el mundo mortal parecía incoloro y pálido en contraste con el de las hadas, cuando ella se sentía fría y distante de sus compañeros, era bienvenido ser despertada por la vista de ese hombre, y reconfortada por su vitalidad.

Elizabeth se dio cuenta de que lo extraño era que no podía ver la sombra de la muerte sobre él. Todos los hombres en el salón tenían una sombra de mayor o menor grado, pero no Rafael.

¿Cómo era posible?

CAPÍTULO 2

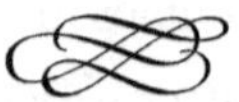

$\mathcal{R}$afael cruzó los brazos sobre el pecho y se encontró con la mirada de Elizabeth, luciendo tan alto, delgado y peligroso que su corazón dio un salto. De repente, le sonrió con tanta avidez que a Elizabeth se le encogieron las entrañas. Su confianza en su propio encanto era escandalosa e inmerecida. Él no estaba tan finamente forjado para eso.

Bueno, él estaba tan finamente forjado para eso, pero lo que llamó la atención de Elizabeth es que era diferente.

Se le secó la boca al darse cuenta de que Rafael pensaba que ella lo encontraba atractivo.

Qué espantoso que tuviera razón.

Peor aún, él saboreaba ese conocimiento.

Peor de nuevo, Elizabeth no dudaba que él intentaría usarlo en su propio beneficio.

Y ella no sabía cómo jugar a ese juego, mucho menos qué decir o hacer. Elizabeth se sentía virgen y protegida, una sensación que le desagradaba intensamente.

Era una que estaba tentada a cambiar.

Sí, había algo en Rafael y sus modales que desafiaba a Elizabeth a hacer de su vida lo que ella quería que fuera, tal como él ciertamente había moldeado la suya. Elizabeth anhelaba ser atrevida y osada, desafiar las convenciones, como había hecho su tía Rosamunde, y hacer todo eso con Rafael. No era poca cosa anhelar la aventura, pero en Rafael, Elizabeth tenía la traicionera sensación de que se había encontrado con un hombre que podía cumplir con todas sus expectativas.

Si a él le convenía hacerlo. No había forma de saber cuánto tiempo podría estar intrigado por ella un hombre así, si es que lo estaba incluso ahora. Él simplemente podría divertirse con ella. Esa era una idea fastidiosa. Elizabeth sabía el camino correcto y creía que solo ella podía convencer a Rafael de que hiciera lo correcto, si es que cualquier otra alma podía hacerlo. Aunque sabía poco de hombres, tendría que utilizar el interés de Rafael en ella para salvar a su hermano de Finvarra.

Era una perspectiva que le humedecía las palmas de las manos.

También significaba que Rafael moriría, pero mejor él que Malcolm. Elizabeth se recordó a sí misma el bien mayor. De hecho, ¿no esperaban todos estos hombres morir sin previo aviso? Cada día que sobrevivan debía ser una victoria.

Por el contrario, Malcolm había dejado esa vida. Tenía esposa, un hijo y un hogar. Era injusto que perdiera todo eso, mientras Rafael sobrevivía.

Particularmente porque había sido la locura de Rafael lo que había llamado la atención de Finvarra en primer lugar. No, un hombre de algún mérito pagaba sus propias deudas.

Elizabeth se enderezó con nueva convicción. Era una locura encontrar algún atractivo en un hombre como Rafael, a pesar de su atractivo, y ella lo sabía, aunque evidentemente su cuerpo no. ¡El hombre ni siquiera tenía una cinta que pudiera estar ligada a un amor verdadero! Quizás estaba anudada firmemente dentro de sí mismo, como si fuera alguien que solo se adorara a sí mismo. Quizás él era incapaz de amar. Elizabeth casi negó con la cabeza con desaprobación. Rafael tenía abundantes dones de Dios, pero los desperdiciaba con sus elecciones.

Elizabeth apelaría a él, únicamente para salvar a Malcolm, no porque ella misma encontrara algún placer en ello. Su corazón dio un brinco ante la perspectiva, llamándose mentirosa, pero Elizabeth estaba decidida.

Ella podría hacer esa hazaña.

Ella lo haría.

Y si aprendiera algo de la pasión entre el hombre y la mujer al hacerlo, probablemente no se arrepentiría.

A Rafael no le había impresionado el conde de Douglas cuando ese hombre había visitado antes Ravensmuir. Pensaba que el hombre mayor mostraba demasiado interés en el nuevo salón de Malcolm, un interés que olía a codicia. Él y Malcolm habían estado completamente de acuerdo sin intercambiar una palabra entre ellos, y el recorrido del conde por el edificio en construcción había omitido todos los detalles defensivos construidos en los muros. Aun así, el conde había exigido a Malcolm que se comprometiera a casarse con su sobrina, y Malcolm había estado de acuerdo, creyendo que estaría muerto cuando venciera la deuda.

Jeanne demostró ser como su tío, solo que más. Su mirada había recorrido el interior del salón de Ravensmuir en abierta evaluación, y Rafael pensó que podría haber definido su costo en uno o dos centavos de plata.

El contraste entre sus modales y los de Elizabeth era sorprendente y, de hecho, el contraste no le hacía ningún favor a Jeanne. Rafael sabía que la hermana de Malcolm lo miraba y le lanzó una mirada, viéndola sonrojarse cuando la sorprendió mirándolo.

Era extraño que estuviera intrigado por ella, porque Rafael no tenía paciencia con la inocencia. Él prefería la experiencia en las mujeres, la confianza en el atractivo y la habilidad de uno. Elizabeth no poseía ninguno de esos rasgos, aunque tenía una audacia inesperada.

Sin embargo, Rafael era tentado con curiosidad por ella.

Que ella pudiera ser un ángel enviado para redimirlo había sido una impresión tonta. Rafael sabía que ninguna deidad gastaba preocupación en su alma, y una vez que se alejó del lado de Elizabeth, su ingenio volvió a recordárselo.

De hecho, él dudaba que pudiera ser redimido.

En circunstancias normales, eso ya no le preocupaba, pero ese día, darse cuenta lo inquietaba.

Consideró a Elizabeth, viendo la misma confianza en su propia seguridad que compartían todos los hermanos de Malcolm, y se preguntó cómo podría haber sido su vida si hubiera crecido en tal seguridad. No merecía consideración, ya que no lo había hecho, y él era lo que era, pero Rafael se sorprendió a sí mismo preguntándose.

Aunque era un hombre sumamente práctico.

¿Por qué ella había venido a Ravensmuir? ¿Por qué había venido sola? Rafael dudaba que hubiera dejado Kinfairlie con el conde y se maravilló de nuevo de que una doncella saliera al amanecer, sin escolta, incluso para viajar a la cercana fortaleza de su hermano.

¿Qué locura poseyó a su guardián para permitírselo?

¿O ella había salido sigilosamente de su casa sin aprobación? Era una idea intrigante y se preguntó por su verdadera naturaleza. Quizás ésa era la raíz de todo, porque habría encontrado más intrigante a una doncella desafiante que a una recatada.

Rafael miró a Elizabeth mientras Catriona bajaba las escaleras del solar, el anillo en su mano izquierda revelaba su identidad. Quizás Elizabeth también reconoció el vestido que la esposa de su hermano, Eleanor, le había regalado a Catriona. Ciertamente, la nueva novia de Malcolm se comportaba con el orgullo de la dama de la fortaleza.

No cabía duda de que Elizabeth adivinaba el papel de Catriona y le gustaba. Rafael vio que los ojos de la doncella se iluminaban con una maliciosa anticipación que le dio ganas de sonreír. Su mirada se movió entre Jeanne y Catriona, y él supo que ella anticipaba ansiosamente la reacción de Jeanne a la noticia de que Malcolm ya estaba casado.

Entonces ella no era tan angelical. Rafael sonrió al ver que esa hermosa doncella era un poco perversa.

Aunque no podía culparla, no cuando se trataba de mujeres como Jeanne.

Entonces apostó a que ella había dejado a Kinfairlie sin aprobación, y tal vez sin que su tutor lo supiera, y eso le gustó aún más.

Quizás tenían más en común de lo que Rafael había creído inicialmente.

Quizás ella ni siquiera era tan inocente como él esperaba.

Mientras Rafael reflexionaba sobre esta intrigante posibilidad, Malcolm escoltó a Catriona hasta el conde, inclinándose ante ese hombre. "Estoy encantado de presentarte a mi esposa, Catriona, señor."

La sangre abandonó el rostro de Jeanne y sus ojos brillaron con furia. Sin embargo, Rafael miró a Elizabeth y saboreó su sonrisa traviesa.

Y la había considerado atractiva antes. La mirada de ella ahora, los ojos bailando con malicia, encendió su sangre y lo tentó a probarla.

Entonces sabría el estado de su inocencia. Un beso lo revelaría todo.

"—Bienvenido, señor, a Ravensmuir" —dijo Catriona, haciendo una reverencia a su vez.

El conde estaba claramente sorprendido y luchó por ocultar su reacción; Jeanne no hizo tal esfuerzo. Sus consideraciones sobre Elizabeth se detuvieron entonces, porque Rafael no confiaba en el conde, no con un ejército a sus espaldas. Sacó su daga de su funda, anticipando problemas, y se enderezó listo.

"¡Se suponía que estaba muerta!" gritó Jeanne, justo antes de golpear a su tío en el hombro. "¡Me prometiste que la sacarían del camino!"

Parecía que el conde hubiera preferido estar en cualquier otro lugar de la cristiandad que estar delante de sus silenciosos anfitrión y anfitriona.

"Jeanne, no entiendo lo que quieres decir", dijo el conde, su tono dejaba en claro que mentía.

"Me temo que sí", dijo Malcolm. "Porque un intruso trató de matar a mi esposa anoche".

El conde dio un paso atrás. "Qué difícil para ti. Pensaba que Ravensmuir estaba mejor defendido que esto." Forzó una risa. "¿Debería temer por el futuro de mi sobrina dentro de estos muros?"

"No lo creo, porque sospecho que usted conoce al hombre en cuestión." La voz de Malcolm bajó en voz baja. "Quizás lo despachaste en ese recado".

"¡Disparates!" El conde se mostró despectivo.

"Mi esposa te vio mirar su cadáver y cree que lo reconociste."

Elizabeth, notó Rafael con una rápida mirada, estaba indignada y fascinada por esas noticias. En opinión de Rafael, había mucha ventaja en que una mujer mostrara sus pensamientos con tanta facilidad.

Le gustaba que ella fuera apasionada, además de leal a su hermano.

El conde miró a Catriona con furia. "Tonterías y necedades para sus propios fines, sin duda."

Malcolm negó con la cabeza y Rafael anticipó que provocaría al conde. "Entonces es tan anónimo como temía." Levantó la voz para dar una orden. Entonces, no habrá un entierro decente para ese villano. Arrojen su cadáver al mar y dejen que su alma sea condenada para siempre." Varios de los hombres de la Liga Sable asintieron y se movieron, como para hacer lo que Malcolm les había pedido.

Rafael se tragó una risita ante la táctica y sintió la mirada de Elizabeth destellar hacia él.

"¡No le harías eso a Stephen!" Jeanne protestó y luego volvió su ira hacia su tío. "¡No permitirías que eso le suceda a él, no después de todo lo que ha hecho en tu servicio!"

Y así, la verdad salió a la luz, y fue precisamente como Malcolm había creído. Rafael intercambió rápidas miradas con sus compañeros, porque no podían anticipar la reacción del conde. No sería bueno, sin duda.

Jeanne, guarda la lengua. No ayudas en el asunto", reprendió el conde.

"¡Ni tú, tío!" Jeanne avanzó hacia Malcolm, moviendo una mano desdeñosa hacia Catriona. "¿La dejarás a un lado para cumplir tu promesa?"

"¿Que podría casarme con una familia que abraza el asesinato para ver sus fines logrados?" Malcolm negó con la cabeza. "Yo creo que no."

Jeanne estaba pálida, y Rafael sospechaba que esa rabieta de que le negaran su deseo revelaba su verdadera naturaleza. Malcolm había evadido un destino terrible, sin duda, y apreciaba la naturaleza serena y el buen sentido de Catriona más que hasta entonces.

"¡Me lo prometiste!" Jeanne le escupió a su tío. Su rostro se puso carmesí por la ira y su voz se elevó con astucia, haciéndola aún más poco atractiva. "Dijiste que sería la Dama de Ravensmuir. Dijiste que esta fortaleza sería mía para administrarla. ¡Dijiste que me casaría hoy mismo! Me levanté de la cama cuando aún estaba oscuro para hacer tu voluntad. ¡Cabalgué todo este camino, pero fue en vano!" Ella señaló esto último con un golpe de su pie y una mirada codiciosa alrededor del salón. "Lo quiero", insistió, como si su voluntad pudiera hacerlo así, y cruzó los brazos sobre el pecho.

"Sin embargo, no será tuyo", dijo Malcolm.

Jeanne exhaló, luego marchó para enfrentarse a Elizabeth tan rápidamente que la doncella dio un salto. Sin embargo, no retrocedió y entrecerró los ojos cuando miró a Jeanne.

Rafael no se arriesgó. Se deslizó por el perímetro del salón, agarrando con fuerza la empuñadura de su espada. Nadie lastimaría a la hermana de Malcolm mientras él estuviera presente.

"—Dámelo" —exigió Jeanne, con la mano extendida.

Rafael estaba sólo a unos metros detrás de Elizabeth, y por la forma en que sus hombros se enderezaron supuso que ella lo sabía. Todas las personas que más admiraba eran observadoras, por lo que se alegraba de que ella también lo fuera.

"No entiendo lo que quieres decir", dijo Elizabeth.

"Dame la hierba que me permitirá ver a las hadas", exigió Jeanne, su manera de ser lejos de lo que uno podría esperar de alguien que pide un favor. "Beberé hidromiel dulce de una copa de oro y viviré en el lujo y la riqueza. Si mi familia no puede asegurarse de que así sea, entonces no tengo ningún reparo en abandonarlos por una vida mejor."

Elizabeth inmediatamente sacó una hierba seca de su bolso, preparada para obedecer. ¿Creía ella en el mismo capricho que Malcolm y Catriona, que los demonios que él y Malcolm habían enfrentado seis meses antes eran seres benignos llamados hadas? Rafael no lo podía creer.

Pero su reacción le decía que debía hacerlo.

"¿Puedo tener una copa de vino caliente?" Elizabeth preguntó, como si no hubiera nada inusual en desear ver a estas criaturas. El vino se trajo de las cocinas y se vertió en una copa, que Catriona calentó al fuego. Elizabeth le puso la hierba y el aroma cambió, volviéndose más sabroso de lo que había sido antes.

Rafael hizo una mueca, porque le pareció una pérdida de buen vino. Él no lo habría estropeado para volver a ver a los demonios, por muy ricos que parecieran ser.

"Tomillo silvestre", dijo Catriona, mirando a Elizabeth.

"Sí. Se dice que les da a los mortales el don de ver a las hadas, al menos por un corto tiempo."

Catriona negó levemente con la cabeza. "Eso no es una propiedad del tomillo que yo sepa."

"¡Dámelo!" Jeanne exigió y agarró la copa con avidez. Vació la copa y luego miró a su alrededor con desconfianza.

Rafael no había creído que la hierba tuviera algún efecto, pero los ojos de Jeanne se abrieron con horror mientras miraba a su alrededor.

Una persona podía ver a los demonios en el salón de Malcolm como los veía Rafael, o no. Rafael los ignoraba habitualmente, porque sentía que se sentirían impulsados a atormentarlo aún más si supieran que podía verlos. Había docenas en el salón, si no cientos, de todas las formas y tamaños, retorcidas, oscuras y exudando malicia. Nunca hubiera imaginado que una poción pudiera cambiar lo que una persona podía ver, pero evidentemente estaba equivocado.

No cabía duda de que a Jeanne se le habían quitado la venda de los ojos, no cuando chilló de disgusto.

"¡Están en todos lados!" gritó con disgusto. "¡Es como si el salón estuviera llena de alimañas!" No era un consuelo para Rafael tener la razón, no cuando todos los ghoul[1] en el salón apuntaron a Jeanne después de que ella reconoció su habilidad para verlos. La rodearon, pellizcándola, mordiéndola y golpeándola por todos lados. De hecho, había tantos de ellos que apenas se la podía ver. Jeanne trató de evadirlos, sin éxito, y vio a media docena de ellos sumergirse bajo el dobladillo de sus faldas. Luego gritó de dolor. "¡Me mordió!"

Sin embargo, su ángel se rió entre dientes, saboreando la incomodidad de la otra mujer.

Rafael se hizo a un lado, para ver mejor la reacción de Elizabeth, y encontró sus ojos brillando alegremente.

Ella no era tan angelical en absoluto.

Y esa comprensión dejó en claro su objetivo. Ella había venido a salvar a Malcolm de su trato con las hadas, no desalentando a su hermano de cumplir con los términos, sino viendo a Rafael sacrificado en lugar de Malcolm. Rafael no tenía intención de morir en la víspera de solsticio de verano, ni siquiera para complacer a una doncella atractiva.

Rafael encontró decepcionante y tranquilizador que Elizabeth no fuera diferente de él en lo más mínimo. Ella tenía una agenda y la vería cumplida, sin importar el precio para los demás.

Rafael se preguntó si ella, como él, estaría dispuesta a hacer un trato para ver cumplidos esos fines.

Mientras Jeanne gritaba y huía hacia el patio, seguida por su tío, Rafael se preguntaba a qué se rendiría Elizabeth para ver su objetivo logrado.

Era hora de que se enterara.

"Tu justicia es cruel, mi pequeño ángel", murmuró Rafael detrás de Elizabeth y ella dio un salto, sin darse cuenta de que estaba tan cerca. Se giró para encontrar su mirada fija en ella con tanta intensidad que su corazón dio un brinco.

"No lo entiendo." Se las arregló para sonreír, aunque pensó que podría ahogarse en la mirada fija de Rafael. ¿Podía realmente leer sus pensamientos? Ella no podía disipar la idea.

"No finjas. Querías ver a Jeanne sorprendida por la noticia de que Malcolm estaba casado." Esa sonrisa curvó sus labios, dándole una mirada perezosa y seductora. Elizabeth pensó en días enteros en la cama y supo que Rafael sabría cómo llenar bien esas horas. "Podrías haberle advertido en tu viaje a Ravensmuir."

Elizabeth sintió que se ruborizaba. "Si la reacción de las hadas significa que Jeanne nunca regresará, no puedo encontrar fallas en eso", dijo, su voz sonando más ronca de lo que pensaba. "Me refiero a la otra parte que dijiste, la parte que no entendí".

Rafael la consideró, su mirada se deslizó sobre sus rasgos y se detuvo en sus labios. Su sonrisa se volvió misteriosa y se inclinó tanto que ella no pudo respirar por completo. "Pensaba que eras un ángel", murmuró, su voz profunda la hizo temblar.

"¿Un ángel?" Elizabeth se rió, sabiendo que su voz era más alta de lo habitual. "¡Seguramente no!"

"Seguro que sí". Rafael sostuvo su mirada con convicción.

Elizabeth no sabía qué decir, pero no podía soportar la perspectiva de que él se alejara. De nuevo se sintió descontrolada y dijo la primera pregunta que le vino a la mente. "¿Has visto muchos ángeles en tu tiempo?"

La sonrisa perezosa de Rafael la calentó hasta los dedos de los pies. "Nunca uno hasta el día de hoy".

Habría sido tentador explorar esa noción, pero Elizabeth trató de volver el tema en cuestión a su búsqueda para ver a Malcolm salvo. "Como sería apropiado, para un hombre que había comprometido su alma para pagar un diezmo al infierno."

Él se encogió de hombros, tranquilo. "Pensaba que un ángel intervenía en mi nombre, por muy improbable que sea".

"¿Improbable?" replicó ella. "¿Por qué?"

Rafael arqueó una ceja, lo que lo hizo lucir aún más perverso y atractivo. Elizabeth lo miró fijamente, todo su cuerpo vibraba bajo su atención, y sintió la convicción de que los dos compartían un secreto. Bajó la voz a un susurro que hizo que se le pusiera la piel de gallina. "Porque no eres un ángel de piedad, está claro", murmuró.

"¡Jeanne no merece piedad! Me alegra ver que se le niegue algo que desea."

Rafael fingió tan bien el asombro que Elizabeth solo pudo reír. Él se rió entre dientes a su vez y apoyó un pie en el estrado junto a ella. Su muslo estaba tan cerca que ella podía sentir el calor que emanaba de su piel y ahogó las ganas de tocarlo. "Un ángel vengativo, entonces."

Elizabeth sintió que sus modales se volvían traviesos y dijo en voz alta las palabras que debería haberse guardado para sí misma. Había algo en Rafael que la tentaba a hacer y decir lo que no debía. "En verdad, me alegro mucho de que nunca seamos parientes."

Los ojos de Rafael brillaron y pareció contener una sonrisa. "¿Quizás eres un ángel de juicio? ¿O un ángel vengador?"

Elizabeth se dio cuenta de que Rafael se estaba burlando de ella, completamente en contra de sus expectativas, pero sus modales también eran seductores. Su corazón latía con fuerza y ella se sintió radiante en su atención. Este hombre poseía un poder peligroso, sin duda. "Eres tú quien me llama ángel o no. No hice tal afirmación."

"Por supuesto." Su mirada la recorrió con tanta seguridad como una caricia. "Simplemente me tentarías -" esto último permaneció en su lengua, sonando pecaminoso y maravilloso al mismo tiempo "- a entregar mi propia vida por la de tu hermano." Rafael negó con la cabeza, aparentemente arrepentido. Sus ojos danzantes la hicieron dudar de que él realmente lo estuviera. "Así que, después de todo, demuestras ser mortal y no tan diferente de todos los demás que he conocido."

"¿Porque te tiento?" Elizabeth preguntó, luego se sonrojó furiosamente ante la audacia de las palabras que había pronunciado sin pensar.

La sonrisa de Rafael brilló. "Porque verías tu objetivo logrado, sin preocuparte por el precio pagado por otros." Fingió estar decepcionado. "Tenía la esperanza de que un ángel pudiera intervenir solo por principio."

"¡Es un principio pagar tus propias deudas y cumplir tu palabra!"

"¿Pero no mantener tu palabra jurada?" Rafael se inclinó más cerca, sus modales eran tan intensos que Elizabeth apenas podía respirar. Ella podía oler su piel. Cuando su mirada se cruzó con la de ella y él sonrió lentamente, ella estaba segura de que se sonrojó hasta los dedos de los pies. Los dedos de sus pies ciertamente se curvaron en sus zapatos. "¿No me extrañarías, mi dama Elizabeth", susurró, y ella no pudo apartar la mirada "si estuviera muerto y me hubiera ido por la mañana del solsticio de verano?"

"No tanto como extrañaría a mi hermano", respondió Elizabeth, aunque no estaba del todo segura de que fuera cierto. Era estimulante hablar con Rafael, porque la hacía sentirse imprudente, como si coqueteara con el peligro, incluso mientras estaba sentada en el salón de su hermano.

"Escucho dudas en tu voz".

¿Cómo podía él ser tan astuto? Elizabeth trató de cambiar un poco de tema. "¿No tienes remordimientos? ¿Ni sentido del honor?"

Rafael sonrió. "Ninguno. ¿Por qué debería?"

"Porque es una marca de un hombre de mérito, dar su palabra y cumplirla, estar al lado de sus amigos y hacer lo correcto."

"Verdaderamente." Rafael bostezó. Entonces, me alegro de haber conocido a tan pocos de ellos. Suenan muy tediosos." Volvió a captar su mirada, con un destello de humor en las profundidades de sus ojos.

Él se estaba burlando de ella.

"No te creo", dijo Elizabeth, tal como podría haber discutido con uno de sus hermanos, aunque realmente había una carga en su intercambio que nunca había sentido con uno de sus hermanos. "Me harías pensar que eres más malvado de lo que eres".

Rafael la miró con nuevo interés. Elizabeth sentía que había dicho exactamente lo que él deseaba que dijera, aunque no podía entender su intención. "¿Y cómo puedes saber con certeza lo malvado que soy?"

"No puedo, pero no serías el camarada de mi hermano si no fueras digno de confianza en algunos asuntos. Supongo que me hablas ahora porque consideras mi desafío de ser un mejor amigo para Malcolm."

"Y estarías equivocada".

"Sin embargo, no estoy convencida."

Rafael se acercó y Elizabeth no pudo recuperar el aliento cuando la miró con tanto anhelo. "¿Son todas las doncellas de esta tierra tan audaces como esta?" murmuró él. Había una intimidad en su tono, como si compartieran un secreto, lo que la hizo pensar en confesiones susurradas en la cama. Ella se sonrojó a un tono aún más profundo, pero mantuvo la barbilla en alto.

Él lo vería como una debilidad si ella retrocedía ahora y Elizabeth deseaba mucho sorprender a ese hombre malditamente seguro. "No lo entiendo."

"Catriona se apresuró a decirle lo que pensaba a Malcolm cuando llegó, aunque en ese momento no era más que una sirvienta. Y ahora me encuentro desafiado por una doncella a morir en lugar de su hermano." Su sonrisa se amplió para que pareciera más hambriento y su mirada se detuvo en sus labios. "Pensaba que las doncellas debían ser castas, protegidas y ocupadas con bordados hasta el día de su boda".

Elizabeth no pudo evitar burlarse. "He pasado suficientes horas bordando para encontrarlo tan tedioso como dices que encuentras hombres de honor, y no hay un día de boda en mi futuro cercano."

"¿Por qué no?" Ahora parecía tan escandalizado que Elizabeth tuvo la tentación de reír. Sin embargo, sus siguientes palabras eliminaron esa reacción, al igual que la mirada atrevida en sus ojos. "¿Has sido demasiada audaz al compartir tus favores? ¡Qué travieso sería, mi pequeño ángel!"

Elizabeth jadeó porque él hiciera tal sugerencia. "¡No!"

En lugar de sentirse ofendido por su respuesta, Rafael pareció divertirse. Sus ojos bailaron ante su reacción, y ella supo que le habría encantado que le abofeteara la cara.

Elizabeth se enderezó, sintiéndose obediente y disgustándose más de lo habitual. "Mi hermano Alexander me concedió el derecho a elegir al hombre con el que me casaría, y no encuentro ninguno adecuado."

En todo caso, esa confesión pareció agradar aún más a Rafael.

De hecho, se rió. "Quizás compartimos la opinión de que los hombres de honor son tediosos."

Elizabeth tartamudeó ante eso, porque su argumento tenía mérito. A ella le gustaba lo impredecible que era Rafael, y cómo combinaba tan bien con su ingenio. Era fastidioso darse cuenta de que encontraba a ese peligroso mercenario mucho más intrigante que cualquier pretendiente sólido y confiable que se le hubiera presentado hasta ahora.

Rafael se rió de su desconcierto. "Entonces, siendo la doncella audaz que eres, viniste al salón de Malcolm para evaluar a los mercenarios reunidos aquí, para ver si otro tipo de hombre te sentaría mejor". Se inclinó de nuevo, su expresión hizo que su corazón saltara. "Si deseas probar uno para estar segura, me ofrecería como voluntario".

Elizabeth se sorprendió. "¡Te atreves demasiado! ¡Vine al salón de Malcolm para tratar de salvar su alma!" Cuando Rafael no respondió, ella continuó, atreviéndose a regañarlo. "Seguramente podrías tomar el lugar que te corresponde y terminar lo que tú solo comenzaste."

"Seguramente sería grosero si rechazara la oferta de Malcolm y restableciera la deuda entre nosotros. Está claro que a él le preocupaba el deberme una bendición, y en esto, su deuda será pagada."

Elizabeth frunció el ceño ante este detalle que no había conocido. "¿Cómo es eso?"

"Salvé la vida de Malcolm cuando nos conocimos". Rafael parecía despreocupado, pero observaba su reacción tan de cerca que Elizabeth sospechaba que no. "Ahora ha prometido salvar la mía y todo volverá a estar igual. El hecho es que preferiría estar vivo que muerto."

Esa sonrisa jugó en sus labios mientras miraba a Elizabeth. "Pero si quisieras intentar hacerme cambiar de opinión, mi pequeño ángel, y tratar de revivir mi olvidado sentido del honor, o incluso si quisieras valorar los méritos de un hombre desprovisto de méritos, me complacerá complacer tu capricho."

Entonces se inclinó sobre su mano y le rozó los nudillos con los labios tan lentamente que ella se estremeció hasta la médula. Elizabeth se sintió cálida, como no se había sentido cálida en años. De hecho, su sangre podría haber estado hirviendo a fuego lento en sus venas, una sensación que era de lo más maravillosa.

"—Podríamos hacer un trato por nuestra cuenta" —susurró Rafael, sus labios se movieron contra su carne mientras sostenía su mirada, y Elizabeth sintió que apostaba con el mismísimo Diablo. "La pregunta es, por supuesto, ¿qué ofrecerías a cambio de la vida de Malcolm?"

Elizabeth sintió que su boca se abría por la sorpresa, pero no salió ningún sonido. Rafael se estaba burlando de ella y ella lo sabía, pero cuando su mirada se aferró a sus labios, ella se los lamió sin querer.

Él contuvo el aliento y sus ojos brillaron, entonces ella lo vio tragar. En todo caso, estaba aún más atento en ese momento.

"¿Es todo un intercambio para ti?" ella exigió sin aliento.

"Todo es un intercambio para todos los hombres, digan lo que digan. Todos los favores deben ser devueltos y todos los regalos deben ser correspondidos algún día"

Era una visión dura del mundo, pero Elizabeth supuso que era característica de un hombre en su oficio.

"Las personas con ingenio hacen bien en comprender los términos del intercambio con total claridad antes de llegar a un acuerdo."

"Eso suena como una guía para vivir."

"Y así es, y por eso lo comparto contigo, porque no solo los de mi clase esperan algo a cambio de lo que sea que dan."

Hablaba completamente en serio y Elizabeth comprendió que le estaba advirtiendo, aunque no sabía de quién ni de qué.

"Ten cuidado con las invitaciones que ofreces, mi señora," continuó Rafael y su mirada ardió en la de ella. "Si elijo aceptar cualquier intercambio que sugieras, no hay un hombre vivo que pueda detenerme".

"¿Qué hay de las hadas?"

Los modales de Rafael se volvieron duros. "No hay hadas, como ustedes insisten en llamarlas. Son los muertos los que acechan Ravensmuir, y un portal al infierno mismo que se abrirá en la víspera del solsticio de verano." Arqueó una ceja, luciendo diabólico. "La pregunta es quién entrará voluntariamente. Te digo ahora que no seré yo." Volvió a sonreír seductoramente. "A menos, por supuesto, que me ofrezcas un intercambio que ningún hombre con sangre en las venas pudiera rechazar."

Elizabeth estaba sorprendida, pero trató de ocultarlo, queriendo parecer menos inocente a la vista de este hombre de lo que sabía.

"¿Cambiarías una seducción por la vida de Malcolm?" Una vez más, palabras audaces que nunca debería haber pronunciado cruzaron sus labios, sorprendiendo a Elizabeth. Ella sentía que jugaba con fuego, pero no le importaba, no se había sentido tan vibrantemente viva en años. Y realmente, estar en presencia de Rafael la tentaba a tomar riesgos que normalmente no haría.

Sus cejas se alzaron, su interés se desvaneció. "Sólo hay una forma de averiguarlo".

Con eso, Rafael se volvió abruptamente y se alejó, abandonándola como si hubiera perdido el interés en su compañía. Elizabeth lo vio irse, preguntándose qué la había poseído para decir tal cosa.

Sin embargo, se había marchado.

¿A ella le faltaba tanto encanto?

El aire estaba frío en su ausencia y Elizabeth se estremeció. Sintió que el calor abandonaba su carne y vio que el mundo mortal se oscurecía a su alrededor, como lo había hecho desde la primera promesa de Finvarra de hacerla suya. Las hadas bailaron más cerca de ella, cantando con anticipación su rendición a Finvarra. Una le susurró sobre la infidelidad al rey de las hadas, pero Elizabeth ignoró la burla y al hada con determinación.

¿Qué tenía Rafael que dispersaba el hechizo de Finvarra? ¿Por qué se sentía Elizabeth tan vital en su presencia? ¿Era por su oficio o por su familiaridad con la muerte? ¿Era porque no había sombra de muerte sobre él? Elizabeth se mordió el labio mientras lo miraba y se preguntaba.

"Ten cuidado con Rafael", le aconsejó alguien y saltó para encontrar a Catriona cerca de ella. Esa mujer negó con la cabeza con desaprobación. "No se debe confiar en él en lo más mínimo. De todos estos antiguos camaradas de Malcolm, él es el que ve únicamente su propia ventaja."

Rafael lanzó una mirada de censura en dirección a la nueva esposa de Malcolm, de nuevo como si hubiera escuchado sus palabras aunque estaba demasiado distante para haberlo hecho. Luego salió del salón. Con su partida, Elizabeth sintió como si se hubiera colocado otra capa de niebla entre ella y el reino mortal que la rodeaba.

Entonces Catriona hizo una reverencia ante ella. "—También te doy la bienvenida a Ravensmuir, Elizabeth, pero debo pedirte un favor. ¿También harías una poción así para mí?"

Elizabeth sonrió. "Por supuesto, Catriona. Por eso lo traje."

Catriona sonrió e instó a Elizabeth hacia el solar. Tenían casi la misma edad y Elizabeth tenía la fuerte sensación de que le agradaría la nueva esposa de su hermano. Ella también quería ver al bebé recién llegado, Avery, para verificar que estaba tan sano y perfecto como había dicho Eleanor.

Probablemente sería saludable negar su impulso de perseguir a Rafael, al menos por el momento.

RAFAEL NO PUDO PENSAR en nada más que en Elizabeth después de salir del salón. Él solo había tenido la intención de provocarla un poco, de darle una visión del mundo más allá de lo que ella conocía, pero sus reacciones inesperadas lo habían dejado fascinado. Decididamente se mantuvo alejado, tanto del salón como de ella, pero aun así Elizabeth llenaba sus pensamientos.

Era la combinación de inocencia y audacia de Elizabeth lo que llamaba su atención, sin duda. A Rafael le gustaba que ella tuviera mucho ingenio. Le gustaba que ella pudiera sorprenderlo y debilitara sus suposiciones sobre las doncellas de su clase. Él admiraba que incluso cuando la provocaba, esperando que ella se retirara recatadamente, ella levantara la barbilla con un brillo de determinación en sus ojos y lo desafiara a su vez.

Él podría enamorarse de provocar a esta doncella, aunque Rafael sabía que era un impulso peligroso.

De hecho, Elizabeth tenía una confianza ridícula en su propia seguridad, una confianza que todos sus parientes compartían. Era una señal de haber llegado a la edad adulta en una región de paz, una situación tan extraña para Rafael que temió el momento en que ella se enterara de la verdad de los hombres.

No, así era como se le enseñaría la lección inevitable que le preocupaba. Algo en esa seductora doncella hacía que Rafael se sintiera protector con ella. ¿No sabía ella que muchos hombres habrían aceptado su impulsiva oferta y la habrían disfrutado completamente a esas alturas? La mayoría de los hombres en ese salón la habrían tomado por la fuerza, si se hubiera llegado a eso, viendo eso como el precio por haber pronunciado su invitación con tanta valentía.

Rafael no podía creer que ella fuera tan tonta como para no comprender el precio de lo que ofrecía. No, ella simplemente se preocupaba más por la supervivencia de Malcolm. Rafael había conocido a pocos que sacrificarían algo por el bienestar de otro, y su impulso solo aumentaba el impulso de él por defenderla.

Y conocer más de ella.

¿No era angelical sacar lo mejor de un hombre? Rafael se asombró al darse cuenta de que había algún mérito al acecho en su corazón, y mucho más de que se pudiera confiar en él para defender a los inocentes.

Si él pasaba mucho tiempo con Elizabeth, ¡podría olvidar todo lo que sabía que era verdad!

No ayudaba a su determinación que Rafael pudiera verla en cada sombra y cuando cerraba los ojos, veía de nuevo su seductora sonrisa. Estaba encantado por la picardía que había bailado en sus ojos a expensas de Jeanne, y lo acosaba la fugaz sensación de que los dos tenían más en común de lo que él jamás hubiera imaginado.

Rafael no se hacía ilusiones sobre su naturaleza. Sabía que en otras circunstancias, en otro salón, podría haber actuado según la sugerencia de Elizabeth. De hecho, podría haber aceptado su trato tan rápido que ella no tuviera oportunidad de reconsiderarla. Pero Rafael sabía que había estado solo en presencia de Elizabeth porque Malcolm confiaba en él y no traicionaría la confianza de su camarada.

Sin embargo, Rafael no confiaba plenamente en sí mismo. Después de todo, como Elizabeth había notado dos veces, estaba dispuesto a dejar morir a Malcolm en su lugar. Él era un mal amigo, sin duda, pero se encontraba notablemente rebelde a demostrar su valía más que eso.

Con suerte, Elizabeth sería enviada a Kinfairlie en poco tiempo y la distracción que ofrecía desaparecería.

Rafael rezó para que no se le confiara la tarea de acompañarla a su casa.

Ninguna divinidad podría ser tan cruel, ni siquiera con un pecador como él.

Rafael estaba en los establos cuando escuchó a Bertrand y Louis bromeando sobre Elizabeth. Él estaba cuidando a su caballo, Rayo, que no necesitaba ningún cuidado. Se quedó paralizado ante el sonido de las voces de sus camaradas, incapaz de evitar escuchar. Para él estaba claro que ignoraban su presencia. Parecía engañoso escuchar a sus compañeros así, pero Rafael escuchó el nombre de Elizabeth y quiso saber qué dirían.

Lo que escuchó solo confirmó todas sus dudas.

Bertrand silbó. "Si no fuera la hermana de Malcolm, La Dama Elizabeth y sus encantos me podrían tentar".

"¿Qué hombre no sería tentado así?" Louis replicó. "La suya es una belleza rara y una inocencia incomparable".

"¿La viste sonreír?" Bertrand lanzó otro silbido de admiración.

Louis se rió entre dientes. "Por supuesto. Iluminaba bastante el salón. Fue bueno que ella volviera esa sonrisa hacia Rafael, porque él no es de los que olvidan su lugar."

"No, ni será seducido para ser la mascota de ninguna mujer".

¿Mascota? Rafael frunció el ceño ante esta elección de palabra y escuchó con más atención.

Louis pareció sorprenderse. "¿No crees que ella es una doncella?"

"Por supuesto, pero esa situación no durará". Bertrand hablaba con tranquilidad y confianza y Rafael confiaba en su evaluación. Bertrand, hijo menor de un barón, conocía las costumbres de los aristócratas mejor que la mayoría. Ella llegó con el conde, ¿no es así? Sin duda alguna, se está gestando un matrimonio, porque el no es tan joven como ella. No, se casará con algún noble, como corresponde a su rango, pero si es como su hermano, verá cumplidos sus deseos de todos modos."

"¿Qué significa eso?"

"Que cualquier hombre que se considere apto para tomar su mano probablemente sea tan mayor como para tener un pie en la tumba, y sea más de dormir en la cama que de complacer a su dama."

Louis soltó una carcajada. "Y una dama tan joven querrá un amante propio. Una vez que se reclame su virginidad, tendrá la libertad de hacer lo que quiera mientras su esposo duerme."

"Mantente alerta y ella podría insistir en que su esposo contrate hombres de armas, incluidos uno o dos de su elección en particular."

"¡Uno o dos a los que pueda conceder su favor! ¿Quién mejor para un amante y una mascota que un mercenario, que también puede venir en su defensa?"

Rafael se enderezó con disgusto ante esta idea y apenas evitó revelar su presencia.

Las siguientes palabras de Bertrand le hicieron alegrarse de no haberlo hecho.

"Quizás ese amante podría incluso encargarse de su tedioso esposo." El tono de Bernard era severo. "Aunque cualquier hombre tan tonto sería enviado en poco tiempo al cadalso."

Ahora fue Louis quien silbó en agradecimiento. "Entonces, ella se desharía tanto de su esposo como de su amante."

Además de ser heredera de una propiedad y algo de fortuna, al igual que su hermano. ¿Qué mejor situación para una dama que quisiera dar forma a su propio futuro? Esta familia no es una compañía de tontos."

"Ah, Bertrand, sabes demasiado sobre las mujeres nobles y sus costumbres".

"Hablo sólo por experiencia. Mi propia hermana se deshizo de su esposo de esta manera y gobierna ahora por derecho propio la posesión de ese hombre. Fue ella quien acusó a su amante de su crimen también, y ella fue quien lo hizo ejecutar."

"Las mujeres pueden ser crueles. "Es bueno para todos nosotros que raras veces tengan poder." Louis frunció el ceño, luego hizo la pregunta en la mente de Rafael. "Pero de verdad, ¿ves el corazón de La Dama Elizabeth tan oscuro?"

"Incluso si ella no tiene un plan tan oscuro, tener un amante después de casarse con un barón anciano le aseguraría el futuro."

"¿Cómo es eso?"

"Necesitará un hijo para demostrar su mérito a cualquier cónyuge que la tome de la mano. Apostaría a que la Dama Elizabeth es lo suficientemente inteligente como para asegurarse de que su útero sea fructífero, independientemente de lo que su esposo decida hacer o no hacer."

Louis se rió de nuevo. "—Te confieso, Bertrand, que tus cuentos me hacen encontrar un mayor favor entre mis sabuesos. No son tan complicados como las mujeres nobles."

"Ellos tienen esa ventaja, al menos, aunque me gustaría creer que no encuentras los mismos placeres con ellos que yo he encontrado con las mujeres nobles."

Ambos rieron juntos, muy complacidos con la broma de Bertrand. "¿Cuántos herederos supuestamente legítimos crees que has engendrado, entonces?"

"Al menos una docena, a lo largo de los años".

"¡No! ¡No puede ser así! ¡Tú no, tan rudo y descortés que nadie adivinaría tu linaje!"

"Hay mujeres que saborean un poco de nuestro tipo", dijo Bertrand. "Quizás sea un anhelo de aventuras y peligros".

"O prestar demasiada atención a las historias de los trovadores.".

"No puedo decirlo, pero no tengo ningún problema con satisfacer el deseo de una dama". Bertrand tosió. "Puedes estar seguro de que si La dama Elizabeth me llamara, me arrodillaría a toda velocidad y le serviría cada capricho con ardor". Bertrand se rió. "Caería en su cama, con el más mínimo movimiento de su dedo a modo de invitación, y la haría gemir de placer toda la noche".

Louis se rió. "¿Y a eso lo llamas ser tonto, entonces? Ella te usaría."

"Y yo a ella. El intercambio de placer es justo, Louis, y se entiende que se produce sin compromisos de ninguna de las partes. Mi corazón y mi vida nunca son parte de la apuesta. Arriesgarse a cualquiera de las dos sería una tontería y una locura además. Debemos conocer nuestros lugares y nuestras perspectivas. Es tan simple como eso."

La pareja continuó entonces, sus voces se desvanecieron, aunque sus palabras le dieron a Rafael mucho que considerar.

¿Bertrand tenía razón? ¿Elizabeth trataba de seducirlo para que pudiera servir a su capricho y asegurar su futuro? ¿Pensaba en convocarlo a él, o a un hombre como él, para que sirviera a su marido de día ya ella misma de noche cuando estuviera casada?

¿Exigiría ella que matara a su marido para demostrar su afecto y luego lo vería ejecutado por asesinato?

Rafael encontró la idea misma aborrecible. Ser traviesa era una cuestión, pero semejante intriga era otra muy distinta.

Por otro lado, Malcolm había sido heredero de Ravensmuir y nunca había dado ningún indicio de ello en los seis años que Rafael lo había conocido. Ese hombre se había guardado sus bienes para sí mismo, hasta que pudo actuar sobre ellos y asegurar su lugar en el mundo. Quizás había aprendido a asegurar su propio estatus de su familia. Quizás Elizabeth había aprendido lecciones similares. Había menos opciones disponibles para las mujeres para asegurarse de estar seguras, pero Rafael se preguntaba ahora si podría haber rumores sobre Elizabeth. Podría haber una razón por la que no estaba casada, si otros hombres de la vecindad conocían las tendencias de los suyos.

Importaba poco, porque Rafael nunca aceptaría ese papel. Él no era una mascota y no sería el amante de una mujer casada. No sería el adúltero descubierto y castigado, ni jugaría al verdugo a cambio de los favores de una dama en la cama. Rafael se consideró advertido por el relato de Bertrand.

Rafael cepilló a Rayo con un nuevo propósito. Él conocía su lugar. Conocía sus perspectivas. No se sentiría tentado por la sonrisa de una doncella para desear lo que nunca podría ser suyo.

Él le concedería el beneficio de la duda, en lugar de asumir que era tan astuta como la hermana de Bertrand. La Dama Elizabeth era joven y solo había conocido la seguridad y la protección.

Ella no sabía lo que hacía al ofrecerle tanto.

Solo deseaba salvar a su hermano, lo cual era un noble impulso.

Cuanto antes se separaran, mejor, a juicio de Rafael. No dudaba que Elizabeth lo olvidaría pronto, y eso era lo mejor. Rafael nunca sería el peón de ninguna mujer noble, mantenido como mascota para complacerla en secreto en la cama.

Después de todo, había algunos placeres que no valían su precio.

Después de confiar el tomillo silvestre a Catriona, Elizabeth se quedó con poco que hacer. Rafael todavía estaba ausente y ella luchó con el interés de ir a buscarlo. No quedaba mucho tiempo para hacerlo cambiar de opinión, aunque sería más que atrevido para ella ir a buscarlo.

Le gustaba bastante la idea de ser más que atrevida.

Esperaba que ese impulso fuera culpa de Rafael. De hecho, había sentido una aceleración en su interior cuando él le hablaba, y una probada de esa emoción estaba lejos de ser suficiente.

Elizabeth estaba dispuesta a encontrarlo, pero no tuvo oportunidad de actuar por impulso.

"¡Mi señora!" Vera exclamó desde muy cerca.

Elizabeth se volvió para encontrar a la sirvienta mayor frunciendo el ceño. Elizabeth bajó la mirada, descartando el hecho de que Vera la conocía desde que nació. Nadie más podría haber provocado una respuesta tan fuerte en ella.

"Esperaría que supieras mejor cómo comportarte", dijo Vera, su tono de represión. "¡Hablar con gente como Rafael! No imagines que no vi tu conversación con ese hombre. Otros pueden haber pasado por alto la verdad, pero tengo ojos en mi cabeza, eso es seguro." Ella exhaló un suspiro. "¡Pensar en lo que habría dicho tu madre si hubiera tenido la desgracia de verte en tal compañía!" Vera caminó al lado de Elizabeth, sin respirar, y depositó a Avery en los brazos de la joven.

Él era la distracción perfecta. Elizabeth no pudo hacer nada más que acercar al bebé y luego admirarlo. Ya era un bebé apuesto, sus ojos de un azul claro y sus labios fruncidos en anticipación a una comida. Le estrechó un pequeño puño y Elizabeth sonrió mientras lo abrazaba.

Ella volvió a sentirse impresionada por ese anhelo de tener un marido y un bebé propio, pero mientras miraba a Avery, Elizabeth temió que ese destino no fuera el suyo. No se hacía más joven y la afirmación de Finvarra, que parecía peligrosa pero distante, parecía cada vez más cercana. Ella había pensado que la elección sería suya para unirse a él en el mundo de las hadas y lo era, pero su maldición se había asegurado de que el reino de los mortales apareciera en desventaja.

Excepto cuando estaba con Rafael. Elizabeth parpadeó ante la verdad en eso. ¿Cómo era posible? ¿Por qué era así? ¿Por qué él, entre todos los hombres, no parecía estar ensombrecido por la muerte?

"¿No es el niño más hermoso que jamás hayas visto?" Vera arrulló.

Elizabeth casi se rió. "Dices eso de cada niño nacido en nuestra familia."

"Avery no nació en nuestra familia", corrigió Vera. Aunque Malcolm lo reclama como suyo. Y no es de extrañar, porque es un niño sano y crecerá grande y fuerte."

"No puedes saber eso", argumentó Elizabeth, aunque esperaba que fuera cierto.

"Hay un vigor en este, sin duda. Ya ha desafiado a la muerte."

"Eleanor dijo que estaba enredado en el cordón", dijo Elizabeth, tratando de sonar como si supiera más de esos asuntos de lo que en realidad sabía. Se le había permitido entrar en la habitación de partos cuando Eleanor daba a luz al primer hijo de Alexander, pero desde entonces, Eleanor había decretado que no era vista para las doncellas. Elizabeth se había visto obligada a ver a Alexander pasear por el salón durante los siguientes partos de Eleanor y dejar que Vera se ocupara de ella.

Ella deseó haber prestado más atención en esa única ocasión. Una vez más, se sintió protegida e inocente, un sentimiento que no le gustaba.

¿Rafael había visto nacer bebés? Ella no dudaba de que lo hubiera hecho. ¡Incluso Malcolm había podido ayudar en la llegada de Avery!

Vera la señaló con un dedo. "Intentas cambiar de tema, mi señora." Dado que Vera había servido en Kinfairlie desde el nacimiento de Alexander, Elizabeth y sus hermanos estaban acostumbrados al discurso franco de esa mujer, al igual que Vera estaba acostumbrada a sus hijos, una vez pequeños y ahora adultos, hablándole claramente.

"¡Tú fuiste la primera en hablar del niño!" protestó Elizabeth. "¡Creo que eres tú quien busca cambiar de tema!"

Vera frunció el ceño. "Si mantienes tus pensamientos como deben ser, entonces mucho mejor. No mires a hombres como estos, mi señora, no si deseas tener un bebé como este y un hogar que puedas llamar tuyo.

"¿Yo?" Preguntó Elizabeth, tratando de fingir inocencia incluso cuando sintió que un rubor subía por sus mejillas.

"¡Sí, tú! Te vi hablar con ese Rafael, y nunca hubo un hombre con un corazón más negro que el suyo. ¡Deberías saberlo mejor antes de asociarte con los de su clase!" Vera enumeró sus faltas con gusto. "Un mercenario, un guerrero, un hombre sediento de sangre sin piedad en su alma". Vera se estremeció ante su propio resumen.

Elizabeth se dio cuenta de que Vera podría ser la mejor fuente de información sobre Rafael que se pudiera encontrar. "¿No puede un hombre esperar ser perdonado por sus pecados?"

"—Sí, puede, pero debe hacerlo él mismo" —respondió la sirvienta con aspereza. "No eres tan tonta como para esperar más de un hombre de lo que puede dar."

"¿De verdad?" Elizabeth no se avergonzaba de intentar que Vera siguiera hablando. Ella solía reunir los chismes y rumores más interesantes, incluso en Kinfairlie. Si tan solo Moira estuviera ahí: entre las dos mujeres, Elizabeth pronto sabría más de Rafael de lo que él sabía de sí mismo. Ella sonrió ante su propio pensamiento y Vera la señaló con un dedo.

"¡Ajá! ¡Sé qué ideas hacen sonreír así a una doncella! Usa el ingenio con el que naciste, Elizabeth Lammergeier. Hombres como estos no ofrecen nada a una mujer de cualquier clase, y menos aún a alguien nacido en la nobleza como tú. No tienen casa y el dinero pasa por sus manos como lluvia primaveral que corre por la hierba." Vera bajó la voz a un siseo. "Deberías ver cómo beben y juegan por la noche, como si los mismos engendros del infierno vinieran a morar en el salón de mi señor Malcolm."

"Me gustaría ver eso", dijo Elizabeth, casi solo para ver la reacción de Vera. "¿Crees que podría quedarme aquí esta noche?"

"¡Oh! ¡No deberías soñar con tal situación! ¡Sería inadecuado, impropio y profundamente incorrecto!"

"Pero tú te quedas aquí."

Vera se paró un poco más derecha. "Estoy aquí para ayudar a la nueva esposa de mi señor Malcolm, al servicio de mi dama y del nuevo heredero. Que nunca se diga que no soporté mucho para servir a mi familia."

"Nunca se dirá", asintió Elizabeth.

Vera no se dejó influir por su conferencia. Sacudió la cabeza y miró a la compañía. "A mi señora no le agrada que estén aquí, especialmente Rafael, pero se esfuerza por mostrarles honor como antiguos camaradas e invitados de mi señor, como es debido y bueno." La mujer mayor resopló. "¡No necesito decirte que no fueron invitados a su mesa!"

Elizabeth frunció el ceño. "Pero pensaba que Malcolm buscaba fortuna en el continente".

"Eso hizo y regresó aquí la última Nochebuena con Rafael."

"Entonces, ¿cómo llegaron sus antiguos camaradas a estar aquí? ¿Cómo sabían buscarlo aquí, si no estaban invitados? ¿Malcolm les había hablado de su herencia?"

"¡No lo hizo! Fue ese demonio Rafael y ningún otro quien envió una misiva, contándoles de la buena suerte de mi señor. Él está detrás de su llegada aquí, sin duda por algún oscuro plan propio. ¡Le pedí a mi señora que cerrara la puerta del solar cada noche, no sea que nos roben los que se dicen que son invitados en el salón de mi señor!

"¡Seguramente los viejos camaradas no harían eso!"

Vera bajó la voz en voz baja. "Sin embargo, un hombre fue asesinado en este salón, la otra noche."

Elizabeth frunció el ceño. "Pensaba que era el hombre del conde, que había venido a matar a Catriona. Pensaba que los camaradas de Malcolm lo habían defendido matando al intruso. ¿No era eso el significado de la rabieta de Jeanne?"

Vera hizo a un lado ese detalle. "Un hombre nunca hubiera intentado tal acto, si el salón no hubiera estado lleno de hombres de este tipo. Es culpa de Rafael, sin duda." Se inclinó cerca de Elizabeth, sus ojos brillaban con convicción. "En mi opinión, no pueden irse lo suficientemente pronto, ni tú puedes ser llevada lo suficientemente pronto a Kinfairlie, donde puedes estar protegida con seguridad."

Elizabeth no quería volver a Kinfairlie todavía. Era mucho más interesante estar en Ravensmuir. Ella quería salvar a Malcolm, y difícilmente podría convencer a Rafael de que cambiara de rumbo si estaba sentada junto al fuego en Kinfairlie.

Con su bordado.

Elizabeth luchó por no hacer una mueca. Era demasiado pronto para irse.

"¿Cuándo te lleva Malcolm a casa?" Demandó Vera.

"Después de la comida del mediodía, dijo él."

"La comida no puede llegar lo suficientemente rápido. Iré a las cocinas y veré si se puede servir antes de lo esperado." Vera se alejó apresuradamente, dejando a Elizabeth meciendo a Avery. El niño se acurrucó contra ella, se llevó el puño a la boca y se durmió. Elizabeth lo admiraba, incapaz de evitar las preocupaciones sobre su propio futuro.

"Si deseas uno tuyo, hay muchos aquí que ayudarían voluntariamente en esa búsqueda", murmuró uno de los camaradas de Malcolm cerca de ella. Cuando Elizabeth miró en su dirección, él le sonrió, revelando que le faltaban un diente o tal vez dos. Elizabeth podía oler la suciedad de su atuendo y se alejó de él por impulso.

Se detuvo en seco ante el peso de la mano de un hombre en la parte posterior de su cintura y sus ojos se abrieron como platos. ¡Seguro que no podía correr peligro en Ravensmuir!

"LA HERMANA de un hombre debería estar a salvo en su propio salón", dijo Rafael, y Elizabeth contuvo el aliento por el alivio. Ella miró hacia abajo para ver que su daga había sido sacada de su vaina, la hoja brillando en las sombras a su lado.

El otro mercenario también lo vio claramente, porque se inclinó y retrocedió.

A Elizabeth le gustó el hecho de que Rafael saliera en su defensa y se volvió hacia él con una sonrisa de gratitud.

Sin embargo, él la miró con el ceño fruncido. "Ve al solar", aconsejó Rafael brevemente. "O mejor aún, regresa a Kinfairlie."

"¿Estás preocupado por mi bienestar, entonces?" Preguntó Elizabeth, tratando de mantener su tono ligero. "Parece que sería la elección de un hombre de honor."

"O uno que elige siempre luchar contra la locura".

Elizabeth lo consideró, sintiendo que él la culpaba por el comportamiento de su camarada. Como antes, Rafael la miraba con tanta atención como un gato observa a un ratón que acecha en la noche, y su avidez hizo que se le acelerara el pulso y se le elevara la voz. "¡No estoy loca!"

"Entonces no pretendas serlo", respondió con determinación. Elizabeth se asustó y supo que se notaba, porque nadie le hablaba así. El tono de Rafael se suavizó cuando evidentemente notó su reacción. "Eres lo suficientemente inteligente como para ver que no solo está en riesgo tu bienestar, sino también la camaradería de este grupo". Arqueó una ceja. "Si sacaran cuchillos para pelear por ti, difícilmente se podría esperar que se defendieran el uno al otro en alguna batalla posterior."

Elizabeth supuso que eso tenía sentido. "¿Y esperas volver a pelear?"

Rafael sonrió como si le hubiera hecho una pregunta ridícula. "Una cosa que está garantizada en esta vida es que siempre habrá otra batalla que pelear. Uno nunca sabe el día ni la hora, pero mi espada no se oxidará en su vaina."

Elizabeth estudió a Rafael, incluso mientras mecía a Avery. Él se demoró, casi como si la provocara a exigir más de él.

Como si esperara a que ella le hiciera la pregunta correcta. El peso de su mirada sobre ella la hizo sonrojarse de nuevo, ese calor se apoderó de su piel de la cabeza a los pies. Su corazón latía más rápido y parecía que no podía respirar por completo. Estaba dolorosamente consciente de su cuerpo y de su proximidad a la dura fuerza de Rafael. Elizabeth nunca se había sentido así y no quería que la sensación terminara.

"Vera dice que a Catriona no le agradas", dijo impulsivamente. "¿Por qué?"

Rafael cruzó los brazos sobre el pecho, su expresión cambió a diversión. "¿No puedes adivinar?"

"Sí, puedo adivinar una razón. Porque ella no desea perder a su nuevo esposo tan pronto como la víspera de solsticio de verano." Rafael asintió con la cabeza, todavía sin preocuparse por su cargo implícito, y Elizabeth se atrevió a presionarlo. "Mi hermano tiene mucho por lo que vivir, con una propiedad reconstruida, una nueva esposa e hijo, y sería un mal amigo el que dejara que se mantuviera ese trato."

"Eso es como lo que has dicho".

La tranquila aceptación de Rafael de esa situación molestó a Elizabeth. "¡Él ocupa tu lugar! Es injusto, independientemente de la deuda que haya existido antes entre ustedes dos." Elizabeth escuchó su voz elevarse por la frustración. "¿Cómo es posible que ni siquiera reconozcas lo que es correcto, noble y bueno?"

"¿Y elegir morir en lugar de tu hermano?" Rafael arqueó las cejas. "De hecho, pides mucho, mi señora."

"No creo que seas tan insensible", insistió ella. "Diste un paso al frente hace unos momentos para defenderme".

"Por el bienestar de toda la Liga Sable, no el tuyo", dijo, para gran decepción de Elizabeth. "Poco bien proviene de una mujer que distrae a los hombres y crea conflictos en el grupo." Rafael se inclinó más cerca antes de que ella pudiera protestar. "No me confundas con un caballero en uno de los cuentos que oyes delante del fuego por la noche, mi señora. He vivido tanto como he elegido para mi propio beneficio y nada más." Había una resolución en sus ojos oscuros, uno que no le dejaba ninguna duda de que él había matado y a menudo. La voz de Rafael bajó aún más, y a un tono más duro que Elizabeth nunca había escuchado antes. "Defiendo lo que me pagan por defender. Así de sencillo, mi pequeño ángel."

"No es tan simple. No puede ser."

Sus ojos destellaron fuego, evidencia de que sus palabras habían encontrado su objetivo. "No finjas ser más ingenua de lo que eres."

"Solo escucho tus propias palabras," insistió Elizabeth, segura de que él respondía con tanta vehemencia porque ella había encontrado la verdad. "Salvaste a Malcolm cuando lo conociste por primera vez. Lo admitiste tú mismo. Debes haber corrido algún riesgo en eso."

Rafael se rió entre dientes oscuramente. "Y fue un riesgo calculado." Hizo un gesto hacia la compañía. "Prácticamente todos estos hombres han sido salvados por mí en un momento u otro. Me gusta que tengan deudas conmigo, en lugar de al revés. En tiempos de prueba, hay muchas deudas que puedo cobrar para salvar mi propio pellejo. Es una estrategia que asegura mi propia supervivencia y nada más." Él sostuvo su mirada por un momento potente, como si quisiera que ella le creyera sin corazón, luego se giró.

"No creo que seas tan calculador", dijo Elizabeth, alzando la voz para que él la oyera. Después de todo, Malcolm te trajo a casa con él."

"Y apuesto a que Malcolm me llama camarada, no amigo".

Elizabeth estaba molesta de que él dijera la verdad, pero persistió. "Sigo creyendo que sabes que la confianza es una moneda más estable que la mera moneda".

"Y ya he notado que eres demasiado inteligente para fingir que eres una ingenua." Rafael se giró para mirarla y se inclinó profundamente, con actitud burlona. "Mi señora."

A Elizabeth le hubiera gustado arrojarle algo al exasperante hombre. Ella podría haber continuado la discusión, más segura con cada intercambio de que no importaba cuánto se atreviera, Rafael la trataría con honor.

También estaba segura de que había progresado en hacerlo cambiar de opinión.

Elizabeth había dado un paso en su persecución cuando el grito de un cuervo resonó en el salón.

∼

CUANDO EL CUERVO aterrizó en el alféizar de la ventana del gran salón a última hora de la tarde, Rafael supo que su llegada era una señal de que debía prestar atención. Un pájaro así era un presagio de mala suerte, para todos los que lo veían, y una advertencia. Él se consideró a sí mismo advertido, y advertido contra el encanto de la atractiva hermana de Malcolm.

Rafael solo tenía que convencerse a sí mismo de prestar atención a su propia conclusión. ¿Por qué había vuelto él al vestíbulo cuando estaba decidido a evitarla? ¿Por qué había dado un paso adelante preparado para defenderla de Gustav?

Ella lo agitaba, eso seguro. Ella tenía éxito en provocarlo, sin duda. ¿Cuándo había apelado alguien a su sentido de justicia? ¿Cuándo se había atrevido alguien a sugerir que su vida valía menos que la de su camarada Malcolm? No importaba cuán vehementemente discutía el asunto con ella, ella insistía en creer que había algo bueno en él. Era una idea atractiva, pero Elizabeth estaba condenada a la decepción.

Después de todo, él no tomaría voluntariamente el lugar de Malcolm, por mucho que ella le suplicara que lo hiciera. Un trato era un trato, no importaba con qué facilidad una hermosa doncella pudiera confundir sus pensamientos sobre el asunto.

La mayoría de los hombres de la Liga Sable estaban reunidos en el salón. La mayoría de ellos afilaban sus espadas y pulían sus armas, y muchos de ellos lanzaban miradas encubiertas a la linda hermana de Malcolm. Lo escuderos estaban sentados en el suelo, asegurándose de que las armaduras estuvieran en buen estado. El estado de ánimo era tranquilo pero decidido. Era solo cuestión de tiempo antes de que el conde exigiera venganza por el insulto a su sobrina, aunque Rafael creía que la mayor afrenta era su propia ambición frustrada de poseer el nuevo Ravensmuir.

Vera regresó apresuradamente de alguna búsqueda a las cocinas y Catriona acababa de bajar del solar. Mientras Rafael miraba, Vera recuperó a Avery de los brazos de Elizabeth, como si no se pudiera confiar a la mujer más joven con una carga tan preciosa. Elizabeth casi sonrió ante la actitud protectora de la mujer mayor, su mirada se dirigió rápidamente a Rafael como si compartieran un secreto, pero él ignoró su atención. ¿Qué sabía él de las mujeres que servían y protegían a los bebés a su cargo? Su vida no podría haber sido más diferente a la que Avery ya estaba haciendo suya.

Vera no se arriesgaba en términos del bienestar de Elizabeth, porque ahuyentó a la doncella hacia Catriona con una mirada sombría hacia la compañía de hombres. Rafael supuso entonces que Vera, que sabía que había servido durante mucho tiempo en Kinfairlie, había servido allí el tiempo suficiente para haber visto a Elizabeth venir al mundo. Era extraordinario imaginar a cualquier persona teniendo tanta continuidad y seguridad en su vida, y Rafael sintió una nueva comprensión de la confianza que demostraba Elizabeth.

Cuando Vera se aseguró de que hubiera suficiente distancia entre Elizabeth y los hombres, dirigió su mirada venenosa a Rafael.

Él saludó a la mujer mayor, sonriendo e inclinándose ante ella, porque la tentación de burlarse de ella era irresistible. Vera frunció el ceño y se dio la vuelta para marcharse orgullosa, exactamente como había previsto.

Elizabeth se rió, el sonido tentó a Rafael a considerarla a su vez.

El grito del pájaro, al menos, le impidió acercarse a su lado.

Malcolm se puso de pie de un salto cuando apareció el cuervo. Podría haber estado esperando su llegada, porque no mostró sorpresa por su presencia. De hecho, caminó hacia el pájaro con una expectativa tan obvia que Rafael se preguntó si Malcolm sabía que la criatura era dócil. Recordó las historias que había escuchado en esa morada, de que el señor de Ravensmuir podía hablar con los cuervos, y se preguntó si había algo de verdad en ello. Ciertamente, este pájaro observó el acercamiento de Malcolm con interés y sin miedo.

"¡Dios en el cielo!" exclamó Vera y abrazó a Avery tan cerca que el bebé protestó.

El cuervo inclinó la cabeza ante sus palabras y observó a los hombres en el salón con una intensidad espeluznante, escudriñando el salón antes de volver a mirar a Malcolm.

Su presencia podría haber sido otra señal, en opinión de Rafael, de que ese salón estaba en una puerta al infierno.

"Bienvenida, Melusine", dijo Malcolm, luego hizo un silbido distintivo. El pájaro lanzó un grito, como en respuesta, y luego volvió a emprender el vuelo.

"Confía en un Sabueso del infierno para tener un cuervo como mascota", bromeó Tristán y los otros hombres se rieron.

"Más de uno," dijo Elizabeth, el tono claro de su voz hizo que Rafael mirara hacia arriba a pesar de su determinación. Su corazón dio un brinco al descubrir que ella lo estaba mirando, como si le hablara a él a solas. "Una vez hubo decenas de ellos viviendo aquí."

¿Qué daría ella para salvar el alma de su hermano? Era una pregunta intrigante, pero la mejor era ¿cuánto tomaría Rafael?

¿Qué precio lo haría cambiar de opinión?

¿Había un precio?

"Quizás eso explique el nombre Ravensmuir", murmuró Rafael y sus camaradas más cercanos se rieron entre dientes.

Mientras tanto, Malcolm corrió hacia la ventana donde había estado el cuervo y miró al cielo. Se puso rígido de repente, su mirada fija en algo en la distancia. Rafael se puso inmediatamente en movimiento, entendiendo que lo que fuera que viera su camarada, no era bueno.

"¿Están aseguradas las puertas?" Malcolm preguntó en voz baja justo antes de que Rafael llegara a su lado. Rafael se detuvo junto a Malcolm y vio que el ejército se acercaba, su mirada recorrió sus filas mientras adivinaba su número.

Llevaban los colores del conde.

Por supuesto. "Él es predecible, al menos", murmuró Rafael.

"Sí, y Louis hace de centinela", le dijo Amaury a Malcolm. "¿Por qué?"

"¿Quién llega?" Preguntó Ranulf, acercándose al otro lado de Malcolm.

En ese mismo momento, Louis apareció en la puerta. "Se acerca un gran grupo", dijo. "Un grupo cabalgando hacia la guerra. Cerré el rastrillo y bloqueé las puertas, pero debemos estar preparados."

"¿Es el conde?" preguntó Reynaud, mirando hacia arriba desde la hoja que afilaba.

"Por supuesto," dijo Rafael y los demás asintieron sin sorpresa. Esa no sería una batalla pequeña y algo se aceleró dentro de él ante la perspectiva. Era la espera lo que quebró el espíritu. Estaba contento de tener que hacer los preparativos, de tener cerca la batalla anticipada.

Rafael intercambió una mirada sombría con Malcolm. "Es hora de abrir tu sótano, Malcolm."

Malcolm asintió con la cabeza ante eso.

Rafael era muy consciente de la curiosidad de Elizabeth pero no le prestó atención. En cambio, ante el asentimiento de Malcolm, se dirigió a la trampilla en el suelo, vio a Malcolm abrirla y luego los dos abrieron la puerta. Rafael saltó a la húmeda oscuridad incluso antes de que pudieran bajar la escalera. Malcolm sostenía una luz mientras descendía.

El sótano estaba lleno de implementos de guerra. Los habían almacenado ahí en secreto, apilándolos en el espacio oculto después de que se había completado, mientras los albañiles dormían en sus tiendas, sin darse cuenta de la actividad en el salón. Malcolm había adquirido suficientes provisiones para defender su fortaleza contra cualquier enemigo. La sola vista de ese arsenal animó a Rafael, ya que no le gustaba enfrentarse a un enemigo estando desprevenido. Había hecho un inventario cuidadoso de todo durante el almacena-miento, y las cantidades lo alentaban. Ahí estaban las armas que sabía manejar. Esa era la vida que conocía.

Si la guerra llegaba a Ravensmuir, era mejor que llegara en ese día, cuando tantos de los camaradas de Malcolm estaban en la fortaleza.

Rafael se alegró de que Malcolm se hubiera preparado tan bien para esa eventualidad, y se alegraba de que se hubieran asegurado de que el conde nunca adivinara la existencia del sótano durante su visita. La sorpresa era una potente adición a su arsenal.

Quizás los acontecimientos enviarían a Elizabeth apresuradamente a casa en Kinfairlie. Podría ser lo mejor, no solo por su seguridad, sino también por sus nociones de guerra. Rafael no tenía ninguna duda de que ella había oído muchas historias en las que la guerra era noble y justa, en las que solo moría el mal y siempre triunfaba el bien. No había sangre en esos relatos, ni sufrimiento ni engaño que quedara impune.

Tales historias no tenían nada que ver con la realidad que Rafael conocía.

Ninguna mujer de crianza noble podría mirar esas armas y la familiaridad de Rafael con ellas y creer que él era otra cosa que lo que era. Era un asesino y un guerrero, al igual que todos sus compañeros. No hay honor en la matanza y no se necesitan buenos principios para guiarla. La avaricia era a menudo el motivo, impulsando a muchos hombres al igual que impulsaba al conde. La Liga Sable lucharía en el lado por el que fueran compensados por defender, y solo el éxito sería recompensado. Esa era la verdad de su vida: guerra, muerte y sangre. Eso era lo que Rafael sabía y lo que hacía. Elizabeth vería la verdad ahora. Como resultado, bien podría huir a Kinfairlie.

Ella vería qué había hecho la vida de él.

¿Las circunstancias lo habían convertido en lo que era? Era una forma extraña de pensar en su situación, y una perspectiva que Rafael no había considerado antes. Rafael nunca había creído que la vida le hubiera dado opciones, pero ese día, pensó en Malcolm y su hermana, y tuvo que preguntarse. Si las circunstancias de su vida hubieran sido diferentes, ¿podría haberse convertido en un hombre diferente con un destino diferente? ¿Podría haber evitado el trabajo de mercenario? ¿Podría haber sido un hombre honorable, como el que Elizabeth insistía que debía ser? De hecho, ella no conocía ningún otro tipo, dada la seguridad de su educación.

¿Habría sido posible alguna vez que se convirtiera en el tipo de hombre que podía pedir la mano de una noble doncella como Elizabeth?

Si era así, lo habían estafado, y esa oportunidad no había sido aprovechada antes de pronunciar sus primeras palabras. La idea enfureció a Rafael, como si hubiera perdido algo que nunca antes había deseado.

Y eso lo enfureció aún más, si no lo impacientaba por el tumulto que esa doncella provocaba dentro de él. Rafael conocía su propia naturaleza inquieta. Sabía que no era un hombre para conformarse con una mujer en un solo lugar. Siempre viajaba, siempre se ganaba el camino con su espada, siempre aprovechaba al máximo cualquier oportunidad que se le presentara en un momento dado.

Rafael se recordó a sí mismo salvajemente que si esa era su elección o el resultado de sus circunstancias, en este punto, no era apto para otra vida.

Rafael no podía borrar su ira, pero le sería útil en la batalla que se avecinaba.

Elizabeth observó a los hombres prepararse para la guerra, sintiéndose llena de anticipación y curiosidad. Todo eso era nuevo para ella, pero estos guerreros lo veían como una rutina. De hecho, Malcolm había anticipado un ataque y se había preparado para él con una minuciosidad que ella nunca hubiera esperado.

Qué extraño anticipar la traición y el derramamiento de sangre en defensa de lo que es propio. Elizabeth sabía que nunca habría pensado de esa manera.

Al menos no hasta ahora.

No hasta que vio que los preparativos de Malcolm demostraban ser prudentes.

Elizabeth supuso que poseer algo de mérito podría llevar a otro a codiciarlo. Ella supuso que un hombre sensato estaría preparado para defender lo que había reclamado a su nombre, ya fuera esa esposa, un hijo o una propiedad. Ella se estremeció un poco al ver el mérito de tener un guerrero experimentado preparado para defenderla. Los hombres que la habían cortejado antes habrían sido derrotados por la Liga Sable. ¿Qué pasaría entonces con sus posesiones y parientes? Nada bueno, sin duda.

No, tenía sentido casarse con un hombre que sabía blandir una espada.

Los hombres se movían con determinación y eficiencia, y toda la compañía se puso de pie inmediatamente después de las palabras de Malcolm. No había prisa en sus movimientos, solo una aceptación tranquila de lo que tenía que hacer y una velocidad constante para lograrlo. Ella podría haber creído que habían estado esperando tal señal, o incluso que se alegraban de ello.

Sin embargo, no hubo dudas de su alegría cuando se reveló la reserva de armas, ni su familiaridad con todos los elementos del arsenal de Malcolm. Gritaron de alegría al ver bolas de metal y haces de flechas, cuchillos, espadas y armaduras que Elizabeth no pudo nombrar de inmediato. Tocaban las hojas y las puntas de las flechas, evaluaban la fuerza de los arcos y asentían apreciando todo lo que estaba almacenado allí. Elizabeth pudo ver la anticipación en ellos, la certeza de que pronto lucharían y lucharían duro, el alivio de que tendrían buenas herramientas para hacer la guerra.

Su hermano podría haber sido un completo extraño. Malcolm estaba concentrado en su almacén de armas y su distribución, su manera rápida, breve y efectiva. No había indicios de que poseyera sentido del humor, y mucho menos de que fuera algo más que un guerrero endurecido que mataría sin remordimientos.

La diferencia era menos sorprendente en Rafael, aunque Elizabeth vio en él una resolución que no había notado antes.

No cabía duda del entusiasmo en las expresiones de cada uno de ellos.

Se alegraban de ser convocados a la guerra. Elizabeth se sorprendió, aunque en retrospectiva, no estaba segura de por qué. Todo hombre agradecía la oportunidad de hacer lo que mejor sabía hacer, después de todo.

Las hadas se dispersaron desde las proximidades de ese sótano abierto a toda velocidad, balanceándose hacia las vigas para hablar con desaprobación. Tenían repulsión al acero y se estremecían en su misma presencia, aunque les gustaban los artículos que brillaban. Elizabeth no dudaba de que habrían robado todas las armas atesoradas por su brillo, oro y piedras preciosas, si no hubiera habido tanto hierro y acero escondidos allí.

Cuando se vació el sótano, las armas se clasificaron en el salón. Elizabeth estaba fascinada por la forma en que los hombres dividían las tareas sin hablar de ello. Habían luchado juntos muchas veces, estaba claro, y cada uno conocía las habilidades especiales de todos los demás. Cada uno se inclinaba hacia ciertas armas, y se ofrecían elementos selectos entre sí con total comprensión de quién empuñaría qué con mayor habilidad. Había muchachos recogiendo leña y otros clasificando flechas y arcos, ninguno de los cuales había recibido la orden de hacerlo. Un mercenario corpulento había reclamado lo que él llamaba fuego griego y estaba dando algunas instrucciones a otro sobre la mezcla de varios polvos que también se habían almacenado en el sótano. Tenía un escudero cortando trozos de cuerda que, según dijo, se usarían como mechas.

También comenzaron a vestirse para la pelea. Elizabeth miró disimuladamente mientras Rafael se quitaba el abrigo y la camisola. Se puso un aketon[1] acolchado, atándolo con fuerza alrededor de su torso, luego tiró una cota de malla por encima. La cota de malla le colgaba hasta las rodillas y se puso otro abrigo negro encima, abrochándolo con fuerza. Este abrigo era más corto que el primero y era una pieza completa, además tenía un emblema dorado cosido sobre él, sobre su corazón.

Evidentemente, no tenía escudero, pero se cuidaba él mismo, lo que a ella le pareció curioso. Elizabeth vio a Rafael comprobar el cuchillo y la espada que descansaban en sus vainas y luego ponerse una cota de malla que cubría sus piernas y botas. Sacó un par de guantes de cuero negro que le llegaban hasta los codos, un gorjal[2] de metal para cubrir su garganta y un casco con más de una abolladura antes de regresar para ayudar a los demás.

¿Ninguno consideraba que podrían no sobrevivir a esta batalla? Elizabeth vio la mortalidad de todos ellos, aunque pocos llevaban la marca de uno que se iría pronto. La sombra sobre la frente de un hombre era mucho más oscura y Elizabeth sabía que él no sobreviviría a la batalla que se avecinaba.

¿Debería advertirle? Elizabeth no lo sabía. ¿Podría evadir su muerte? ¿O posponerlo? Ella no tenía ni idea. Observó al hombre condenado y juzgó por su expresión que no le sorprendería ninguna noticia que le diera.

Ni cambiaría su rumbo

Vivían el día a día, estos hombres, sin la expectativa de que les quedaran años. En cierto modo, era sensato y también hacía que Elizabeth se sintiera protegida por su convicción de que siempre se despertaría al día siguiente y viviría bien. El mayor riesgo para ella era el nacimiento de un hijo, pero mientras permaneciera soltera y casta, ese riesgo era a la vez distante y pequeño.

Mientras miraba, Malcolm metió el dedo en el hollín de la chimenea y trazó el contorno del punto de tierra que ocupaba Ravensmuir en el suelo de piedra. Los hombres y Catriona se reunieron alrededor y Elizabeth se apretó contra ellos, curiosa sobre todo.

"Aquí está el acantilado de Ravensmuir, y aquí el torreón", dijo su hermano y los hombres asintieron con la cabeza. "El seto de espinos se extiende de aquí a aquí, con la puerta de entrada en el centro. Ya no hay ningún acercamiento desde el mar. Si tienen algo de ingenio, asumirán que somos más débiles en los extremos del seto, por lo que debemos llevarlos de regreso al medio."

"No hay un pasaje real allí", dijo el hombre que llevaba la sombra de la muerte.

"Pueden hacer uno", señaló otro mercenario. "Los vi llevar sierras hasta los extremos del seto. Louis y su tripulación dispararon contra ellos, pero es posible que logren que se ensancha la brecha."

"Vigilaremos ambos extremos del seto", dijo Rafael, "para que ningún caballo pueda pasar por ese camino."

"Rocas", dijo el hombre condenado. "Los escuderos pueden apilarlas en cantidad, para que la base esté suelta y desigual".

"Y fuego", dijo Malcolm. "Porque a los caballos no les gusta. Enciende un fuego grade dentro del patio y extiende la hoguera. Colocaremos arqueros dentro de ese espacio."

"Y mátenlos uno por uno si pasan por ese camino," dijo otro guerrero con satisfacción. "Incluso los cadáveres se sumarán a la barrera".

Elizabeth se estremeció ante esta espantosa discusión, imaginando fácilmente cuán efectivos podrían ser esos planes.

"En la puerta de entrada", dijo Malcolm, señalando ese lugar. "Tendremos la primera parte del aceite. El techo es de piedra, con espacio suficiente para calentar el aceite."

Un hombre se frotó las manos con anticipación. "Es bueno servir a un señor que ha planeado tan bien su fortaleza".

Elizabeth se dio cuenta de que estaban disfrutando del proceso de planificación de la defensa de la fortaleza. ¿Disfrutaban también de la guerra? Ella estaba horrorizada y fascinada a la vez, luego miró hacia arriba para encontrar la mirada de Rafael sobre ella. Él sonrió, como si le divirtiera su reacción, y ella sintió que se sonrojaba.

Rafael debía pensar que era una ingenua o una niña, pero ella nunca había presenciado preparativos como ese.

Se preguntó qué más había presenciado él de forma rutinaria que ella nunca antes había visto. Eso solo la hacía anhelar viajar mucho más allá de Kinfairlie e incluso de Escocia, para ver las maravillas del mundo y probar todas las experiencias que se pudieran tener. Siempre le habían gustado los cuentos de aventuras, pero era la presencia de Rafael lo que daba vida a esos cuentos, haciéndola darse cuenta de que eran más que cuentos, alguien había vivido esas atrevidas aventuras.

¡Cómo deseaba ella vivir uno propio!

CAPÍTULO 4

Malcolm continuó dando instrucciones, claramente habiendo aprendido mucho en sus años en el extranjero. Elizabeth escuchaba con anhelo. "Probablemente atacarán a caballo, y esa será nuestra ventaja. Desde la puerta de entrada, Ranulf lanzará fuego griego." Eso debía referirse al hombre corpulento que había estado mezclando polvos. Malcolm deslizó el dedo por su dibujo. "Arqueros también en la puerta de entrada y en el techo del propio torreón. Usaremos la tormenta de flechas para crear más confusión."

"Flechas ardientes", contribuyó un guerrero.

"Flechas venenosas", corrigió una mujer que solo podía ser una puta. Elizabeth había oído que las putas seguían a los guerreros, pero nunca había esperado ver a una en el salón de su hermano. Esa mujer le dirigió a Catriona una mirada evaluadora. "¿Tienes acónito o la belladona?"

"Acónito", dijo Catriona y dejó la compañía para subir al solar. Elizabeth supuso que sus hierbas estaban allí. Se cruzó de brazos, sin sentirse insegura, pero tampoco del todo a gusto.

¿Rafael tenía una favorita entre las otras putas del salón de Malcolm? Había alrededor de media docena de esas mujeres, sus

68

expresiones experimentadas y su manera fácil con los hombres, revelando su oficio. Elizabeth miró a su alrededor y encontró a una sonriéndole, y rápidamente bajó la mirada. Justo cuando Jeanne había visto repentinamente a las hadas que no se había dado cuenta que la rodeaban, Elizabeth sintió que la compañía en el salón de Ravensmuir era realmente extraña.

Catriona parecía haber aceptado la presencia de esta mujer y las demás de su calaña, aunque Elizabeth supuso que no tenía otra opción. También parecía que se esperaba que tuviera una reserva de hierbas, al igual que Eleanor en Kinfairlie. Elizabeth se preguntó si debería haber aprendido más de Eleanor, como había hecho una vez su hermana Isabella.

¿Algún hombre con el que se casara esperaría que ella tuviera tales habilidades con hierbas y pociones?

¿Algún hombre con el que ella se casara estaría tan familiarizado con el arte de hacer la guerra? Elizabeth no podía creerlo, no de los muchos pretendientes que había conocido en Kinfairlie en los últimos años. Incluso aquellos que habían luchado en el extranjero habían ido como caballeros y dudaba que su experiencia hubiera sido la misma que la de estos hombres.

Ciertamente no habían estado tan endurecidos.

Quizás no habían luchado tanto tiempo.

"Cualquiera que llegue a la entrada puede ser asaltado desde arriba o eliminado en la entrada." dijo Malcolm. "Deberían encenderse dos hogueras más a cada lado del salón para empujarlos hacia los acantilados.".

"Hacer humo sería lo mejor", dijo un guerrero mayor con el rostro arrugado. "Tengo un medio para fomentar eso."

"¿Pueden cavar debajo del seto?" preguntó otro.

Malcolm negó con la cabeza. "Tomará tiempo, porque la tierra es rocosa y esos túneles podrían colapsar sobre ellos."

"¿Qué hay de la comida?" Preguntó Rafael, con las manos apoyadas en las caderas. "Podrían querer matarnos de hambre. Sería más sencillo."

Era casi rápido considerar todas las formas en que se podía asaltar una fortaleza.

Elizabeth sabía sin preguntar que no podía volver a Kinfairlie cuando Ravensmuir estaba rodeada y sitiada. De hecho, se alegraba de la llegada del conde, al menos en ese aspecto. Quería ayudar en la defensa de la propiedad de su hermano.

Y, sobre todo, quería que Malcolm sobreviviera.

Quedarse en Ravensmuir era la única forma de lograr todo eso, y también prometía ser una aventura. Ella se enderezó, dándose cuenta de que se le había concedido su más sincero deseo. Ella misma sintió una oleada de anticipación y una vitalidad casi olvidada.

Malcolm tamborileó con los dedos sobre la mesa. "Hay salchicha dura. Hay un pozo en el patio que no creo que pueda contaminarse fácilmente." El asintió. "Pero esta podría ser la única ventaja que tienen."

Los hombres guardaron silencio por un momento, considerando todas las preocupaciones e ideas que se habían expresado, y Elizabeth pensó en otra.

"A Kinfairlie le costará ayudar", agregó, al ver que los demás estaban sorprendidos de que ella hubiera hablado. Se dirigió a Malcolm, aunque sintió el peso de la mirada de Rafael sobre ella. "Incluso si Alexander adivina que estás sitiado, tendrá que atravesar el ejército del conde para ayudar." Ella vio la duda de Malcolm de que Alexander tuviera tal inclinación y deseó haber podido eliminar sus dudas. Alexander podía desaprobar que Malcolm se convirtiera en mercenario, pero estaba contento de que su hermano estuviera en casa. No lo habría dejado sin aliados en la batalla.

Antes de que pudiera hablar, Rafael lo hizo. "Entonces debemos provocarlos para que apresuren la batalla", dijo ese hombre con valentía. "Porque no tengo la intención de morir de hambre."

"¡Ni yo!" repitió un hombre y los demás dieron un grito de asentimiento. Levantaron los puños en señal de saludo a Malcolm.

"¡Por Ravensmuir!" uno gritó. ¡Que permanezca mucho tiempo bajo la mano del Señor Malcolm!

Los camaradas de Malcolm lo vitorearon y se pusieron de pie como uno solo. Elizabeth estaba asombrada de que estos hombres lucharan por su hermano, incluso hasta la muerte, y se preguntó cómo podría compensarlos a todos tan bien.

Luego se preguntó cómo sobreviviría él mismo a la víspera del solsticio de verano. Su mirada voló hacia Rafael, quien la ignoró de manera tan deliberada que supo que sus pensamientos eran uno solo.

"¡Les agradezco a todos!" Dijo Malcolm. "Y sólo puedo creer que la Providencia los trajo a mis puertas".

"Nunca me había llamado por un título tan bonito", dijo Rafael, lo que provocó que todos se rieran. Su mirada se deslizó hacia Elizabeth de nuevo y sonrió, con un hambre peligrosa en su expresión que debería haberle advertido que tuviera cuidado.

Ella se mordió el labio, tentada como sabía que no debería estarlo.

¿Se atrevería a buscarlo para discutir de nuevo?

Ella miró a Malcolm y vio la muerte sobre él con más fuerza. Su piel parecía estar pudriéndose de sus huesos, a su vista, y el lado de su rostro estaba en carne viva donde la piel parecía haber sido cortada.

A Elizabeth no le importaba si era su trato con Finvarra o las espadas de la compañía asaltante lo que lo condenaran. La visión hizo que ella eligiera.

Rafael le lanzó una mirada, una que parecía incluso más penetrante que antes. Sus ojos eran oscuros, sus modales feroces, y quería volver a igualar su ingenio.

Si no más.

Por el bien de Malcolm.

¿Y si ella ofreciera el intercambio que él ya había sugerido? Si se entregaba a Rafael, ¿aseguraría él la supervivencia de Malcolm? Su virginidad era un pequeño precio a pagar por la vida de su hermano, cuando lo consideraba así, y verdaderamente, Elizabeth anhelaba aprender todo lo que Rafael pudiera enseñarle.

Ella tragó, resuelta en su elección. Todo lo que tenía que hacer era encontrar a Rafael a solas y luego reunir la audacia para hacer su oferta.

Por Malcolm, por Avery y Catriona, lo haría.

~

Ningún hombre dormiría dentro de los muros de Ravensmuir esa noche, eso estaba claro. Rafael tomó la guardia mientras la noche descendía sobre las tierras de Ravensmuir. Se paró en la habitación sobre la entrada al vestíbulo, esa habitación con sus ventanas construidas pequeñas para un propósito, y observó a la compañía del conde acampar.

No parecían tener ninguna inclinación a atacar por la noche.

Habían intentado cortar los extremos de los setos antes de que cayera la noche y habían cortado un arbusto en cada extremo antes de ser ahuyentados por la Liga Sable. Después de haber sido despachados, esos nuevos huecos se habían llenado con rocas y piedras. Sería un desafío montar a caballo por esos espacios, aunque Rafael esperaba que los hombres invadieran a pie. Malcolm había puesto una guardia en el patio y las hogueras gemelas ya estaban encendidas, para asegurarse de que ninguno se deslizara por el espacio durante la noche.

Las fuerzas atacantes habían levantado sus tiendas de campaña en los campos, más allá del alcance de una flecha de la puerta de entrada. Su campamento no estaba tan lejos del que habían ocupado los albañiles en los últimos meses, y Rafael esperaba que hicieran uso de algunos de los mismos pozos de fuego.

La noche era clara con estrellas brillando en lo alto y una brisa fresca venía del mar. Llevaba el humo de sus fogatas tierra adentro. Los caballos estaban atados detrás de las tiendas y Rafael los había contado antes de que la luz se apagara por completo. Aunque no serían demasiado útiles para el asalto, dados los preparativos, su número era una buena indicación de cuántos hombres seguían al conde.

La empresa de Ravensmuir estaba muy superada en número. Rafael solo podía esperar que la experiencia de la Liga Sable les diera una ventaja que los números no les daban. Él había consultado con Malcolm y había optado por permanecer solo de guardia.

Rafael supo en ese mismo momento que ya no era el único en la habitación. El paso de los pies en la escalera era lo suficientemente silencioso como para ser silencioso, pero él lo escuchó de todos modos. Vio una figura vestida de hombre por el rabillo del ojo, pero era demasiado delgada para ser cualquier hombre que conociera. Dado que el conde ya había tenido un espía en el salón, Rafael no se arriesgó. Giró, sacó su daga y sorprendió a su invitado.

En un abrir y cerrar de ojos, puso una mano alrededor de la garganta del recién llegado, sosteniendo la cabeza de esa persona contra la pared. Su otra mano sostuvo la hoja contra las costillas del intruso, con la punta cerca del corazón, y sujetó al individuo contra la pared con las caderas. El intruso se quedó quieto, sintiendo claramente esa hoja y jadeó.

Solo entonces notó el seductor aroma de la piel de su cautiva.

Elizabeth.

Con atuendo de hombre. Por supuesto. Malcolm habría hecho que las mujeres se cambiaran, de modo que no fueran tan fácilmente identificables a distancia.

El pulso de Elizabeth palpitaba bajo su mano y pudo ver que sus ojos estaban muy abiertos, incluso en la oscuridad. Su piel era más suave que el terciopelo sedoso bajo su mano y se sentía frágil. Sin embargo, no había gritado y no temblaba de miedo. Ella era más incondicional de lo que Rafael esperaba. Él sintió que ella tomaba aire cuando bajó el cuchillo y su pecho se presionó contra él de una manera que envió un fuego de conciencia a través de él.

La naturaleza de la batalla era llevar todo lo que hay dentro de un hombre a los extremos. Quizás era el peligro mortal, pero incluso el primero de los preparativos hacía que el apetito fuera extremo. Rafael sabía que los hombres habían comido más de lo que solían comer, algunos habían bebido más, otros estarían probando a las putas con vigor, quizás para demostrar que aún estaban vivos. El impulso por la sensación sería mayor en la victoria, más como un escalofrío, pero incluso en este momento, podría haber tomado a esa seductora doncella sin pensarlo dos veces.

¿Era ella consciente del riesgo que corría?

Rafael quería mostrárselo, enseñarle algo de hombres, incluso si lo atormentaba tener solo una muestra de ella antes de que ella huyera de regreso al solar al que pertenecía.

Elizabeth contuvo el aliento y se humedeció los labios, lo que ayudaba poco a Rafael a controlar sus impulsos. "No pude distinguirte aquí en la oscuridad," susurró él.

Rafael se apartó deliberadamente de ella, sabiendo que era lo mejor. Se decía a sí mismo que permanecía cerca de ella para que pudieran susurrarse el uno al otro, aunque sabía que eso era una excusa. Sus dedos eran desobedientes a dejar la suave piel de su garganta, y ella no se apartó de su toque.

Su cabello estaba ahora trenzado, una trenza de ébano colgando por su espalda.

Él sintió su inquietud y quiso tranquilizarla, un impulso caballeroso que parecía ajeno al hombre que él sabía que era. "Es mejor mantener la habitación a oscuras, para que no puedan ver que alguien está mirando."

"Seguramente asumirían que alguien lo hace"

"No está de más dejarles dudar".

Elizabeth sonrió entonces, la curva de sus labios atrajo su mirada hambrienta. ¿Alguna vez la habían besado? "Mi padre siempre decía que la sorpresa era un arma potente."

"Y así es".

Su piel era suave bajo su mano, su presencia seductora y femenina. Él observó cómo sus dedos acariciaban su garganta suavemente, solo las yemas de sus dedos tocaban su piel. Ella tragó de nuevo, luego echó la cabeza hacia atrás, sus ojos brillaban mientras lo miraba.

Como si fuera a invitar a más.

Rafael se dio cuenta de que había estado mucho tiempo sin una mujer. Después de todo, no había habido ninguna en Ravensmuir durante los últimos seis meses, no hasta que la Liga Sable había llegado con sus putas unos días antes.

Esa podría ser la única explicación razonable del efecto de Elizabeth sobre él. Rafael no era de los que favorecían la inocencia, después de todo. Dejó que las yemas de los dedos se deslizaran por su garganta en una lenta caricia, atreviéndose a dejarlas vagar por la abertura en la parte delantera de su camisola. Ella debería haberse apartado. Debería haberle dado una palmada en la mano.

Pero no lo hizo, y Rafael se encontró acercándose de nuevo.

"Deberías estar en la cama", murmuró él, viendo cómo ella cerraba los ojos. Ella respondía a su caricia, un descubrimiento que él encontró muy bienvenido.

"Tú también deberías estarlo", respondió ella, esa travesura inesperada iluminó sus ojos.

"No esta noche", respondió él, viendo cómo sus dedos se deslizaban alrededor de su oreja. Ella separó los labios e inclinó la cabeza, invitándolo a tocarla con más audacia. Le recordó a un gato y se acercó más, sus labios estaban a un dedo de los de ella. Ella le sonrió, una expresión perezosa que anudó sus entrañas.

Ella era la hermana soltera de Malcolm.

Rafael apartó la mano abruptamente.

¿Qué era esto que hacía?

El tono de Rafael se volvió de regaño mientras se alejaba de Elizabeth. "¿En qué piensas que estás en el exterior en la fortaleza por la noche, sola e indefensa?" dijo él. "Ni siquiera tienes un cuchillo de mesa."

La sonrisa de Elizabeth se amplió, esa maldita confianza hacía que él quisiera enseñarle el precio de su locura. "Te estaba buscando y sabía que me defenderías bien."

"Tu confianza es inmerecida." Rafael volvió a la ventana, sintiéndose descontento e inquieto a la vez. Envainó su daga y miró hacia la noche, muy consciente de que Elizabeth no se marchaba.

"—Quisiera hacer un trato contigo, Rafael" —admitió ella detrás de él, sus palabras roncas—. El hecho de que ella usara su nombre lo estremeció, aunque estaba seguro de haber entendido mal su plan. No había duda de la sensual promesa en su tono, aunque Rafael dudaba que ella fuera consciente de ello.

Él sabía el trato que quería, al igual que sabía que era una locura desearlo.

"Has intentado hacer un trato conmigo desde que nos conocimos, y he rechazado tu invitación a morir en lugar de Malcolm en repetidas ocasiones."

"Pero no te he ofrecido una recompensa", dijo Elizabeth.

Rafael se giró para considerarla.

Su mirada permaneció firme mientras continuaba, aunque sus palabras lo sorprendieron. "Dijiste que todo asunto es un intercambio. ¿Y si te ofreciera un beso para ocupar el lugar de Malcolm?

Rafael negó con la cabeza. "Entonces ofrecerías lo que yo podría tomar libremente, tanto si lo ofreciste como si no." Arqueó una ceja. "Y un beso es un placer fugaz para ofrecer a un hombre a cambio de su vida. Tu precio es demasiado bajo." Él dejó que su tono se endureciera. "Vuelve a la seguridad de tu cama, mi señora, porque ahí es donde debe estar una doncella cuando el salón está lleno de guerreros."

Él pudo ver a Elizabeth sonrojarse, incluso en la oscuridad, y no le sorprendió realmente que no se fuera. Esta doncella no. No abandonaría su propósito tan fácilmente. De hecho, él quería saber qué haría ella.

¿Ofrecería ella más que un beso? Rafael apretó los puños, sabiendo la respuesta que deseaba a esa pregunta.

Elizabeth dio un paso más cerca, dejando que las yemas de sus dedos cayeran sobre su brazo. Dejó que las yemas de sus dedos lo recorrieran, imitando la forma en que él la había acariciado, deslizando su mano hasta su hombro. Una vez que sus dedos tocaron su cuello, se inclinó ligeramente contra él, la curva de sus senos contra su pecho.

Ella miró hacia arriba y él estaba seguro de que nunca había visto una imagen más atractiva en todos sus días. "Es cierto que podrías robar un beso, pero apuesto a que no sería tan dulce como uno ofrecido libremente." Su mirada se cruzó con la de él, un desafío en su sonrisa. "Creo que los mejores besos son los que se disfrutan mutuamente, no los impuestos o forzados."

"¿Pero no lo sabes?"

Elizabeth se sonrojó un poco. "Por supuesto no." Un brillo travieso iluminó sus ojos, tentando su sonrisa. Ella deslizó su mano hasta su oreja, la sensación de sus dedos en su cabello lo despertó de una manera que seguramente no podía anticipar. "Pero me gustaría averiguarlo." Ella frunció los labios, mirando sus propios dedos sobre su carne. "Tu piel se siente tan diferente a la mía", pensó y Rafael se recordó a sí mismo que no tenía ningún interés en las inocentes.

"Pensé que habíamos hablado del bienestar de Malcolm".

Ella sonrió. "Creo que las mejores ofertas tienen más de un objetivo."

Rafael se encogió de hombros, esforzándose por parecer indiferente. "No cambiaré mi vida por un beso, no importa lo potente que sea".

Elizabeth asintió, no sorprendida, luego inclinó la cabeza para mirarlo. "¿Pero qué hay de más que un beso?" preguntó ella en un susurro, y él estaba seguro de haberla escuchado incorrectamente. Ella se estiró hasta los dedos de los pies y tocó con los labios la piel expuesta de su garganta.

Una sacudida de lujuria atravesó a Rafael desde ese único punto y la agarró por la parte superior de los brazos, con la intención de poner distancia entre ellos. "Bromeas conmigo."

"No." Elizabeth deslizó sus brazos alrededor de su cintura y se inclinó contra él, el olor de su piel se elevó para atormentar a Rafael. "Fue tu sugerencia".

Él descubrió que no podía apartarla, no cuando ella lo miraba con tanta bienvenida en esos ojos. "Y lo rechazaste, hace apenas unas horas."

Su sonrisa era confiada. "Me sorprendió tu sugerencia. No tenía más que pensarlo para considerar el mérito de su plan." Se mordió el labio y se sonrojó de nuevo incluso cuando su voz se redujo a un susurro íntimo. "En verdad, me gustaría saber cómo es."

"¿Y entonces aumentas tu oferta de un beso a la mayor intimidad, tan fácilmente como eso?"

Ella se sonrojó y pareció desconcertada. "Tenía la intención de ofrecer todo desde el principio, pero cuando Alexander me llevó al mercado en York, dijo que era más prudente comenzar con menos del precio final."

Rafael la miró fijamente, sin saber si estar más sorprendido de que pensara en esto como un intercambio tan simple, o porque nunca había viajado más allá de York. ¡Qué pequeño era su mundo en comparación con el suyo! Pero entonces, ¿qué más podía esperar, dado su estado? "Esto no puede ser un trato que quieras mantener", logró decir.

Los ojos de Elizabeth se entrecerraron levemente, como si estuviera insultada, y de nuevo vio su determinación. "No soy una jovencita caprichosa o una que promete lo que no hará. No te equivoques, Rafael, me entregaré a ti esta noche, aquí y ahora. Puedes tomar todo lo que tengo para ofrecer. Solo te pido que pagues la deuda con las hadas mañana en lugar de Malcolm."

La idea encendió a Rafael tanto como su tranquila determinación. Quería aceptar un trato, aunque sabía que sería una locura hacerlo.

"Me tendiste una trampa", se quejó, recordando las palabras de Bertrand con demasiada facilidad. "Quieres que intente deshonrarte para que Malcolm pueda descubrirnos así y tomar una penitencia de mi pellejo".

"Malcolm está con Catriona en el solar", dijo Elizabeth con firmeza, revelando que había planeado ese encuentro. Entonces, su oferta no era un impulso. Ella había planeado esa seducción, una revelación muy interesante. "Él cree que estoy en la guardería con Avery y Vera."

"Vera, entonces", dijo Rafael, sabiendo que esa mujer estaría muy contenta de verlo en contra de Malcolm.

Elizabeth negó con la cabeza. "Vera cree que estoy en el solar con Malcolm y Catriona. Ninguno de ellos me buscará antes del amanecer." Ella se apartó de él, lo que lo confundió porque su resolución era clara. "Lo que nos da algo de tiempo."

Para asombro de Rafael, Elizabeth se sacó la camisola de los calzones que le habían prestado y comenzó a desabrocharla. Ella sostuvo su mirada, luego tiró de la camisola por encima de su cabeza, revelando sus pechos desnudos a su vista.

Rafael lo miró, seguro de que nunca había visto unos pechos tan perfectos en su vida. Su piel era cremosa y parecía marfil en las sombras, sus pezones oscuros y apretados. Sin embargo, era el propósito de su expresión lo que podía ser su ruina, porque ella claramente tenía la intención de hacer lo que prometía.

Rafael inhaló bruscamente, deseando lo que ella le ofrecía más de lo que había deseado algo en mucho tiempo. Se podría hacer con tanta facilidad, con tanta rapidez, y nadie sería más sabio. Podía aceptar todo lo que ella le ofrecía y no entregar su parte del trato. De hecho, él podía negar que hubiera un trato y simplemente reclamar su virginidad ahora.

Estaría mal.

Rafael desvió la mirada, sabiendo lo que debía hacer, luego se dio cuenta de la estrategia de Elizabeth. Parecía una locura porque lo era. Ella no se ofrecía realmente a él. Se arriesgaba, pero no tanto. Ella había insistido repetidamente en que era un hombre de honor. Tenía la intención de demostrarlo obligándolo a revelar que no se aprovecharía de ella esa noche.

Y luego ella lo regañaría para que hiciera lo correcto y ocupara el lugar de Malcolm.

Ella esperaba que él se negara el premio, pero por honor, pagara el precio.

Rafael sonrió y se volvió para mirar fijamente su carne desnuda. Dejó que toda el hambre de su deseo llenara su expresión, sin ocultar nada de ella, y dio un paso más cerca. Caminaba como un depredador, un hombre que tendría lo que quería, un mercenario peligroso en el que no se podía confiar para hacer nada más que velar por su propia satisfacción.

Para su placer, ella notó el cambio. Él vio cómo ella recuperaba el aliento, cómo luchaba contra el impulso de cubrir su desnudez con las manos. Dejó que su mirada vagara sobre ella y se aseguró de que se mostrara su agradecimiento. Le daría una sorpresa, una que la enviaría huyendo de regreso a una habitación u otra, a cualquier lugar donde estuviera a salvo fuera de su compañía.

Y tendría ese beso.

"Doy la bienvenida a tu sugerencia y tu invitación", dijo, manteniendo la voz baja con promesa. Cruzó la habitación y cerró la puerta, luego giró la llave en la cerradura. Los ojos de Elizabeth se abrieron de la manera más satisfactoria. Ella no olvidaría esta lección, sin duda.

"No tomará mucho tiempo, pero no me molestarán." Rafael levantó el dobladillo de su abrigo y su túnica de cota de malla mientras caminaba hacia ella. La respiración de Elizabeth se aceleró, tal como él había anticipado, y retrocedió contra la pared. Sin embargo, no huyó, aunque su alarma era clara.

"¿Las cosas siempre proceden con tanta prisa?" —preguntó ella con una medida de preocupación que demostró que su plan era bueno.

Rafael se rió entre dientes. "No tenemos mucho tiempo. Lo aprovecharía al máximo."

Ella contuvo el aliento y se mordió el labio, la vista lo hizo consciente de su deseo. Rafael tenía que hacerla correr rápidamente, para que no perder el control de sus propios impulsos, para que esta situación no llegara demasiado lejos. Él no sería brusco, pero tampoco se demoraría. Dudaba que ella encontrara mucho placer en su toque, no con él vestido y armado. Cualquier doncella sensata se horrorizaría y huiría.

Rafael agarró el extremo de la trenza de Elizabeth, elevándose sobre ella mientras rasgaba el cordón que sujetaba el extremo. Lanzó el encaje por el suelo mientras ella lo miraba con asombro, luego tiró de su cabello para soltarlo de la trenza. Extendió sus mechones de ébano sobre sus hombros, luchando contra el impulso de deslizar la longitud sedosa por sus propios labios. Clavó sus dedos en su cabello y ahuecó su cabeza en su mano, sorprendido de nuevo por lo delicadamente forjada que ella estaba.

Elizabeth inclinó su rostro hacia arriba con una dulzura que no había planeado, luego tocó sus labios con los de ella. Ella se estremeció, luego sus labios se separaron y Rafael se encontró besándola con todo el ardor y la admiración que había sentido desde la primera vez que la vio. La hizo retroceder contra la pared, atrapándola entre su cuerpo y la piedra. Cerró su mano libre alrededor de su pecho desnudo, provocando el pezón hasta un pico tenso incluso mientras la besaba profundamente.

Era un beso dulce y potente, un beso robado, un beso que él estaba seguro de que se interrumpiría. Rafael aprovechó al máximo la oportunidad, seguro de que sería su única probada de esa mujer seductora. Él saqueaba su boca con posesiva facilidad, sabiendo que su audacia la obligaría a detener el beso en poco tiempo. Inclinó su boca sobre la de ella y exigía más de lo que ella le había dado, más de lo que ella daría. Mientras tanto, sus dedos acariciaban su pezón, volviéndolo una cuenta más apretada, pellizcándolo y acariciándolo. Mientras tanto, la aplastaba bajo el peso de su cuerpo, seguro de que la realidad de tal pasión la aterrorizaría.

Pero Elizabeth se mantuvo firme.

Rafael intensificó su ataque amoroso. Aunque no habría más que ese beso, tenía la intención de convertirlo en uno que ella recordara.

Tenía la intención de poner su marca en Elizabeth, dejarle los labios hinchados y el pezón dolorido, cuando ella huyera de regreso al solar. Quería que ella pensara en la locura de lo que había sugerido, para asegurarse de que nunca le hiciera a otro hombre una oferta similar. Ella sería capaz de sentir su caricia durante toda la noche, si él se salía con la suya, y eso le daría mucho en qué pensar. Rafael esperaba que eso la mantuviera despierta.

Él sabía que el beso lo mantendría despierto. De hecho, sospechaba que lo perseguiría su negativa a aceptar sus condiciones.

Cuando ella todavía no lo apartó, él colocó su rodilla entre las de ella, forzando sus muslos a separarse, y rodó sus caderas contra ella. Se aseguró de que Elizabeth sintiera su erección y se tragó su grito de sorpresa incluso cuando había anticipado su rechazo.

Un beso sería el precio de su audacia.

Un beso sería todo lo que reclamaría de ella.

Pero el plan de Rafael estaba condenado a salir mal, justo cuando estaba seguro de que tendría éxito.

Porque Elizabeth, en lugar de huir de su toque atrevido, lo abrazó. Ella contuvo el aliento y se arqueó contra él en silencio pidiendo más. Ella deslizó sus dedos en su cabello para acercarlo más mientras le devolvía el beso con un ardor inesperado.

De hecho, parecía tener un hambre por él que se hacía eco del suyo por ella.

Cuando ella emitió un pequeño ronroneo de placer, luego tocó su lengua con la de él, Rafael supo que su estrategia había fallado.

DADAS LAS DOS OPCIONES DISPONIBLES —que Rafael aceptara su oferta y la sedujera por completo o que se mostraría un hombre de honor y en retirada— la elección que había hecho era infinitamente preferible para Elizabeth. Su beso alimentó ese calor recién descubierto dentro de ella y despertó el deseo de tener más de su caricia.

Él se había movido tan rápido para reclamarla, que podría haber estado simplemente esperando su invitación. Le encantaba que él no viera la necesidad de fingir, porque la honestidad entre las parejas era clave según el pensamiento de Elizabeth. Rafael era un hombre que aprovechaba la oportunidad cuando se le presentaba.

Él tenía eso en común con los héroes de los cuentos, sin duda.

Elizabeth se había sorprendido cuando él cerró la puerta. Sin embargo, le gustaba que no fueran interrumpidos y saboreó su rápido pensamiento. Le había sorprendido que se hubiera acercado a ella sin quitarse el atuendo y, de hecho, la forma en que se agarró al dobladillo de su abrigo y su cota de malla indicaba que no lo haría. Por un momento, ella se sorprendió y dudó de su elección, pero luego él la miró fijamente mientras le desabrochaba la trenza. Sus ojos brillaban con intensidad y deseo, su admiración por ella no solo era clara sino reconfortante. Elizabeth vio la reverencia en la forma en que él extendía su cabello sobre sus hombros y supo que él estaba bajo el mismo hechizo que ella.

Elizabeth se sorprendió cuando su mano cálida se cerró sobre su seno. La sensación era excitante y placentera, pero no se podía comparar con lo que él hizo después de eso. La forma en que él tomó su seno y jugueteó con su pezón, atrapándolo entre el índice y el pulgar, la hizo retorcerse con un placer que no podría haber anticipado.

Ella había visto sus ojos brillar de satisfacción antes de que su boca se cerrara sobre la de ella.

Su beso era exigente y poderoso, exactamente como ella siempre había esperado que fuera, y la forma en que la inmovilizaba contra la pared con su cuerpo era más que emocionante. Elizabeth se sentía atrapada, reclamada y completamente femenina. Él era todo fuerza musculosa, todo poder y pasión, tan vital que ella ansiaba probar todo lo que la vida tenía para ofrecer. El tamaño de su erección dejó en claro que ella no era la única esclava del deseo y agradeció esa revelación. Su cuerpo zumbaba con una nueva conciencia y quería frotarse contra él para sentir aún más.

De hecho, si eso era solo el comienzo de los placeres que una pareja podía compartir, Elizabeth no entendía por qué las parejas casadas alguna vez dejaban la cama.

Rafael estaba haciendo un reclamo y Elizabeth lo sabía bien.

Quería que él supiera que ella era suya para que la tomara.

Elizabeth empujó sus manos en la seda oscura del cabello de Rafael y lo atrajo cada vez más cerca, abriendo su boca hacia él y rindiéndose completamente a su toque. Él conocía este rumbo y podía orientarla bien. Ella seguía su ejemplo, haciéndole saber que confiaba en él por completo. Ella arqueó la espalda y presionó su seno más completamente en su mano, incluso mientras abría la boca para invitar a más de su beso. ¿Quién hubiera podido adivinar que existía tal placer? ¿Quién podría haber imaginado que podría salvar a Malcolm experimentando algo así? Parecía demasiado bueno para ser verdad.

Y lo era.

Rafael apartó la boca de la de ella y murmuró algo que ella no entendió. Pudo haber sido una maldición, él dijo las palabras con tal vehemencia, y Elizabeth temió que se alejara de ella. En cambio, la miró, sus ojos brillando y su garganta moviéndose.

Inclinó la cabeza tan rápidamente para tomar su otro pezón con la boca que ella jadeó en voz alta. Él la tomó por la cintura con las manos y la levantó ante él, su agarre firme y seguro. La forma en que besaba su pezón turgente y luego la succionaba, primero suave y luego exigente, hizo que Elizabeth gimiera de placer. Ella entrelazó sus manos en su cabello, sosteniéndolo fuerte contra ella, sin querer que se detuviera.

Rafael murmuró otra maldición contra su piel, luego sus dientes rozaron su tenso pezón. Elizabeth pensó que podría desmayarse de placer. Ella susurró su nombre y se encontró abruptamente arrojada hacia la puerta de la habitación. Volvió a mirar la silueta de Rafael incluso mientras él le arrojaba la camisola prestada.

"Podría tomarte aquí y ahora," dijo, su tono feroz. "Podría reclamar lo que ofreces tan fácilmente y despojarte para siempre".

Elizabeth escuchó una advertencia en su tono. "Tenemos un trato", dijo.

"Lo que prueba que tu forma de pensar es errónea". Rafael levantó un dedo y su mirada era dura. "No tienes los medios para asegurarte de que mantenga el trato que harías. Podría seducirte y dejar que Malcolm pague mi deuda al día siguiente." Él se volvió hacia la ventana, apoyando las manos en el alféizar. "Tienes mucho que aprender de estrategia, mi pequeño ángel. Ahora encuentra el camino a tu cama."

Que la despidiera, como a una niña traviesa y después de ese beso potente, era indignante. "¿Y si no voy?"

"Entonces dije bien que me verías condenado".

Elizabeth frunció el ceño, sus pensamientos y su deseo se agitaban. "Pensaba que me deseabas."

"Estabas equivocada", dijo Rafael, su tono severo. "Solo quise mostrarte la locura de tu elección".

Elizabeth no podía creerlo. "Pero ese beso..."

"Fue una lección y una advertencia". Rafael la miró por encima del hombro. "No tengo ningún interés en despojar a inocentes. Tuviste suerte en eso y es posible que no vuelvas a ser tan afortunada."

Elizabeth sintió que sus mejillas ardían por no ser lo suficientemente mujer como para tentar a Rafael. Estaba mortificada por haber estado a punto de renunciar a su mayor activo y podría haberlo entregado por nada. Cogió su propia camisola, desanimada.

Se lo acababa de pasar por la cabeza cuando se dio cuenta de la verdad de lo que Rafael había hecho.

Él estaba de espaldas a ella y había cruzado los brazos sobre el pecho, los pies apoyados en el suelo mientras miraba el campamento del conde y fingía ignorarla. Sin embargo, el aire crujía entre ellos y Elizabeth sonrió con renovada confianza. Era una señal de que no era tan indiferente como él quería que ella creyera.

De hecho, la defendía de sí mismo.

Él la protegía, lo que no era un signo de indiferencia.

Se puso la camisola, segura de su conclusión. Elizabeth se rió entre dientes, viendo cómo sus hombros se tensaban.

"No veo nada de humor en la situación", dijo con rigidez.

"Yo sí. Porque tú, Rafael Rodríguez, tienes mucho que aprender de ocultar que eres un hombre de mérito."

Se giró para mirarla, pero Elizabeth sonrió. "El villano que dices ser no habría negado su propio placer. Habría aprovechado todo lo que yo le ofrecía, luego roto su palabra, dejándome sucia y a Malcolm condenado." Ella le señaló con un dedo. "Pero tú no podrías hacer eso. Te advierto, Rafael, que ya tengo tu medida." Ella sostuvo su mirada de asombro por un momento, luego giró la llave en la cerradura, abrió la puerta y salió de la habitación.

Escuchó a Rafael maldecir violentamente detrás de ella, una vez más el tono y no las palabras eran lo que revelaban su disgusto, y ella se preguntó si hablaba en español cuando estaba apasionado.

Elizabeth se dio cuenta entonces de que tal vez nunca lo sabría.

No, si Rafael aceptaba su desafío y se entregaba a Finvarra en el lugar de Malcolm la noche siguiente, él sería el que se perdería para siempre.

Elizabeth se detuvo entonces y miró hacia atrás, sacudida por la comprensión. Si ganaba a su manera, Rafael moriría y, contra toda expectativa, Elizabeth lo extrañaría. Podría haberse dado la vuelta, pero dos guerreros subieron las escaleras para unirse a Rafael y observar las fuerzas reunidas más allá del seto de Ravensmuir. Elizabeth se mordió el labio, temiendo no tener la oportunidad de volver a hablar con Rafael a solas.

Ella había querido que él tomara el lugar de Malcolm, porque había creído que eso era correcto, pero ahora, no quería que ninguno de los dos muriera. ¿Podría Finvarra dejar de cobrar lo que se le había prometido?

MARTES 22 DE JUNIO DE 1428

FIESTA DE SAN ALBANO Y EL APÓSTOL SANTIAGO
(EL MENOR). VÍSPERA DE SOLSTICIO DE VERANO.

CAPÍTULO 5

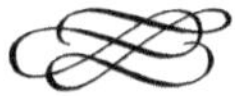

*A*l amanecer, empezaron los tambores.

Elizabeth no tuvo oportunidad de hablar con Rafael una vez que dejó el solar con Catriona. De hecho, él parecía evitar su propósito y su estado de ánimo parecía ser sombrío, aunque podría haber fruncido el ceño debido a la batalla pendiente. Incluso con la Liga Sable en su salón, las fuerzas de Malcolm eran superadas en número por las del conde.

Elizabeth presenció la negociación y escuchó la demanda del conde de que Malcolm dejara a un lado a Catriona para casarse con Jeanne. Ella vio a Jeanne en el campo más allá del seto, la mano despreciada de esa mujer supuestamente era la razón del ataque. Ella observó los considerables preparativos del conde y comprendió que la negativa de Malcolm a tomar a Jeanne como esposa era solo una excusa.

El conde codiciaba el nuevo Ravensmuir. Claramente, no le preocupaba reclamarlo por la fuerza.

Malcolm se negó a ceder a su nueva esposa.

Quietud.

La primera flecha se disparó sobre los muros, dejando un rastro en el cielo matutino.

"Y así comienza", murmuró un mercenario en su proximidad. Elizabeth se dio cuenta de que no había creído realmente que hubiera una batalla. Pero hubo guerra, rápida y en cantidad. Una vez que se disparó la primera descarga de flechas, la batalla estalló en verdad. Las flechas caían del cielo como lluvia y los hombres intentaban trepar por el exterior de los muros de la puerta de entrada. Ella hizo una mueca cuando la primera olla de aceite hirviendo se volcó sobre el techo y los hombres de abajo gritaron de agonía.

Como se había anticipado, otros hombres intentaron rodear los extremos de los setos, pero fueron derribados por los hombres de Malcolm. Había humo y fuego por todos lados, gritos y chillidos, y un caos más allá de las expectativas de Elizabeth.

Cuando ella vio por primera vez caer a un hombre y derramar su sangre, esperó a que se levantara ileso. Una parte de su mente sabía que él no lo haría, pero hasta ese momento no había creído que los hombres realmente serían masacrados por el sello de Ravensmuir.

Hasta que vio que lo eran.

Elizabeth se sorprendió por el salvajismo de todo eso, por el implacable asalto a la nueva fortaleza de su hermano y por la deter-minación de sus camaradas de ver defendida su propiedad. Lucharon constantemente todo el día, sin respiro, y parecían no necesitar descanso.

¡Puede que no haya nadie vivo que pague el diezmo de Finvarra esta noche!

Elizabeth tenía que hacer algo para ayudar. De lo contrario, sabía que miraría a Malcolm y Rafael alternativamente, temiendo por sus destinos. Ella llevaba agua, calmaba a Avery y vendaba heridas en el salón, aunque no tenía ninguna habilidad especial con esa tarea. Apenas había un momento para sentarse, mucho menos para tomar un respiro. Sin embargo, su corazón tronaba todo el día, el miedo y la agitación aseguraban que no quisiera hacer una pausa.

Sus pensamientos dieron vueltas durante todo el día. Pensó en Malcolm luchando por su hogar y supo que Catriona temía por su supervivencia. Pensaba en Rafael y se sentía aliviada cada vez que lo veía. Él siempre estaba luchando, aparentemente incansable y quizás invencible.

Vio al guerrero con la fatalidad en la frente caer en el patio y no volver a levantarse. Los otros siguieron luchando, pasando por encima de su cadáver, sin fallar un solo golpe. Había pruebas de que ninguno de ellos esperaba realmente sobrevivir a la batalla a la que se unían. Cuando su cuerpo fue llevado al salón, con respeto y pesar, se enteró de que se llamaba Reynaud.

Elizabeth prestó poca atención a las hadas, aunque jugaban alegremente en el salón de Ravensmuir, como si esperaran una gran celebración. Ella sabía lo que podría ser esa festividad y no se sentía tan emocionada de que Malcolm muriera para garantizar su bienestar, incluso si sobrevivía ese día. Ella no vio a Finvarra, aunque le habría gustado tener unas palabras con él.

Las sombras se alargaban cuando las hadas abandonaron de repente el salón, corriendo por las vigas y saltando por las ventanas. En un abrir y cerrar de ojos, todos abandonaron la fortaleza, su movimiento hizo que Elizabeth se enderezara y girara, mirándolas. El sol no se había puesto del todo y el cielo occidental estaba teñido de colores ardientes. Aun así, había destellos de fuego presumido en las sombras distantes. Aun así, los hombres del conde tocaban los tambores de guerra.

Sin embargo, Elizabeth escuchó la música de las hadas, tintineando débilmente mientras llegaba a sus oídos.

El ajuste de cuentas de Malcolm estaba sobre ellos. Ella corrió hacia el solar, se unió a Catriona en la ventana y agarró la mano fría de esa mujer. En la distancia, vio a otro ejército reuniéndose, uno forjado de sombras y luz de estrellas, otro indiferente a la batalla librada entre los ejércitos de hombres mortales.

Venían las hadas, y venían por el alma de Malcolm.

R afael estaba agitado.

No era ideal estar en tal tumulto emocional. Él, como muchos otros, luchaba con mayor eficacia cuando era desapasionado y estaba concentrado. Era mejor cuando estaba en sintonía con cada movimiento en su proximidad y cuando su cuerpo respondía inmediatamente con fuerza. Era más efectivo sentir el estado de ánimo del otro lado, anticipar cualquier oportunidad en sus tácticas o estrategias. Debería haber estado lleno de la conciencia de la guerra y nada más.

Pero Rafael estaba atrapado en un tumulto peligroso. Su sangre estaba encendida por la fugaz caricia que había tenido de Elizabeth. Casi podía sentir sus labios contra los suyos, la suave exhalación de su aliento, la cautelosa caricia de las yemas de sus dedos sobre su piel. Peor aún, su mente estaba alborotada, su convicción de su verdadera naturaleza le hacía revolver las tripas.

Después de todo, había algo de honor en su alma. Elizabeth había visto la verdad de él. De lo contrario, ella no habría sido una doncella cuando él la había dejado irse.

Al darse cuenta de ello, surgieron una docena de preguntas, la más urgente de las cuales era si realmente podía dejar que Malcolm mantuviera ese trato en su lugar. Pero un día antes, Rafael había sabido la respuesta sin duda.

En este día, gracias a la confianza de una doncella, dudaba.

De lo contrario, el día de la pelea podría haber sido uno de los mil del pasado de Rafael. Cortaba y terminaba, golpeaba y tronchaba. Rafael era un oponente feroz y lo sabía, un hombre de considerable habilidad y algo de suerte.

Sin embargo, gracias a las distracciones alimentadas por Elizabeth, Rafael no sobreviviría ileso. Un golpe vino abruptamente de un lado, un movimiento y un hombre que no había anticipado. Él se detuvo y sintió el peso del golpe sobre su propia espada, haciendo que la hoja cantara en protesta y le doliera el hombro. Rugió y empujó, cortando la garganta de su oponente antes de que la espada ancha de ese hombre barriera sus entrañas.

Era el mismo tipo de golpe que había derribado a Franz. Rafael saltó hacia atrás, evadiendo el golpe de la espada, pero vió una hoja de hacha de batalla descendiendo hacia él. Rafael se volvía loco, maldiciendo porque su propia falta de atención fuera la razón por la que se encontraba tan rebasado. El hacha rebotó en la parte superior de su brazo y se sintió aliviado de que no fuera cortado, aunque el dolor era tan considerable que tal vez no se pudiera salvar. Sintió la cota de malla clavada en la herida y apretó los dientes por la agonía. La furia hizo a su atacante caer en poco tiempo, luego Rafael se lanzó tras el primero. Le dio una patada a ese hombre, le cortó la garganta y luego miró a su alrededor.

Contuvo el aliento y sintió el cálido hilo de sangre en su brazo. Había estado a punto de perder un brazo, o parte de él, y era su miserable culpa. Una exploración rápida reveló que el corte no era tan profundo como temía. Él no perdería el brazo, siempre que limpiara la herida más tarde. Se pasó la mano por la frente mientras veía el patio en busca de otro enemigo, tan furioso consigo mismo como con cualquier otro.

Elizabeth lo distraía. Ella apartaba su mente de la tarea que tenía ante él, y una tentación como la que ella le ofreció podría verlo asesinado. Peor aún, podría verlo mutilado. Como en tantos asuntos con Rafael, favorecía una opción o su contraria, sin tolerancia de ningún punto intermedio. Él podía tolerar una cicatriz, como de hecho tenía muchas, pero estaría sano o muerto. Estar mutilado e incapaz de ganarse la vida sería el peor destino de todos. Rafael había estado hambriento e impotente, y nunca más volvería a estarlo.

Otra banda de hombres comenzó a abrirse paso por el otro extremo del seto. Reynaud había caído y Rafael pudo ver que Gunter reducía la velocidad. Rafael caminó hacia ellos, evitando la lluvia de flechas, decidido a agudizar su atención. No había tolerancia en la batalla para un hombre que se distrajera. La supervivencia dependía de estar alerta, y Rafael solía estar más alerta que la mayoría. Escuchó el aceite hirviendo vertido desde la cima de la puerta de entrada, o para ser más exacto, escuchó los gritos de aquellos que eran quemados por él. Olió los muchos fuegos ardientes y saltó a la batalla al final del seto con un rugido, cortando a los atacantes con dos espadas.

Esa era su vida. Ese era su destino. Una batalla de esa naturaleza violenta era lo que Rafael conocía mejor. Rafael acudió en ayuda de sus compañeros más de una vez y dejó a más de un guerrero muerto sin una pizca de remordimiento. Ese era su oficio, su habilidad, su razón para levantarse cada día. Era un asunto lúgubre y espantoso, pero matar era todo lo que él sabía.

Eso pagaba bastante bien, sin importar lo que pudieran pensar las delicadas doncellas.

~

Fue la música lo que alertó a Rafael del regreso de los demonios, esa música maldita que lo había encantado una vez antes. Se encogió al oírla, queriendo equivocarse acerca de su origen.

Pero no era así. Ellos venían de nuevo, esos malvados demonios, venían a cobrar su perverso diezmo, tal como habían jurado hacer. Como antes, parecía que solo podían ascender al reino de los mortales durante la noche, porque el orbe rojo brillante del sol había tocado el horizonte cuando Rafael escuchó las primeras notas. Era evidente que pertenecían a otro reino, ya que no importaba para su progreso que Ravensmuir estuviera en guerra, su torreón sitiado, su patio y su campo sembrados de guerreros caídos. Quizás saboreaban la sangre en el campo de batalla, porque los muertos habían estado en su compañía seis meses antes.

A pesar de su mejor juicio, Rafael levantó la cabeza para mirar la fuerza que se acercaba. Incluso a través de la barrera enredada del seto, podía ver que eran de otro mundo y eran profanos, y verlos hizo que se le erizara el pelo de la nuca. Estaba exhausto, pero la vista de estos demonios aceleró su sangre y le hizo empuñar su espada.

Malcolm y sus parientes insistían en que esas criaturas eran hadas, pero Rafael no lo creía. Las hadas eran duendes traviesos, si era que existían. Eran espíritus de la naturaleza que podían castigar a un campesino o traerle riquezas. Tenían que ser espíritus relativamente inofensivos, los que poblaban muchos cuentos como los que contaba Catriona.

Tal fantasía no tenía nada que ver con esta fuerza maligna. Había tantos cadáveres andantes en esa compañía que Rafael no tuvo ninguna duda de su verdadera identidad. Los muertos cabalgaban con su rey, al igual que los fantasmas, y la sangre parecía atraerlos. Ese rey saboreaba las posibilidades, y lo que estaba en juego eran las almas: Rafael no conocía otra clase que los demonios que jugaban con tales términos.

En cierto modo, era apropiado que el guerrero al que habían llamado Sabueso del infierno hubiera heredado una propiedad con una puerta de entrada al infierno.

La música se hizo más fuerte e incluso sabiendo lo que hacía con su traición, incluso tan exhausto como estaba, anhelaba bailar. Rafael no era tonto, pero esa música tenía un hechizo. La música y quienes la creaban eran hechiceros, porque podían hacer que a Rafael le picaran los pies a pesar de que había aprendido el alto precio de rendirse al baile.

Clavó su espada en un oponente y se esforzó por ignorar a los demonios que se acercaban. En lugar de su primera llegada a Ravensmuir, pensó en el Yule antes. Habría olvidado esa noche si hubiera sido posible, pero parecía que no podía más apartarlo de sus pensamientos que armarse contra el encanto de Elizabeth. La ventisca de esa noche estaba tan vívida en su mente que aún podía sentir el frío amargo. Rafael nunca había podido sacudirse el frío de su primer invierno en el norte, o quizás era el recuerdo de los acontecimientos de esa noche lo que lo perseguía. Tan pronto como él y Malcolm se refugiaron en los establos, esa música infernal había comenzado, atrayéndolos hacia una luz dorada que debería haberlo llenado de sospechas.

Tentándolo a bailar.

En cambio, Rafael se había rendido al impulso por primera vez en años, había aceptado la invitación a bailar de una hermosa doncella y había sido atrapado por demonios que intentaban reclamar su alma a cambio. Esa noche había sido más intensa y vívida que cualquier otra que Rafael hubiera experimentado. El reino de los mortales parecía un mal sustituto.

Era una señal de agotamiento que, incluso ahora, estuviera tentado de unirse a sus filas en lugar de Malcolm. Él sabía que el precio era la muerte. En cambio, la vieja deuda entre él y Malcolm se pagaría, ya que Rafael le había salvado la vida una vez.

Había sido su primer encuentro y esta sería su última despedida. Rafael hizo una mueca ante la verdad y escuchó el desafío de Elizabeth nuevamente.

No quería ver su decepción cuando no interviniera por Malcolm.

En cierto modo, tenía sentido que Rafael hubiera pensado que ella era un ángel a primera vista. Su belleza era tal que ningún hombre podía dejar de notarla, pero eran sus modales los que habían atrapado la mirada de Rafael. Ninguna Madonna consideraba jamás el reino de los mortales con tanta aceptación de lo que había sido y lo que sería.

Ella lo había desafiado, como suponía que solían hacer los ángeles.

A medida que la música se hacía más fuerte y el crepúsculo se hacía más profundo, sus oponentes eran seducidos uno por uno. Comenzaban a bailar, dejando caer sus espadas mientras estaban encantados con la compañía que llegaba. Rafael se volvió de mala gana para ver al diabólico anfitrión acercarse, con el corazón hundido.

Era un ajuste de cuentas.

Era una pesadilla hecha realidad.

Rafael vio el fuego presumido ardiendo en la distancia, un destello de luces traicioneras que insinuaban objetivos que no existían. El inquietante anfitrión cabalgaba a través de los campos en barbecho de Ravensmuir, conduciendo sombras oscuras ante ellos. Sus caballos eran de paso alto y excepcionalmente buenos, sus armaduras brillaban en el crepúsculo y parecían respirar fuego. Había caballeros y guerreros, doncellas y damas, en esa compañía de demonios, todos vestidos de esplendor y cabalgando como si la tierra accidentada no representara ningún obstáculo. Había gemas relucientes y joyas radiantes, cotas de malla reluciente y armas resplandecientes. Algunos de los hombres en el campo quedaron paralizados por su belleza y se detuvieron para mirar con asombro mientras la compañía pasaba por sus filas.

Rafael sólo vio que los recién llegados eran numerosos, potentes, confiados y poseídos de una peligrosa belleza. Los muertos caminaban penosamente detrás de ellos, impulsados a seguir a esta orgullosa aristocracia por alguna compulsión antinatural que hizo estremecer a Rafael.

La música sonaba y provocaba, enredándose en sus pensamientos, tentándolo a bailar de nuevo. Rafael, obstinadamente, mantuvo sus botas plantadas contra el suelo, obligándose a concentrarse en los agujeros en el fino cuero que fueron el resultado de su última aventura de ese tipo. Una vez que comenzó a bailar, no pudo detenerse. El agotamiento lo había llevado a aceptar el trato, aunque pensaba que, de lo contrario, podría haber muerto esa noche.

Los jinetes demoníacos formaron un semicírculo fuera de la puerta de entrada de Ravensmuir, uno que casi rodeaba a las tropas del conde atacante. Cuando sus caballos estuvieron hombro con hombro, hubo un destello en el suelo. Rafael contuvo el aliento cuando la escarcha se extendió por el patio, emanando de los pies de los caballos y extendiéndose hacia adentro con una velocidad aterradora. Creció en cristales blancos, como el hielo que se forma en la superficie de un lago en otoño, extendiéndose y volviéndose más blanco a una velocidad asombrosa. En un abrir y cerrar de ojos, el suelo se cubrió de nieve, nieve que brillaba con la luz de las estrellas. El hielo subió por las piernas de los muertos y los congeló en su lugar. El viento se volvió repentinamente más frío y más amargo, incluso cuando esa música salvaje ganaba en volumen.

Algunos de los demonios desmontaron y otros que habían estado a pie se deslizaron entre las filas de los caballos encabritados. Pisaron el suelo helado, tocando sus laúdes y cañas, cantando y bailando a medida que avanzaban. No dejaban huellas en la nieve ni dejaban huella alguna de su paso. Los demonios se reían y bailaban entre las filas de los hombres del conde, su melodía se volvía más rápida y seductora. Cada vez más hombres del conde arrojaron sus espadas y se unían al baile.

¿Podían los demás ver a los demonios? Rafael no lo sabía, pero los caballos se asustaban y los hombres parecían confundidos. Eran conscientes de la tropa demoníaca en algún nivel, incluso si no podían verlos. Hacía más frío aún, tan frío como la tumba, y Rafael sintió un viento húmedo que olía a podredumbre. Se lanzaron flechas desde la puerta de entrada que golpearon solo el suelo vacío mientras la confusión infectaba a las fuerzas que defendían Ravensmuir.

Rafael rezó para que ninguno de la Liga de Sable se uniera al baile.

Parecía que algunos de los hombres podían ver al anfitrión de otro mundo. Elizabeth había ofrecido una poción de tomillo silvestre a aquellos hombres que deseaban ver aquello que ella llama hadas. Rafael se había mostrado escéptico hasta que vio a sus atrevidos compañeros palidecer y mirar a la compañía que se acercaba con horror, tal como lo había hecho Jeanne.

Él mismo había rechazado la poción, porque no necesitaba

ninguna sustancia que lo confundiera cuando entrara en el campo de batalla.

Rafael vio a su camarada Ranulf tantear en el lanzamiento de otra andanada de fuego griego desde la torre de la puerta. Estaba claro que las llegadas habían distraído a ese hombre de su tarea, como pocas otras cosas podrían haberlo hecho. Hubo una explosión lo suficientemente brillante como para cegar a un hombre y lo suficientemente fuerte como para dejarlo sordo, luego humo y silencio.

Rafael estaba corriendo hacia la puerta de entrada cuando escuchó el rugido de dolor de Ranulf. Al menos ese hombre no estaba muerto, o aún no estaba muerto. Rafael corrió en ayuda de su camarada, cortando a un oponente lo suficientemente tonto como para interponerse en su camino. Ranulf comenzó a maldecir con vigor, una señal alentadora de que podría sobrevivir solo.

Rafael estaba a una docena de pasos de la puerta de entrada cuando vio a Malcolm. El Señor de Ravensmuir miraba a través de las tierras fuera de sus propias puertas, un hombre extasiado. Rafael siguió la mirada de Malcolm y su corazón se detuvo.

Un rey con una larga barba oscura entró en el círculo, tan regio y ricamente vestido como cualquier monarca. Iba vestido de plata y negro, y su corcel era de una plata tan brillante que podría haber sido forjado con metales preciosos. Había campanillas tejidas en su melena suelta, porque tintineaban mientras cabalgaba, y los cascos de la bestia brillaban. Los otros dieron un paso atrás para crear un camino para su regente, inclinándose profundamente cuando pasaba junto a ellos.

Rafael lo reconoció, aunque deseó no hacerlo. Ese era el rey que había afirmado seis meses antes que el precio de la salida del baile era el alma de Rafael. Ese era el rey que había aceptado el alma de Malcolm a cambio y había prometido recogerla dentro de seis meses.

En esta noche.

El Rey de los Muertos, porque no podía ser otra cosa, desmontó y luego le ofreció la mano a una mujer, tan alta y hermosa como él, con el pelo largo y oscuro. Ambos tenían marcas giratorias en la carne, tracería azul oscuro que Rafael había notado seis meses antes. Ella también desmontó y puso su mano en la de él. Avanzaron majestuosamente por el suelo helado hasta la puerta de entrada y miraron a Malcolm, con expectación en sus expresiones.

No, era hambre.

La fuerza de sus expresiones era una prueba más de su verdadera naturaleza, en la mente de Rafael, porque solo los ghouls y los demonios tenían tanta sed de sangre y huesos. ¿Cómo lo matarían? ¿Qué harían con su cadáver? Los pensamientos de Rafael se llenaron de mil espantosas posibilidades.

Mientras miraba, un río de luz estelar fluyó desde ellos hasta Malcolm. Rodeó a ese guerrero, moviéndose independientemente del viento frío del mar, arremolinándose alrededor de Malcolm como un enjambre de luciérnagas que lo llevaría a su perdición.

Pero no había necesidad de ningún recordatorio para Malcolm, y mucho menos hechicería para obligarlo a hacer lo que había prometido. Malcolm caminó hacia su desaparición, manteniendo su voto como el honorable guerrero que Rafael sabía que era.

Ahí estaba la diferencia entre ellos.

Ahí estaba la verdad que solo podía hacer que Elizabeth despreciara a Rafael.

Malcolm bajó las escaleras de la puerta de entrada. Rafael lo llamó, pero su compañero o no lo escuchaba o no tenía poder para responder. El rastrillo crujió cuando Malcolm lo abrió, luego pisó el camino iluminado por las estrellas que lo conducía a su perdición.

El rey sonrió con satisfacción, porque el rescate que había exigido, un alma mortal, se pagaría y se pagaría con prisa.

Fue entonces cuando Rafael tuvo la plenitud de su elección. Malcolm moriría, justo ante los ojos de Rafael, abandonando a su nueva esposa y dejándola indefensa, y sería culpa de Rafael. Ese no era un pago justo de la deuda que Malcolm tenía con Rafael y Rafael descubrió que no podía mantenerse al margen.

No ahora que Elizabeth lo había desafiado y su sentido perdido de la justicia despertaba nuevamente.

Incluso cuando Rafael dio un paso adelante, Catriona gritó en protesta. La esposa de Malcolm huyó a través del patio, Elizabeth rápidamente detrás de ella. Las mujeres habían permanecido en la relativa seguridad del torreón, pero ahora abandonaban todos los buenos planes.

¡Elizabeth no podía correr ningún riesgo! Rafael corrió hacia su camarada, con la intención de intervenir primero, pero Catriona alcanzó a Malcolm antes que él. Ella agarró el abrigo de su marido, pero él la ignoró. Malcolm pisó ese círculo de nieve y Rafael estaba lo suficientemente cerca como para verlo estremecerse.

Catriona lo habría seguido sin dudarlo, pero Elizabeth tiró de ella hacia atrás. Los dedos de Elizabeth cayeron hasta la empuñadura del cuchillo de Catriona. Los ojos de la doncella brillaron a modo de advertencia y Catriona pareció comprender. Rafael no lo hizo, pero claro, Catriona a menudo contaba historias de las hadas. Había algunos detalles de estos demonios, o como se llamaran, que él aún no conocía.

Vio como Elizabeth, con una expresión tan sombría como la de cualquier ángel vengador, sacaba un pequeño cuchillo de su propio cinturón y lo clavaba en la tierra delante de ella. La hoja se hundió en el suelo en la periferia de la helada poco común. Rafael se encogió al ver que se abusaba de una buena arma, porque la empuñadura era cara y la hoja claramente había sido forjada por un hábil herrero.

Para su asombro, la escarcha brilló por un momento, luego se desvaneció de la hoja. Rafael parpadeó sorprendido, incapaz de explicar ese hecho.

Observó cómo Elizabeth pasaba sin miedo por encima de la daga enterrada. No vaciló y no se estremeció cuando su bota pisó la nieve sacrílega. De hecho, ella, como la tropa demoníaca, no dejaba huella ni marca de su paso. Rafael comprendió que este cuchillo le ofrecía algo de protección al enfrentarse a los demonios.

O alguna hechicería que contrarrestara la suya propia.

Ella no intervenía por inocencia o ignorancia. Ella daba un paso adelante por el bien de la justicia y el honor.

Y él haría lo mismo.

Mientras tanto, Catriona hundió su propia daga en el suelo junto a la de Elizabeth y luego la siguió. La luz de las estrellas se arremolinaba a su alrededor, una mujer con cabello de ébano y otra con trenzas doradas muy cortas. Se tomaron de las manos mientras se enfrentaban a sus enemigos, como para sacar fuerzas la una de la otra. Rafael nunca había visto tal valor y las admiraba de verdad. La luz centelleante parecía mantenerse a distancia de las dos mujeres, justo cuando la escarcha se alejaba de la hoja, mientras que rodeaba a Malcolm de cerca.

Como una mortaja.

Ambas mujeres estarían devastadas si Malcolm muriera. Por el contrario, si Rafael moría antes del amanecer, nadie lamentaría su muerte.

Elizabeth tenía razón.

Rafael maldijo profundamente al darse cuenta de lo que debía hacer. Sacó su propia daga de la vaina, confiando en el mayor conocimiento de Elizabeth sobre los demonios. Hundió la hoja en el suelo junto a las de las dos mujeres y pasó sobre ella, siguiéndolas.

Catriona miró en su dirección sorprendida.

"Es hora de ser un mejor amigo", dijo con gravedad, aunque eso era solo una pequeña medida de lo que lo impulsaba. Le ofreció la mano, sin querer mirar más allá de ella y presenciar el triunfo de Elizabeth. Su victoria sería de corta duración, sin duda.

El respeto iluminó los ojos de Catriona por primera vez desde que se habían conocido, lo que él supuso que valía la pena.

Quizás no estaría condenado para siempre a ese Infierno que veía.

La música subía de volumen, cada vez más fuerte, y el rey colocó la mano sobre la empuñadura de su espada. Los dedos fríos de

Catriona se cerraron sobre los de Rafael y los tres dieron un paso adelante como uno.

Rafael sintió frío de nuevo, tan seguro estaba de que el precio de salvar el alma de Malcolm sería la entrega de la suya.

Parecía que tendría poco tiempo para maravillarse con eso.

¡RAFAEL HABÍA ACEPTADO SU DESAFÍO!

Elizabeth no sabía si alegrarse de su triunfo o temer que Rafael se perdiera. Estaba sorprendida de tener la capacidad de influir en sus elecciones y estaba encantada con esta prueba.

La sangre en el guante izquierdo de Rafael era considerable y se preguntó si era de él o de otro hombre al que había derribado. Verlo la hizo temer por cualquier golpe que Rafael hubiera soportado. ¿Había aceptado su desafío porque ya se sabía herido de muerte? Pero no había sombra de muerte sobre él, y Elizabeth tuvo que creer que era su honor oculto el responsable de su elección.

¡Cómo quería preguntárselo! Pero sabía que hablar dentro del círculo de las hadas la arrojaría al poder de Finvarra para siempre. Esa noche habría más que suficiente carnicería, aunque deseaba poder idear una manera de ver sobrevivir a Malcolm y Rafael.

¿Qué se podía hacer? Elizabeth estaba bastante segura de que Finvarra no dejaría de cobrar lo que le correspondía, fuera lo que fuera lo que el rey percibiera como tal. Ahora la miraba, su mirada era tan fría que ella luchó por no temblar.

Después de entrar al círculo de las hadas, los tres se quedaron juntos en silencio. Elizabeth anhelaba advertir a Rafael que no comiera, bebiera ni hablara mientras estuviera en este círculo para que no se le prohibiera salir. Sabía que él no estaba tan familiarizado con las hadas como ella y Catriona, pero ella misma no se atrevía a hablar en voz alta. Ella deseaba que él siguiera su ejemplo y se sintió aliviada de que él pareciera decidido a hacerlo.

Después de todo, no estaba dispuesto a aceptar fácilmente el consejo de los demás.

La música de las hadas se disparó y los hombres del conde bailaron con salvaje abandono. El sol había desaparecido y el cielo nocturno estaba lleno de estrellas. La luna se despejó del horizonte y se elevó rápidamente. No estaba del todo llena y podría haber estado elaborada con la mejor plata. Su luz hizo brillar la escarcha en el suelo, pero de repente, sin una señal visible, toda la compañía de las hadas pareció recuperar el aliento como si fueran uno. La música se detuvo.

Se volvieron para mirar a Finvarra, que había estado inmóvil ante todos ellos.

Ese rey miró sobre sí mismo, claramente deleitándose con su atención. Dejó a la Reina Elphine y dio un paso adelante, sacando su espada de su vaina. La empuñadura estaba forjada en oro y brillaba a la luz de la luna, adornada con un rubí de enorme tamaño que parecía latir como un corazón palpitante. La hoja misma brillaba, aparentemente con malicia propia. Podría haber sido el acero más fino, pulido a la perfección, pero Elizabeth sabía que las hadas no podían soportar el acero o el hierro.

Quizás había algo de magia en eso. Quizás era de bronce. Ella no podía decirlo, pero no dudaba de que era nítido.

Su hermano Malcolm se arrodilló ante el rey de las hadas e inclinó la cabeza para entregar su cuello a la espada. ¿Mantenía su palabra de hombre de honor, o las hadas lo obligaban a ser tan obediente? Una vez más, Elizabeth no lo sabía y vio con horror cómo la espada de Finvarra se elevaba en alto. La compañía de las hadas comenzó a brillar de agitación, como si no pudieran controlar su emoción de que se recolectara el diezmo. Catriona apretó su mano con más fuerza, los dedos de esa mujer estaban helados, mientras la Reina Elphine le ofrecía un cáliz dorado a Malcolm.

Su contenido era de un rico tono dorado, tal vez como hidromiel o cerveza de las hadas. Quizás era una misericordia, y beber ese trago aseguraría que Malcolm no sintiera dolor. Quizás le haría olvidar a todos los mortales y la vida que había conocido. Una vez más, Elizabeth no lo sabía.

Sin embargo, su corazón dio un brinco, y odiaba ser tan impotente que solo pudiera ver cómo sacrificaban a Malcolm. Catriona le apretó la mano con tanta fuerza que Elizabeth no podía sentir las yemas de sus dedos.

¿Por qué Finvarra ni siquiera miraba a Rafael?

¿Qué podía hacer Elizabeth?

CAPÍTULO 6

Cuando la Reina Elphine llevó la copa a los labios de Malcolm, un anciano retorcido se lanzó a través de la compañía de las hadas. Por un momento, Elizabeth no supo si era hada o mortal. Se lanzó hacia Malcolm y la fuerza del impacto hizo que Malcolm cayera hacia atrás. El anciano agarró el pecho de Malcolm, sus dedos arañando el abrigo de Malcolm.

"¡Mía!" rugió y agarró algo. Dio un tirón feroz y Malcolm cayó hacia adelante, el movimiento le permitió a Elizabeth ver la cadena alrededor de su cuello. Catriona se puso rígida a su lado.

Luego, el anciano se volvió hacia Catriona, agitando un puño hacia ella mientras el otro se cerraba alrededor de una pieza que colgaba de la cadena alrededor del cuello de Malcolm. "¡No me la querías dar, desgraciada ingrata de hija, pero se lo diste a él!" El anciano le gritó a Catriona, incluso mientras tiraba con tanta fuerza que la cadena se rompió.

Entonces se rió, feliz de haber capturado el premio. Una cruz con piedras preciosas brilló en su mano mientras retrocedía, su mirada maliciosa se clavó en Catriona. Era mortal, entonces, porque ningún hada apreciaría un crucifijo, sin importar su esplendor. El hombre parecía no darse cuenta de los regentes de las hadas tan cerca detrás de él, o al menos indiferente a su presencia, lo cual era otra indicación de que él no era hada. Lo miraban, tan quieto como las sombras y tan silenciosos como tal.

"Aileen nunca debería haberte llevado a nuestra casa cuando murió la puta de tu madre", gruñó el anciano. "Ella nunca debería haberte criado como nuestra." Escupió en el suelo y Elizabeth sintió que Catriona se estremecía. "Engendro de un extranjero, deberías haber muerto en tu primer año, justo cuando lo hizo tu madre de sangre."

Elizabeth no entendió mucho de eso, pero por el momento no le importó. El anciano dio un paso atrás con su premio y Finvarra asintió a la Reina Elphine, indicando que el sacrificio debía continuar.

Pero los modales del anciano y su codicia le dieron a Elizabeth una idea.

"¿No buscas el alma más negra, mi señor rey?" gritó ella por impulso.

Finvarra se congeló, luego lentamente volvió su atención hacia ella. Su espíritu se acobardó porque había hablado en voz alta en el círculo de las hadas, rindiéndose a su poder, y ambos lo sabían bien. La mirada de Finvarra ardía con algo de emoción, aunque Elizabeth no podría haberle dado nombre.

Su corazón dio un brinco cuando él sonrió.

Aun así, continuó, porque había hecho el sacrificio ahora, y vería salvados tanto a Rafael como a Malcolm si se podía hacer. "¿No debería ser tu diezmo el alma más malvada que puedas cosechar?"

La sonrisa de Finvarra se amplió. "¿No crees que elegimos con cuidado, mi Elizabeth?"

Sabía que se refería al hecho de que Malcolm había trabajado como mercenario, tanto como lo había hecho Rafael. Su instinto le decía que este anciano codicioso era más malvado que cualquiera de ellos.

"Creo que muchas cosas pueden cambiar en seis meses, en nuestro reino", se atrevió a decir, esperando que él no se llevara a

Rafael en su lugar. Había luchado vigorosamente en defensa de la posesión de Malcolm ese día y, después de todo, había entrado voluntariamente en el círculo.

Finvarra miró entre Malcolm y Rafael, considerándolo. Elizabeth temió no haber logrado nada en absoluto.

Luego, para su alivio, Finvarra miró al anciano que acariciaba la cruz que le había robado a Malcolm.

Cuando Finvarra sonrió y sus ojos se iluminaron, el corazón de Elizabeth casi se detuvo. Sabía que él había elegido y ella temía el resultado.

A su gesto, la Reina Elphine le ofreció la taza al anciano. Sin dudarlo, ese hombre tomó el cáliz y bebió con entusiasmo de su contenido. Elizabeth casi lloró de alivio.

Mientras el hombre bebía hasta hartarse, la espada de Finvarra descendió con una fuerza aterradora. Cortó la cabeza del anciano de su cuerpo de un solo golpe. Catriona saltó a su lado, claramente sorprendida por la velocidad con la que habían despachado a ese hombre.

Finvarra agarró la cabeza del hombre, levantándola por el cabello para que el brebaje dorado del cáliz cayera centelleante al suelo. La expresión del rostro del muerto era de asombro.

"Y así, el diezmo está pagado", dijo el rey, lanzando una mirada a Malcolm y otra a Rafael antes de volverse. Consideró a Elizabeth, el brillo en sus ojos le heló la sangre. "Y se hace otra deuda", agregó, sus palabras bajas y sedosas.

Rafael exhaló aliviado, pero Elizabeth levantó un dedo a modo de advertencia antes de que él se moviera. Ella ya estaba condenada y sabía que otra violación por su parte de las reglas por las cuales los mortales podían escapar de los círculos de las hadas no haría ninguna diferencia. ¡Ella no vería a Rafael sacrificado ahora!

Para su alivio, Rafael se mantuvo firme, al igual que Catriona. ¡Alabado sea que era un hombre observador! La corte de las hadas se retiró con majestuoso esplendor, su búsqueda completada. Los cuatro mortales tendrían que permanecer como estaban durante toda la noche, hasta que el sol saliera por el este, y luego volver a salir del círculo con cuidado, recordando su curso a la perfección. Elizabeth solo podía esperar que los otros dos fueran cautelosos.

Malcolm parecía estar durmiendo, colapsado en el suelo ante ellos. Era descorazonador ver a su hermano mayor tan vulnerable, pero la sombra de la muerte había sido apartada de su frente. Estaba allí, por supuesto, porque todavía era mortal, pero su oscuridad había disminuido considerablemente.

Él tendría años para saborear con Catriona en Ravensmuir.

Porque Elizabeth había intervenido.

En retrospectiva, se asombró de haberse atrevido a desafiar a Finvarra, y no menos de que sus palabras hubieran cambiado su curso. El rey de las hadas podría haberla ignorado, reclamado o destruido. En esa noche, él habría estado en el apogeo de su poder en el ciclo del año.

Pero Finvarra la había escuchado, igual que Rafael. Era algo extraordinario. Había un poder en sus palabras del que Elizabeth nunca se había dado cuenta. No una, sino dos veces, había cambiado la forma de los acontecimientos con su franqueza.

Ella podría haber estado más emocionada con esta revelación si no hubiera temido el precio que Finvarra podría exigirle. Las cosas no se habían resuelto entre ellos, y aunque temía la intención de Finvarra, algo había cambiado dentro de Elizabeth esa noche.

Ella podía influir en las decisiones de los demás, estaba claro, y más, podía moldear su propio futuro con una habilidad que nunca había imaginado que poseía.

Finvarra podría sorprenderse cuando eligiera cobrar lo que le correspondía.

De hecho, ella esperaba desafiar sus suposiciones.

Así como esperaba desafiar las de Rafael, ahora que él no estaba destinado a morir y había mostrado su voluntad de reconocer su propia naturaleza honorable. Este mercenario mostraba una notable promesa, en opinión de Elizabeth. Quizás, después de todo, los hombres de honor no estaban condenados a ser tan molestos.

Casi sonrió ante la idea, pero mientras estaban bajo la luz de la luna, Rafael mostraba una promesa aún mayor.

O los dones de las hadas de Elizabeth le revelaban más de su verdad.

~

Un ángel podría entrar sin miedo en ese reino maldito, pero Rafael era simplemente un hombre mortal. Una vez que se salvó el alma de Malcolm, Rafael anhelaba huir del círculo y sus horribles visiones, pero entendió por el gesto de Elizabeth que debía permanecer inmóvil.

O estaría condenado a permanecer en su compañía para siempre.

Él también quería atender el corte en su brazo, porque era profundo y había sangrado a través del vendaje de lino que Rafael se había apresurado a envolver alrededor. Le dolía y sabía que tenía que lavar y coser.

Pero había que esperar hasta el amanecer, que era cuando esas apariciones se desvanecían. Él recordó eso del invierno y también de los cuentos de Catriona. Esperaba que la demora en curar su propia herida y la de Ranulf no tuviera consecuencias nefastas para ninguno de los dos.

Cualquier duda persistente sobre su ubicación se eliminó cuando el camarada caído de Rafael, Franz, se reveló.

Tal como lo había hecho la última vez que Rafael había entrado en el reino de esos demonios.

Demonios, era seguro, porque Franz estaba muerto y era un pecador impenitente.

Rafael supuso que era una buena señal que Ranulf, que había sido herido tan recientemente, no se encontrara en esa compañía. Ese hombre aún debía respirar, lo que era un consuelo para Rafael por haber elegido a Malcolm en lugar de Ranulf.

Aunque podría haberlo hecho sin volver a ver a Franz.

Los muertos habían permanecido después de que los otros demonios se retiraran con su rey. Rafael no se había fijado de inmediato en el mercenario corpulento, no hasta que se puso de pie y se volvió para mirarlo de reojo. Finalmente, Franz se acercó pesadamente y Rafael temió lo que pudiera surgir de su presencia. El brazo de Franz había desaparecido, arrancado de su cuerpo a la altura del hombro, y su mirada era tan siniestra como siempre.

Era un recordatorio demasiado cercano de lo que podría haberle sucedido a Rafael ese día. Si le hubieran cortado el brazo, no habría podido defenderse y podría haber muerto de la misma manera que Franz.

Franz había sido cortado en el torso e incluso ahí, sus tripas se derramaban, tal como lo habían hecho cuando había muerto. De hecho, las llevaba en la mano restante, acunándolas cerca de su cuerpo como una mujer llevaría a un bebé. Franz tenía exactamente el mismo aspecto que tenía cuando Rafael lo había visto por última vez, salvo que caminaba, mientras estaba muerto en el suelo en ese último vistazo.

Cualquier esperanza de que Franz simplemente pasara por delante de Rafael fue destruida cuando ese mercenario caminó directamente hacia él, se detuvo cuando estaban cara a cara y miró obscenamente a la cara de Rafael.

Franz no se había acercado tanto a Rafael seis meses antes y la vista de él no había sido tan vívida. Rafael podría haber descartado eso como otro truco de los demonios, una aparición destinada a empujarlo a moverse, pero Franz parecía haber sido exhumado.

También olía más mal de lo que Rafael hubiera creído posible. Ese espectro se inclinó hacia él como para asegurarse de que Rafael no pudiera perderse toda la maldad de su estado. Había gusanos debajo de su piel, retorciéndose allí, y Rafael pudo ver huesos en más de un lugar del cuerpo del muerto. Había suciedad manchada en su piel y sangre debajo de sus uñas, el fango del campo de batalla en sus botas. Rafael sabía que Franz estaba muerto, pero el cadáver de ese hombre estaba frente a él, el disgusto retorcía lo que quedaba de sus labios.

Si se trataba de una ilusión, estaba bien forjada. Rafael, a quien rara vez le preocupaban los episodios de violencia, sintió que se le revolvían las tripas.

"Mejor yo que tú, ¿verdad?" exigió Franz.

Rafael apretó los labios y no respondió. Había sido una elección fácil, incluso sabiendo que Franz probablemente no regresaría de su asignación. Franz había sido infinitamente más perverso que Rafael, principalmente porque había engañado y traicionado a la única mujer que lo amaba. Eso, en opinión de Rafael, había sido más que reprobable.

Si tuviera que tomar la decisión de nuevo, haría la misma. Mejor Franz que el propio Rafael. No se arrepentía y el tiempo, no cambiaría eso, mucho menos una visión espantosa.

Franz había sido el mayor pecador.

El otro mercenario arrojó sus tripas ensangrentadas a las botas de Rafael y su labio se levantó en una mueca de desprecio. "Escapa", ordenó cuando Rafael no se movió. "Muestra tu cobardía y aléjate, Rafael Rodríguez. O grítame que te abandone." Mientras Franz hablaba, la sangre brotaba de su garganta. Rafael estaba lo suficientemente horrorizado como para querer desviar la mirada y lo suficientemente paralizado como para no poder hacerlo.

¿Y si eso no fuera una aparición? ¿Y si realmente era Franz? Era espantoso que un hombre pudiera llegar a ser así, independientemente de lo que había hecho en su vida. A pesar de las enseñanzas de la iglesia, Rafael nunca había creído mucho en la noción de juicio divino. No podría haberlo creído y haberse ganado su camino como lo había hecho. Rafael siempre había creído que una vez que un hombre moría, su percepción y su existencia terminaban.

¿Y si el infierno realmente existiera y estuviera poblado por aquellos que habían vivido antes? ¿Y si él fuera juzgado? ¿Y si una eternidad con Franz fuera su futuro? La idea era más repugnante que el estado de Franz.

"Deberías decir algo o moverte." La voz de Franz se convirtió en un siseo. "Daría mucho por tenerte atrapado en este lugar conmigo." Se inclinó más cerca, su olor hizo que la bilis subiera a la garganta de Rafael. "No mi alma, por supuesto, porque ha sido reclamada, pero daría cualquier otra cosa que tenga. Muévete, cobarde. Dame una excusa para atrapar tu alma infiel aquí con la mía."

Rafael mantuvo tercamente su silencio, aunque su estómago se revolvía. Si vomitaba, ¿eso contaría como movimiento y quedaría atrapado en ese lugar? Rafael no quería saberlo.

Con tal proximidad, pudo ver que los ojos de Franz estaban inyectados en sangre, pero aún como pequeños granos. "Podríamos hablar", invitó ese mercenario de la manera engatusadora que había seducido a Úrsula en su día. "Podría recordarte tus pecados. La lista es lo suficientemente larga como para que hayas olvidado algunos, aquí y allá. Mi memoria es excelente, especialmente ahora que no hay cerveza en este reino. Podría despertar tu memoria cuando flaquees."

Rafael se lo imaginaba muy bien. Su propio recuerdo de sus pecados era lo suficientemente largo; incluso si la cuenta no estaba completa, era suficiente para verlo condenado.

Franz bajó la voz a un siseo. "Podríamos hacer una lista." Él se encogió de hombros. "Aunque sería demasiado tarde para arrepentirse".

Rafael miró a lo lejos, esforzándose por ignorar a su antiguo compañero.

Si sobrevivía esa noche, ¿sería demasiado tarde para arrepentirse? Nunca antes había considerado la opción, imaginando que tenía poco atractivo, pero el beso de cierta doncella lo hacía pensar de nuevo.

Mejor tú que yo. Esa noche, al ver lo que había sido de Franz, Rafael sintió una nueva culpa. Ningún hombre merecía ese destino.

Franz daba vueltas alrededor de Rafael, buscando pelea, tratando de provocar una exactamente como lo había hecho en vida. En verdad, ese no podía ser otro que Franz. "¿No sería ese un destino apropiado para alguien que engañó a otro? ¿No sería eso justicia por tu traición?

Rafael luchó contra el impulso de defenderse. ¡No se atrevería a hablar en voz alta!

Franz respiró en su oído. "Sin embargo, el rey oscuro eligió al anciano en lugar de a ti. No puede ser que él fuera un pecador más grande. No puede ser que tenga más maldad por la que expiar. Oh, no." Franz negó con la cabeza. "Debe ser porque engañaste a uno de ellos. Mejor él que tú, ¿verdad? Estoy seguro de que razonaste que, de todos modos, tenía menos por qué vivir." Su voz se convirtió en un siseo. "¿Qué le prometiste al anciano, Rafael, para asegurarte de que muriera en tu lugar? ¿Esa bonita cruz?" Sacudió la cabeza, el gesto soltó gusanos volando. Rafael casi se estremeció cuando uno aterrizó en su mejilla. "Mi Úrsula tenía una cruz así. ¿Fuiste tan vil como para robarla de su cadáver?

El corazón de Rafael dio un brinco, aunque luchó por mantener sus rasgos tranquilos. Él había notado la similitud entre la cruz de Catriona y la que recordaba que había llevado Úrsula, pero no podía explicarlo. Y en verdad, no podía pensar con claridad, y mucho menos resolver un acertijo, con el horror de que Franz se hubiera girado casi tocándolo.

"Piensas sólo en ti mismo, ¿no es así?" Franz murmuró. Espero que hayas visto alguna ventaja en traicionarme. ¿Era Úrsula a quien codiciabas por encima de todo?

Rafael apretó los dientes y permaneció en silencio.

Franz le susurró al oído. "Debes saber que no te quedarías sin compañía en este lugar. Hay muchos que te conocen aquí, muchos que verían saldada una deuda." Franz hizo un gesto y un cadáver levantó la mirada para encontrarse con la de Rafael, con expresión siniestra.

Con un sobresalto, Rafael reconoció a su tío fallecido, tal como lo había hecho cuando intentaba defender a Rafael de los invasores. Ese hombre había muerto por su decisión de ponerse en el camino de esos mercenarios en su determinación de salvar a su sobrino.

Franz dejó caer el peso de su único brazo sobre los hombros de Rafael, su manera de ser amigable en la muerte como rara vez lo había sido en vida. "Uno no espera que el infierno sea tan personal", murmuró. "Prácticamente todos los que puedes ver están aquí gracias a ti. ¿Estás orgulloso de ti mismo y de todo lo que has logrado? Sin tus esfuerzos, estaría mucho menos abarrotado en el infierno."

Por lo que Rafael podía ver, Franz decía la repugnante verdad.

"Mira a esas muchachas", continuó Franz en su tono confidencial, asintiendo con la cabeza hacia un grupo de mujeres jóvenes. Sus modales eran los mismos que antes, cuando habían entrado en un pueblo y se habían topado con las putas locales, pero Rafael sabía que nunca había matado a una puta.

Franz, en cambio, había matado a una muy bonita en París, solo para evitar que le contara a Úrsula su infidelidad.

Rafael miró, confiado en que esa mirada demostraría que Franz estaba equivocado, y su espíritu se acobardó.

Eran doncellas, demasiado jóvenes para casarse, todas con cabello oscuro y ojos oscuros. Sus facciones se parecían lo suficiente como para que pudieran haber sido hermanas y, con su colorido, ciertamente parecían ser sus compatriotas. Lloraban con un vigor que le desgarró el corazón, y él las contó, sabiendo antes de terminar cuál sería el conteo.

Cuatro doncellas, consolando a una mujer mayor que podría ser su madre.

Rafael no las reconoció, no podría haberlas reconocido, pero sabía quiénes tenían que ser. Su corazón se heló, porque estas doncellas habían sido las primeras de sus víctimas.

"Parece que te conocen, incluso que te lloran", confió Franz. "¿Mataste a todas las jóvenes novicias en algún convento? ¿Eso fue antes o después de que nos conociéramos?

Rafael estudió la compañía de los muertos con mayor interés y no poca medida de horror. Vio al hermano lego que le había dado comida extra en la cocina del monasterio, así como al primer caballero que había matado con su propia espada.

Por supuesto, vio a Ibrahim, pero miró a ese hombre y su herida sangrante.

Vio al primer guerrero que había recibido un golpe de él, el primer soldado al que había degollado, el primer campesino enviado a defender la propiedad de su señor que Rafael había enviado a su creador. Una vez que miró, quedó claro que el infierno estaba hirviendo con aquellos cuyas vidas había terminado, de una forma u otra. Rafael vio a los sacrificados y a los caídos, las grandes hordas de personas que habían sido despachadas por sus hechos, sus elecciones y su espada, todos reunidos en el páramo fuera de los muros de Ravensmuir en un silencio repugnante.

Los muertos sobrevivían. El infierno era real.

Y él pronto estaría entre ellos.

Uno tras otro, levantaron la cabeza y lo miraron fijamente, la acusación se apoderó de sus rostros podridos, luego comenzaron a arrastrarse hacia él.

¿Qué le harían?

¿Cómo tendrían retribución?

"¿Cuál fue tu primera batalla?" se burló Franz. "¿Dónde mataste y robaste por primera vez? Estabas con Rodrigo de Villandrando cuando nos conocimos. Tú y L'Écorcheur eran dos personas, ¿no es así? Dos mercenarios españoles interesados únicamente en su beneficio personal."

Franz negó con la cabeza cuando Rafael no habló.

"Alimañas", declaró Franz y escupió sangre en el suelo, una acusación ridícula viniendo de él. ¿Fue en Treignac donde aprendiste a matar y saquear con él? ¿En Meymac? Franz chasqueó la lengua. Dio un paso alrededor de Rafael, sus tripas se arrastraron sobre las botas de Rafael. "Todos esos inocentes, lo suficientemente tontos como para poseer las riquezas que deseabas."

Era mejor mirar a la multitud de muertos que mirar a Franz.

¿Estaba su padre en esta horrible compañía? Rafael no habría reconocido a ese hombre si lo fuera.

¿Ningún alma lograba alcanzar la tranquilidad del Cielo? Parecía que todos los muertos estaban con esa compañía de demonios, todos en tormento y angustia.

Para alivio de Rafael, no vio a Úrsula. Un alma había escapado al menos.

"Tengo horas todavía para acabar tu resistencia", le recordó Franz y Rafael supo que su obstinado ex camarada no abandonaría su búsqueda fácilmente. "Sabes que me gusta triunfar".

Rafael lo sabía.

Pero a Rafael también le gustaba ganar, especialmente sobre uno cuya intención era tan oscura como la de ese. Se armó de valor y se mantuvo firme, decidido a sobrevivir esta noche ahora que había evadido el diezmo.

Franz pellizcó a Rafael y exhaló en su rostro. Pasó su mano sobre Rafael, claramente tratando de tentarlo para que se moviera. Metió los dedos en el corte del brazo de Rafael, y Rafael no se atrevió a pensar en la pestilencia que dejaba en la herida. Franz se burló de él, haciendo acusaciones en un intento de hacerlo hablar. Rafael se dio cuenta muy bien de lo que hacía su antiguo compañero y, aunque conocía su propia culpa, no deseaba unirse a Franz en ese infierno todavía. Peor aún, los demás venían a tocar a Rafael, a pincharlo y sisearle, a hacerle acusaciones y promesas de venganza. Las doncellas que debían ser sus hermanas lloraban a sus pies y la madre que nunca había conocido se lamentaba por lo que se había convertido.

Rafael luchó por ignorar a sus torturadores, al igual que había aprendido a ignorar un estómago vacío o una herida que no podía curarse hasta que la batalla hubiera terminado. No podía entender, no más que Franz, por qué el rey de los muertos lo había ignorado cuando había elegido el corazón mortal más oscuro.

No podía ser que Elizabeth tuviera razón y que hubiera algún mérito en su ser. Rafael conocía la lista completa de sus pecados, como ella no sabía, y reconoció que Franz estaba más cerca de la verdad que ella. Él nunca había creído en el infierno —un hombre de su ocupación no podía— y siempre había estado convencido de que había vida y luego silencio.

Esa noche, Rafael tuvo que considerar que se había equivocado.

Y eso cambiaba mucho en su opinión. De hecho, la pregunta que lo atormentaba esa noche, y lo atormentaba tan seguramente como a su antiguo camarada, era si había algo que pudiera hacer para asegurarse de nunca se unirse a Franz en ese lugar.

Una eternidad en la compañía de su antiguo camarada sería demasiado para cualquier alma.

⁓

Durante esa larga noche iluminada por la luna, una cinta carmesí creció por el suelo. Elizabeth la miró con ansia, ya que provenía de Rafael.

Que no había poseído ninguna cinta, o ninguna visible antes de eso.

Era uno de los dones de Elizabeth, junto con la capacidad de ver a las hadas, que a menudo pudiera ver la marca de las uniones destinadas. No solo veía cintas que emanaban de aquellos que amaba, sino que esas cintas a menudo se entrelazaban con otras, lo que indicaba que una pareja debía estar felizmente casada. Había visto por primera vez desplegarse una cinta de su hermana, Madeline, y eso fue cuando el guerrero Rhys FitzHenry llegó a Ravensmuir. La cinta de él y la de su hermana se habían entrelazado de una manera extraña, aunque ningún otro había podido verlas. Elizabeth no había entendido el significado de lo que había visto, no al principio, pero Madeline y Rhys habían estado felizmente casados durante estos siete años.

Desde entonces, Elizabeth había visto las cintas de todas sus hermanas y las había visto retorcerse con las cintas de los hombres con quienes se habían casado. Había visto el nudo de la cinta de

Alexander con el de Eleanor y había sido testigo de cómo la Isabella se entrelazaba con la cinta de Murdoch. Había visto lo fuertemente anudadas que estaban las cintas de Annelise y Gareth cuando visitaron Kinfairlie y, a su llegada a Ravensmuir esta misma semana, vio cómo la cinta de Malcolm se unía a la de Catriona.

Elizabeth había visto su propia cinta destrozada y rota por Finvarra años antes y había temido que significaba que no encontraría un hombre mortal que la amara. Pero mientras estaba en el páramo fuera del seto de Ravensmuir, inmóvil con Catriona y Rafael mientras esperaban el amanecer, Elizabeth vio que su propia cinta dañada se volvía de un azul más vivo de lo que había sido. Parecía curarse ante sus propios ojos y ella se maravilló del cambio.

Además, la cinta que emanaba de Rafael crecía de manera constante y con propósito. Era tan roja como la sangre y con bordes dorados. A medida que avanzaba la noche, la cinta se acercaba un poco más a la suya con una determinación que ella creía característica de ese guerrero.

Su cinta crecía deliberadamente, no a toda prisa, como si desconfiara de sus propias habilidades, o como si dudara del mérito de extenderse. Elizabeth la miró paralizada, ofreciendo silenciosamente el aliento de su propio corazón.

Las hadas se habían ido tan lejos como ella podía ver, y los mortales a su alrededor parecían haber perdido la sombra de la fatalidad en sus cejas. ¿Finvarra había revocado uno de sus dones de las hadas? No le habría preocupado a Elizabeth perder el poder de ver la muerte o las hadas, y la vista de la creciente cinta de Rafael la animó a pensar que su propio destino podría haber cambiado.

Quizás existía la posibilidad de que pudiera destruir el reclamo de Finvarra sobre ella, a pesar de que había hablado en voz alta en el círculo. Tal vez el amor pudiera conquistarlo todo, como lo hacía en todos los mejores cuentos, y conquistar el corazón de Rafael era la clave de toda su felicidad.

Elizabeth no lo sabía, pero deseaba ardientemente averiguarlo.

Justo antes del amanecer, la punta de la cinta de Rafael tocó la punta de la suya. Elizabeth sintió el contacto tan seguro como una caricia en su mano. Su corazón dio un brinco, tal como lo había hecho cuando él había reclamado sus labios con los suyos, y el calor se disparó a través de su cuerpo, desde las sienes hasta los dedos de los pies.

Elizabeth contuvo el aliento ante la sensación de hormigueo que la invadió, y le pareció que el sol salía sobre un mundo nuevo. Ella había vivido en las sombras gélidas desde que Finvarra había reclamado por primera vez su derecho sobre ella, pero cuando la niebla se elevó del campo de Ravensmuir esa mañana, consumida por la primera luz del sol, Elizabeth sintió que el hechizo de Finvarra desaparecía de sus propios ojos y una nueva esperanza amanecía dentro de ella.

Por Rafael.

MIÉRCOLES, 23 DE JUNIO DE 1428

FIESTA DE SAN JUAN EL BAUTISTA. PLENO VERANO.

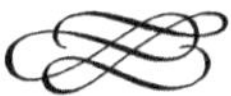

CAPÍTULO 7

Elizabeth estaba de espaldas al mar y al este, pero supo cuándo salió el sol. No solo su luz rosada comenzó a tocar el bosque de Kinfairlie delante de ella, sino que los últimos signos de la presencia de las hadas se desvanecieron. El círculo de escarcha sobre el suelo se derritió con el toque del sol y el ritmo de su música, que se había desvanecido, fue silenciado. Los hombres del conde se agitaron, como hombres que despiertan de un sueño, muchos de ellos con nuevos agujeros en las botas. Parecía que Finvarra no había reclamado premios adicionales en esa noche más allá del alma de un hombre que sería el diezmo para el infierno.

Ella esperó hasta que las últimas estrellas de la noche desaparecieron del cielo, luego respiró hondo y se movió. Caminó hacia atrás con pasos firmes, volviendo sobre sus pasos a la entrada del círculo de las hadas. Catriona siguió su ejemplo, entendiendo claramente su elección, y Rafael observó antes de repetir sus movimientos.

Cuando llegaron al borde del círculo, donde sus cuchillos estaban hundidos en la tierra, Elizabeth condujo a los otros dos en un círculo que marcaba la periferia del círculo helado que se había derretido. Después de haber recorrido el círculo nueve veces, Elizabeth escuchó el grito de un pájaro.

Ella miró hacia arriba mientras tres cuervos negros descendían directamente hacia ellos. Uno aterrizó sobre el cadáver del hombre decapitado y comenzó a picotear la carne cruda de su cuello.

El segundo recogió un pequeño objeto cerca de las puertas de Ravensmuir y se lo llevó a Malcolm.

El tercer cuervo aterrizó en una piedra que había aparecido donde había caído el cáliz dorado de la Reina Elphine. Con la luz del día, el hechizo se había desvanecido, revelando el cáliz como la roca que realmente era. Ese pájaro volvió su mirada hacia Rafael, su manera expectante.

Elizabeth se preguntó si Rafael sabría qué hacer. Él la miró y arqueó una ceja, incluso mientras alcanzaba la piedra. Elizabeth asintió y Rafael recogió la piedra formada por la copa.

Elizabeth se detuvo junto a los cuchillos y sacó su daga. Pareció temblar en su mano, luego lució como siempre sido. Catriona siguió su gesto, luego Rafael, quien hizo una mueca ante el estado de las dagas. Entonces se volvió y arrojó la piedra a través del páramo, entrecerrando los ojos cuando hizo un fuerte crujido al impactar.

Elizabeth sintió que el aire brillaba y cambiaba, crujiendo a su alrededor, y supo que el hechizo de la noche había sido borrado. Ella exhaló un suspiro, sabiendo que habían dejado a salvo la corte y el círculo de las hadas.

Catriona, sin duda sintiendo lo mismo, corrió hacia Malcolm, cayendo de rodillas a su lado. Él se movió, pero no se despertó hasta que ella lo besó profundamente.

Cuando él alcanzó a su nueva esposa con una sonrisa, Elizabeth exhaló aliviada.

Está hecho.

. . .

MALCOLM SE HABÍA SALVADO y Rafael había sobrevivido. Mejor aún, Rafael había aceptado su desafío, una señal tan segura de que ella tenía razón sobre él. Elizabeth se volvió hacia Rafael, queriendo compartir su humor festivo, pero ese guerrero frunció el ceño, luego giró y se marchó.

Elizabeth se quedó momentáneamente asombrada.

Entonces esa cinta carmesí se arrastró detrás de él, moviéndose como una invitación. Elizabeth no necesitó más excusa que esa para seguirlo.

SEGÚN LA EXPERIENCIA DE RAFAEL, había hombres a los que era peligroso conocer.

Esos individuos habían sido, hasta la fecha, hombres cuya posición siempre estaba sitiada en la batalla, sin importar cuán aparentemente segura fuera su ubicación. Habían sido hombres cuyos túneles siempre se derrumbaban, contra toda expectativa, u hombres cuyo equipo les fallaba en el ruido de la batalla en algún extraño accidente. Eran hombres que podrían haber sido alcanzados por un rayo si hubieran sido campesinos en lugar de guerreros. Habían sido hombres con mala suerte, nada más, algunos con tan malditamente mala suerte que cualquier amistad estaba condenada a ser de corta duración.

Él nunca se había encontrado con una mujer a la que fuera peligroso conocer, pero después de la noche en el páramo, atormentado por Franz, Rafael empezó a pensar que Elizabeth podría ser de ese tipo. Después de todo, él se enorgullecía de su compostura y de su pragmatismo, pero en menos de dos días ella lo había provocado a arriesgar impulsivamente su propia vida en un intento por salvar a Malcolm. Ella había confundido su ingenio con su belleza y sus desafíos. Lo había tentado y lo había obligado a reconsiderar su perspectiva del mundo.

Ella se había asociado con los muertos ante sus propios ojos.

Peor aún, había sido imprudente. ¿Qué más podría explicar su desafío al Rey de los Muertos? Podría poseer una belleza angelical, pero Elizabeth era una de esas personas que no sobrevivirían hasta la vejez.

Cuanto antes se alejara Rafael de ellos, mejor. Viajar hacia el sur a toda velocidad sería su mejor plan. Sin duda, sus compañeros estarían preparados para partir después de la noche que habían soportado, para regresar a la familiaridad de la guerra en el continente lo antes posible.

Incluso la guerra era mejor que enfrentarse a los muertos en el infierno.

Rafael siguió el ejemplo de Elizabeth para retroceder al reino de los mortales y arrojó la piedra como su mirada le indicaba que debía hacerlo. Rafael sabía que ella vendría tras él, sin duda llena de éxito, pero Rafael tenía que atender a Ranulf. Ese hombre había pasado la noche con su lesión y, aunque Rafael no se arrepentía de haber elegido ayudar a Malcolm primero, ahora temía por el alcance de la lesión de Ranulf. La suya tendría que esperar aún más.

No le sorprendió oír los pasos de una doncella en persecución decidida.

Rafael tampoco se sorprendió al girar y descubrir el rostro de Elizabeth iluminado de placer. Él cruzó los brazos sobre el pecho y la esperó, seguro de que no habría escape inmediato. Sabía que no debería haberse sorprendido por la ola de alegría que lo invadió, tanto al verla como por la certeza de que él era su objetivo.

Alegría. Esa era otra emoción poco confiable de la que podría haber renunciado, una que Elizabeth le causaba. Aun así, Rafael se mantuvo firme y esperó, saboreando la vista de ella.

"¡Podrías haber muerto!" dijo ella a modo de saludo, incapaz de ocultar su alegría de que no lo hubiera hecho. Rafael supuso que debería haberse preocupado de que ella no le temiera, pero no podía arrepentirse de nada cuando sus ojos brillaban con tanta alegría.

"¿Y la idea te agrada tanto como eso?" bromeó él.

Elizabeth se rió. Me agrada mucho que pensaras más en Malcolm que en ti mismo, y lo sabes bien.

Rafael hizo una mueca. "Así que me he convertido en un hombre de honor en tu opinión, lo que sin duda me convierte en una compañía aburrida."

Ella se rió de nuevo y él estaba muy satisfecho con su influencia.

"Nunca eso", dijo ella, con un rubor manchando sus mejillas. "Nunca podrías ser aburrido, Rafael".

El sonido de su nombre en sus labios le dio como un golpe una vez más, recordándole su lugar como pocas otras cosas podrían haberlo hecho. Rafael se puso serio y luego la miró con el ceño fruncido. "¿Y supongo que estás orgullosa de tu desprecio por tu propio bienestar?"

Sus labios se tensaron obstinadamente, su expresión se volvió rebelde. "Volverás a decir que soy impulsiva y tonta".

"¿Por qué más desafiarías al Rey de los Muertos como lo hiciste?" Rafael extendió una mano, dándose cuenta de que ella vería que él estaba preocupado por ella y sin importarle un poco si su advertencia cambiaba su curso. "Lo provocaste en su propia corte, y eres muy afortunada de que no se haya vengado de inmediato".

"Me proteges."

"Hablo sólo con sentido común. Nadie con su ingenio desafía a un rey cuando está en la corte de ese hombre. Pensaba que eras más sensata que eso."

Elizabeth cruzó los brazos sobre el pecho y arqueó una ceja. "Sospechaba que él no tomaría represalias entonces. Finvarra prefiere esperar su momento."

Rafael sintió que aumentaba su sospecha. "¿Qué es esto?" Ahora que recordaba el intercambio, parecía que ella estaba familiarizada con el Rey de los Muertos. ¿Cómo y por qué?

"El rey, Finvarra, prometió hace años que me tendría, que yo iría voluntariamente a él".

La idea enfrió las entrañas de Rafael. "Todos iremos al reino de los muertos eventualmente", dijo con calma forzada, queriendo estar seguro de que la entendía. "Aunque no puedo creer que estés destinada al infierno".

"Es el reino de las hadas, aunque tienes razón. Él rompió mi cinta hace años para que nunca encontrara mi verdadero amor entre los hombres mortales."

Antes de que Rafael pudiera preguntar, Elizabeth le sonrió, sus ojos brillaban de nuevo. "Y ahí está la maravilla. ¡Anoche cambiamos nuestros destinos, Rafael! Tu elección y la mía cambiaron lo que podría ser. ¿No puedes verlo? Hizo un gesto hacia el cielo y Rafael siguió su gesto.

Había cintas en el aire por encima de ellos, una verde plateada de Elizabeth que parecía estar cortada, y una roja como la sangre de él mismo. La suya era de una longitud tan generosa que ondeaba en el aire y giraba alrededor de Elizabeth. También se enroscaba alrededor de su cinta como un zarcillo de humo, y los ojos de Rafael se entrecerraron.

"¿Ves las cintas?" Elizabeth preguntó emocionada. "Son un signo de las hadas del amor destinado, y los nuestras están enredadas". Bajó la voz a un susurro confidencial. "Como nuestro destino".

Rafael retrocedió ante la sugerencia y la doncella.

¿Qué locura era esta?

¿Sus destinos entrelazados? Rafael frunció el ceño y parpadeó ante las cintas, luego mintió, pensando que era la forma más fácil de desalentar de esta idea. "Veo sólo un cielo matutino. ¿Estás bien?"

La confianza de Elizabeth vaciló entonces, pero continuó. "La tuya creció anoche, después de que hicieras tu elección, y creo que es porque mi desafío cambió tu curso. Nuestras elecciones cambiaron nuestro futuro, como en un cuento antiguo, y ahora podemos casarnos en la verdad."

"¿Casarnos?" Rafael se rió en voz alta, incapaz de evitarlo. "Nunca me casaré."

"Pero las cintas..."

"Son una especie de hechicería, y de verdad, solo tú puedes

verlas", dijo Rafael con firmeza. Hizo una reverencia. "Si me disculpas, tengo asuntos de este mundo que atender".

"¿Qué quieres decir?"

"Ranulf está herido".

"Tú también."

"YO LO ATENDERÉ PRIMERO A ÉL." Rafael se dio la vuelta, dirigiéndose hacia el grupo de sus compañeros de la Liga Sable.

"¿Lo atenderás?"

"Es lo que hago".

"Entonces muéstrame..."

Rafael se giró para enfrentarla, molesto por su determinación. "¿Ves algún detalle del mundo que te rodea?" —preguntó al oír que se elevaba su propia voz. Sintió la necesidad de hacerle entender lo que hacía, aunque no creía que fuera una tonta. Ella era inocente, nada más que eso, y le enfurecía que sus propias decisiones pudieran hacer que eso cambiara. "¿Notas que estamos en un campo de batalla, que hombres han muerto y otros han sido heridos en este lugar?" preguntó, notando que ella no retrocedía ante su tono áspero. "¿Ves el precio que se ha pagado por el capricho de que a una mujer se le niegue el pretendiente que deseaba?"

Elizabeth se mantuvo firme, tan resuelta que él la admiraba y temía por ella. "¡Por supuesto que sí!"

Que ella no se opusiera significaba que Rafael tenía que ser más directo. "¿Reconoces lo que te habría pasado si nuestras fuerzas hubieran sido vencidas? De hecho, es una fortuna poco común que triunfemos, ya que nos superaban en número. ¿Qué crees que hubiera pasado si la puerta de entrada hubiera sido invadida, si las fuerzas del conde hubieran ganado el salón?

Elizabeth lo fulminó con la mirada, incluso cuando el color desapareció de su rostro.

Rafael continuó, decidido a hacerle ver el peligro. "Los mercenarios habrían derribado la puerta del solar, y ¿qué hubiera pasado después, mi pequeño ángel? No te habrían pedido la mano para bailar. No habrías podido correr ni esconderte. Te habrían retenido y tomado lo que hubieran deseado de ti, sin tener en cuenta ningún precio para ti." La sola idea enfermaba a Rafael, pero Elizabeth no se dejó intimidar.

"No soy tan inocente como para no entender eso", replicó ella.

"Si fueras mi hermana, te vería encerrada en la torre de Ravensmuir", dijo Rafael, oyendo el calor en su propio tono. "No solo este día, sino todos los días hasta que te casaras con un hombre que te defendiera".

"Y sin duda lo haría encerrándome en otra torre", espetó Elizabeth. "No deseo que me protejan de la vida ni siquiera del riesgo. Deseo vivir y saber que lo he hecho."

"Solo dices lo mismo porque tienes esta maldita confianza en tu seguridad, una confianza que es inmerecida."

Ella no se apartó de su ira, sino que dio un paso más cerca. De hecho, le puso un dedo en el pecho. "Estás molesto porque sabes que tengo razón. Sabes que hay un vínculo entre nosotros, incluso si no puedes ver las cintas, porque los dos nos las arreglamos para obligarnos a cambiar."

Rafael estaba horrorizado. "¡No te das cuenta de lo afortunada que has sido y lo desecharías todo! ¡Enloqueces!"

"No es una locura querer experimentar más que una habitación cerrada en una torre", replicó Elizabeth. "Quisiera viajar lejos y quisiera amar a un hombre con todo mi corazón. Quisiera saborear el placer de estar en la cama y conocería tanto la alegría como la tristeza. Quisiera saborear todo lo que se puede experimentar y me arriesgaría, en lugar de evitarlo. Yo elegiría mi destino."

Rafael habría discutido con esta vista poco común, pero Elizabeth tomó su rostro entre sus manos, su toque lo silenció. Los ojos de ella brillaron con una resolución que él encontró de lo más seductora y descubrió que no podía apartarse.

"Y haría todo esto contigo, Rafael Rodríguez," susurró ella con fervor, luego lo besó profundamente.

El toque de sus labios envió un calor de bienvenida a través de él, resonando con su necesidad de celebrar el triunfo de Ravensmuir en ese día y recordándole que había sobrevivido tanto a la batalla como a la visita al Infierno. Rafael podría haberla atrapado de cerca o llevársela para saborear sus delicias en privado, pero su pasión hizo que él quisiera asegurarse de que no se sintiera decepcionada o maltratada. Había un fuego entre ellos, sin duda, pero era uno que él no alentaría.

Él conocía su lugar, por más humilde que fuera.

A ELIZABETH no le sorprendió realmente que Rafael se apartara de su beso, ni tampoco que sus modales fueran cautelosos. Después de todo, él no podía ver las cintas y ella apreciaba su escepticismo.

Ella simplemente tendría que hacer cambiar su forma de pensar.

Elizabeth no dudaba de que se necesitaría algo de tiempo y perseverancia para hacerlo, pero ya había hecho progresos alentadores.

Ella le sonrió, sabiendo que eso lo desconcertaba. "Y así, de nuevo, me proteges de mis propios impulsos. Tus hechos hablan más fuerte que tus protestas, Rafael."

Sus labios se tensaron en una línea sombría. "Ves solo lo que deseas ver."

"Veo que tomamos decisiones similares, ambos más preocupados por Malcolm que por nosotros mismos. Creo que es un buen augurio para nuestro futuro juntos."

"Yo veo que no tenemos futuro juntos", respondió él concisamente.

"¿De verdad?" Elizabeth no abandonó la idea. "Apostaría…"

Rafael la interrumpió bruscamente, su temperamento demostraba una vez más que ella se había acercado a la verdad. "¡No hay necesidad de apostar! Eres desafiante por ti misma, como es el camino de tantas doncellas consentidas durante mucho tiempo."

Elizabeth podría haber discutido, pero se inclinó más cerca. Cree lo que quieras, pero no tengo tiempo para doncellas que crean problemas simplemente para divertirse.

"Tú me malinterpretas. No causo problemas intencionalmente..."

"De hecho lo haces". Rafael fue desdeñoso. "¿Cuál es la diferencia entre tú y Jeanne Douglas, que enviaría hombres a la muerte porque el hombre con el que deseaba casarse se casó con otra?" La comparación insultaba a Elizabeth, como no dudaba de la intención de Rafael. "Asegúrate en el solar de Ravensmuir, como corresponde a una doncella de tu linaje. Busca tu bordado, mi señora, para que puedas ser aún casta en tu noche nupcial, porque en este día, en este salón, habrá muchas celebraciones de las más terrenales."

Elizabeth se negó a dejarse intimidar porque percibía la raíz de su protesta. "Una vez más, me verías defendida, como un caballero debería proteger a su dama."

Algo parpadeó en sus ojos oscuros. "Te lo digo de nuevo: no soy un héroe en uno de tus cuentos".

"Pero podrías serlo".

"Nunca me casaré", repitió Rafael con fuerza. "Eso se resolvió hace mucho tiempo. Pero si deseas ser despojada y abandonada este día, no rechazaré tu oferta."

Elizabeth contuvo el aliento.

"Cásate con uno de tu propia tierra", le aconsejó en un tono de voz más suave. "Elige un hombre cuyas suposiciones sean muy parecidas a las tuyas, engendra hijos y se feliz". Rafael sostuvo su mirada, como para asegurarse de que ella supiera que él no bromeaba, luego giró sobre sus talones y se acercó a sus compañeros.

Lamentablemente para este guerrero, Elizabeth no estaba tan dispuesta a abandonarlo a él ni a esa búsqueda. Ella confiaba en las cintas y creía que él era el único que podía mantenerla alejada de Finvarra. La niebla que la había envuelto desde la promesa de Finvarra de reclamarla era desterrada en presencia de Rafael, lo que tampoco podía ser una señal pequeña.

Sin pensar en lo vital que ella se sentía cuando estaba con él.

Ella lo vio alejarse, considerando lo que le había confesado, buscando una pista para su búsqueda. Necesitaba saber más sobre cómo habían traicionado a Rafael y cuándo había estado indefenso y hambriento. Ahí estaba la clave de su convicción de que nunca podría casarse. Ella miró la cinta flotante, consideró lo mucho que él ya le había respondido y supo que tenía razón.

El verdadero desafío consistiría en convencer a Rafael.

RAFAEL ESTABA RESUELTO. Dejaría Ravensmuir y Escocia sin demora, y llevaría a una puta de cabello oscuro en su ruta hacia el sur. Montaría a una docena de ellas para romper el hechizo de Elizabeth, dos docenas si fuera necesario, y vería restaurada su capacidad para luchar con desapasionamiento. Dejaría atrás esta tierra y toda la locura que había conjurado en su mente, y su vida sería como había sido durante décadas.

Una parte de él oraba para que fuera así de simple.

Otra parte de él se maravillaba de que orara.

Rafael sabía que Elizabeth lo seguía, tan terca como podía estar su hermano, pero no alteró su rumbo. Había un trabajo espantoso por hacer, después de la guerra, y si a Elizabeth no le gustaba la vista, eso no era de su incumbencia. Uno de los de la Liga Sable había caído, pero había asuntos más urgentes que el descanso final de Reynaud. Los vivos debían ser atendidos antes que los muertos.

Primero tenía que ver a Ranulf.

"Y entonces me ha llegado el turno de soportar tu tormento", dijo Ranulf cuando vio que Rafael se acercaba.

Rafael frunció el ceño. "Pido disculpas por la demora, pero tuve que atender a Malcolm anoche..."

"Lo sé y nunca te culparía por ello. Él podría haber muerto, mientras que yo simplemente perdí toda la sangre en mi corazón." Que Ranulf hiciera una broma era una maravilla, porque había soportado el dolor durante toda la noche. Tenía sudor en la frente y su rostro, por lo general colorado, estaba aún más rojo. Respiraba con dificultad y sostenía la mano derecha con la izquierda. El bulto de tela envuelto alrededor de su mano estaba empapado de sangre. "Tu herida también espera ser atendida", dijo, señalando la sangre en el brazo de Rafael.

"Puede esperar un poco más". Rafael notó la palidez de Ranulfo y tuvo que reconocer que había perdido una buena cantidad de sangre. "Al menos trataste de detener la hemorragia", dijo y desató la tela que se había anudado alrededor de su mano herida. Podía ver el pulgar de Ranulf y las puntas de dos dedos que sobresalían de la tela.

Si Rafael no hubiera disfrutado de la compañía de Franz, podrido y muerto, la noche anterior, habría dicho que su peor pesadilla estaba ante él. Ranulfo estaba mutilado, quizás no tanto como para tener que renunciar a su oficio, pero la lesión lo obstaculizaría por el resto de sus días.

"Traté de atarlo, como tú sueles aconsejar", dijo Amaury y Rafael supo que el otro hombre compartía su desánimo.

"—Lo hiciste bien" —reconoció Rafael, incluso mientras intentaba abrir la tela. Trabajó su propia expresión, sabiendo que Ranulf estaría atento a su respuesta. Sin embargo, se sintió aliviado de que la lesión no fuera peor.

Al menos Ranulf todavía tenía la mayor parte de su mano. También era bueno que no se hubiera perdido el pulgar. Los hombres reunidos a su alrededor trataron de ocultar sus reacciones a la vista revelada, pero Rafael sintió que la onda de la conmoción los atravesaba.

Mutilado. Era un mal presagio para el futuro de Ranulf, sin importar cómo lo considerara.

El dedo índice de Ranulf colgaba de su mano, unido únicamente por un poco de carne, mientras que su dedo medio estaba cortado. Dos dedos habían desaparecido por completo, el muñón que quedaba no parecía más que una masa pulposa. Rafael pudo ver la blancura del hueso en la mano de Ranulf, y notó cómo Ranulf temblaba por el impacto de su herida. El daño a la cara o las manos tendía a provocar las reacciones más violentas, incluso si la lesión era menos grave.

"Eres afortunado", dijo Rafael, hablando más cordialmente de lo que merecía la lesión. Ranulf exhaló aliviado ante este veredicto. "Era posible que hubieras perdido toda tu mano." Si ese hubiera sido el caso, la herida habría sido mucho más probable que finalmente hubiera matado a Ranulf.

Incluso esta podría pudrirse y poner su vida en peligro.

Incluso esta herida evitaría que luchara tan bien.

"Es extraño entonces que no me sienta tan afortunado", logró decir Ranulf.

"—Miserable ingrato" —gruñó Tristán en broma. "¡La dama Fortuna te dará la espalda ahora!"

"De hecho, hubiera sido mucho peor si hubieras perdido tu mano. Entonces, ¿cómo habrías complacido a las damas? bromeó Louis.

"O incluso a ti mismo", bromeó Gunter con brusquedad y los hombres se rieron. Rafael estaba muy consciente de la presencia de Elizabeth mientras ella flotaba a varios pasos de distancia, y se sintió incómodo con la conversación terrenal de sus compañeros.

Aun así, que hablaran no le haría daño y podría convencerla del argumento de Rafael como no lo habían hecho sus propias palabras.

Ranulf esbozó una sonrisa. "Le das poco crédito al pensamiento rápido de un hombre", replicó. "Mucho menos su inventiva".

"O qué habilidades podría tener con la mano izquierda", agregó Bertrand.

"¿Quién tiene aguardiente?" Preguntó Rafael a sus compañeros, interrumpiendo sus bromas.

Le dieron dos jarras y Rafael se las llevó. La que tenía menos, se la dio a Ranulf. "Bébelo todo", le ordenó.

"Ahora me debes una", bromeó Giorgio con Ranulf detrás de Rafael. "Estaba guardando eso para Guilia".

"—Dios no quiera que tenga que responder ante tu puta por la pérdida de uno de sus placeres" —replicó Ranulf, su voz más débil de lo que Rafael hubiera preferido.

Sacó la pequeña bolsa que siempre estaba sujeta a su cinturón. Estaba hecha de cuero, doblada hábilmente para que pudiera contener algunos implementos y creara una superficie limpia al desplegarlo. Anticipándose a él, Louis arrojó su capa para cubrir el suelo junto a Ranulfo. Como siempre, Rafael deliberadamente no recordaba cómo había ganado esa experiencia o esa pequeña bolsa.

Lo había pagado, eso era seguro.

Amaury había traído un balde de agua y se había agachado junto a él, con la intención, como de costumbre, de aprender todo lo que pudiera de Rafael. Observando a otro fue cómo Rafael había aprendido qué habilidad tenía para tratar heridas, pero siempre le explicaba a Amaury lo que sabía, además.

Podía llegar un momento en que necesitara ese servicio y no pudiera atender a sí mismo.

"La carne debe estar cerrada para que la herida pueda sanar", dijo Rafael y Amaury asintió.

"¿Por qué el aguardiente?" Elizabeth preguntó, acercándose. Los hombres se quedaron paralizados por un momento y Ranulfo desvió la mirada.

"Esta no es una vista digna de una dama", dijo ese hombre con brusquedad.

"Tonterías", respondió Elizabeth, su tono firme. "A menudo ayudo a Eleanor a atender enfermedades y lesiones en Kinfairlie. Sé hacer remedios y cataplasmas, y algún día podría casarme con un hombre que defienda nuestra propiedad. Me gustaría conocer esta habilidad."

Rafael sintió la sorpresa de su compañero, pero la verdad es que no esperaba que ella se demorara mucho. Movió la tela para que pudiera ver el daño completamente, la escuchó recuperar el aliento y estaba seguro de que huiría.

En cambio, se acercó más para ver mejor. Rafael sintió que la sorpresa se deslizaba entre las filas de sus compañeros y él mismo sintió una gran cantidad de sorpresa.

"No me respondiste," lo reprendió, su mano aterrizando en su hombro con una facilidad inmerecida. Rafael sintió que se le calentaba el cuello, porque sabía que sus compañeros habían notado el gesto.

"No sé. Me enseñaron a enjuagar la herida y todo lo que entrara en contacto con ella ". Rafael se encogió de hombros. "Como la táctica funciona, no la cuestiono".

Elizabeth lo miró con consideración en su mirada. "¿Enseñado por quién?"

"No es de importancia", dijo Rafael con firmeza.

Ella frunció los labios, claramente pensando lo contrario, y su mirada era consciente. Tenía que aprender a controlar su tono en su presencia, porque ella recibía un estímulo ridículo de sus demostraciones de temperamento. "¿Debe ser aguardiente?"

"Me enseñaron que era lo mejor".

Elizabeth asintió entendiendo.

La mano de Ranulf se había lavado lo mejor que pudieron los hombres y Rafael la inspeccionó antes de asentir con la cabeza. Abrió su bolsa, luego eligió una aguja e hilo de lino.

"Alabado sea nuestra arma secreta", dijo Bertrand con satisfacción. "Temí que te perdieras en ese campo anoche, y entonces la desgracia vendría sobre todos nosotros".

"Todos estaríamos muertos dos veces sin las habilidades de Rafael", coincidió Tristán.

Rafael se erizó, adivinando que Elizabeth sacaría más provecho de esa charla de lo que merecía.

Gunter se aferró a los hombros de Ranulf y miró. Rafael le cortó el dedo a Ranulfo, le cortó el último trozo de carne y lo apartó.

"¿Se puede unir de nuevo?" Preguntó Elizabeth.

Rafael negó con la cabeza, deseando que fuera de otra manera. Enhebró la aguja y la colocó en su bolsa abierta. Levantó la segunda jarra de aguardiente y roció generosamente aguja e hilo.

Elizabeth cruzó los brazos sobre el pecho y frunció el ceño en concentración. Rafael sabía que ella no soportaría la siguiente parte.

Se encontró con la mirada preocupada de Ranulf. "Esto dolerá", advirtió a su compañero, sabiendo que no era ni la mitad. Ranulf sentiría como si le quemaran la mano, pero Rafael había aprendido este truco mucho antes y, aunque no lo entendía, confiaba en su efectividad.

"El dolor es mejor que la muerte", dijo Ranulf, con la voz temblorosa como si no lo creyera del todo. Levantó la mano herida, le temblaba el brazo, luego apartó el rostro y cerró los ojos. Con su mano libre, agarró a Gunter. "Haz lo que debes".

"Sujétenlo fuerte", aconsejó Rafael a los demás y ellos hicieron lo que les pidió. Ranulf respiró hondo, se preparó y cerró los ojos con fuerza.

Rafael derramó el aguardiente sobre la herida abierta.

Ranulfo rugió de dolor y pareció levantarse del suelo en su agonía. La herida podría haber hervido, porque de ella brotaba sangre roja fresca con vigor. Gunter se aferró a los hombros de Ranulf y los demás lo sujetaron por las piernas. Ese mercenario juró concienzudamente y Rafael se preguntó si Elizabeth había escuchado alguna vez ese lenguaje. Cuando él miró en su dirección, ella se había sonrojado y se estaba mordiendo el labio, pero seguía mirando.

"Lo siento, mi señora", dijo Ranulf, su voz débil.

"Lo entiendo completamente", dijo Elizabeth con una sonrisa.

Ranulf tendió de nuevo su mano temblorosa y se esforzó por permanecer quieto. La sangre era de un rojo intenso, pero su flujo se había vuelto más lento.

Rafael cosió la herida para cerrarla tan cuidadosamente como pudo. El flujo de sangre disminuyó de nuevo, pero Ranulfo temblaba enormemente de dolor. Cuando la aguja se clavaba en su piel una y otra vez, los nuevos pinchazos en su carne comenzaron a sangrar. El enorme hombre gimió, pero no retiró la mano.

Temblaba, el sudor le corría por la frente. Rafael trabajó lo más rápido que pudo, luego volvió a limpiar la mano con el licor.

Ranulf gimió y luego se desmayó en verdad, su gran figura se extendió por el suelo. Rafael envolvió el dedo de manera segura en lino limpio y anudó el vendaje. Limpió los escombros y lavó la aguja. Elizabeth todavía estaba a su lado y sabía cuál era la mejor manera de hacerla huir.

Había llegado el momento de que la dama se enfrentara a un desafío.

"¿Podrías?," dijo Rafael con una leve reverencia y le entregó la aguja. Elizabeth lo aceptó, confusión en su expresión. "No quisiera que tus lecciones de bordado demostraran haber sido una pérdida de tiempo", dijo, y la comprensión hizo que sus labios se abrieran.

Rafael se quitó el abrigo y lo arrojó a un lado, luego se sacó la cota de malla por la cabeza. Su aketon acolchado estaba pesado con la sangre que había derramado y se preguntó si sería recuperable. Se lo quitó también, luego hizo una mueca de dolor porque el vendaje que había envuelto apresuradamente alrededor de su herida estaba completamente rojo. Elizabeth palideció al verlo, luego se sonrojó mientras él desataba el vendaje. Hizo una mueca mientras sacaba el paño de la herida, porque la sangre se había secado allí. Vio que la mirada de Elizabeth se movía rápidamente hacia la herida, un abierto en la parte superior de su brazo que ya le dolía mucho, y la vio tragar con desconcierto.

Ahí estaría la prueba de su temple.

Rafael le entregó el frasco de aguardiente.

"Muéstrame lo que has aprendido", dijo en tono suave. Pensaba que ella aceptaría el desafío, pero no creía que ella terminaría de curar su herida. De hecho, él podría tener una cicatriz extraña para recordar este día.

Elizabeth lo fulminó con la mirada. Ella le quitó la petaca de las manos con un gesto rápido, pero no tan rápido como para que él no viera que le temblaban las manos.

Era atractiva cuando estaba molesta, incluso con los labios

tensos. Sus ojos brillaron mientras tomaba una respiración profunda, luego le tocó el codo con las yemas de los dedos. Había acero en su postura cuando le lanzó una mirada a la cara.

"Esto dolerá", aconsejó, luego derramó una feroz cantidad de aguardiente en la herida.

Rafael necesitó todo su corazón para evitar gritar de dolor.

Sus camaradas, malditos sean, se rieron.

CAPÍTULO 8

La guerra era el mundo de Rafael, y era uno que Elizabeth no entendía en lo más mínimo.

Ella tampoco deseaba saber más sobre la batalla. La lucha y la matanza le resultaban abominables, pero estaba fascinada por la forma en que sus compañeros habían acudido a Rafael en busca de ayuda cuando uno de ellos había resultado herido.

Ellos confiaban en él, y a Elizabeth le pareció que los hombres de tal pragmatismo solo confiarían en otro que hubiera demostrado ser digno de su confianza. La curación, también, podría ser dominio de las mujeres, y Elizabeth tenía que creer que cualquier mujer que emparejara su camino con el de Rafael necesitaría tales habilidades.

Había presenciado la elaboración de remedios para la tos, los escalofríos y las fiebres, había oído la llegada de los bebés, había presenciado el tratamiento de las heridas en la cocina y había aprendido la mejor manera de mecer a un niño cuyos nuevos dientes le producían dolor.

Sin embargo, coser las heridas era nuevo para ella y aprovecharía esa oportunidad para aprender.

Elizabeth había adivinado que Rafael la desafiaría. Ella había visto la luz en sus ojos cuando él se giró y ella se preparó para hacer lo que le pidiera.

Sorprender a Rafael era una hazaña de la que nunca se cansaba.

El aguardiente lo había impactado por completo. Por un momento, Rafael había palidecido tanto que Elizabeth temió que se desmayara, al igual que su compañero. Pero inhaló bruscamente y entrecerró los ojos, vacilando solo un poco sobre sus pies. Tenía la mandíbula apretada y los dientes al descubierto, un signo seguro de la agonía que soportaba.

Su expresión se volvió cautelosa de nuevo. Elizabeth sabía que él pensaba que ella no podía hacer eso y estaba decidida a demostrar que estaba equivocado.

No importaba cómo le subiera la bilis.

Ella enhebró la aguja.

"Asegúrate de que la herida esté limpia antes de cerrarla", aconsejó él con firmeza. ¿Cómo había estado él de pie toda la noche y luego discutido con ella esa mañana, con esta herida? Elizabeth supuso que él debió haber soportado cosas peores en su tiempo.

No era de extrañar que Rafael pensara que ella era una inocente protegida. Solo la visión de su carne abierta tan cruelmente fue lo suficientemente cerca como para hacerla vomitar.

"¿Cómo?" preguntó ella.

"Enjuágate la mano y luego mete los dedos en la herida. Es demasiado profunda para ver con claridad. Tienes que palparla."

Elizabeth lo miró a los ojos, medio pensando que estaba bromeando. Pero no, Rafael hablaba muy en serio, sus modales eran como los de Eleanor cuando daba instrucciones.

Elizabeth respiró hondo y abrió la herida. Trató de no pensar en eso como el brazo de Rafael, aunque era difícil hacer eso con él mirándola y el calor de su carne bajo sus manos. Él se estremeció cuando ella deslizó las yemas de los dedos en el calor del corte, luego exhaló temblorosamente.

"Cualquier escombro se esconderá en el punto más profundo de la herida", dijo, y ella escuchó la tensión en su voz.

Ella asintió y palpó con cuidado, quitando algo que parecía un fragmento de metal de las profundidades de la herida. Lo colocó sobre su aketon desechado y Gunter lo examinó de cerca. "De la hoja en cuestión, sin duda", dijo ese hombre. Será mejor que vuelvas a comprobarlo.

Rafael cerró los ojos y echó la cabeza hacia atrás mientras Elizabeth hacía eso. No encontró más fragmentos y levantó la aguja. "Eau-de-vie otra vez," susurró Rafael. "Es una herida malditamente cara".

Los hombres se rieron aunque él no. Elizabeth hizo una mueca de simpatía cuando el licor enrojeció la carne abierta, luego enjuagó la aguja y el hilo y comenzó a coser.

"¿Qué habrías hecho sin mi aguja de bordar?" bromeó ella y sus fosas nasales se ensancharon. "Parece un lugar al que te sería difícil llegar".

"Habría tenido una cicatriz fea", confió uno de los hombres.

"Mis puntos serían realmente malos", coincidió otro.

"Utiliza más carne", le aconsejó Rafael, y ella se dio cuenta de que él estaba observando sus esfuerzos. "Para que no se rompa tan fácilmente antes de curarse".

"Tendrás una cicatriz, sin duda", dijo ella y él trató de sonreír, aunque parecía más una mueca.

"Simplemente otra para mi colección".

Era cierto que había una serie de marcas en la piel de Rafael. Elizabeth no quería que la sorprendieran mirando su cuerpo, por lo que cosió rápidamente y con cuidado. Quería terminarlo pronto, pero también hacer un buen trabajo. Ella era muy consciente de la forma en que Rafael la miraba, su mirada como un peso sobre ella. Cuando ella hubo cerrado toda la herida, se aclaró la garganta.

"Un poco más, mi pequeño ángel". Su tono ronco envió un escalofrío a ella, su tono de voz de modo que parecía que solo ella podía escucharlo. "Si se rompe, será mucho peor."

"Podría coserla de nuevo".

"No estaré cerca de ti".

Ella levantó la mirada hacia él, sin haber considerado que se iría tan rápido como eso. Ella vio su convicción, sin embargo, y su corazón se heló ante su anuncio. Consciente de que los otros hombres escucharían cualquier protesta que ella hiciera, Elizabeth hizo lo que Rafael le indicó y luego anudó el hilo. Admiró la pulcritud de sus puntadas por un momento, luego, sin pensarlo, se inclinó para morder el hilo, como solía hacer con su bordado.

Sus labios estaban sobre la piel de Rafael cuando lo escuchó inhalar bruscamente. Su carne estaba tibia contra su boca y el aroma del aguardiente llenó sus fosas nasales. Ella miró hacia arriba solo para ser atrapada por la intensidad de sus ojos oscuros. Él no parpadeó, su mirada ardía en la de ella como lo había hecho cuando la había besado.

Su corazón dio un brinco. Su boca se secó. Ella no podía moverse.

Él no era tan inmune a sus encantos como quería que ella pensara.

Rafael se marchaba para protegerla de sus impulsos.

Elizabeth sonrió contra su piel, su confianza recuperada. Porque ella, ella no era inmune a Rafael en lo más mínimo. Nunca un hombre había provocado tal reacción dentro de ella. Las cintas la habían convencido de que tenía razón al depositar su confianza en él.

En un impulso, Elizabeth presionó sus labios contra él completamente, sosteniendo su mirada mientras besaba el final de su herida. Sus fosas nasales se ensancharon y luego se cerraron con fuerza, sus ojos ardían. Pensó que podría maldecir y volverse, pero no podía apartar los ojos de su potente mirada.

Parecía que el mundo entero se derrumbaba y no había nada para Elizabeth más que Rafael. Se inclinó un poco más cerca, luciendo peligroso y decidido, y su corazón dio un brinco mientras se preguntaba qué diría.

Pero ella no iba a saberlo.

Una mano cayó en la parte posterior de la cintura de Elizabeth en ese momento y encontró a Malcolm detrás de ella. "Los puntos no son tan finos en ninguna de tus otras cicatrices", le dijo su hermano a Rafael, con un tono tan decidido que Elizabeth se enderezó ante la advertencia que escuchaba allí.

Vio cómo Malcolm se encontró con la mirada de Rafael, alguna acusación en su expresión. Rafael en realidad parecía estar desconcertado, lo que Elizabeth pensaba que era revelador. "Gracias, mi señora", le dijo con aspereza. "El ángulo era tal que no podría haberlo hecho yo mismo."

"De hecho", dijo Malcolm, claramente no convencido.

"Quería una cicatriz bonita para variar", bromeó uno de los hombres, y se rieron.

Salvo Malcolm y Rafael, que continuaron mirándose el uno al otro.

Elizabeth quería eliminar la tensión entre los dos. "¿Se salvará la mano de tu camarada?" le preguntó a Rafael, indicando al hombre que se había desmayado.

Rafael se encogió de hombros e hizo una mueca, entrecerró los ojos mientras consideraba a su compañero. "He hecho todo lo posible".

"Ahora el asunto está en manos de Dios", dijo un hombre de cabello gris en la compañía.

"Lo mejor de Rafael es mejor de lo que la mayoría puede hacer, Gunter", dijo Malcolm y ese guerrero asintió con la cabeza. "De hecho, hemos sido bendecidos por la experiencia de Rafael".

"Hablas bien", concedió el primer hombre. "La Liga Sable sería mucho más pequeña, sin tu don con la estrategia y el talento de Rafael para sanar".

Un incómodo silencio cayó sobre los hombres entonces, y Elizabeth se dio cuenta de que estaban pensando en que Malcolm ya no pelearía con ellos. Nuevamente habló para cubrir el silencio. "¿Cómo se lesionó?"

"Ranulf tiene habilidad con el fuego griego", dijo Gunter. "Debió haber cortado la mecha demasiado, por lo que el explosivo se encendió cuando no lo había tirado lejos".

"¿Vio la llegada de las hadas?" preguntó ella. De nuevo sintió, más que vio, el cambio en sus modales. Podrían haber cerrado filas contra ella y sus expresiones se volvieron impasibles.

"Demonios", corrigió Rafael suavemente.

"No son demonios", dijo Elizabeth con cierta impaciencia. "Son hadas, otros seres además de nosotros que viven entre nosotros y tienen poderes más allá de los nuestros".

Los ojos de Rafael se entrecerraron. "Son malvados".

"No tienen nuestro sentido de la moral", dijo Elizabeth. "Aunque no estoy segura de que eso los vuelva malvados. Cumplen sus promesas."

Él la consideró por un momento, luego se alejó. Elizabeth lo miró, hambrienta de su atención, pero sabiendo que no la volvería a prestar ante Malcolm.

Uno de los hombres se aclaró la garganta. "Sólo sé que no vi nada la víspera que confesaría haber visto."

Los demás asintieron y esta vez Malcolm llenó el silencio. "Pensé que podríamos enterrar a Reynaud al día siguiente, por la mañana, si eso está bien con todos ustedes." Los hombres asintieron con la cabeza. "Catriona desea que lo pongan en lo que cuenta como nuestra capilla. Los hombres del conde serán llevados de regreso a sus tierras y algunos mercenarios a su servicio serán enterrados aquí ese día, pero Catriona cree que todos ustedes apreciarían tener más tiempo para decir adiós a Reynaud. Lo enterraremos con la primera luz del día."

"¿Una tumba marcada?" preguntó un hombre, mirando hacia arriba.

¿Estaban acostumbrados a que sus compañeros fueran enterrados con menos dignidad que eso? Por sus modales, Elizabeth lo adivinó.

Rafael tenía razón en que ella tenía muchas suposiciones que los de su clase no compartían.

Ella simplemente tendría que aprender.

Miró hacia arriba a tiempo para ver la sonrisa fugaz de Malcolm. "—Sí, porque así le corresponde a un amigo del Señor de Ravensmuir. Si todos lo creen aceptable, podrían enterrarlo bajo el suelo de la nueva capilla."

"Sería un buen tributo, Malcolm", dijo Gunter, y a Elizabeth le pareció que estaba abrumado por la emoción.

"No demasiado cerca del altar", bromeó Amaury y golpeó a Gunter en el hombro. "No veríamos condenados a todos los enterrados en Ravensmuir debido a la compañía que mantendrían."

Los hombres se rieron entre dientes, pero Elizabeth se dio cuenta de que algo había cambiado en sus modales. Estaban complacidos con la oferta de Malcolm.

Quizás sus suposiciones no eran tan diferentes, después de todo. Las circunstancias influían mucho en sus vidas, pero quizás no en sus deseos.

"Todos tenemos trabajo esta mañana", dijo Malcolm. "Pero habrá una comida caliente en el salón al mediodía, y con la más leve sonrisa de la Dama Fortuna, también una entrega fresca de pan y cerveza de Kinfairlie."

Un hombre señaló a Malcolm con un dedo. "Te va bien en esta tarea de señorío para alguien tan nuevo en sus demandas", bromeó.

"Es mi señora esposa quien consideró tales aspectos prácticos. Parece que tiene talento para los inventarios y la planificación, lo que me sirve muy bien." Malcolm le sonrió a Elizabeth. "Así que es un día feliz cuando un hombre y una mujer unen sus vidas, cada uno con la mitad de la carga al ver que se cumplen sus deberes. Ven, Elizabeth. Tendré que prestar mi ayuda a Alexander para que encuentres un matrimonio tan feliz."

No había duda de que no podía cuestionar a Malcolm y Elizabeth vio por la línea de su boca que él no toleraría ningún argumento de ella. Los mercenarios se inclinaron ante ella, todos excepto Rafael, que simplemente miró, y Elizabeth tomó el codo de Malcolm mientras él se la llevaba.

"Me querías lejos de ellos", acusó ella en voz baja. "¿Por qué? Son tus invitados."

"Y Alexander no solo ha llegado, sino que teme por tu virtud, que es su obligación como tu hermano mayor y tutor", dijo Malcolm con suavidad.

La irritación se apoderó de Elizabeth. "Son simplemente hombres".

"Sí, son simplemente hombres", coincidió Malcolm. "Hombres acostumbrados a tomar lo que desean. Hombres que planean para la próxima hora de sus vidas y nada más. Hombres que no tienen raíces, que se olvidan de sus historias, que han aprendido a garantizar su propia supervivencia, comodidad y placer en primer lugar." Él la miró. "No son hombres malvados, Elizabeth, pero tampoco son hombres que tienen las mismas expectativas que tú." Levantó las cejas. "Mucho menos las de Alexander."

Elizabeth sintió que sus labios se apretaban. "Alexander me permitió que eligiera a mi propio esposo."

Malcolm se rió. "Lo hizo", admitió, sus ojos brillando. "Pero no de esa compañía".

Elizabeth se detuvo para enfrentarse a su hermano, cruzando los brazos sobre el pecho. "¿Y si te digo que veo mi cinta entrelazada con la de Rafael?"

Malcolm se puso serio. "Entonces tendrás mi más sentido pésame, porque estarías condenada a vivir tu vida sola. Nunca he conocido a un hombre tan seguro de su lugar en el mundo como Rafael." Le dio unos golpecitos en el brazo con un dedo. "Y apostaría todo Ravensmuir a que si le dijeras tu admiración por él y tu deseo de casarte con él, rechazaría el honor sin dudarlo."

Elizabeth sintió que sus mejillas se calentaban bajo la mirada cómplice de Malcolm.

Sacudió la cabeza y habló con suavidad. "La clave, Elizabeth, para hacer la guerra es reconocer cuándo no se puede ganar una batalla y retirarse sin malgastar los recursos sin un buen fin." Levantó ese dedo cuando ella podría haber protestado. "Te quiero pedir tu ayuda en esta mañana en donde se puede ganar el triunfo".

"¿Qué quieres decir?"

"Es necesario arreglar el salón antes de la comida, y Catriona está casi abrumada."

Elizabeth frunció el ceño. "Pero todo estaba en orden allí anoche..."

"Sin embargo, durante la noche, ocurrió un milagro".

"No lo entiendo."

"Lo harás muy pronto". Malcolm sonrió misteriosamente, luego acompañó a Elizabeth hacia el salón.

Tal era su curiosidad que ella fue.

Cuando Elizabeth se fue con Malcolm, Rafael supo que debería haberse alegrado de verla partir. En cambio, la compañía de sus compañeros parecía carente.

Estuvo tentado de girarse y verla avanzar por el patio.

Rafael todavía estaba asombrado de que Elizabeth hubiera aceptado su desafío y atendido su herida. Todavía estaba conmovido por el beso que ella le había otorgado, tocando su herida con los labios. Hubo un momento de intimidad potente allí, un momento en el que podría haber sido persuadido de que ella era la mujer para él, un latido en el que podría haber creído que ella tenía razón sobre sus destinos entrelazados.

No, había sido un momento en el que había anhelado que ella pudiera tener razón. Le vendría bien tener a una mujer así a su lado. Aunque Rafael nunca había imaginado que podría tener una oportunidad así, aunque sabía que no debía esperar lo que no se podía ganar fácilmente, Elizabeth le hacía desear ser otro hombre. Ella no se intimidaba o asustaba fácilmente, esta doncella, y él descubrió que su admiración por ella solo crecía con cada intercambio.

El hechizo que ella lanzaba era muy potente.

Rafael levantó el recipiente y lo agitó, revelando que todavía había algo de aguardiente dentro. No se desperdiciaría, sin duda. Rafael tomó un sorbo él mismo y luego lo pasó. Los demás tomaron un trago por turno y el licor restauró su humor habitual.

En el silencio, Rafael sabía que todos pensaban en Ranulf mutilado y Reynaud muerto. Ranulf se movió un poco y Amaury le dio el último aguardiente.

"Así que vivimos para luchar otro día", dijo Gunter con gravedad, luego asintió con la cabeza a los demás. "La Liga Sable vuelve a salir del campo de batalla".

Hubo un gruñido de satisfacción ante eso. "¿Alguien más necesita ser atendido?" Preguntó Rafael, pero negaron con la cabeza al unísono.

"Rasguños y golpes", dijo Tristán.

"Nada que no se cure con una taza de cerveza", dijo Louis.

"U otro placer similar", dijo Giorgio cordialmente. Le dieron un codazo como si fueran uno, porque era el único del grupo cuya puta no sólo había viajado con ellos, sino que sólo había aceptado sus atenciones.

Bertrand reclamó lo último del aguardiente y luego se pasó una mano por el cabello oscuro. "Entonces, solo Reynaud no se levanta para pelear de nuevo."

Se persignaron como uno solo, luego dividieron silenciosamente el trabajo que tenían ante ellos. Bertrand, Tristán y Giorgio fueron a Reynaud, luego llevaron su cadáver a la tienda que se levantaba sobre el lugar donde Catriona haría construir su capilla. El dosel protegería los cuerpos del sol mientras se cavaban las tumbas. Varios de los muchachos ya estaban cavando en los puntos indicados por Malcolm. Los caballos tenían que ser atendidos y luego las armas tenían que ser limpiadas y afiladas, en preparación para otro día.

Había mucho trabajo por hacer, y Rafael no era el único hombre que querría quitarse de la piel el fango de la batalla. Uno de los escuderos dijo que había bañeras llenas detrás de los establos, y aunque no tendría la primera agua, el baño sería bienvenido.

Entonces Rafael se ocuparía de su caballo. Su posesión más costosa y su más leal estaría asustadiza. La naturaleza de los caballos era desconfiar del olor a sangre, y sin duda era un impulso saludable. Rayo toleraba mejor la batalla cuando estaba en medio de ella, probablemente porque podía verla. Estar atado en un establo mientras se libraba una batalla siempre dejaba al caballo con problemas.

Y en verdad, cuidar a Rayo calmaría a Rafael tanto como al caballo. Elizabeth lo había molestado porque estaba exhausto, nada más.

Sabía que las pesadillas vendrían cuando finalmente durmiera.

Siempre lo hacían después de una batalla. Era un hecho en el que podía confiar.

Rafael tendría que emborracharse si tenía la intención de dormir sin soñar esa noche, y era fácil decidir hacer eso.

De hecho, eso podría convencer a Elizabeth de que él no era el hombre que ella creía que era. Rafael no podía pensar en un solo cuento en el que un caballero mostrara su valor al emborracharse más allá de lo creíble en el salón de su patrón. De hecho, tal falta de gracia era a menudo la marca de un villano destinado a morir.

El suyo era el plan perfecto, en más de un sentido.

EL AGUA del baño estaba fría y no muy limpia, pero Rafael se frotó a fondo de todos modos. Al menos había jabón, dado que estaban en Ravensmuir, y tenía una camisa limpia en su alforja.

Como de costumbre, su marca de nacimiento fue notada y comentada. Lo extraño fue que después de su experiencia de la noche anterior, Rafael no pudo hacer su broma habitual. Tenía una marca roja en la nalga que parecía una mano abierta, aunque era un poco más grande que la mano de un hombre. Por lo general, bromeaba diciendo que era la mano del diablo sobre él, solo para asustar a los escuderos, pero ese día no podía pronunciar las palabras.

Después de todo, él había visto al Rey de los Muertos y había visitado el mismo Infierno. Era mucho más difícil ser escéptico sobre el juicio y la paga del pecado cuando había pasado la noche con Franz.

Se frotó y se vistió con calzas limpias y esa camisola, poniéndose las botas antes de regresar a los establos. Tenía el pelo mojado pero no le importaba.

Todo estaba ruidoso en los establos, tal como había anticipado. Los escuderos trabajaban de manera constante, junto con los otros guerreros de la Liga Sable que ya se habían unido a ellos. Los caballos habían sido cepillados la noche anterior y estaban en sus establos. La mayoría dormitaba o husmeaba en su heno, pataleaba y movía la cola. Al ver a Rafael, uno de los escuderos llegó corriendo.

"Varios de los caballos han resultado heridos", dijo el muchacho, su tono sin aliento. "Y no hay mozo de cuadra en Ravensmuir. ¿Podrías ayudarlos?"

"Por supuesto." De hecho, Rafael agradecía la tarea.

Una vez más, sus habilidades eran útiles, porque un corte en la carne de un caballo no era tan diferente de uno en la piel de un hombre. Para su alivio, ninguno de los caballos se había roto un miembro en la batalla y ninguno había muerto. Había una variedad de rasguños y cortes que atender, y notó que varios de los escuderos habían sufrido heridas mayores. Pasó la mañana muy ocupado y era un trabajo bienvenido.

Había un consuelo en los sonidos y actividades familiares. Esa era su vida y siempre lo sería. Escuchó las burdas bromas que hacían sus camaradas y sus relatos sobre sus actos en la batalla del día anterior. Dos de los hombres habían encendido un fuego en el taller del viejo herrero y el sonido del martillo contra el acero resonaba en el aire. Había que reparar empuñaduras y muescas en las hojas que alisar, golpes en los escudos y yelmos que martillar, y más de un caballo necesitaba una herradura nueva. Los escuderos limpiaban los establos y también traían agua y comida para los caballos.

Dos de ellos ayudaban a Rafael, observando con interés sus atenciones y recogiendo lo que él necesitaba con gran rapidez. Cuando empezaron a susurrar, su corazón se hundió ante sus palabras.

"Dicen que fueron las hadas lo que vimos en la víspera," el escudero le susurró al otro, su asombro más que claro. Era rubio, este Hans, y sus ojos estaban muy abiertos y eran de un azul claro. Siempre parecía asombrado ante la vista de Rafael.

"Rafael dijo que eran demonios", murmuró el moreno Xavier, lanzando una mirada a Rafael. Rafael había hecho una cataplasma de hierbas para ese caballo en particular e indicó que el muchacho debía sostener la tela empapada en su lugar mientras Rafael la ataba con un trozo de lino. Deliberadamente no respondió al comentario, aunque pensó en la afirmación de Elizabeth de que no eran demonios.

¿Qué más podrían ser? Recordó los cuentos de Ibrahim y se preguntó si ese hombre podría haber tenido razón en algo.

"¡Pero se han ido!" continuó Hans, agitando una mano. Estaba encargado de sujetar las riendas del caballo y su movimiento brusco hizo que el caballo sacudiera la cabeza y pataleara. Rafael le dirigió una mirada severa y se puso serio, cuidando de mantener quieta la cabeza del caballo. "Desaparecieron", susurró Hans. "En el aire".

"¿Lo hicieron?" Murmuró Rafael, porque había visto pequeñas criaturas aladas en las vigas de los establos.

"¿A qué te refieres, señor?"

Xavier respondió. "Solo pudimos verlos por la poción de la dama Elizabeth", dijo, su tono implicaba que Hans era un tonto. "Es evidente que sus poderes se desvanecieron con la luz de la luna y que están ocultos a nuestra vista".

"Si es que estuvieron presentes", dijo Rafael con firmeza. Varios pequeños demonios marrones colgaban de las telarañas que colgaban de las vigas, chillando de júbilo mientras bailaban en los establos, sin que los demás los vieran. Le sentaba bien a Rafael dejar que estas hadas o demonios creyeran que él tampoco podía verlas.

Un hombre que pretendía sobrevivir, según su experiencia, no revelaba todo lo que sabía.

"¡Pero seguro que sí, Rafael!" dijo Xavier. "Los vimos."

"Pensaste que los viste", respondió Rafael, sacudiendo la cabeza. "Bien podría ser que la poción de la dama Elizabeth te diera visiones de lo que realmente no estaba ahí para ser visto. Si supieras mucho sobre hierbas y brebajes de botica, sabrías que eso es posible."

Los muchachos intercambiaron miradas de decepción. Rafael se puso de pie y palmeó la retaguardia del caballo, muy complacido con su paciencia, luego miró hacia su propia montura. "El herrero trabajará con ustedes", dijo amablemente a los muchachos. "Si se apresuran, habrán cumplido con sus obligaciones cuando se sirva la comida del mediodía en el salón." Sus miradas se iluminaron y se apresuraron al otro extremo del establo para ayudar con las reparaciones de la armadura.

Sólo cuando Rafael fue hacia Rayo se dio cuenta de que estaba cerca del último puesto de las cuadras. Debieron haber movido los caballos para acomodar mejor a los caballos y hombres heridos, pero se estremeció al ver que Rayo estaba ahora en el antepenúltimo puesto. Había sido la pared trasera de ese último puesto la que se había abierto la víspera del invierno anterior, derramando la luz de otro reino en la fría noche de este reino.

Ese puesto era donde había comenzado todo.

Rafael se estremeció de nuevo y se concentró en cuestiones prácticas. Hizo una pausa para admirar la yegua de Elizabeth, un caballo negro de notable tamaño con ojos brillantes, y se aseguró de que estuviera lo suficientemente bien. Estaba asustada, probablemente, como Rayo, una reacción al olor de la sangre. Él dudaba que pudiera tranquilizarla mucho, así que continuó con su propio caballo, que agradecería su presencia.

Rayo tenía un tono castaño tan oscuro que a menudo se le consideraba negro, salvo por una raya blanca en la frente. Era un magnífico caballo, y Rafael se había preguntado a menudo si corría por sus venas un hilo de sangre de los caballos legendarios criados en Ravensmuir. El caballo relinchó al ver a Rafael, como para asegurarle a su guerrero que estaba ileso. Rafael pasó las manos por el caballo, asegurándose de que no se pasara por alto ninguna pequeña herida. Su toque calmó a la criatura y sintió que la ansiedad se aliviaba de Rayo.

Incluso mientras controlaba el caballo, Rafael se dio cuenta de lo distantes que se habían vuelto los sonidos de sus compañeros. El salón junto a los puestos parecía haberse alargado más, y los hombres y escuderos del otro extremo parecían más pequeños de lo que deberían haber sido y más débiles. Era como si se perdieran de vista o se perdieran en la niebla. Pudo haber sido que el salón se extendiera tres veces su longitud, una extraña sensación que Rafael recordaba de seis meses antes.

El pelo le picaba en la nuca.

¿Era su imaginación que pudiera escuchar los débiles acordes de esa maldita música incluso ahora? Rafael se estremeció por el frío que había tomado el aire, temiendo saber quién estaba en movimiento.

Los mortales no estaban solos en los establos, y las pequeñas criaturas de las vigas no eran la suma de su compañía. Rafael contuvo el aliento cuando alguien pasó a su lado con un esplendor helado. Vió un dobladillo con ribete de piel plateada que se arrastraba por su bota. Sintió un batir de alas detrás de él y escuchó los gritos agudos de pequeños seres colgando de las telarañas en lo alto. Rafael no dio señales de haberse dado cuenta, aunque se le puso la piel de gallina.

En cambio, se complació tanto a sí mismo como a Rayo cogiendo el cepillo y acicalando a la bestia. Rayo sopló los labios y pateó, ajustando su postura e inclinando la cabeza. Estaba claramente complacido por la atención, aunque sus oídos se movían más de lo que deberían haberlo hecho.

Entonces, él también estaba consciente de que los demonios pasaban. Hubo un leve susurro de prendas de seda detrás de Rafael mientras la compañía de otro mundo avanzaba a través de los establos, sin duda regresando a ese espacio en la pared del establo de a lado. Sabía que él y Malcolm la habían atrincherado, pero supuso que seres de este tipo no encontraban ningún obstáculo. Bailaban y brincaban mientras caminaban, su charla llena de júbilo por el pago del diezmo.

¿Dónde habían estado desde que habían dejado el páramo? ¿Desde el amanecer? Rafael no lo sabía y se negó a especular al respecto.

De hecho, no se atrevía a mirar hacia arriba. Se esforzó por fingir que no era consciente de su presencia, murmurando a Rayo como si no pudiera explicar la agitación de la bestia. Según su experiencia, era más prudente dejar que un enemigo creyera que no lo observaban o que su plan pasaba desapercibido.

Y Rafael no tenía ninguna duda de que estos seres, ya fueran llamados demonios o hadas, eran sus enemigos. Había visto al rey cortar al mendigo que había agarrado el crucifijo de Catriona, había visto que no había piedad en ese semblante regio cuando la pérdida de una vida mortal sería su ganancia. Los oídos de Rafael pinchaban cuando escuchó los tonos profundos de ese mismo rey, aunque ocultó su conciencia con un cepillado constante.

Elizabeth había hablado cuando no debería haberlo hecho. El rey no le había pasado factura por esa elección, pero Rafael se preguntó si eso dejaría a Elizabeth en deuda con el rey oscuro.

Escuchó atentamente, esperando aprender más sobre el plan de este rey para cierta doncella franca. El destino de ella no era de su incumbencia, por supuesto, ni de su responsabilidad, pero tal vez podría asegurarse de que Malcolm la viera defendida.

Sonaba como una excusa incluso para el mismo Rafael, pero aun así escuchó.

～

ELIZABETH NO ENTENDÍA los modales de Malcolm. Ella podría haber pensado que él había inventado una excusa para mantenerla alejada del lado de Rafael, si no hubiera parecido estar abrazando un secreto para sí mismo.

Como lo había hecho cuando era niño. El indicio de su naturaleza traviesa era absolutamente seductor para Elizabeth y muy bienvenido.

Pero no tenía sentido que Catriona necesitara su ayuda. Había visto el día anterior que el nuevo salón de Ravensmuir estaba escasamente amueblado. Se habían colocado dos mesas de caballete delante de las dos enormes chimeneas, y sólo una chimenea había visto encenderse un fuego en su interior. Las paredes estaban desnudas de tapices y el suelo, aunque sembrado de juncos frescos, era vasto y vacío.

Sin embargo, cuando Elizabeth entró en el salón, inmediatamente vio que todo había cambiado. En esa mañana, había una enorme pila de muebles en medio del piso. Las sillas, las mesas y los tapices estaban mezclados, con vasijas de vajilla, jarras de metal, tazas y platos mezclados en el medio. Había pesadas ollas de hierro que pertenecían a una cocina, atizadores para las chimeneas e innumerables otros artículos para el hogar. De hecho, la pila era tan grande y tan caótica que Elizabeth apenas podía encontrarle sentido, y mucho menos a su aparición.

"¿Pero de dónde vino?" le preguntó a Malcolm.

A modo de respuesta, le mostró una caja de madera que le resultaba más que familiar. La tapa tenía incrustaciones de madera de diferentes colores para formar un pájaro, con las alas extendidas y de varios tonos.

Un Lammergeier.

Los labios de Elizabeth se abrieron con asombro y reconocimiento. "¡Esa es la caja del abuelo!" dijo ella con gusto. Pero se perdió en las cavernas cuando murió el tío Tynan. ¿Cómo es que la vuelves a tener?"

"Esta mañana me la devolvieron", dijo Malcolm, señalando el

montón de mercancías. "Junto con todo esto". Golpeó la caja. "Para mi alivio, las viejas posesiones todavía están dentro."

Elizabeth no lo habría creído si no lo hubiera visto con sus propios ojos. "Eso es un milagro."

"Además de todo esto".

¿Podría ser todo de las cavernas?

¿Quién lo había traído al salón? Elizabeth examinó las vigas, buscando alguna señal de Darg, la traviesa spriggan, pero no pudo ver ni una sola hada. Y realmente, no podía creer que Darg, dada la codicia de esa criatura, hubiera entregado tanto voluntariamente. Catriona sacaba ollas del montón y las enviaba a las cocinas. Algunos tapices habían sido liberados y enrollados pulcramente, pero Elizabeth podía ver que estaba realmente abrumada por esta tarea inesperada que se le había encomendado.

Alexander también había llegado esa mañana, estaba claro, porque ya estaba trabajando en la pila. Mientras Elizabeth miraba, sacó una silla familiar del montículo y la puso en orden, examinándola con satisfacción.

"¿Recuerdas esto?" le preguntó a Malcolm. La silla era de madera y se podía plegar. Una vez desplegada, la pata izquierda se cruzaba debajo del asiento para formar el reposabrazos derecho y la pata derecha se cruzaba para formar el reposabrazos izquierdo, las dos formando una X debajo del asiento de cuero. El cuero rojo del asiento, el respaldo y los brazos estaba desgastado por el uso. "Tynan lo mantenía en su solar, y Rosamunde la favorecía."

"—Lo recuerdo" —dijo Malcolm, pasando una mano por el cuero. "Le ha ido bien en las cavernas de Ravensmuir."

Elizabeth recorrió con la mirada los muebles reunidos. "Todos son de la fortaleza destruida", dijo, reconociendo más de ellos cuanto más miraba. "¿Pero cómo llegaron a estar en el salón?"

Sus hermanos intercambiaron una mirada. "Creo que es un regalo del tío Tynan", dijo Malcolm.

"No, de su fantasma", dijo Alexander con firmeza, mostrando una creencia en el otro mundo que no era característico de él. "Y quizás una señal de que finalmente está en paz". Le sonrió a Malcolm y a Elizabeth le gustó la aprobación en sus ojos. De alguna manera, la brecha entre sus hermanos se había reparado. "¿Y por qué no debería estarlo? Su heredero elegido ha regresado, ha reconstruido el torreón, se ha casado bien y ya tiene un hijo."

El bebé Avery gritó entonces y Catriona se volvió hacia las escaleras. Vera, la doncella durante tanto tiempo al servicio de Kinfairlie, estaba de pie en lo alto de las escaleras, meciendo al bebé que lloraba.

"Hay tanto que hacer", dijo Catriona, mirando entre su hijo y el desorden del salón.

"Ve", dijo Malcolm, dándole a su esposa un beso en la sien. "Elizabeth está aquí para ayudar a arreglar las cosas. Ella dirigirá esta tarea en tu lugar."

Elizabeth asintió con la cabeza y Catriona sonrió aliviada. Elizabeth comenzó a clasificar los muebles que tenía más a mano y a ordenar la ubicación de los que se le presentaban. Aunque el vestíbulo era diferente al antiguo, las habitaciones tenían una función similar. Podía recordar dónde habían estado y enviar cada artículo de manera adecuada.

Era bueno tener una tarea para ocuparla, y Malcolm le pedía su opinión sobre muchos artículos antes de que fueran enviados a otras partes de la fortaleza. Alexander llamó su atención sobre muchas piezas familiares, y Elizabeth encontró sus pensamientos llenos de recuerdos felices de los tiempos en Ravensmuir. Trabajaron de manera constante, y ella pensó que Catriona podría moverlos más tarde a su gusto, pero por el momento, era necesario despejar el salón para poder servir la comida del mediodía.

Ruari, el hombre de armas de Kinfairlie, agregó su ayuda y, finalmente, los camaradas de Malcolm regresaron de cuidar sus caballos y limpiar sus armas. Era realmente satisfactorio ver los muebles de Ravensmuir ocupar su lugar en el nuevo salón de Malcolm, y Elizabeth sabía que todos debían tener hambre.

Aunque estaba ocupada, Elizabeth no pudo evitar notar que Rafael no venía a ayudar en la tarea.

¿Compartiría él la comida del mediodía?

¿O pretendía irse de Ravensmuir sin ser visto? Rafael había confesado su intención de irse. Elizabeth tenía que saberlo con certeza si él se demoraba, y hacerlo sin que ninguno de sus hermanos se diera cuenta de que ella había ido en busca de Rafael.

Tendría que elegir bien su momento.

CAPÍTULO 9

"*T*iene un caballo bastante bueno, este que se nos escapó", murmuró el rey de los muertos, y Rafael vio que una mano anillada pasaba junto a él para acariciar la retaguardia de Rayo. Un escalofrío recorrió la carne del caballo y sacudió la cabeza. El rey se rió entre dientes. Es leal también. Podría domesticarlos a ambos con mi mano." Sus dedos se deslizaron sobre el brazo de Rafael a su vez y Rafael se congeló por un latido en estado de shock antes de continuar.

Se estremeció elaboradamente. "Ya hace frío en este país maldito", le murmuró a Rayo, muy consciente de que el rey escuchaba sus palabras. Muy pronto nos iremos a climas más cálidos, viejo amigo.

"Y es una lástima", susurró el rey. "Para cuando regrese, es probable que el portal esté cerrado para siempre."

Los oídos de Rafael se aguzaron ante esas noticias. A él le vendría bien que se cerrara el portal al infierno en Ravensmuir, porque confiaba en la seguridad futura de Malcolm.

Más aun la de Elizabeth. ¿Podría este rey tomar represalias si no hubiera un portal? Rafael pensaba que no, aunque realmente no tenía una buena idea de los poderes del rey.

"¿Estás decidido que debe ser así?" dijo una mujer con una voz sensual. Sus dedos se deslizaron sobre el otro brazo de Rafael y él vió las espirales azules dibujados en su carne. "Me gustan mucho los hombres mortales".

"Entonces secuestra a varios antes de que nuestros mundos se separen", respondió el rey. "No se puede hacer nada para detener el cambio, no ahora, porque todo está en movimiento."

"No tenías que hacerlo."

"Yo no lo hice", respondió el rey, luego suspiró. "El mundo cambia, mi señora. Los hombres cambian y eso solo puede causar cambios para nosotros."

"Podríamos luchar contra ellos como lo hicimos antes..."

"Perdimos entonces, y éramos mucho más fuertes en esos días. A decir verdad, entonces también eran más débiles. Creían en nosotros. Podían vernos y nos temían."

"¡Yo podría hacer que nos temieran de nuevo!"

El rey se rió levemente y Rafael sintió que negaba con la cabeza. "—No es una cuestión de voluntad, mi señora. Si lo fuera, todos podríamos hacer lo mismo. ¡Míralos!"

Rafael miró a través de sus pestañas cuando el rey hizo un gesto hacia el resto de los hombres mortales. Vio fugazmente a la dama que era la compañera del rey y quedó impresionado por su oscura belleza. Como el rey, tenía el pelo tan negro como la medianoche y, como su barba, le caía hasta las rodillas. Parecía haber luz de las estrellas atrapada en sus ojos y en su ropa, y su vestido brillaba mientras se movía, recordándole las gotas de rocío atrapadas en las telarañas a la luz de la luna. Era lo suficientemente hermosa como para hacer que cualquier hombre anhelara tocarla, pero no confiaba en que su apariencia fuera su verdad. Había algo frío en su mirada, una falta de remordimiento o de conciencia que él también encontraba en los modales del rey.

Rafael se inclinó sobre su tarea con renovado vigor.

"Ni siquiera pueden entendernos, mucho menos vernos", dijo el rey, como si le divirtiera la falta de percepción mostrada por los mortales. "Incluso este, que escapó tan recientemente de nuestro alcance, es ajeno". Entonces sopló, una exhalación gélida que se deslizó bajo el cuello de la camisa de Rafael con voluntad propia.

Rafael se dio una palmada en la nuca, se dio la vuelta y miró a su alrededor, dando todos los indicios de que no podía ver a la pareja aristocrática frente a él. Frunció el ceño y negó con la cabeza, volviéndose hacia el caballo.

"Podrías tomarlo para el próximo diezmo", sugirió la reina. "Podía saborearlo durante esos siete años hasta que llegara el momento de pagar lo debido."

"No habrá más diezmos", dijo el rey.

"¡No dijiste eso antes!" dijo la reina, sus ojos oscuros brillando. "No te hubiera dejado tomar ese…"

"Yo mismo no lo sabía, no hasta que mi espada cortó la cabeza del cuerpo de ese ladrón." Sacó su espada de su vaina. Solo había una pequeña porción de hoja debajo de la empuñadura, como si se hubiera roto al quitarle la vida a ese hombre mortal.

"Se disolvió con el toque de su sangre", dijo el rey, su manera de ser práctica, como si tales sucesos le fueran familiares. La reina, por el contrario, dio un paso atrás consternada. "Es la señal que tanto esperaba como temía. Es como se predijo. El tiempo de nuestras visitas a este reino llega a su fin y no habrá otro diezmo adeudado."

La reina estaba claramente molesta por estas noticias, porque su voz se elevó. "¿Cómo puede ser? ¡No conozco tal hechicería!"

El rey sonrió con tristeza. "Es muy familiar para mí. ¿No recuerdas a mi esposa, Una?" Rafael se asustó, porque había pensado que esta mujer de la realeza era la esposa del rey.

"¿Qué hay de ella? Seguramente se contenta con quedarse en Irlanda y dejarnos con nuestra diversión."

Entonces, el Rey de los Muertos le era infiel a su esposa. Rafael no pudo encontrar una pizca de sorpresa dentro de sí mismo por eso.

Sin embargo, este rey quería a Elizabeth. Estaba claro que la deseaba como amante, no como esposa, lo que era una indecencia indignante para una dama de su nacimiento y belleza. Rafael se enfureció en nombre de Elizabeth.

El rey prosiguió. "Me temo que Una ha invocado un gran ajuste de cuentas para asegurarse de que me quedo a su lado solamente." El rey hizo una mueca mientras su compañera reía.

"Ella no logrará tan fácilmente que se haga. ¿No lo ha intentado antes?"

"Pero no con tanta fuerza como esta vez."

"¿Ha obligado los portales a comenzar a cerrarse?" El asombro de la reina era claro, y Rafael supuso que se había creído más poderosa que esta Una.

"Veo su mano en esto, aunque no conozco los detalles. ¿Quién puede decir lo que ha apostado para que se haga esto?"

La reina no se tranquilizó en lo más mínimo. "¿Pero cuánto tiempo hasta que se cierren los portales? ¿Cuánto tiempo tengo para elegir un mortal para mantenerlo como mío?"

"No es necesario tener uno".

"Me gusta su vigor y su miedo."

El rey inhaló profundamente y luego exhaló lentamente, como si pudiera oler el futuro o su verdad estuviera en el aire. "En siete años, todos los portales entre los mundos desaparecerán, y todos estarán sellados para siempre de un lado o del otro, independientemente de su tipo."

"Eso está claro si no hay otro diezmo que pagar", dijo la reina.

En siete años, si este rey no se vengaba de Elizabeth, ella estaría a salvo. Parecía demasiado tiempo para el pensamiento de Rafael.

El rey se enderezó pero no dio ninguna otra señal de haber escuchado a la reina. "Siento que los portales de Kinfairlie y Ravensmuir se cerrarán pronto, porque parecen menos acogedores que antes. Menos tangibles."

Esa era una mejor noticia, a juicio de Rafael. Una parte de él deseaba garantizar la seguridad de Elizabeth, aunque sabía que no era su responsabilidad y hacer eso solo alentaría las expectativas de ella. Si los portales se cerraban pronto, él podría irse sin mucha culpa.

"Por eso sientes la influencia de Una", supuso la reina.

Rafael comprendió que a este rey le habían gustado mujeres mortales en esa vecindad antes, que tal vez Una conocía el plan del rey para Elizabeth y no lo encontraba atractivo.

El rey miró a su alrededor con desconfianza, y Rafael prestó especial atención al recorrido del cepillo sobre el costado de Rayo. Casi podía sentir al rey examinándolo. "Ciertamente, mucho ha cambiado en esta morada", murmuró el rey.

"El cambio, me han dicho, está en todas partes", dijo la reina con tono despectivo. "No veo ninguna razón por la que Kinfairlie y Ravensmuir deban cambiar antes que en otros lugares. ¡Me gusta atravesar estos portales!"

"¿Nunca escuchaste el viejo cuento de Kinfairlie?" preguntó el rey, tomando el codo de la reina y guiándola hacia el último puesto. Rafael podía ver la luz dorada que salía de ese hueco en la pared, pero entrecerró los ojos e ignoró su brillo. Escuchó con atención. "Todavía lo cuentan en ese salón, porque las mujeres prefieren la idea de que una doncella sea robada por un amante de nuestra especie, uno que no deja nada más que una rosa roja hecha de hielo a cambio de su novia."

La reina rió. "Lo recuerdo bien, pero pensaba que era simplemente un cuento".

"Un cuento que tiene sus raíces en la verdad", respondió el rey.

"¿Qué quieres decir?"

El rey levantó una mano. "Ya no tiene importancia para ti". Cuando la reina pudo haber argumentado eso, él la señaló con un dedo. "Lo que importa es que estos mortales no creen completamente en la historia ni conocen el resto"

"¿El resto?" La dama se rió levemente, pensando claramente que el rey solo contaba una historia para divertirla. "¿Qué más puede haber?"

El rey se rió entre dientes, incluso mientras los dos avanzaban regiamente hacia el último puesto. "Te lo contaré todo alguna vez. Por el momento, solo debes saber que yo también tengo no solo una rosa roja que demostrará estar hecha de hielo, sino que he elegido a la doncella que reclamaré a cambio de ella. Además, lo haré antes de que el portal a Kinfairlie se cierre para siempre, independientemente de las trampas de mi esposa. Su plan solo verá mi premio sellando la tierra de las hadas conmigo para siempre."

Rafael se quedó helado, sabiendo con terrible certeza quién sería esa doncella.

Con la misma certeza que sabía que la responsabilidad de defenderla no era suya.

"Y luego, supongo, dejarás mi corte y volverás a la tuya en Irlanda, tal como Una desea."

"Por supuesto, porque habré recogido lo que vine a buscar." El rey se rió entre dientes. "Aunque a Una no le complacerá verse burlada."

Rafael miró el tono oscuro del rey, porque lo llenó de aprensión. Vio al rey retroceder al salón, su mirada aguda, y temió que se notara su curiosidad. Su corazón dio un brinco, pero el rey miraba a lo largo de los establos, más allá de Rafael. Una sonrisa de satisfacción curvó sus labios ante lo que veía.

"Un último vistazo", murmuró. "Por el momento."

"—Puede que no sea capturada voluntariamente" —dijo la reina, con tono mordaz—.

"Al contrario," ronroneó el rey. "Ella elegirá mi corte, y la elegirá pronto".

"¡No lo creo!"

"Entonces hagamos una pequeña apuesta..." En un abrir y cerrar de ojos, el rey y la reina se fueron. La música se desvaneció constantemente y los demonios en las vigas corrieron hacia el último puesto con notable prisa. Estaba claro que temían quedarse atrás.

La luz dorada disminuyó, luego se apagó abruptamente. Podría haberse cerrado una puerta, porque Rafael ya no podía oír la música. Incluso se sentía más cálido en los establos que antes.

Pero a Rafael no le importaba su partida, porque había seguido la mirada del rey.

Elizabeth caminaba hacia él, sus ojos brillaban y sus labios rosados se curvaban en una sonrisa. Sus mejillas se sonrojaron y su sonrisa se ensanchó al verlo.

Rafael no podía creer que ella elegiría ese otro reino sobre este, ya fuera que lo llamara Reino de las hadas o Infierno. No podía creer que ella fuera la que remplazara la rosa en el umbral que era el precio por la novia. No podía creer que el rey oscuro tuviera razón.

Eso debería haberlo tranquilizado. Debería haberle dado la confianza para dejar Ravensmuir y Escocia, convencido de que ella viviría mucho y estaría bien.

Pero él sabía que ella le debía una bendición a ese monarca, porque había roto las reglas de su corte, y que el rey oscuro tenía algo de poder sobre ella, además. Era de su casa, Kinfairlie, donde se decía que las doncellas elegían pretendientes de ese reino oscuro y cambiaban su futuro por una rosa roja forjada de hielo.

Elizabeth no era su preocupación, pero en ese momento, Rafael deseaba que pudiera serlo.

Ese era el peligro de encontrarse con un ángel: hacía que un hombre deseara lo que no podía reclamar como suyo.

Rafael vio a Elizabeth meterse en el establo donde estaba atada su yegua, incapaz de deshacerse de su miedo de estar perdida. La escuchó murmurar a la magnífica yegua, claramente del legendario linaje de los caballos negros de Ravensmuir. La bestia le había sido otorgada como un regalo, si no como un derecho, mientras que él había pagado por Rayo con un dinero duro, ganado con su propio sudor y sangre.

Elizabeth era la hija de un noble, criada con privilegios y ventajas, una infancia tan diferente de la suya como podía ser.

Allí estaba la clave de todo. Rafael se dio cuenta entonces de que no era casualidad que hubiera sido Franz quien lo persiguiera, o que Franz le hubiera recordado a Úrsula.

Úrsula también había sido hija de un noble. Úrsula se había

creído enamorada de Franz y estaba convencida de que él la amaba. Contra el permiso expreso de su padre, Úrsula había dejado la vida que conocía para seguir a la Liga Sable y estar con su amado.

Era como una historia contada por un trovador, salvo que Franz no había sido un héroe valiente. Había sido lo que era, un mercenario y un rudo guerrero, un hombre de placeres sencillos y apetitos vigorosos. Quizás había amado a Úrsula, pero había sido incapaz de hacerla feliz.

En cambio, Franz la había destruido.

Rafael frunció el ceño mientras cepillaba a Rayo con nuevo vigor. Nunca olvidaría cómo la luz había muerto en los ojos de Úrsula, cómo se había dado cuenta de que sus duras circunstancias no eran una situación que debía soportar por el momento, sino que sería el hecho de toda su vida. Recordó su consternación cuando Franz se había ido con las putas después de que ella concibiera a su hijo. Vio de nuevo su desesperación cuando Franz llegó tarde y borracho a la tienda después de que ella había luchado durante dos días en el parto, y luego se desmayó a su lado. Rafael recordó sus lágrimas lentas y silenciosas, y aunque se había dicho que Úrsula murió en el parto de su hijo, Rafael supo que había muerto de un corazón roto.

Ella había perdido la voluntad de sobrevivir, cuando Franz mostró su verdad y su bebé murió, ambos en la misma noche.

La elección entre él y Franz había sido fácil después de la muerte de Úrsula.

Mejor tú que yo, de hecho.

Rafael no vería a Elizabeth tan destruida. No haría el mismo flaco favor a esta seductora mujer. No vería a Elizabeth perder su espíritu y su esperanza, y mucho menos verla atrapada en el fango de la guerra y los campos de batalla. Sería mejor, mucho mejor, que pensara que él le era indiferente, mejor hacerle una pequeña herida a su corazón ahora para poder elegir a otro hombre después de que él se fuera. No la dejaría suspirando por su regreso, o esperando lo que nunca podría ser. Sabía que no podía asustarla, porque ella no tardaba en ser ingeniosa. La persuadiría, sin ocultar ninguna verdad desagradable que pudiera ayudar a su causa.

Sería por un bien mayor, si no por una elección honorable, arruinar su consideración por él. Después de todo, era sólo cuestión de tiempo antes de que ella se disgustara. Después de todo, no tenían nada en común, esa valiente hija de un noble y él un mercenario sin linaje.

Excepto la capacidad de ver a estos demonios a los que llamaba hadas, pero Rafael pensaba que no había ningún respaldo real.

¿Por qué no acelerar el proceso de eliminar su interés por él? Estaba seguro de que podría acelerar el hecho ese día.

Y cuanto antes dejara Rafael a Ravensmuir, mejor para ambos.

LA EXPRESIÓN de Rafael cambió cuando Elizabeth se acercó y ella supo que él trataba de ocultarle sus pensamientos. Ella había visto su sorpresa y placer al salir al salón y supo que esa era la verdad de su reacción. Era interesante que ella lo hubiera considerado completamente enigmático un día antes, pero ahora veía los matices del cambio en su expresión.

Su comprensión de él solo podría mejorar con el tiempo.

Habló con Demoiselle y se aseguró que la yegua estaba bien cuidada y aparentemente contenta. El caballo mordisqueó la trenza de Elizabeth y luego volvió a comer con satisfacción.

Cuando salió del establo, Rafael estaba fuera de la vista, aunque podía escuchar que estaba cepillando un caballo. Caminó hacia él, sin ocultar el sonido de su progreso, y se detuvo al final del establo para ver a Rafael cuidar de un gran caballo castaño.

Como era un caballo, ella pensó que era el propio caballo de guerra de Rafael. El cabello de Rafael todavía estaba húmedo en su cuello y se había cambiado de atuendo después del baño. Su espada había desaparecido, solo la daga en su cinturón, y sus botas estaban lustradas nuevamente. Su camisola se veía brillantemente blanca contra su piel y se había subido las mangas. El lazo del cuello estaba desatado, como si se hubiera vestido de prisa, y llevaba un abrigo oscuro con ese mismo bordado dorado sobre el corazón.

Su expresión era cautelosa cuando la miró, pero a ella no le importó. Él podría tener dudas de sus propios méritos, pero Elizabeth sabía que probaría que él estaba equivocado. Volvió a la tarea de cepillar a su caballo y ella sabía que no era un accidente que le diera la espalda.

Tampoco se desanimó.

Incluso si no hubiera visto las cintas enredadas en lo alto, habría sabido que había un vínculo entre ellos dos que no podía negarse. Desde que había conocido a Rafael, Elizabeth se sentía completamente viva por primera vez en años. El mundo parecía estar lleno de color y calor, como no lo había hecho desde que Finvarra la había llamado.

Si ganar el amor de Rafael era la forma de romper el control del rey de las hadas sobre ella, Elizabeth estaba doblemente decidida a tener éxito. Sería como un viejo cuento, uno en el que el amor mortal triunfa sobre todos los obstáculos, como si ella y Rafael estuvieran destinados a entrelazar sus vidas. La idea la emocionó tanto como lo había hecho su beso.

"Pensaba que ya te habías ido", dijo cuando él no habló. Su caballo no era tan oscuro como los caballo de Ravensmuir, con un resplandor blanco en la frente. Ella tocó su retaguardia y el caballo relinchó.

"Deberías fingir que sí, porque me iré muy pronto". El caballo, en opinión de Elizabeth, ya estaba bien cepillado y no necesitaba más atención. Su pelaje brillaba incluso ahora y mordía el balde de pienso, agitando la cola con satisfacción. Aun así, Rafael lo cepillaba.

"¿No piensas permanecer al servicio de Malcolm?"

Rafael negó con la cabeza. "No es mi naturaleza permanecer en un lugar."

"Pero escuché que algunos de los otros se quedarán."

"No durará", dijo, su tono pragmático. "Estamos demasiado acostumbrados a viajar todo el tiempo. Ranulf puede quedarse, porque ha perdido parte de su mano ". Se enderezó como para considerar esto. "No será fácil para él ganarse el camino con una lesión así".

"¿No te demorarás para asegurarte de que su herida sane?"

Rafael le lanzó una mirada. "Estoy seguro de que hay otros curanderos en esta tierra".

"¿Qué hay de tu propia herida? ¿No deberías descansar para ver cómo se cura? "

"Nunca he atendido tanto una herida, y todas han sanado". Frunció el ceño, considerando el caballo, luego se inclinó para comprobar los cascos de la bestia. Parecían estar en buenas condiciones y las herraduras eran perfectas.

"Es un buen caballo", se aventuró a decir Elizabeth.

"No de la raza de los caballos de Ravensmuir, pero Rayo es un buen caballo." Rafael se puso de pie y palmeó la grupa del caballo, murmurando mientras pasaba al otro lado y comprobaba los otros cascos. "Me ha servido bien".

"Rayo," repitió Elizabeth, tratando de pronunciar el nombre como lo hacía Rafael. "¿Eso es en tu lengua materna?"

"Es castellano", reconoció Rafael. "Es 'relámpago'".

Elizabeth sonrió. "¿Es tan rápido como eso, entonces?"

Rafael asintió, sin disimular el orgullo por su caballo. Elizabeth supo entonces que tenían algo en común, porque le gustaban mucho los caballos.

"¿Entonces conoces a los caballos de Ravensmuir?"

Rafael le lanzó una mirada. "Todos los conocen. Me sorprendió descubrir que no estaban aquí."

"Malcolm los llevó a Kinfairlie antes de partir, para que pudieran quedarse en el establo allí. Mi yegua, Demoiselle, es del linaje."

"Pensé eso."

Entonces, había notado su caballo. Elizabeth se sintió ridículamente complacida. "Ella ha dado a luz tres potros ahora, todos buenos caballos".

"¿Entonces tu hermano continúa criándolos en Kinfairlie?" Había sospecha en su tono que Elizabeth no podía explicar.

"Alexander maneja la cría en lugar de Malcolm".

"Quizá tenga la intención de quedárselos."

"Los mantiene en fideicomiso y los cría como cree que lo haría Malcolm".

"Pero Malcolm ha vuelto a Ravensmuir y no tiene su legado de los caballos."

Elizabeth se mordió el labio, sintiéndose atrapada entre sus hermanos. "Creo que Alexander espera la solicitud de Malcolm."

Rafael encontró su mirada por encima de la parte trasera de su caballo, una sonrisa tirando de la comisura de su boca. "Entonces, ¿un hombre debe solicitar la devolución de lo que es legalmente suyo? Qué extraño que el Señor de Kinfairlie saliera a caballo la primera semana después de nuestra llegada para devolver el sello de Ravensmuir a Malcolm. Pensé que podría haberle quemado la mano sostenerlo tanto tiempo como lo había hecho. Y, sin embargo, los caballos, de mucho mayor valor, permanecen en Kinfairlie." Él sostuvo su mirada por un momento, luego volvió a su trabajo.

Elizabeth frunció el ceño, no le gustaba la sensación de que Alexander había sido injusto, en opinión de Rafael. "Se han distanciado", comenzó ella, queriendo defender a ambos hermanos.

Rafael respondió tan rápido que Elizabeth sintió que una vez más había respondido exactamente como él había deseado. "Sí, porque Alexander sabe en lo que se ha convertido Malcolm y no lo aprueba", dijo él. "Entonces, devolvió lo menor del legado de Malcolm, el sello y el anillo que harían suyo este pedazo de tierra estéril, pero se quedó con los caballos, que seguramente generan muchos ingresos. Es una elección contundente ".

"Quizás sólo espera que se restaure el establo".

"El establo era el único edificio que se encontraba en esta propiedad cuando llegamos".

Elizabeth descubrió que no podía discutir con eso, porque era cierto. "Debo preguntarle esto".

"¿Eres tan audaz?"

"¡Por supuesto! Ambos son mis hermanos y ambos son buenos hombres."

Rafael la consideró durante tanto tiempo que Elizabeth pensó que podría argumentar su conclusión. Para su sorpresa, él hizo una pregunta que no tenía ninguna relación. "Háblame de estas hadas".

"Pensaba que creías que eran demonios".

"Podría estar equivocado. Y de todos los que están en este lugar, parece que tienes la mejor experiencia sobre su naturaleza."

Elizabeth se sintió alentada de que él prestara atención a sus palabras. "Son de otro reino, uno que es similar al nuestro y diferente. Están vinculados a la tierra y, a veces, se dice que viven debajo de ella. Son testigos del ciclo de la vida y la muerte, pero ellos mismos son inmortales. Tienen una alegría que no tiene rival entre los mortales, y se sabe que cantan, bailan y se divierten."

"¿Pero dijiste que mantenían su palabra jurada?"

"Es una cosa que parecen santificar. Sin embargo, son traviesos y les gustan los acertijos. Harán negocios que incluyen trucos mediante los cuales se puede deshacer la apuesta, a menudo de formas que los mortales no anticipan."

"Suenan como barones a los que he servido", murmuró Rafael y ella captó un destello de humor en sus ojos.

"Hay portales entre los reinos en ciertos lugares, a menudo lugares donde han sido fuertes antes de que los mortales reclamaran la tierra."

Rafael lo miró. "¿Cómo Ravensmuir?" No había ninguna duda real en su voz.

"A través de las cavernas debajo de la antigua fortaleza", coincidió Elizabeth. Y a través de una ventana alta en la torre de Kinfairlie. No conozco otros portales en esta zona, aunque puede haber más."

"¿Y el rey oscuro?"

"Su nombre es Finvarra. Él es el rey de un gran grupo de hadas, el Daoine Sidhe, en Irlanda y su corte está allí, debajo de una colina."

"¿Entonces él está perdido?"

"Las hadas pueden viajar largas distancias más rápido que nosotros. Él estaba fascinado con mi tía Rosamunde y viajó a Kinfairlie en su búsqueda." Elizabeth se estremeció. "Se demora, creo, porque ha prometido tentarme a unirme a él en su reino".

Rafael la miró entonces, su expresión inescrutable. "¿Aceptarás su invitación?"

"¿Te quedarías a defenderme si dijera que fui tentada?"

Sacudió la cabeza. "No me quedaré en esta tierra maldita, por ningún precio. Mi destino está en el extranjero."

"¿Por qué pensabas que eran demonios?"

"Porque los muertos eran más en su compañía. Pensaba que era una visión del infierno." Rafael frunció los labios. "Quizás son djinn."

Elizabeth probó la palabra y él corrigió su pronunciación. "¿Qué son los djinn?"

"Los moros hablan de ellos. En su comprensión del mundo, los hombres fueron hechos de la tierra."

"Como Adán."

"Y los ángeles fueron hechos de aire". Rafael le lanzó otra mirada potente. "Pero también hay djinn, forjados de humo. Son seres mortales de este mundo, pero unos que tienen mayores poderes que los nuestros y no siempre se revelan. También les gustan los acertijos, y les gustan las bromas a expensas de los mortales." Pasó una mano por el caballo. "Y hay historias de ellos robando hermosas doncellas mortales para su propio placer."

Elizabeth notó que se le calentaban las mejillas. "¿Cómo sabes qué cuentos cuentan los moros?"

"Porque he conocido Moros, está claro".

"¿Has viajado a sus tierras?" Elizabeth apenas podía imaginar las maravillas que podría haber visto allí.

"Lo he hecho. Con grilletes ". Rafael le sostuvo la mirada con firmeza y ella supo que se mostraba su sorpresa. "Porque me vendieron a un moro cuando era niño".

"¿Te dejaron libre?"

Rafael se rió entre dientes. "Me escapé, y antes de que me lo preguntes, solo hay una forma confiable para que un esclavo escape de su dueño". Volvió a levantar esa ceja. "Fue el primer hombre que maté, pero no el último".

Elizabeth parpadeó. "Pero tenías una justificación, sin duda..."

"Y tú buscas encontrar el oro en la escoria, sin importar lo que te digan".

"¡Veo lo bueno en ti!"

"E ignoras el mal."

"Podrías confiarme la historia..."

"No lo haré." Rafael rodeó al caballo y se enfrentó a ella, con las manos apoyadas en las caderas mientras la miraba. Tu hermano, el Señor de Kinfairlie, sabe lo que hace un mercenario, por eso desaprueba las elecciones de Malcolm. Sabe que llamamos a Malcolm el Sabueso del infierno por su salvajismo en la batalla. El conoce nuestra verdad. Él conoce mi verdad. Y como la mayoría de los hombres, que nunca venderían su espada pero están dispuestos a contratar guerreros para satisfacer sus propias necesidades, no aprueba matar para obtener ganancias materiales. Debes prestar atención a esto al tomar sus propias decisiones."

"¿Qué significa eso?"

"Que desprecias mucho en tu determinación de ver cumplida tu curiosidad". Levantó la cabeza, como si escuchara algún sonido distante. "¿Saben tus hermanos que me has buscado?"

"Por supuesto que no. Cualquiera de ellos me habría detenido."

"¿Y no le das crédito a su opinión en esto, a pesar de que se basa en más conocimientos que el tuyo?" Rafael negó con la cabeza con actitud de desaprobación. "No eres tan terca como para negarte a aprender de la experiencia de los demás."

Elizabeth sintió que se sonrojaba una vez más, pero levantó la barbilla. "Yo confiaría en mi propia observación antes que en las suposiciones de mi hermano. Esa es la marca de una persona con ingenio. Sé que me siento diferente contigo, y no descartaré mi propio conocimiento de eso, y mucho menos lo ignoraré."

Rafael le dirigió una mirada de complicidad. "Te sientes diferente porque nunca has conocido a un hombre como yo. Tus propios instintos reconocen el peligro de esta situación."

"No corro ningún peligro", insistió Elizabeth.

"¿No lo haces?" Preguntó Rafael, su tono sedoso. Se movió tan rápido que ella no tuvo oportunidad de evadirlo. En un abrir y cerrar de ojos, la tomó por la cintura y la levantó hasta la punta de los dedos de los pies. Su brazo la rodeó con tanta fuerza que Elizabeth temió no poder respirar. La arrastró al cubículo y la hizo retroceder contra la pared, aplastándola entre ella y su dura fuerza, luego se inclinó tan cerca que sus narices casi se tocaron.

Elizabeth estaba embelesada. Si eso era peligro, ¡ella solo quería más! Así era como se abrazan los amantes predestinados, Elizabeth estaba segura de ello, como si ninguno de los dos pudiera jamás saciarse con la caricia del otro, como si ningún beso pudiera durar lo suficiente.

Ella estaba convencida de que volvería a besarla, pero Rafael se limitó a sonreír, con la mirada ardiendo a fuego lento. Se veía duro, masculino y enérgico, su cabello despeinado y sus ojos más oscuros que la medianoche. Parecía un pícaro peligroso, uno que le había robado el corazón y era bienvenido a todo lo que ella poseía.

"No hay peligro", murmuró Rafael como si la idea fuera divertida, luego negó con la cabeza. "Podría aceptar todo lo que tienes para ofrecer", continuó él, su voz era un gruñido que hizo que el corazón de Elizabeth se acelerara. "Podría reclamar tu virginidad y dejarte deshonrada".

"No me deshonraría", susurró Elizabeth, indignada por la elección de la palabra.

Rafael continuó como si ella no hubiera hablado. "En este lugar, en este momento, no hay un hombre que pueda detenerme. Entonces me iría, exactamente como estaba planeado, y tu barriga podría estar llena con un niño para el Yule, sin ningún hombre que te apoye. ¿Dónde estarías entonces, mi pequeño ángel? ¿Quién se casaría contigo? ¿Quién se dignaría salvarte de tu propia impetuosa elección?

"No me harías eso", susurró ella, su voz tan ronca que apenas la reconoció.

Rafael arqueó una ceja, lo que lo hacía lucir realmente malvado. "Claro que sí. Y tus hermanos lo saben bien."

"Podrías casarte conmigo", insistió ella. "Creo que me tratarías con honor".

"Tu hermano nunca lo permitiría".

"¡Yo insistiría!"

Rafael sacudió la cabeza. "Pero yo no lo haría. Nunca me casaré. Se verán obligados a encontrar un cónyuge que te acepte con la semilla de otro hombre arraigada, y ¿cómo trataría ese hombre a su esposa?

Elizabeth apoyó las manos en sus hombros, no le gustaban sus palabras, pero Rafael no se calló.

"Bien podría golpearte, dado que serías una pecadora y una prostituta, una demasiado en deuda con él como para protestar por el uso de su propiedad". La mirada de Rafael ardió en la de ella. "Porque eso es lo que es una esposa, propiedad de un hombre, y él puede hacer lo que quiera con todo lo que posee".

"¡No!" protestó Elizabeth. Ella empujó sus hombros en vano. La mantuvo cautiva, probando sus propias palabras. "Ningún hombre de mérito haría eso."

Rafael se rió, aunque no fue un sonido alegre. "Los hombres hacen lo mismo. Lo veo todo el tiempo. Sería mejor para ti, quizás, que tu esposo supiera que estabas deshonrada antes de las nupcias, porque un hombre decepcionado puede ser realmente vengativo."

Elizabeth sintió que sus ojos se estrechaban. "¿Qué quieres decir?"

"Que si él pensara que eras una doncella, pero descubre lo contrario en su noche de bodas, las cosas podrían ir muy mal para ti, de hecho. ¿Es ese el futuro que deseas? ¿Descartarías la sabiduría de tus hermanos con tanta facilidad, dado que ellos, y yo, hemos visto más sombras en los corazones de los hombres?"

"¡No serías tan bribón conmigo!"

"Soy un bribón", insistió Rafael, aunque Elizabeth no le creyó. "Sé lo que quieres de mí y, si lo deseas, te lo daré aquí y ahora. No me demoraré en la tarea y no me demoraré en Escocia." Su mirada ardía. "Se te advierte de mi intención. Dime mi pequeño ángel, ¿qué quieres ahora?"

Rafael la estaba desafiando de nuevo, desafiándola a desafiar sus expectativas.

"No eres mucho mayor que yo", dijo ella. "Debes haber anhelado probar todo lo que el mundo tenía para ofrecer y haber estado impaciente por deshacerte de tu inocencia".

"¡Nunca fui inocente!" Dijo Rafael acaloradamente. "Antes de que pudiera hablar, mi madre y mis cuatro hermanas mayores murieron por mi culpa. Tenía las manos manchadas de sangre antes de que pudiera caminar."

Elizabeth se asustó con esa confesión, pero no creía que un bebé pudiera ser tan culpable. "Creo que asumes más responsabilidad de la debida", dijo ella con fervor. "Creo que te juzgas a ti mismo con más dureza que cualquier otro hombre." Ella le sostuvo la mirada, sonrió con confianza y luego le rodeó el cuello con los brazos. Ella vio su sorpresa, pero no le dio tiempo para protestar. "Y digo que los hechos de un hombre son una mejor medida que sus palabras. En esto, estás tratando de asustarme, pero no tengo miedo." Ella habló con convicción, luego se estiró para tocar sus labios con los de él.

El beso no empezó con tanta suavidad como los demás, aunque Elizabeth se alegró de que Rafael no pareciera poder contenerse. Él inclinó su boca sobre la de ella, besándola con un hambre que hizo que su corazón latiera con fuerza, luego se separó de ella demasiado pronto. Él parecía irritado y enfurecido, sus ojos brillaban con furia.

"No puedes negar el vínculo entre nosotros", susurró ella, tocándolo con una mano.

"Lo niego", dijo Rafael con una vehemencia que le decía que él también estaba conmovido. "Lo negaré, porque no me obligarás a tomar una decisión que terminará en aflicción para los dos".

"Eso es sólo porque tienes miedo", se burló ella, segura de haber nombrado bien el asunto.

Rafael dio un paso atrás, su furia más que clara. "Soy prudente", replicó con calor y la miró.

Elizabeth sonrió. "Miedo", murmuró.

"No le temo a nadie ni a nada", insistió Rafael. "Sobre todo una mujer que no es tonta pero que perseguiría la locura con una pasión inmerecida. Tu confianza está fuera de lugar."

Con eso, giró sobre sus talones y salió del establo, claramente furioso cuando la dejó atrás. Ella vio sus puños apretarse y supo que progresaba aún más. Había un poder entre ellos y Elizabeth saboreó el hecho de que ambos lo sabían. De hecho, no se podía negar. Rafael luchaba contra su destino, pero perdería la batalla.

Para su recompensa mutua.

Siempre era así, en los mejores cuentos.

Elizabeth no pensó más antes de darse cuenta de que no estaba tan sola como había creído.

CAPÍTULO 10

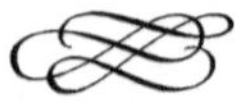

invarra hizo una mueca.

Era un inconveniente este vínculo entre la doncella que más deseaba Finvarra y ese mercenario. Sus caminos nunca deberían haberse cruzado y, peor aún, las habilidades de Elizabeth para ver lo que debería haber sido visto solo por las hadas funcionaban en contra de Finvarra. Esas cintas la habían convencido del mérito del guerrero cuando el sentido común tan favorecido por los mortales la habría impulsado a desviar la mirada.

Sin embargo, todavía no todo estaba perdido.

Finvarra abrió el portal lo suficiente para atravesarlo él mismo y sonrió al encontrar a Elizabeth sola y mirando a Rafael. Se colocó detrás de ella, mirando sus proporciones perfectas, el reluciente ébano de su cabello, la exquisitez de sus curvas. Le tomaría una eternidad cansarse de sus encantos, Finvarra estaba seguro.

"Es fácil de ver, para ser un mortal", murmuró detrás de Elizabeth.

Ella se giró para mirarlo, evidentemente no sorprendida por su presencia, y Finvarra sonrió de que estuviera tan consciente de él. Eso solo podría ser una buena señal.

"¿Has venido a recoger tu premio?" exigió ella.

Finvarra respondió suavemente, tomando nota de su color intenso, sus ojos brillantes y sus labios suaves. "Hablaba del mortal que mirabas".

"No me buscaste para hablar de Rafael".

"¿No es así?" Finvarra esperó a que se avivara su curiosidad y luego se dio la vuelta. "Supongo que debes saberlo mejor".

Elizabeth, para su deleite, lo agarró por la manga. "¿Qué sabes de él?"

"Poco importa, especialmente porque está decidido a dejar esta tierra para siempre".

"¿Y si no se va?" preguntó ella. "¿O si no se va para siempre?"

"Entonces puede ser más importante. Tendremos que ver." Finvarra se acercó al portal del reino de las hadas en el último establo, asegurándose de que Elizabeth lo viera. Ella sabría lo que era con un solo vistazo.

La escuchó recuperar el aliento y supo que lo había visto. Él sonrió.

"Sabes más de los hombres y sus secretos que nadie que yo sepa", dijo ella. "¿Me dirás qué puedes ver de Rafael y su futuro?"

"¿De verdad deseas estar aún más profundamente en deuda conmigo?" Finvarra preguntó a la ligera, pero vio cómo la pregunta la preocupaba.

Ella frunció. "¿Qué vas a tener de mí? Sé que exigirá una compensación por haber presentado una petición en favor de mi hermano en tu corte. ¿Por qué me dejaste irme?"

"Podrías haberte quedado."

"No esperaba tener otra opción."

Pero dado eso, había elegido a Rafael.

"No hay prisa por establecer un equilibrio entre nosotros, Elizabeth", dijo Finvarra con suavidad. Él actuó como si dejara caer el regalo que le daría, como si se le resbalara de la manga sin que él se diera cuenta. Sabía que captaba la luz cuando caía y sentía la agudización de la atención de Elizabeth. Él giró ante el portal y la miró con una sonrisa. "Digamos que lo haremos cuando me busques".

El desafío brilló en sus ojos, pero ella no dijo lo que pensaba en voz alta. Aun así, él podía escuchar su respuesta con tanta intensidad que ella pensó en su determinación de no buscarlo nunca.

Su regalo aseguraría lo contrario.

Le tendió una mano de su manera más regia. "Me despido de ti, bella Elizabeth, al menos hasta el momento en que entres voluntariamente en mi corte y me pidas audiencia."

Ella miró de su mano a sus ojos, claramente sospechando un truco. No encontró ninguno, todavía no, así que dio un paso adelante y tomó su mano. Se inclinó y apenas tocó con los labios su anillo mientras hacía una reverencia, luego dio un paso atrás para ocultar la baratija caída de su vista con sus faldas. "Hasta entonces, señor", dijo, poniéndose recta en su confianza de que había tenido lo mejor de su intercambio.

Finvarra reprimió una sonrisa de triunfo, luego atravesó el portal hacia la corte de las hadas. Agitó una mano, arrojando un puñado de luz estelar a su paso, y ocultó el portal a la mayoría de los ojos mortales.

Elizabeth, él lo sabía, aún podía verlo.

Finvarra sabía que el tiempo hasta que ella decidiera acercarse a él pasaría rápidamente. Para un inmortal, seis meses de tiempo terrenal no eran más que un abrir y cerrar de ojos. Una, tendría su venganza y cerraría los portales, pero Finvarra tendría a la doncella mortal más hermosa que jamás había visto para satisfacer sus deseos durante toda la eternidad.

La perspectiva hacía que su paso fuera ligero.

Elizabeth había visto el pequeño círculo deslizarse del cinturón de Finvarra y caer sobre la gruesa paja del suelo del establo. Ella no lo había distinguido antes en su cinturón, pero su atuendo estaba tan ricamente adornado y tan iluminado con hilos preciosos que fácilmente podría haber pasado desapercibido en medio de tanto esplendor.

Tenía aproximadamente el tamaño de la palma de su mano, una plata tan brillante como la luna llena, y estaba atado a su cinturón con un cordón de seda roja. El nudo se soltó mientras ella miraba, como si tuviera voluntad propia, y el disco cayó al suelo tan rápido como una gota de lluvia.

Finvarra no pareció darse cuenta de su pérdida. Caminó hacia el portal que solo podía conducir al reino de las hadas, e incluso cuando se giró para mirarla de nuevo, su mirada no cayó al círculo reluciente en el suelo. Quizás el ángulo de la luz significaba que no brillaba desde su perspectiva. De cualquier manera, Elizabeth tenía muchas ganas de examinarlo más de cerca. Ella se aseguró de que estuviera escondido debajo de sus faldas cuando besaba la mano que él le ofrecía, y estaba ansiosa por examinar su premio cuando él se marchó.

Solo cuando él se fue y el portal se selló, ella apartó la falda y consideró la pieza.

Era circular, delimitado en plata y tenía una forma complicada que parecía una enredadera retorcida. La vid se enroscaba a un lado donde estaba adornada con varias hojas de plata. Esto resultaba en un excelente mango para levantarlo y, de hecho, el cordón rojo estaba anudado a este lazo. En la parte de atrás, las hojas plateadas se retorcían unas sobre otras para formar una superficie impenetrable. El disco en sí era brillante y claro, y Elizabeth se quedó sin aliento cuando se dio cuenta de que era un espejo.

Ella había visto espejos hechos de bronce pulido, por supuesto, y había oído hablar de espejos de vidrio plateado. Eran premios tan ricos que ella nunca había visto uno. Este ofrecía un reflejo tan perfecto que supo que debía ser el producto de alguna hechicería de las hadas. Mirar en él era como mirar dentro de un estanque de molino con una superficie tan lisa como el vidrio, y hacerlo en un día soleado. Parecía no solo reflejar sino iluminar, y Elizabeth vio más de sus propios rasgos que nunca. Notó el brillo en sus ojos y la plenitud rubicunda de sus propios labios, luego se tocó la boca y se estremeció al recordar el beso de Rafael.

Se acarició el labio con la yema de un dedo, recordando el placer que él había despertado en ella, y sabía que tenía que haber una manera de obligarlo a estar de acuerdo con ella y aceptar su destino.

Elizabeth dudaba que hubiera forma que a sus hermanos les gustara.

Por supuesto. Le preguntaría a Rosamunde cuando regresara a Kinfairlie. Su tía nunca había sido convencional y a menudo había seguido su propio camino, desafiando lo que los hombres de la familia pensaban que era mejor.

Elizabeth estaba segura de que Rosamunde le proporcionaría el mejor consejo en este asunto.

Sabiendo eso, ya no estaba tan rebelde a regresar a Kinfairlie, donde Rosamunde había llegado recientemente como invitada.

Quizás podría decir algo antes de dejar Ravensmuir para asegurarse de que Rafael no solo pensara en ella, sino que permaneciera allí.

ELIZABETH ERA IMPRUDENTE, desafiante y absolutamente irresistible.

Rafael había necesitado todo su corazón para romper su seductor beso y alejarse de la tentación que ella le ofrecía. Sabía que su agitación se había manifestado y, por su sonrisa triunfal, había adivinado que ella conocía su importancia.

Y ella había declarado que él tenía miedo.

¡Miedo!

Rafael no tenía miedo. Nunca había tenido miedo. Él no le temía a una señorita encantadora, por más decidida que estuviera a deshacerse de su virginidad, por muy vengativos que pudieran ser sus hermanos. No temía que el Rey de los Muertos reclamara a Elizabeth para siempre, o que estuviera atrapada en el reino de esas hadas después de que los portales se cerraran para siempre. La decisión de rendirse o no era solo de Elizabeth. Él no temía amar a otra alma, ni tratar de vivir como la mayoría de los hombres, ni siquiera abandonar el único oficio que conocía.

Miedo. ¿Quién podría imaginar que un hombre como Rafael Rodríguez tuviera miedo? ¡Solo una mujer joven que no sabía nada del mundo y sus caminos!

Estaba furioso mientras se presentaba para la comida del mediodía en el salón. Se sentó al final de la mesa con sus camaradas y bebió su cerveza. Habían servido la carne y se dio cuenta de que la propia dama lo observaba desde la mesa alta. Sus hermanos también habían notado su interés.

Rafael mostraba interés solo en su cerveza. Él se emborracharía. Sería un mercenario borracho y mostraría su verdadera medida, aunque esa no fuera su medida. El hecho era que rara vez bebía en exceso, pero pensaba que los acontecimientos recientes justificaban el cambio. No deseaba pasar una noche más en compañía de Franz. Demostraría que las expectativas que tenía el hermano Alexander sobre él estaban justificadas y eso eliminaría el interés de Elizabeth por él.

Sería mejor para ambos.

"¡Otra cerveza!" rugió.

Miedo.

"¡Una canción!" gritó alguien desde el fondo del salón cuando las fuentes de estofado de venado habían sido lamidas hasta dejarlas limpias y las bandejas de pan servidas a los perros. El salón estaba cálido y los hombres parecían llenos de satisfacción. Rafael se encontró tamborileando con los dedos y se dio cuenta de que estaba solo en su impaciencia por salir del salón. Se negó siquiera a mirar hacia la mesa alta, donde Elizabeth estaba sentada a un lado de su hermano, Malcolm. Su nueva esposa, Catriona, estaba sentada a la izquierda de Malcolm, y Alexander, Señor de Kinfairlie, estaba sentado al lado de Catriona.

Rafael bebía con entusiasmo la cerveza, con la esperanza de que atenuara su agitación, pero solo parecía aumentar su inquietud.

"—Un cuento, de hecho" —repitió Tristán, levantando su taza. La Liga Sable sumó sus voces a la petición, aunque Rafael deseaba que el grupo de Kinfairlie simplemente se fuera lo más rápido posible.

No parecían dispuestos a irse. De hecho, Rafael sentía una nueva armonía entre Malcolm y su hermano. Quizás el hermano mayor devolvería los caballos al establo de Ravensmuir. Quizás todo acabaría bien para su camarada.

Era evidente que era hora de que Rafael cabalgara hacia el sur. Trató de discutir destinos con sus compañeros, pero rechazaron discusiones tan serias y pidieron más cerveza.

Parecía que todos celebrarían el triunfo de la noche anterior. Rafael inspeccionó el salón, buscando a una persona tan inquieta como él y no pudo ver a nadie.

No por primera vez, Rafael se dio cuenta de que era diferente a quienes lo rodeaban. Era más que su color de piel, más que su herencia, más que su lengua materna, su perspectiva y su experiencia. Él no encajaba, ni siquiera entre una compañía de mercenarios. No compartía su tranquilidad con los tiempos de paz, su disfrute de un cuento, su capacidad para saborear el momento.

Rafael siempre estaba mirando la puerta, esperando un ataque, preparado para luchar. Siempre estaba tan dispuesto a partir que nunca desempacaba sus alforjas. Podría desaparecer en un trío de latidos, sin arrepentirse de lo que dejaba atrás. Era su camino, y siempre lo sería. De hecho, llevaba seis meses en Ravensmuir y aún tenía la alforja empacada, la silla de montar junto a su caballo y la espada afilada.

Ya era hora de irse.

Bebió otra taza de cerveza.

Rafael no esperaba bien. Eso también era diferente en él.

Mientras miraba, Malcolm se encogió de hombros, porque él no era de los que contaban historias. El Señor de Ravensmuir miró a su esposa, quien podía contar una historia bastante bien, pero el bebé lloró desde el solar en ese momento y Catriona se disculpó para amamantar a su hijo.

"¡Debemos tener un cuento!" —Suplicó Elizabeth, y Rafael miró fijamente su taza por miedo a que sin darse cuenta atrapara su mirada. Sabía que ella miraba hacia él y supuso que deseaba quedarse en Ravensmuir para poder hablar con él de nuevo.

O tal vez pensaba en hacerle cambiar de opinión en cuanto a que él, ¡él!, podría ser el héroe de uno de esos cuentos que le gustaba. Rafael nunca había escuchado tales tonterías en todos sus días. Los héroes de los cuentos eran valientes, nobles y honorables.

Sin embargo, él había tratado a esta dama con honor, a pesar de sus anhelos de hacer lo contrario.

De hecho, Rafael ardía con la vehemencia de su deseo por Elizabeth. Sabía que había hecho bien al negarse, pero en ese momento, la elección se sentía del todo mal.

Necesitaba una mujer, estaba claro. El calor de los muslos de una puta aclararía sus pensamientos. Había sido anormalmente casto en Ravensmuir y debería viajar al burgo más cercano para asegurarse de estar satisfecho.

Luego continuar hacia el sur desde allí.

"Tengo una historia", dijo Alexander, poniéndose de pie. "Creo que es el más apropiado para este día, cuando Malcolm regresa a su hogar, después de aventurarse en el extranjero, y aquí ha defendido lo que ha heredado para ser suyo."

"¿Dónde están sus caballos?" Murmuró Rafael, pero nadie le hizo caso.

La compañía rugió aprobando la sugerencia de Alexander y la cerveza se repartió nuevamente. Se llenaron tazas y los hombres volvieron su atención hacia Alexander. El Señor de Kinfairlie se aclaró la garganta y luego comenzó a cantar.

Tenía una voz notablemente fina, para sorpresa de Rafael, aunque la historia que contaba hacía que el mercenario frunciera el ceño. Le resultaba familiar, al menos en algunos aspectos.

> *"Hubo un rey, llamado Carlomagno,*
> *Quien cabalgó para luchar contra los moros en España.*
> *Hombres de todas partes se comprometieron bajo su mano,*
> *Y la de su sobrino, el valiente Roland.*
> *Cabalgaron a la guerra, diez mil hombres,*
> *Mataron innumerables moros antes de volver a casa.*
> *Sus alforjas estaban cargadas de tributos ganados,*
> *Sus bolsas nunca volverían a estar vacías.*
> *Siete años lucharon y se alegraron de*
> *Regresar a casa con riquezas y alegría.*
> *Cantaban mientras cabalgaban por el camino,*
> *Sus corazones estaban felices en Roncesvaux.*
> *Pero en Roncesvaux fueron traicionados:*
> *Una fuerza enemiga en la clandestinidad puso*
> *La trampa que se colocó sobre la poderosa hueste.*
> *Y el valiente Roland asumió el costo."*

"Traición e ingratitud", dijo Ranulf con entusiasmo. "Es el meollo de todo buen cuento".

"Pensaba que ganar el amor de una buena mujer era el mérito de todo buen cuento", respondió Tristán y Ranulf se encogió de hombros.

"Eso es seguro". Ranulf buscó en el salón, claramente en busca de una moza dispuesta a escuchar sus opiniones. "Porque el amor de una buena mujer es el premio más grande que un hombre puede ganar".

Giorgio llevó a Guilia a su regazo y ella bromeó con Ranulf. "Guarda tus bellas palabras para el momento en que haya una moza que las escuche".

Se rieron juntos mientras Alexander continuaba su canción. Rafael tomó otra taza de cerveza para amortiguar el sonido de la alegría que no sentía. Esta historia siempre le molestaba y ese día, su reacción era precisamente la de siempre.

"La suerte había sido echada el mes anterior
Con tratado y apuesta jurada.
Tan feroces eran los hombres de guerra de Carlomagno,
Y tan grande su éxito, año tras año,
Que el rey moro propuso una tregua
Negociada con quien más confiaba Carlomagno.
Había un hombre en la hueste de Carlomagno,
A quien él admiraba más que a la mayoría.
Un caballero tan hábil como para ser el mejor,
Un guerrero más valiente que todos los demás.
Un hombre a la vez hermoso y fuerte,
Un hombre cuya lealtad era su vínculo.
Su sobrino Roland era ese hombre,
Un caballero de renombre en todos los países.
El rey francés le preguntó a su amado Roland
Quién le dijo en cambio que enviara a Ganelón
Ese caballero se había casado con la madre de Roland
Y era conocido por su tacto.
El rey vio el mérito de la elección
Y envió a Ganelón a la corte árabe."

"SE DEBE TOMAR la decisión correcta al negociar un tratado", dijo Amaury. "Supongo que este Ganelón hablaba el idioma de los moros."

"Como lo hace Rafael", coincidió Tristán y Rafael sintió que la mirada de Elizabeth se clavaba en él.

"No lo hablo tan bien como eso", protestó.

"Lo hablas más que cualquiera de nosotros", respondió Bertrand. "Te elegiría para negociar un tratado en nuestro nombre".

Saludaron a Rafael y alzaron sus tazas para brindar por él. Sabía que el resto de la compañía, incluida Elizabeth, miraba con curiosidad. Ella le susurró a Malcolm quien le confió algunos detalles. Rafael estudió el fondo de su taza.

Alexander siguió cantando.

> *"Pero Ganelón no confiaba en Roland.*
> *Tampoco confiaba en el moro.*
> *Creía que su hijastro le hacía un mal*
> *Y pretendía que lo mataran*
> *Por este rey extranjero que afirmaba que haría un trato*
> *Y así, Ganelón, a sus aliados, sí engañó.*
> *Le dijo al moro cuál era la mejor manera de atacar.*
> *Para asegurarse de que Carlomagno nunca regresara.*
> *Sabía que la retaguardia estaba dirigida por Roland*
> *Y le dijo al moro que matara a ese hombre.*
> *Aceptó un pago de monedas y oro.*
> *Y a nadie se le contó su traición.*
> *Entonces, Carlomagno creyó todo en paz*
> *Y confiado en el trato, llevó a sus hombres al este"*

RAFAEL HABÍA ESCUCHADO esa canción en muchas versiones a lo largo de los años, pero la versión que sabía que era la verdad se contaba únicamente en España. Que solo él lo supiera en esa compañía lo volvía a marcar como un extraño, un forastero y un extranjero.

Era otro indicio de que no pertenecía a esta tierra inmunda.

Mucho menos a la corte de Malcolm.

Era otro recordatorio más para que se fuera lo antes posible.

La cerveza, tenía que admitir, no estaba mal.

Alexander, refrescado por una taza de cerveza él mismo, cantó.

> *"La hueste, diez mil valientes*
> *Había librado feroces batallas durante mucho tiempo.*
> *Pensaban en poco más que fuegos en el hogar*
> *Y así fue como fueron tomados desprevenidos.*
> *La fuerza cabalgaba tarde para que el rey viera*
> *Las colinas y llanuras de su propio país.*
> *Los hombres pasaron por el camino,*
> *Largo y delgado, Roland al final.*
> *La hora era tarde, la noche caía fría*
> *El silencio para Roland parecía ser un mal augurio.*
> *Se estremeció y miró hacia atrás para encontrar*
> *Sombras acercándose por detrás.*
> *Había caballeros en caballos muy finos,*
> *Sus estandartes rojos y dorados ondeaban.*
> *Se tocaron mil trompetas como una*
> *Sus armaduras iluminadas por los últimos rayos del sol."*

SIN DUDA, había una belleza cruel en los adornos de la guerra. Los banderines y estandartes, los majestuosos desfiles, los caparazones y las armaduras relucientes y los yelmos recogiendo el sol de la mañana. Todo le resultaba tan familiar a Rafael, al igual que las secuelas de la batalla, con su sangre, barro y fango. La canción enviaba un escalofrío hacia Rafael, recordándole todas las veces que se había reunido antes de una batalla, todos los días que había admirado las galas de sus compañeros, todas las veces que se había enfrentado a un enemigo con el corazón en la garganta, preguntándose quién moriría en la batalla que se avecinaba.

Echó un vistazo a la mesa alta y vio cómo Elizabeth estaba cautivada al escuchar a su hermano. Sí, gente como esa doncella creía que la guerra era todo gloria y honor. No sabían nada de la suciedad, mucho menos de la frivolidad de todo.

El pensamiento obligó a Rafael a volver a llenar su taza de cerveza y apurarla rápidamente.

"El sabio Oliver estaba al lado de Roland,
Asombrado por los moros sobre la tierra.
Ese caballero subió una colina junto al camino,
Para ver mejor los números de su enemigo.
No pudo contarlos ni pudo ver
El final de sus filas. "Es un mar
De caballeros a caballo completamente armados
Que vienen a luchar en los pedregales de la montaña."
Él temía que no pudieran ganar ese día
Y a Roland Oliver le dijo
"Toca tu cuerno y hazlo ahora;
¡Invoca al rey para que luche contra este enemigo!"
Pero Roland se rió y rechazó la súplica.
Porque pensaba que sería una cobardía.
La retaguardia era suya para defenderla
Y entonces se volvió para enfrentar a los demonios.
"Mi deber es luchar por mi rey
Y oiré cantar mi espada
Mientras corta a través de cráneos moriscos
Y trae la victoria, como Dios quiere."

Esa era la forma de liderazgo que hacía morir a los hombres y sin un buen fin. La locura de Roland era clara para Rafael como no lo era para los de la mesa principal. Morir tontamente nunca había sido su propia aspiración.

De hecho, preferiría no morir en absoluto.

Un recuerdo se agitó ante eso, la presencia de esos demonios y el portal al infierno demasiado cerca para su comodidad, y Rafael se refugió en la cerveza. En esa noche, valdría la pena el precio de dormir sin sueños, incluso si su propio pellejo estaba en riesgo.

ELIZABETH APRETABA las manos en su regazo mientras Alexander cantaba. La Canción de Roland era emocionante y nunca se cansaba de escucharla. Ese día, sin embargo, le sorprendieron las referencias a la guerra y se preguntó si a Rafael le resultaba demasiado familiar.

Él bebía cerveza con un gusto inesperado, más incluso que sus compañeros, y ella se preguntó si era un borracho. Por lo demás, parecía tener tal control de sus impulsos que ella nunca hubiera esperado eso. Cuando ella captó el ceño de sorpresa de Malcolm, supo que algo era diferente en Rafael ese día.

¿Era posible que él estuviera tan agitado como ella?

> *"Cien mil moros estaban allí,*
> *¡Nunca apareció una fuerza más temible!*
> *La retaguardia veía al enemigo que se estaba reuniendo*
> *Y más de uno se acobardó de miedo.*
> *"No teman", gritó entonces el valiente Roland*
> *"Porque Durendal no puede ser derrotada.*
> *Mi espada correrá con sangre morisca*
> *Y se dará un golpe en nombre de Dios.*
> *Cortaremos a los que mienten y engañan*
> *Defenderemos a nuestro rey de tal engaño.*
> *Mi espada cortará y cantará*
> *Y pronto regresaremos a casa."*
> *El sabio Oliver aconsejó a su amigo*
> *Tocar su cuerno para volver a llamar al rey.*

Más fuerzas entonces serían
Y más aseguraría su victoria.
Pero Roland se rió de tanta prudencia
Juró ofrecerlo todo por la confianza del rey.
Montó su caballo, dio su señal
Diez mil hombres cabalgaron alineados.
De todas esas gargantas se rompió el propio grito del rey
Porque cabalgaron a la guerra gritando '¡Mountjoy!"
La compañía aplaudió esto y se hizo eco del grito de batalla. "¡Mountjoy!"
El primer moro se burló de ellos
Porque les contó la hazaña de Ganelón.
¿Qué clase de hombres se traicionan entre sí?
¿Qué clase de caballero engaña a su hermano?
Por la voluntad de Dios, todos morirán.
Y tomaremos su recompensa como nuestro premio."
Roland asestó el primer golpe esa noche
Porque derribó a este moro oscuro con todas sus fuerzas.
Le cortó el casco y le partió la cabeza
De un golpe, él mató a ese hombre
Su espada cortó al moro hasta la columna
Porque Durendal no se podía esquivar.
Los moros gritaron, sus voces impetuosas
Los dos ejércitos se encontraron con un poderoso choque.
La sangre fluyó en cantidad,
De hecho, la luna llena brilló sobre la muerte.
Oliver, Roland y el arzobispo Turpín
Lucharon con vigor hasta el final.
Y cuando luchaban espalda con espalda, los tres
Sabían que no había ningún lugar al que huir.
Oliver le rogó a Roland que volviera a soplar
Un poderoso bramido con su cuerno.
El arzobispo Turpín estuvo de acuerdo,
Aunque ellos tres no sobrevivirían.
'Sería mejor llamar al rey

Para vengar la pérdida que había sufrido.
Roland accedió en esto,
Y se llevó el cuerno a los labios.
Sopló tan fuerte y con tanta fuerza,
Que le estallaron las sienes y se perdió
Al dar este último grito de batalla
Así murió el guerrero más valiente del rey."

ELIZABETH VIO COMO Rafael escupía entre los juncos. "Un tonto", dijo ese guerrero mientras se ponía de pie. "¡No era un campeón, sino un tonto que llevó a otros a su desaparición! ¡Ese no es un héroe digno de un cuento!" Rafael se sentó con el ceño fruncido y pidió la cerveza.

Sus compañeros lo retuvieron.

Alexander y Malcolm intercambiaron una mirada y Alexander comenzó a cantar de nuevo.

"La llamada resonó a través de las colinas
¡Durante treinta leguas, su sonido retumbó!
Carlomagno conocía el sonido del Olifante
El cuerno que Roland llevaba en el cinturón.
Hizo dar la vuelta a toda la empresa
El anfitrión corriendo de regreso a la pelea.
Encontraron la retaguardia, masacrados todos,
Y a Roland, el valiente Roland, también caído.
Ángeles reunidos alrededor de los muertos
Un trío acunaba la cabeza de Roland.
Carlomagno miró a la hueste celestial
Recoger al sobrino que más amaba.
El valiente Roland fue llevado al alto cielo
La tierra misma enviando un grito

> *Porque no volvería a haber caballero*
> *Así preparado para luchar por el rey y los hombres."*

HUBO un aplauso de la compañía, y Alexander tomó un sorbo de cerveza antes de inclinarse en reconocimiento. "Y así fue como nuestro padre se llamó Roland", dijo. "Fue un tributo a un héroe audaz y un nombre para asegurar su propio valor durante su vida".

"Es un nombre noble, de hecho", coincidió Elizabeth. "Y un cuento maravilloso."

La compañía volvió a aplaudir, todos menos Rafael. Ese hombre se puso de pie de nuevo, sus modales eran tan intensos como nunca los había visto Elizabeth, y levantó la voz. "Podría ser una historia maravillosa", dijo y la compañía guardó silencio. "Si fuera verdad".

"¡Es verdad!" protestó Alexander. "Lo he oído contar muchas veces."

Rafael caminó por el medio del salón, su confianza era tal que atraía todas las miradas. Sonreía muy levemente, lo que le daba una mirada peligrosa y depredadora. Elizabeth no pudo evitar admirar su imagen.

Su amor destinado.

Los ojos de Rafael se entrecerraron mientras consideraba a Alexander. "Una mentira no se vuelve verdad, no importa cuántas veces se repita".

"Pero todos conocen esta historia", dijo Alexander con una sonrisa. La empresa aplaudió su invitación, mostrando su aprobación de su versión.

Rafael cruzó los brazos sobre el pecho. "Pero la verdad depende de la posición de un hombre."

Se intercambiaron miradas de confusión, incluso cuando algunos de los mercenarios negaron divertidos con la cabeza. Claramente sabían a qué se refería Rafael.

"¿Pero, cuál es la diferencia?" Preguntó Elizabeth. Rafael le dirigió una mirada hirviendo, una que la hizo pensar que cada alma en el salón adivinaría cómo la había besado.

Para su deleite, él le respondió.

"Significa que la guerra justa de un hombre es la abominación de otro. En este lado de las montañas que dividen las tierras del rey francés de las de Castilla, así se cuenta la historia de Roland. Esta es la verdad conocida por aquellos que remontan su linaje a Carlomagno" Rafael se volvió a hacer un gesto a toda la compañía. "A diferencia de todas las demás personas reunidas aquí, yo llegué a la mayoría de edad al otro lado de esas montañas."

"En Castilla", suspiró Elizabeth. Era una tierra de misterio y romance, porque era el extremo sur de Castilla lo que una vez había estado en manos de los moros, y se decía que esas ciudades estaban llenas de maravillas y riquezas. Ella juntó las manos en el regazo, convencida una vez más de que Rafael era el único hombre que había probado la aventura.

Inclinó levemente la cabeza en su dirección. "Y allí, en las tierras donde Carlomagno dirigió sus tropas, contamos una historia diferente de la Batalla de Roncesvaux. Yo nací en Pamplona, en el Reino de Navarra al norte de Castilla, y allí contamos que el rey franco Carlomagno destruyó las murallas de la ciudad, saqueándola y masacrando a los moradores."

Elizabeth contuvo el aliento.

"Contamos que el gran rey franco dio media vuelta después de que el daño estuvo hecho, después de que sus arcas se llenaron con monedas robadas y huyó a las montañas con su precio de sangre." Su voz bajó. "Y contamos de los hombres valientes que se lamentaron de sus conciudadanos y sus parientes, que se deslizaron por los pasos de montaña que conocían tan bien como las líneas en sus propias palmas, y tomaron venganza por ese asalto no provocado."

Elizabeth se llevó los dedos a los labios.

"Carlomagno no luchó contra los moros en Roncesvaux", concluyó Rafael con desdén, mientras la compañía permanecía en silencio. Se tocó el pecho con un dedo. "Luchó contra nosotros, los vecinos de Pamplona, los cristianos del Reino de Navarra. Mató a otros cristianos para defender el robo de su oro."

Elizabeth se sorprendió. "¡Esto no puede ser verdad!"

"Lo es." Rafael levantó su taza de cerveza y la apuró, entrecerrando los ojos mientras miraba a Elizabeth. Toda la compañía estaba encantada, pero él solo miraba a Elizabeth. "Les aseguro que no podía haber cuatrocientos mil hombres en la fuerza atacante. Quizás fueron sólo cuatrocientos."

"Porque se sabe que el mismo Rafael vale más que mil hombres en batalla", dijo uno de los otros mercenarios. El resto de la Liga Sable brindó por esa verdad y bebió con entusiasmo.

"Pero eran más dignos de convertirse en héroes en un cuento que este Roland, porque defendían tanto la justicia como la verdad".

Elizabeth solo pudo estar de acuerdo.

De hecho, que él valorara esos rasgos le decía que su instinto sobre Rafael era correcto.

"Yo no soy de estas partes", dijo Rafael en voz baja, sus palabras escuchándose de todos modos. "No soy como ustedes y los de su clase. De hecho, la diferencia es tan grande que algunos de ustedes no pueden distinguir a los de mi clase de los infieles y enemigos" Hizo una pausa para vaciar su taza. "Y, sin embargo, el rey al que aclaman como el campeón de todo lo que aman era peor que un mercenario. Atacó sin justificación, robó, saqueó y huyó a un lugar seguro." Rafael casi sonrió. "Quizás los de mi clase simplemente necesitan mejores trovadores."

Su mirada se clavó en la de Elizabeth durante un largo momento, luego dejó la taza con un gracia, giró y salió del salón.

Elizabeth empezó a levantarse, pero la mano de Alexander aterrizó en su brazo. Su mirada era más seria de lo que ella lo había visto en mucho tiempo. "—Él te da una advertencia justa, Elizabeth. Déjalo ir."

"Yo veo las cintas", dijo ella entre dientes.

"Te engañas en cuanto a sus méritos", dijo Alexander, sin dar crédito a sus observaciones. Había acero en su tono cuando continuó. "Regresaremos a Kinfairlie inmediatamente."

"Alexander, debo protestar", comenzó Elizabeth, pero su hermano la miró para reprimirla.

Cuando cayó en un amotinado silencio, Alexander asintió con la cabeza hacia Malcolm y levantó la voz. "Les agradezco, Catriona y Malcolm, por esta hospitalidad en este día, y saludo su matrimonio. Reunámonos el próximo sábado, para que todos en Kinfairlie puedan ver sus votos intercambiados ante nuestro sacerdote, el padre Malachy."

"Me gustaría eso", dijo Catriona al ver la mirada de Malcolm en su dirección.

"Entonces se hará", dijo el nuevo Señor de Ravensmuir, agarrando con fuerza la mano de su esposa. "Pero se hará aquí, en Ravensmuir". Hizo un gesto con la cabeza a Alexander. "Espero poder darles la bienvenida a todos".

La compañía aplaudió la idea de otra celebración, especialmente una que se avecinaba tan pronto. Elizabeth vio a sus hermanos estrecharse la mano y estaba descontenta de que Rafael se hubiera ido. Quizás lo vería en los establos, cuando fueran a ensillar los caballos. Quizás tendría una última oportunidad de hablar con él ese día.

Pero Alexander debió haber adivinado su intención, porque Elizabeth salió del salón de Ravensmuir para encontrar a Demoiselle ensillada y esperando en el patio, junto a Uriel, el caballo de Alexander. Ambos caballos pateaban impacientes por marcharse. Era media tarde cuando se marcharon de Ravensmuir, pero no importaba lo intensamente que mirara, Elizabeth no pudo ver de nuevo a Rafael.

El sábado sería, entonces, a menos que se las arreglara para visitar Ravensmuir antes. Al menos tendría tiempo para buscar el consejo de Rosamunde.

⁓

ALEXANDER MIRÓ con severidad a Elizabeth tan pronto como salieron de las puertas de Ravensmuir. En verdad, era tan predecible como el progreso diario del sol en sus opiniones, aunque Elizabeth no estaba tan interesada en otra de sus conferencias.

"¿Qué se apoderó de tu ingenio para estar tan cerca de tales hombres?" Alexander comenzó. "¿No te importa tu reputación? No conviene que una doncella como tú hable con hombres de guerra. Debes preocuparte no solo por tu virtud, sino por la percepción de tu virtud..."

Elizabeth interrumpió el discurso de su hermano mayor, sabiendo que era bien intencionada, aunque tediosa. Había visto su propia cinta y confiaba en su importancia lo suficiente como para ser atrevida. De hecho, sería mejor que arreglara las cosas lo antes posible. "Me dijiste que eligiera un pretendiente, que sería mi decisión con qué hombre me case."

"Sí." Alexander se mostró cauteloso.

"Entonces debes saber que he elegido a Rafael Rodríguez". Elizabeth le dio a su hermano una sonrisa confiada.

"¿Quién?"

El camarada de Malcolm. El que llegó con él en el Yule. El que desafió tu historia en el salón al mediodía."

Alexander la miró asombrado. "¡No puedes decir esto en serio!"

"Lo hago. Es valiente, porque entró en el círculo de las hadas por su propia elección para ayudar a Malcolm, aunque fácilmente podría haber pagado con su propia vida. Me verá bien defendida, dada su experiencia de guerra." Elizabeth levantó la barbilla, consciente de que Alexander estaba discutiendo. "Es honorable y me sentará muy bien como esposo."

Alexander parecía sin palabras, tan grande era su asombro. "¡Pero es un mercenario!" dijo finalmente. "Y nacido en tierras lejanas. Sin duda volverá a su oficio, y posiblemente también a su tierra natal." Alzó una mano. "Podrías ser abandonada en algún campamento rudo forjado por hombres guerreros, y si él muere, como seguramente todos esos hombres deben morir a tiempo, estarás sola e indefensa, así como lejos de casa."

"Creo que lo amaré, y ese amor será mi consuelo".

Alexander se burló. "Creo que estás enamorada de su apariencia y de la historia que has escrito de él en tu corazón, no de su oscura verdad." Se pasó una mano por el pelo. ¡Quizás los de su clase no necesitan mejores trovadores!"

"Pero aun así he elegido". Elizabeth escuchó que su tono se volvía firme.

"Y te prohíbo tu elección". Alexander la miró con el ceño fruncido. "—No será así, Elizabeth. No hay necesidad de parecer obstinada, porque no permitiré que te cases con este hombre u otro de su calaña."

¿Cómo era que los hombres la invitaban a tomar una decisión y luego descartaban las decisiones que tomaba? Ella no era obstinada, desafiante ni tonta. Ella entendía la naturaleza de Rafael, como su hermano e incluso el propio Rafael no lo entendían. Elizabeth miró fijamente a Alexander. "Estoy determinada, porque he tomado una decisión y tú la descartarías, a pesar de tu promesa de defender mi decisión."

"Esta no es la elección que anticipaba..."

"Malcolm luchó junto a Rafael, porque él también era un mercenario. No puedes sostener el oficio de Rafael en su contra más de lo que sostendrías el de Malcolm en su contra."

"¿Este Rafael quiere renunciar a su oficio?"

Lamentablemente, Elizabeth no lo sabía. "Creo que puede ser convencido..." comenzó ella, pero Alexander suspiró.

Puso su mano sobre la de ella y su tono se suavizó. "—Puedo ver que él tendría un atractivo, Elizabeth, porque has conocido a pocos hombres de su calaña. Pero Rafael no es el hombre para ti, porque no podría hacerte feliz ni asegurarte el futuro." El tono de Alexander se volvió consolador. "—Rafael se irá pronto, Elizabeth. No te hagas infeliz convenciéndote de que él significa más de lo que es."

"Él me besó."

Alexander se erizó. "¿Él lo hizo?"

"Después de que lo invité a hacerlo", se corrigió Elizabeth apresuradamente y su hermano frunció el ceño. No se atrevió a confesar cuánto habría rendido de buena gana a Rafael. En cambio, se sonrojó furiosamente, lo que provocó que Alexander frunciera el ceño.

"No lo tientes a él, ni a ningún otro hombre, con más de lo que sería prudente que ofrecieras, Elizabeth, porque la mayoría de los hombres participarán de cualquier banquete que presentes, y lo harán sin remordimientos. Esa es la naturaleza de estos hombres."

"Él se apartó", admitió ella, queriendo que Alexander entendiera que Rafael era más honorable de lo que creía.

"Entonces no es tan tonto como para verlos a los dos condenados, y esto es una suerte para ustedes." Alexander la miró con determinación. "Elizabeth, sigue mi consejo en esto. Un hombre que sólo piensa en su propio placer y ventaja te reclamará y te olvidará en un día, mientras que tú, habiendo sido probada así, llevarás la sombra de ese momento durante el resto de tus días y noches."

"Podría ser maravilloso..."

"Podría no valer la pena". Alexander sonrió gentilmente. "Es más probable que tu legítimo esposo haga maravillosa tu noche nupcial, porque se habrá atado a ti para toda la vida. La mujer sabia no esparce sus perlas a los cerdos."

"Rafael no es un cerdo".

"Usa tu ingenio, Elizabeth", concluyó Alexander con firmeza. "Considera un momento y verás que esta es una mala elección de las muchas disponibles para ti. Te he dado tiempo y la oportunidad de tomar tu propia decisión sobre con qué hombre casarte. No traiciones tal regalo con una locura." Sacudió la cabeza. "Y pensar que yo era escéptico cuando dijeron que hablaste con él a solas en los establos. Está claro que debes ser supervisada más de cerca hasta que él se vaya."

Elizabeth se enfureció ante la idea. "Él quería hablar de ti", dijo ella, una vez más satisfecha de sorprender a su hermano.

"¿De mí?"

"Como hombre de lucha, esperaba ver a los legendarios caballos de Ravensmuir a su llegada allí y estaba decepcionado de que estuvieran en Kinfairlie. Preguntó por qué era así, cuando le entregaste el sello a Ravensmuir a Malcolm tan rápidamente después de su regreso, pero no a los caballos." Elizabeth se encogió de hombros. "Confieso que no tuve una buena respuesta, porque Rafael dijo bien que los establos eran el único edificio en buen estado de esa propiedad".

Alexander apretó los dientes. "¡Él cree que pretendo privar a Malcolm de su legado!"

"Tuve esa impresión, sin duda."

Los ojos de Alexander se entrecerraron. "¡Y este es el precio de la cortesía! Yo sabía que Malcolm tenía mucho que manejar mientras se reconstruía la fortaleza, así como pocos a su servicio, y pensé en evitarle problemas."

"Quizás es hora de restaurar lo que es suyo, ya que ustedes dos están aliados nuevamente", se atrevió a sugerir Elizabeth.

Alexander aprovechó esta idea con bienvenido entusiasmo. "De hecho, necesita más que los caballos. Pediré la ayuda de Eleanor en esto, porque es muy sensata. Llevaremos a Malcolm y Catriona un regalo de bodas que no dejará ninguna duda sobre mi placer al verlo de nuevo en casa."

El resto del viaje de regreso a Kinfairlie estuvo ocupado con Alexander haciendo listas y Elizabeth agregando sugerencias. Ella se alegraba de haber tenido alguna influencia en esto y no podía esperar a ver la expresión de Rafael cuando regresaran los caballos.

El sábado no podía llegar con suficiente velocidad para ella.

~

EN EL SILENCIO de la noche, Rafael no estaba solo. Estaba envuelto en su capa y apoyado contra la pared, incapaz de dormir a pesar de la cerveza que había bebido. La Liga de Sable dormía en el salón de Malcolm por todos lados, pero esa no era la compañía que temía.

No, Franz se le acercaba.

En todo caso, se veía peor que la noche anterior. Franz tomó una taza y colocó su cadáver podrido al lado de Rafael, echando un pesado brazo sobre los hombros de Rafael. Rafael estaba seguro de sentir gusanos retorciéndose contra su carne, pero fingió no darse cuenta de la presencia de su antiguo compañero.

Tenía que ser un fantasma, un espectro inofensivo.

Franz no parecía tan inofensivo. "Es interesante que hayan contado la historia de un hombre traicionado", murmuró ese fantasma con tono amigable. "Es como si reconocieran la oscuridad en tu corazón a la vista." Él miró lascivamente a Rafael. "¿A cuál de ellos traicionarás primero? ¿A Malcolm o a su hermana Elizabeth?" El espectro se rió entre dientes. "Mejor tú que yo, si el Sabueso del Infierno descubre que has tomado la virginidad de su hermana." Franz bajó la voz a un susurro. "¿Y si la moza miente para forzar tu mano?" Luego se rió entre dientes ante la perspectiva.

Rafael cerró los ojos y le pidió a Franz que se callara.

O que volviera al infierno.

El espectro no obedeció, aunque realmente Rafael no esperaba lo contrario.

JUEVES 24 DE JUNIO DE 1428

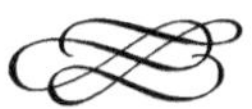

DÍA DE LOS MÁRTIRES SAN AGOARD Y SAN
AGILBERTO Y SAN GERMOC.

CAPÍTULO 11

*R*ealmente era intolerable.

Elizabeth había esperado años para conocer a un hombre que pudiera capturar su corazón para siempre y se había dicho a sí misma que su paciencia sería recompensada. Tenía la certeza de que estaba destinada a amar a un hombre que se sintiera cómodo con la aventura, un hombre que viviera al menos con tanta valentía como su tía Rosamunde, un hombre cuya vida era digna de un cuento de juglares y que le prendiera la sangre de un vistazo. El suyo sería un matrimonio que llenaría de esperanza los corazones de las doncellas. La suya sería una vida tan maravillosa que apenas sería creíble cuando se contara. El sueño había ardido brillantemente en su corazón, evitando el frío del beso de Finvarra, haciéndole imposible comprometerse.

Ahora había conocido a Rafael, exactamente como siempre lo había anticipado, un hombre que escuchaba sus palabras y la emocionaba con su beso, un hombre que había desarrollado una cinta para entrelazarse con la suya después de conocerse, y ese hombre la trataba como a una niña indigna de su atención. La situación era de lo más desconcertante.

Elizabeth se sentía engañada y no había forma de evadir la

verdad. Ella había sido paciente. Ella había confiado en su futuro y en aquellos que se comprometían a amarla. Había confiado en el destino, el beso y el amor, pero parecía que su futuro no sería como había soñado.

Esto la hacía desafiante.

Era increíble que ella, que amaba un cuento más que cualquiera de sus hermanos, fuera tan desafortunada como para ser condenada a una vida mundana. Elizabeth caminó por la habitación que ahora era suya durante toda la noche, su molestia solo aumentaba con cada paso.

Había cabalgado por toda Inglaterra en busca de Madeline, cuando Rhys se había llevado a su hermana mayor. ¡Esa era una historia que valía la pena contarles a los hijos!

Había corrido a las Tierras Altas para ayudar a Vivienne cuando Eric estaba enfrascado en una batalla por su supervivencia contra su propio hermano. Elizabeth apretó los dientes porque simplemente había participado en esa hermosa historia de amor venciendo todos los obstáculos.

Había acompañado al grupo de Kinfairlie que había viajado a Tivotdale la Duodécima Noche, fingiendo ser vagabundos y bufones para poder rescatar a la novia robada de Alexander, Eleanor. ¡Esa había sido una aventura, sin duda!

Sus otras hermanas habían sido igualmente afortunadas en sus matrimonios, aunque Elizabeth no había sido parte de sus historias. Isabella había salvado a su amado, Murdoch, de las garras de la Reina Elphine, esa seductora hada que lo habría mantenido cautivo para siempre. ¡Incluso la gentil Annelise había curado a Garrett y lo había ayudado a recuperar su derecho de nacimiento!

Era increíble que Annelise, de todas sus hermanas, hubiera experimentado más aventuras en su noviazgo que Elizabeth.

La lista continuaba con molesta consistencia. Malcolm había sido sitiado por el conde de Douglas y había sido salvado por Catriona, su esposa desde hacía solo unos días. Rosamunde les había contado sus aventuras en el reino de las hadas y les había contado el valor de Padraig al salvarla de la lujuria de Finvarra.

Parecía que Elizabeth era la única de todos los suyos que vivía sin aventuras.

No había tenido oportunidad de hablar con su tía la noche anterior, porque la narración de cuentos se había tardado. Rosamunde se había retirado con Padraig demasiado pronto. Aun así, la aventura que había vivido y respirado Rosamunde era una inspiración.

Elizabeth echó un vistazo a través de su habitación al baúl donde había escondido el espejo que Finvarra había dejado caer. Había algo extraño en ese tesoro, sin duda, y Elizabeth no confiaba en él. Aunque lo había escondido —tanto de su propia mirada como de la de los demás—, la conciencia de ello parecía roer sus pensamientos, como un ratón muerde una corteza de pan. Estuvo muy tentada de mirar profundamente en él, pero supuso que hacer eso sería realmente peligroso.

Como mirar en las profundidades de los ojos oscuros de Finvarra.

¿Realmente lo había dejado caer por accidente? ¿O había planeado que ella lo reclamara, con algún propósito nefasto?

Elizabeth se estremeció. No tenía ninguna duda de que habría una especie de aventura si ella se rendía al rey de las hadas, pero estaba segura de que le ofrecería poco placer. Él trataba de engañarla, nada más, para tentarla a ser encarcelada.

Elizabeth sospechaba que si alguna vez acudía a él, estaría perdida del reino de los mortales para siempre. Eso era una cosa si no hubiera ningún hombre a quien amar, pero mientras Rafael caminara sobre la tierra, Elizabeth quería descubrir si podía haber más entre ellos. Suspiró, sabiendo que algún día se vería obligada a pagar su deuda con Finvarra. Quizás ella acudiría a él cuando fuera una anciana y su amado se hubiera ido.

Suponiendo que alguna vez tuviera un amado.

Suspiró y notó que el sol estaba saliendo.

El funeral del mercenario caído en Ravensmuir se celebraría antes del mediodía. Malcolm lo había dicho.

Elizabeth decidió de inmediato que asistiría. Con cualquier fortuna, su familia se quedaría en la cama esa mañana después de la noche y ella podría evadir la atenta mirada de Alexander.

Después de todo, no había forma de saber cuánto tiempo Rafael permanecería en Escocia, pero al menos se quedaría para el funeral de su camarada. Esa podría ser su última oportunidad de hablar con él y defender su caso.

Elizabeth lo haría en términos indiscutibles.

LA NIEBLA aún se adhería al suelo cuando el padre Malachy ensillaba su caballo. Era una criatura más humilde que los caballos de Ravensmuir, pero era una yegua robusta y paciente. Era moteada, con manchas más oscuras en la retaguardia y la cara, y calcetines oscuros, acertadamente llamada Hollín. Hollín no estaba inclinada a la alegría ni a las rabietas, y ambos soportaban lo que había que hacer y daban la bienvenida a los placeres de la vida. Su temperamento le sentaba bien al sacerdote.

El padre Malachy sonrió mientras acariciaba el costado de Hollín. Ella relinchó y rodó el bocado debajo de su lengua, una protesta de rutina que hacía cada vez que la ensillaban. No había enojo en eso, solo un suave recordatorio para él de que ella preferiría estar sin el bocado. Sin duda, preferiría estar pastando en los campos o husmeando en su alimento. El padre Malachy no se sentía culpable. El viaje no era tan lejos hasta Ravensmuir, aunque era temprano, y ella estaría bien atendida en el establo allí mientras él rezaba una oración por ese mercenario perdido.

Deseó haber estado presente para ofrecer los últimos ritos, pero por otro lado, dudaba que hubiera habido alguna oportunidad de administrarlos. Ésa era la forma de la guerra, y el padre Malachy tenía la suerte de estar lejos de ella la mayor parte del tiempo.

Respiró hondo, dando la bienvenida al olor del mar en el aire, y supuso que el día estaría bien una vez que la niebla se disipara. El cielo se estaba aclarando y ya podía sentir que el sol estaría caliente. Desde un punto de vista puramente práctico, sería bueno ver al resto de los muertos en Ravensmuir enterrados ese día, ya que el clima se estaba volviendo aún más cálido.

Llevaba a Hollín al bloque de montaje cuando alguien lo llamó.

"¡Padre Malachy!"

El sacerdote se volvió para encontrar a la dama Elizabeth caminando hacia él, llevando a su propia yegua por las riendas. Demoiselle era una yegua magnífica, al menos el doble del tamaño de Hollín, tan negra como el ébano y de gran paso también. Las fosas nasales de esa yegua se ensanchaban mientras caminaba, y luchaba contra el bocado con una pasión que Hollín nunca había mostrado. La dama Elizabeth ni siquiera parecía darse cuenta, tan acostumbrada estaba a ese caballo.

"¿Puedo ir contigo a Ravensmuir?" La dama Elizabeth vestía una túnica oscura y no tenía una joya en su persona. Su velo era oscuro y su diadema sencilla, sus guantes oscuros y su capa era la más sencilla que él creía que tenía.

Parpadeó, dándose cuenta de que ella se había vestido para un funeral.

Al mismo tiempo, se sorprendió al ver la diferencia en sus modales a pesar de su atuendo sombrío. Había color en sus mejillas y un brillo en sus ojos. Había estado pálida durante tanto tiempo que él la había temido fatalmente enferma. Aunque todavía era demasiado delgada para su idea, en ese día, parecía que la dama Elizabeth se recuperaba.

"No estoy seguro de que debas hacerlo", dijo él con cuidado, aunque se inclinaba a concederle cualquier capricho cuando ella parecía finalmente gozar de mejor salud.

"¿De verdad? Pensaba que uno de los camaradas de Malcolm iba a recibir su descanso en este día."

"De hecho, lo hará".

"¿Alexander piensa asistir, entonces?" La dama bajó la mirada con recato cuando se refirió a su hermano mayor.

El padre Malachy luchó contra una conciencia casi olvidada de su naturaleza traviesa, porque su despreocupación había estado ausente en los últimos años. Una vez más, se sintió alentado, aunque se preguntó qué broma podría hacer ella con esto.

Eligió sus palabras con cuidado, queriendo ser diplomático. "No, no lo hace".

No había duda del brillo en los ojos de Elizabeth cuando miró hacia arriba. Dios del cielo, ¡pero era una doncella atractiva! "¿Seguramente, un hombre que murió en defensa de Ravensmuir debería ser recordado con honor?"

Cuando lo expresaba de esa manera, el padre Malachy apenas podía discutir, pero tenía que defender al Señor de Kinfairlie. "No hagas travesuras, dama Elizabeth", aconsejó en voz baja. "El Señor se reconcilió con su hermano ayer. Le llevará tiempo abrazar a los antiguos compañeros de Malcolm, si es que alguna vez lo hace."

"Lo entiendo completamente", asintió la dama, con demasiada facilidad para tranquilizar al sacerdote. "Y, de hecho, pienso en la diplomacia, no en la travesura".

"¿De verdad?"

"Por supuesto." Ella estaba resuelta de una manera que él también recordaba. "Creo que alguien debería estar allí para representar a Kinfairlie, porque todos damos la bienvenida a la defensa de Ravensmuir y los sacrificios hechos al hacerlo." Ella estaba más erguida, ese brillo reemplazado por un aire de mando que le sentaba bien. "Y así veré cumplido nuestro deber familiar, padre, en lugar de mi hermano".

El padre Malachy vaciló.

"Nadie puede encontrar fallas en que acompañe a un sacerdote a un funeral en la propiedad de mi hermano", señaló la dama, y nuevamente, su forma de expresar la situación sonó de lo más inocente.

El padre Malachy la consideró, de pie tan majestuosamente ante él con su magnífico caballo, y no pudo evitar sonreír con orgullo. Se había convertido en toda una mujer y sería una esposa formidable para un afortunado.

"Tu previsión te da crédito, dama Elizabeth," dijo con una reverencia. Cabalgaremos juntos hacia Ravensmuir y regresaremos a Kinfairlie a mediodía.

Él alcanzó a vislumbrar su sonrisa triunfante.

El padre Malachy apostaría a que la dama Elizabeth tenía un plan. Sin embargo, por su parte, era suficiente verla tan restaurada como para que hubiera creado uno.

EL JUEVES AMANECIÓ una hermosa mañana de verano y el sacerdote llegó temprano desde Kinfairlie para bendecir a los muertos. La dama Elizabeth lo acompañaba, su atuendo era tan severo que parecía un ángel afligido incluso más que antes. Verla hizo que el corazón de Rafael se acelerara, pero él mantuvo la distancia con determinación.

Habría sido necesario un hombre menos observador que él para no darse cuenta de la rápida mirada que intercambiaron Catriona y Malcolm, más aún la forma en que Catriona se apresuró a atraer a la hermana de su marido a su lado. Rafael vio el destello de los ojos de Elizabeth y supo que no había sido su intención ser defendida tan atentamente.

Por mucho que Rafael hubiera deseado tener un momento más de su compañía, sabía que era mejor no molestarse con lo que nunca podría ser. Rafael permaneció en compañía de sus camaradas, recordándose a sí mismo lo que era y lo que siempre sería, mientras el sacerdote dirigía el servicio.

Reynaud fue enterrado en ese punto de tierra donde todos habían rezado con la esposa de Malcolm unos días antes, debajo de lo que sería el piso de la nueva capilla, tal como Malcolm había prometido. Varios de los hombres de la Liga Sable estaban visiblemente afectados por este honor mostrado a su camarada, aunque Rafael nunca hubiera creído antes de verlo que Gunter pudiera derramar una lágrima.

Rafael vio el revuelo del mar mientras el sacerdote daba sus bendiciones finales. Se esforzó por evitar su conciencia de que el agua a la luz del sol era del mismo verde claro que los ojos de Elizabeth. Brillaba a la luz del sol con el mismo vigor, y sabía que el mar era tan impredecible pero constante como la doncella que lo atormentaba.

Parecía que Elizabeth lo perseguiría, tanto si estaba en su compañía como si no.

Rafael se dijo a sí mismo que eso era mejor a que una decisión tonta de su parte ensombreciera el resto de sus días.

Cuando el sacerdote terminó y Reynaud fue enterrado, Catriona colocó una flor en la tierra recién removida. Toda la compañía permaneció reunida en el exterior durante un largo momento de silencio. Sin duda, todos consideraban que serían afortunados si fueran recordados tan bien. Sin duda, ninguno de ellos tenía prisa por dejar solo a Reynaud.

"Un hombre debe tener un tributo", dijo Amaury abruptamente, rompiendo el silencio.

"Reynaud ha tenido un gran tributo en esto", señaló Gunter. "Descansar en una nueva capilla en una propiedad reclamada por un camarada es un final mejor de lo que la mayoría de nosotros podemos esperar." Hubo un murmullo de acuerdo con esto.

"Quisiera decir algunas palabras para marcar su fallecimiento", dijo Amaury. "La bendición está muy bien, pero esta podría haber sido la primera vez que Reynaud la escuchara."

Se rieron juntos, claramente desconcertados por la verdad de esta declaración en presencia de las mujeres y el sacerdote. Para sorpresa de Rafael, Elizabeth dio un paso adelante.

"¿Qué es lo que más le gustaba?" preguntó ella. "Si prefería la cerveza, podrías saludar su memoria con una bebida."

Rafael reprimió una sonrisa, porque los placeres de Reynaud

habían sido terrenales. La inocencia de Elizabeth se revelaba en su sugerencia, y él se sintió tentado, aunque solo fuera por un momento, de hacer lo que ella deseaba. Sí, le encantaría darle esa educación.

Louis se pasó una mano por el pelo. "No hay suficientes putas en estas partes para eso", murmuró, sus palabras lo suficientemente bajas como para que Elizabeth no quisiera escucharlas.

Rafael no pudo evitar reír junto con sus compañeros. Catriona desvió la mirada y reclamó el codo de Elizabeth, claramente con la intención de llevar a la joven de regreso al torreón. Malcolm frunció el ceño y las mejillas de Elizabeth se sonrojaron.

Ella levantó la barbilla, intrépida, su mirada volando para encontrarse con la suya. "¿Qué pasa con los cuentos? ¿Tenía un favorito?"

Las expresiones de los hombres se iluminaron como una. Se volvieron al mismo tiempo hacia Rafael y Amaury lo señaló con un dedo. "Hay uno, y tú debes ser el que lo cuente."

Rafael frunció el ceño. Lo último que deseaba hacer era contar una historia, en particular aquella, sobre todo porque sabía que Elizabeth favorecía los cuentos. No quería llamar su atención más de lo que lo había hecho. Por otro lado, esa anticipación que iluminaba sus rasgos hacía que él quisiera complacerla. La mujer podría haber sido una sirena, enviada para atraerlo a una peligrosa tentación. No tuvo que mirar para saber que Malcolm lo desaprobaba.

"No me gusta contar cuentos y todos ustedes lo saben bien", dijo con brusquedad.

"Pero aun así tú contabas el que más le gustaba a él", insistió Ranulf. "¡Cuéntalo de nuevo, por la memoria de Reynaud!"

Todos le suplicaron a Rafael, aunque él se mostró decidido.

"Sólo un mercenario desalmado no honraría a un camarada caído", dijo Elizabeth en voz baja en desafío.

De nuevo, ella lo provocaba.

Una vez más, su estratagema tenía éxito. Después de todo, solo sería un cuento y ella podría encontrar una lección sobre la naturaleza de los hombres en él.

"Lejos está de mí confirmar a todos que mi corazón se ha ido de verdad", dijo Rafael. Entonces se puso de pie y apoyó las manos en las caderas, evitando la mirada brillante de Elizabeth. "Una vez, hubo un rey", comenzó y sus compañeros aplaudieron con entusiasmo.

La sonrisa de Elizabeth podría haber iluminado el salón más oscuro.

Rafael la ignoró. "Una vez hubo un rey", repitió, alzando la voz. "Un rey en la lejana Persia, un rey que amaba ardientemente a su esposa. Ella era hermosa y él se contentaba con dejar a un lado a todas las demás mujeres para honrar a su esposa. Su hermano también se había casado bien, o eso creían los hermanos, y solo ellos en todo su reino eran hombres fieles a sus esposas. Y así podría haber continuado si no hubieran llegado a sus oídos noticias espantosas."

Le dio una mirada dura a Elizabeth, aunque ella no necesitaba que él la animara a prestar mucha atención a la historia. "Un asesor del rey le informó que la esposa de su hermano tenía un amante, otro hombre en la corte. El rey no creyó esta historia y lo atribuyó a los celos por privilegio de la dama en su corte, pero decidió investigar el asunto. Para su pesar, descubrió no solo a la esposa de su hermano en los brazos de su amante, sino a su propia esposa en el acto de amar a otro hombre."

"Puta", dijo Gunter.

"Ramera", coincidió Tristán.

Guilia levantó la barbilla y miró a Giorgio con dureza. Él tomó su mano entre las suyas y la acercó más a su lado, lo que claramente la complació.

"El rey quedó devastado por esta traición a su confianza y su amor, al igual que su hermano. Ambas mujeres fueron ejecutadas en la plaza pública por su infidelidad, pues así decretaba su ley que se hiciera con las mujeres que no cumplieran sus votos matrimoniales."

Elizabeth contuvo el aliento.

Rafael miró al suelo. "Confieso que el rey estaba tan devastado que pudo haberse lanzado a la guerra, y nunca más se comprometió a tomar una esposa, pero estaba el asunto de sus deseos. Era un hombre joven y vigoroso, y sus necesidades eran considerables. Entonces eligió amar, pero no confiar. Y por eso le encargó a su Gran Visir —porque así llamaban estos persas al hombre al servicio más cercano al rey— que le buscara una nueva esposa todos los días. Se casaría con una virgen todos los días, la saborearía esa noche y luego la ejecutaría a la mañana siguiente de la boda. De esta manera, pensó él, nunca volvería a ser traicionado por una mujer."

Rafael escuchó a Elizabeth jadear, pero la ignoró. Quizás su relato le enseñaría algo sobre la naturaleza de los hombres. "Y así se hizo, como decretó el rey. Las piedras de la plaza pública se pusieron rojas por la sangre de tantas esposas ejecutadas. De hecho, en cuestión de meses, se había casado y había ejecutado a tantas vírgenes que quedaban pocas en todo su reino. Él ordenó al Gran Visir que buscara más allá de sus fronteras en busca de nuevas novias, pero el Gran Visir creía que era poco probable que esto se ganara el favor de sus reyes vecinos.

"Discutieron como rara vez lo hacían, porque el Gran Visir pensaba que la conducta del rey era de lo más imprudente. El Gran Visir temió que su vida fuera la próxima en ser sacrificada, y por eso estaba triste cuando regresó a su propia casa esa noche."

"Sucedía que el Gran Visir tenía una hermosa hija, la alegría de su vida. Ella aún no estaba casada, porque él no había encontrado un hombre que creyera digno de ella. Su nombre era Scheherazada"

"Scheherazada."

Rafael escuchó a Elizabeth repetir el nombre en un susurro. Él miró hacia arriba y vio que tenía toda su atención, una vista que le dio más placer del que debería haberlo hecho. Frunció el ceño, miró al suelo y continuó su relato.

"Scheherazada vio de inmediato que su padre estaba preocupado y le sacó toda la historia en poco tiempo. Ella le sirvió la comida y aseguró su comodidad, mientras pensaba todo el tiempo en lo que había escuchado. De hecho, permaneció despierta toda la noche, preguntándose qué podía hacer para ayudar a su padre, y al amanecer, lo supo."

"Scheherazada no se atrevió a contarle a su padre su plan, porque sabía que él lo prohibiría, sino que se mordió la lengua hasta que él se fue al palacio. Ella lo siguió con rapidez y entró en la sala de audiencias justo cuando el rey le exigía a su Gran Visir la que doncella debía casarse ese día. Antes de que su padre pudiera responder, Scheherazada dio un paso adelante y se ofreció como la nueva esposa del rey. Una vez que el rey la miró, quedó cautivado y el padre de Scheherazada no pudo oponerse al deseo de su amo y señor."

"Y así la pareja se casó, con gran banquete y alegría, por lo que Scheherazada fue adornada y llevada a la cama del rey esa noche. Él reclamó su virginidad, luego se durmió con la cabeza en su hombro. Scheherazada sabía que con el amanecer su vida terminaría. Cuando su nuevo esposo se movió, ella tomó su cabeza en su regazo y le acarició la frente. Ella se ofreció a contarle una historia, y el rey, intrigado, estuvo de acuerdo."

"Esta es la parte buena", dijo Ranulf, dándole un codazo a Gunter.

"Ella estaba segura de que sería un trabajo intrigante,", estuvo de acuerdo ese hombre.

"Ella sabía lo que era mejor para él mejor que él mismo", dijo Louis. "Debería alegrarme de tener una mujer tan talentosa."

"Deberías alegrarte de una mujer", bromeó Amaury y una vez más los camaradas se rieron juntos.

"¿Pero qué historia contó?" Preguntó Elizabeth.

Rafael sonrió. "Ella contó la historia del pescador y el djinn". Los hombres aplaudieron este anuncio, su anticipación clara. "Una vez, dijo Scheherazada, había un pescador de medios humildes. Tenía un barco y navegaba a pescar todos los días. Todos y cada uno de los días, lanzaba su red cuatro veces y solo cuatro veces. Todas y cada una de las noches, regresaba al puerto y vendía lo que había capturado. Era una vida difícil y, a medida que envejecía, se preguntaba cuánto tiempo podría continuar con ella."

"La pesca no es el único oficio que deja a un hombre con esa pregunta", murmuró Ranulf y sus compañeros asintieron con la cabeza.

Rafael alzó la voz para continuar, ignorándolos a ellos y a sus dudas. "Un día, zarpó como siempre lo hacía, pero la primera vez que echó la red, solo atrapó una cabra muerta. Esto era preocupante, pero volvió a lanzar su red, negándose a desanimarse. La segunda vez, la red solo contenía una olla vieja llena de barro cuando la subió al bote. Él no podía creer su mala suerte, pero lanzó su red por tercera vez. La tercera vez, la red solo contenía fragmentos de cerámica rotos cuando la subió al bote. El pescador estaba realmente preocupado, porque temía que su familia no tuviese nada para comer esa noche. Dijo una oración y lanzó su red una vez más. Esta vez, era pesada cuando comenzó a arrastrarla, y se sintió alentado porque podría haber compensado todo con esa captura. Sin embargo, para su sorpresa, no había ningún pez en su red, solo una gran vasija de cobre.

"Metió la jarra en el bote con cierto esfuerzo, viendo que el corcho estaba sellado en la parte superior con cera. Se fijó en la marca de Salomón fundida en el cobre y presionada en la cera, y se sintió alentado de poder vender la vasija de cobre. Ese antiguo rey era conocido por su sabiduría y sus riquezas, por lo que el pescador esperaba que hubiera algo adicional dentro del frasco que él pudiera vender también. Rompió el sello de cera con su cuchillo y quitó el corcho. El humo salió del frasco en tal volumen que quedó momentáneamente cegado. El humo se acumuló y él se enfrentó a un djinn enorme."

Los hombres rieron y asintieron con anticipación, mientras Elizabeth se llevó una mano a los labios, absorta.

"El djinn era negro y rojo, más grande que una casa, forjado de humo y furia. El pescador estaba aterrorizado al ver a este ser y se encogió en el fondo de su bote. El djinn agarró al pescador y le dijo que eligiera cómo moriría. Resultó que el djinn creía que lo habían liberado solo para que Salomón lo matara, por lo que asumió que el pescador era un secuaz de ese gran rey. El pescador le dijo al djinn que Salomón había estado muerto durante muchos siglos, con la esperanza de que esto le perdonara la vida, pero el djinn aun así le dijo que eligiera el método de su ejecución. El pescador, decidido a sobrevivir el mayor tiempo posible, preguntó por qué el djinn le exigía esto a alguien que nunca le había hecho ningún daño."

Rafael sonrió. "Scheherazada detuvo su relato en ese momento porque el cielo se estaba aclarando en el este fuera de las ventanas del palacio del rey. Ella le señaló esto a su nuevo esposo, recordándole que el día estaba comenzando. El rey deseaba demorarse para escuchar el final de la historia, pero sus sirvientes estaban en la puerta. Su comida de la mañana y su baño estaban preparados, el Gran Visir lo esperaba, había un tribunal de justicia en ese día. Y así, el rey abandonó a regañadientes a su nueva esposa, ardiendo de curiosidad por saber por qué el djinn castigaría tanto a quien le había hecho un favor. Antes de terminar su baño, decidió que permitiría que Scheherazada viviera un día más, para que pudiera completar su historia."

Los hombres se rieron a carcajadas ante esto, y Elizabeth sonrió con satisfacción.

"Y así fue que por la noche, el rey y su esposa volvieron a festejar, y se retiraron a la cámara del rey nuevamente, y se unieron nuevamente con entusiasmo. Cuando estuvo saciado, el rey apoyó la cabeza en el regazo de Scheherazada y le ordenó que terminara su relato.

"Scheherazada le recordó al rey que el pescador le había preguntado al djinn por qué debía morir. El djinn confió que había estado confinado durante muchos siglos. El rey, hay que decirlo, preguntó por qué los djinn todavía creían que Salomón vivía, si sabía que había pasado tanto tiempo, y Scheherazada le recordó amablemente que se había dicho que Salomón vivía durante siglos y que muchos de sus compañeros habían pensado que el gran rey podría ser inmortal. El rey asintió, muy encantado de esta noción de los reyes y su longevidad."

"Así sería", murmuró Gunter.

"Ningún hombre rico y poderoso imagina que va a morir", coincidió Bertrand.

Rafael se aclaró la garganta pidiendo silencio. "Scheherazada continuó con su historia y la explicación del djinn de su demanda. Durante el primer siglo de su encierro, confesó el djinn, que estaba decidido a recompensar a quien pudiera liberarlo otorgándole a ese individuo una gran riqueza. Cuando no fue liberado, su ira creció, por lo que en el segundo siglo de su confinamiento, el djinn decidió que le otorgaría a su libertador una riqueza increíble, riquezas más allá de las expectativas, pero nadie lo liberó. En el tercer siglo de su confinamiento, el djinn decidió que concedería tres deseos a quien lo liberara, dándole a esa persona el deseo de su corazón. Razonó que había quienes no encontraban atractivo en las riquezas. Aun así, no fue liberado. En el cuarto siglo de su encierro, el djinn se volvió amargado. Resolvió que mataría a quien lo liberara y que su regalo sería permitir que el libertador eligiera el método de su muerte. Una vez más, le preguntó al pescador su elección de cómo moriría."

"El pescador no quería morir, pero afortunadamente, era un hombre de cierto ingenio. Él distrajo al djinn indicándole la jarra de cobre. Dijo que no podía creer realmente que el djinn hubiera quedado atrapado en un recipiente tan pequeño e insistió en que estaba siendo engañado por el djinn. Esta sugerencia enfureció al djinn, quien inmediatamente volvió a sumergirse en el frasco, demostrando que realmente encajaba dentro. El pescador se apresuró a poner el tapón en su lugar, encarcelando a los djinn una vez más."

"¡Fue muy ingenioso!" dijo Tristán con aprobación y los hombres aplaudieron la astucia del pescador.

"El djinn suplicó que lo liberaran, pero el pescador prometió arrojar la jarra al mar en vez de eso. Cuando el djinn le suplicó al pescador que le mostrara misericordia, el pescador lo regañó, porque no le pareció apropiado que el djinn pidiera un favor solo para recompensar al pescador con la muerte. Para demostrar su punto, comenzó a contarle al genio la historia del sabio llamado Duban."

Ranulf comenzó a reír, los otros hombres se unieron a su alegría. Rafael le lanzó una mirada a Elizabeth, al ver que estaba desconcertada por su risa.

"Pero el cielo se estaba iluminando en el este en ese momento, y Scheherazada señaló la hora a su esposo, el rey. Había tenido menos tiempo para contarle cuentos esa noche, porque él la había amado más lenta y profundamente. El rey no se arrepentía de la duración de su relación sexual, pero aun así estaba molesto por no escuchar el final de la historia. Y así fue como nuevamente el rey dejó que Scheherazada sobreviviera el día, porque deseaba conocer la historia del sabio llamado Duban."

Elizabeth se rió y aplaudió ante esto, sus ojos brillaban de una manera que le recordaba muy bien a Rafael lo dulcemente que podía besar.

Sí, había una lección en este cuento, porque una mujer con ingenio podría engañar a un hombre y distraerlo de su verdadero objetivo.

"Apuesto a que ella tampoco terminó esa historia la noche siguiente", dijo Elizabeth.

"Ella no lo hizo, ni en el próximo ni en el siguiente. Cada cuento conducía a otro, cada nuevo cuento escondido dentro del anterior, y cada mañana, el rey no podía soportar ver a su esposa ejecutada para no oír el final del cuento. Y así fue como pasaron mil y una noches antes de que la historia de Scheherazada sobre el pescador y el djinn llegara a su fin."

"¿Terminó bien?" Preguntó Elizabeth.

"Terminó con el hijo del pescador nombrado tesorero del rey de ese reino y sus hijas casadas con los príncipes del reino. El rey aplaudió el relato de su esposa con entusiasmo, porque estaba muy complacido." Elizabeth podría haber dicho algo, pero Rafael levantó un dedo. "Pero la historia estaba hecha".

Elizabeth se llevó las manos a los labios, temiendo la decisión del rey ese día.

"A todos les parecía que el fin de la vida de Scheherazada debía llegar, porque su relato había terminado y el sol estaba saliendo una vez más. Pero el rey miró a su esposa, y pensó en los tres hijos que ella le había dado en los años de contar su historia, y no podía imaginar llegar a su cama la noche siguiente y no encontrarla allí. No podía pensar en lo que les diría a sus hijos sobre su madre, y no podía creer que hubiera una buena lección para ellos al hacer tal cosa. Y así fue que decidió dejar vivir a Scheherazada."

"Porque la amaba", dijo Elizabeth con evidente satisfacción.

"Porque ella lo entretenía y le dio hijos", insistió Rafael.

"Él tenía a sus hijos cuando terminó la historia", respondió Elizabeth. "Y podría haber pagado a cualquiera para que le contara cuentos, si hubiera querido simplemente entretenerse." Rafael se sintió consternado al descubrir que su argumento tenía sentido. "Él la amaba y, gracias a su fidelidad, ella cambió su visión de las mujeres y se ganó su confianza." Ella lo miró y levantó la barbilla. "Apuesto a que la historia termina declarando que vivieron felices para siempre."

"Y si no me equivoco, todavía viven felices", contribuyó Ranulf, que era el final habitual del cuento.

"No es más que un cuento", dijo Rafael con calor. "Tal fantasía no ocurre en la vida que conocemos tan bien."

"Pero puede ocurrir", respondió Elizabeth, con convicción en su tono. Ella cruzó los brazos sobre el pecho, desafiándolo una vez más. "Una persona sólo tiene que creer que es posible que sea así".

"Y ahí está la clave", respondió Rafael. "Porque yo no lo creo, y por eso no será verdad para mí." Él se inclinó ante ella con elaborada formalidad. "Espero que tu convicción te otorgue de manera similar el resultado que deseas, mi señora".

~

RAFAEL ERA MÁS terco y exasperante de lo que Elizabeth podía creer.

¿Cómo no podía darse cuenta de que su propia historia respaldaba su argumento?

¿Cómo podía negarse a perseguir la felicidad con ella?

Había algún detalle en su pasado, apostaría ella, algún incidente que había dado forma a sus expectativas. Si ella pudiera encontrar la raíz, podría terminar su convicción de que era verdad.

"No le atribuyas a Rafael más amabilidad de la que se merece", aconsejó Catriona en voz baja mientras las dos caminaban juntas hacia Ravensmuir. Vera avanzaba apresuradamente con Avery y el padre Malachy. Ruari iba detrás de ellos y Malcolm se había quedado atrás para hablar con sus antiguos compañeros.

"Lo viste elegir para ayudar a Malcolm", dijo Elizabeth.

"Lo hice", admitió Catriona. "Pero hay una dureza en él y en los de su clase que está más allá de tu experiencia."

"¿Pero no de la tuya?"

Catriona desvió la mirada justo cuando Malcolm se les unió. Su mirada se iluminó cuando notó el estado de ánimo de su esposa y lanzó una mirada a Elizabeth que fue casi acusadora mientras tomaba el codo de Catriona. "¿Qué me he perdido?"

"La defensa de Elizabeth por Rafael", dijo Catriona con una sonrisa para su esposo.

"No puedes culparlo por desconfiar de desnudar su alma o hablar íntimamente con otro", dijo Elizabeth, sintiéndose a la defensiva del hombre ausente. "No dada su infancia".

"¿Su infancia?" Repitió Malcolm. "¿Qué sabes de la infancia de Rafael?"

"Que su madre y todas sus hermanas murieron cuando él era un bebé". Elizabeth negó con la cabeza con simpatía. "Cualquiera que perdiera a su familia tan joven sería desafiado a confiar en cualquier otra persona, sin importar que fue vendido como esclavo a un moro cuando era niño."

Malcolm se atragantó, su reacción de sorpresa atrajo la mirada de Elizabeth. "¿Te dijo esto?"

Elizabeth asintió.

"¿Es verdad?" Preguntó Catriona a su marido.

"No tengo idea", admitió Malcolm, dándole a Elizabeth una mirada cautelosa él mismo. "Pero si te ha dicho más en cuestión de días de lo que me ha admitido en seis años, no puedo culparlo por desconfiar de tu compañía."

Catriona miró a Elizabeth, una sonrisa curvó sus labios. "Quizás lo has hechizado"

Elizabeth se sonrió al ver evidencia que apoyaba sus creencias al respecto. Sabía que tenía que volver a hablar con Rafael antes de dejar Ravensmuir ese día.

Miró hacia atrás y vio a Rafael mirar hacia arriba, como si sintiera su escrutinio. Cruzó los brazos sobre el pecho mientras le devolvía la mirada. Parecía distante e indiferente, pero Elizabeth no se dejaba engañar.

Miedo. Sí, Rafael tenía miedo y ella pensaba que sabía por qué.

CAPÍTULO 12

Malcolm escoltó a las mujeres de regreso al torreón, pero los hombres se quedaron cerca de la tumba fresca en la punta rocosa. Rafael dudaba que fuera el único que pensara que podría haber sido alguno de los caídos en esa pelea. Echó un vistazo a la compañía, a dos docenas de mercenarios y aún más escuderos para atenderlos, y notó la consideración en sus expresiones.

Quizás, solo había un enemigo al que no podían derrotar.

El viento era implacable y frío en ese lugar, más que suficiente para hacer temblar a Rafael, incluso en un día de verano. Ranulf había defendido a los demás, parecía tan robusto como siempre, pero ahora estaba sentado en una piedra y se pasaba una mano por los ojos. Estaba pálido y tenso, y su vigor lo había abandonado nuevamente. Rafael revisó su piel, pero se sintió aliviado al descubrir que permanecía fría.

Era la pérdida de sangre lo que lo había debilitado, pero dado que no había fuego debajo de su carne, volvería a estar sano con el tiempo.

"¿Moriré, hechicero?" Ranulf preguntó con su tono burlón.

"Por supuesto," respondió Rafael. "Pero no de esta herida".

Se rieron entre dientes, los otros hombres sentados o inclinados cerca.

Rafael miró hacia el nuevo torreón y entrecerró los ojos cuando encontró a la dama Elizabeth mirándolo abiertamente. Su corazón dio un brinco, pero mantuvo su expresión impasible. "Supongo que es hora de irse", dijo con aparente ociosidad. "Para buscar nuevas batallas y patrones".

Él esperaba un coro de asentimiento, porque todos estaban inclinados a moverse con frecuencia, pero Ranulf negó con la cabeza. "Yo no."

"¿Qué quieres decir?" Preguntó Tristán, aunque a Rafael no le sorprendió esta elección.

"Quiero quedarme", continuó Ranulf. "Le pregunté a Malcolm anoche y estuvo de acuerdo en que podía quedarme. Serviré de hombre de armas cuando lo necesite, pero me construiré una casita allí. Tiene la intención de tener una aldea y mi morada será la primera dentro de ella."

Rafael negó con la cabeza. Aunque entendía la razón de esa elección, dudaba que esa vida satisficiera a su camarada por mucho tiempo. "No puedes tener la intención de abandonar por completo la vida que hemos llevado".

"Puedo y lo hago. Lo había pensado antes." Ranulf levantó la mano vendada. "Pero esto solo aumenta mi convicción."

"Entonces, ¿quién luchará con el fuego griego?" Preguntó Bertrand.

Ranulf se encogió de hombros. "Mis días con tales explosivos terminaron. Uno de ustedes tendrá que aprender antes de partir."

Rafael miró a sus compañeros, esperando de nuevo oír hablar de la impaciencia por marcharse.

Tristán echó un vistazo a la nueva tumba. "Podría haber sido cualquiera de nosotros", murmuró.

"O todos nosotros", asintió Amaury. "Reynaud simplemente se quedó sin suerte. No se equivocaba y su competencia nunca estuvo en duda."

"Es una advertencia oportuna", coincidió Tristán. Miró a Rafael. "Quiero quedarme también. Después de todo, no soy más joven."

"Y yo también permaneceré aquí", asintió Amaury, antes de que Rafael pudiera protestar. "La caza es buena. Me recuerda a mi hogar en eso, pero no soy bienvenido allí. Entrenaré a los perros de Malcolm, si él me acepta, y también serviré como hombre de armas cuando sea necesario."

"Su tío en Inverfyre cría halcones", dijo Tristán para obvio deleite de Amaury. "Volver a entrenar halcones es mi mayor sueño. Recuerdo los días de caza con la corte de mi padre y quisiera cabalgar así de nuevo."

"Pensaba que eras un hijo de puta", le dijo Amaury a Tristán.

"Y lo soy, pero mi padre me mantuvo en su casa."

"Si te hubiera reconocido, no estarías aquí".

"De hecho, si me hubiera reconocido, él no habría perdido todo lo que amaba". Tristán se encogió de hombros. "Tuvo un hijo con su joven esposa ya siendo anciano, así que me echó entonces. Él cayó enfermo, ella reclamó la regencia, pero no sabía nada de guerra. Sus vecinos atacaron y mataron a un hombre, una mujer y un niño antes de reclamar su sustento." La mirada de Tristán era fría. "Yo podría haberlo defendido a él y a su tenencia, y lo habría hecho, pero él consideraba que mi linaje era insuficiente para sufrir mi presencia en su salón una vez que me convertí en hombre. Al final, la pérdida fue suya."

Rafael adivinaría que el viejo señor había temido a su hijo bastardo, porque Tristán era un oponente despiadado. Su corazón era leal pero bien escondido de la vista. Su padre podría haber sido el primero en subestimar su determinación de defender a quienes le importaban, pero no había sido el último.

Aun así, estas noticias desafiaron la creencia. "¿Los tres piensan quedarse?" Preguntó Rafael, solo para que Ranulf, Amaury y Tristán asintieran.

"No me verán demorándome en estas tierras", dijo Giorgio y Rafael se sintió momentáneamente aliviado. "Guilia está encinta", admitió entonces ese mercenario y la mujer en cuestión se sonrojó. Rafael parpadeó, porque nunca había imaginado que algo pudiera hacer sonrojar a Guilia. "Ella quisiera volver a casa, o tan cerca de ella como podamos." Giorgio habló con brusquedad, luego hizo una mueca cómica. "Ella quisiera casarse."

Los hombres gritaban y reían, burlándose de Giorgio, cuyo color subió.

Finalmente levantó una mano para silenciarlos, su buena naturaleza restaurada. "Y así se hará. Es mi hijo el que da a luz", dijo mientras los otros hombres se burlaban de él. "Y realmente, mi gusto por otras mujeres se ha atenuado desde que llevé a Guilia a la cama." Él le sonrió a Guilia y ella se ruborizó, parpadeando para contener las lágrimas mientras ponía en su mano grande la más pequeña.

"Gracias, Giorgio", dijo ella, su voz aún más ronca de lo habitual.

Ese mercenario asintió y habló con suavidad. "Una mujer necesita familia en su parto. Viajaremos al sur contigo, Rafael, pero no volveré a pelear, al menos no todavía."

"Nunca", insistió Guilia, pero la mirada de Giorgio se deslizó para encontrarse con la de Rafael en una advertencia silenciosa.

Rafael lo entendió. Giorgio no sabía de qué otra manera podría alimentar a su nueva familia. Este compañero se uniría a él en la batalla, una vez que se casara y viera a su nueva esposa asentada a salvo en alguna morada en territorios más familiares para ella.

Era un recordatorio oportuno de las pocas opciones que tenían los hombres de su calaña. Era raro que uno diera el salto tanto a la seguridad como a la respetabilidad como lo había hecho Malcolm, pero ese hombre tenía ventajas excepcionales tanto en su familia como en la propiedad que había llegado a su nombre.

Rafael revisó la empresa, calculando su poder. Incluso si Ranulf, Amaury y Tristán permanecieran en Kinfairlie, aún ofrecerían una fuerza formidable. No tenía ninguna duda de que podrían encontrar empleo en el continente. La mayoría de los señores de la guerra ni siquiera notarían que había cuatro menos que antes en su compañía, y la reputación de la Liga Sable era impresionante.

Entonces Bertrand se encogió de hombros. "Yo también descubro que tengo poco gusto por nuestra vida anterior. A Malcolm le vendría bien algunas espadas comprometidas a su servicio, y creo que la mía será otra de ellas."

"Como será la mía", coincidió Gunter. "Me gusta aquí."

"¿Qué es esto?" preguntó Rafael consternado.

"Me gusta ver que uno de nosotros ha ganado una recompensa", dijo Gunter con aspereza. "Hace un bien al corazón después de tantos años de batalla ser testigo de la paz y la prosperidad, especialmente cuando llega a uno de los nuestros."

Los demás asintieron con la cabeza y, por un momento, Rafael temió que saldría solo. "Seguramente esto no puede ser así. Seguro que no todos se han vuelto blandos y complacientes."

"La paz es el problema", dijo Gunter. El continente está lleno de eso, amigo. Hay poco trabajo para un guerrero en estos tiempos"

"No existe la paz, no mientras los hombres respiren", argumentó Rafael, porque sabía que eso era cierto.

"¿Por qué más crees que viajamos tan lejos?" Preguntó Louis, su manera más alegre de lo que la situación merecía. "Sin duda, ninguna curiosidad hubiera sido suficiente para tentarnos a dejar un trabajo bien remunerado."

Amaury se rió y le dio una palmada en el hombro a Rafael. "No sobreestimes tu atractivo, mi viejo amigo. No te extrañamos tanto como eso."

Rafael frunció el ceño, sin gustarle la dirección de esa conversación en lo más mínimo. "Debe haber guerra. El rey de Francia no puede haberse aliado con el rey de Inglaterra."

"Pero ambos se quedan sin dinero", dijo Gunter con un sombrío movimiento de cabeza. "El trabajo que no paga es peor que no trabajar en absoluto."

"Un hombre podría morir en tal trabajo, sin compensación alguna", asintió Amaury, y todos volvieron a mirar la tumba de Reynaud. "Es un trato sacrílego."

"Rodrigo se sienta a la derecha de Carlos VI", confió Bertrand, para alivio de Rafael. Eso era una buena noticia. "Tu antiguo camarada te encontrará trabajo, sin duda, aunque está menos claro que pueda compensarte."

"Le confío mi vida", dijo Rafael. "Y lo he hecho muchas veces. ¿Quién de ustedes cabalgará hacia el sur conmigo?" No hubo un coro de aprobación, sino que los hombres miraron de uno a otro.

"Me quedaré aquí", dijo Ranulf, agitando su mano vendada en dirección a la fortaleza de Ravensmuir. "¿Quién sabe? Podría encontrar una moza que me acepte y me case como Giorgio."

Permanecer en Ravensmuir era precisamente lo que Rafael no deseaba hacer. Trató de convencer a sus camaradas de que se fueran. "Aquí hace un frío feroz en invierno", les recordó. "Temí que se me congelara la sangre."

"¿Tan frío como Baviera, entonces?" Louis preguntó con una mueca de dolor.

"Más frío", afirmó Rafael, volviendo su atención hacia el único compañero cercano que no había manifestado su deseo de quedarse. Hizo un gesto hacia el mar. "Con un viento que hace que tu piel se vuelva azul."

Los hombres se estremecieron y sus miradas se movieron entre la tumba, el mar y el torreón.

Su silencio convenció a Rafael de que estaba construyendo un consenso. "Digo que nos dirijamos hacia el sur nuevamente, porque Rodrigo asegurará nuestro empleo", sugirió. "Si la perspectiva de pago es baja, insistiremos en que nos paguen por adelantado. Nuestra reputación es suficiente para que se haga. Malcolm está bastante sano aquí, y necesitamos nuevas aventuras." Les guiñó un ojo a sus compañeros. "Sin mencionar más recompensas materiales. Si los barones no honran sus deudas, tomaremos lo que nos deben del botín. ¡Así ha sido antes, y así volverá a ser!"

Para su consternación, no hubo un acuerdo entusiasta de sus

compañeros más cercanos. Los otros en la Liga Sable asintieron con la cabeza, pero incluso su entusiasmo era menor de lo que Rafael hubiera esperado.

La falta de entusiasmo podía hacer que un hombre muriera en su oficio.

Ranulf hizo una mueca. "Me he cansado de la vida, a decir verdad. Un hombre podría acostumbrarse a despertarse en el mismo salón cada mañana y saber dónde será sepultado. De ahora en adelante, levantaré una espada únicamente en defensa de mi propia casa."

Esa vez hubo asentimiento, al menos uno de los hombres que Rafael conocía mejor. Para decepción de Rafael, Louis sumó su voz a la de Bertrand, Tristán, Gunter y Amaury.

Rafael se enderezó con determinación y miró al resto de la compañía. Todavía quedaban quince para partir, incluso después de la muerte de Reynaud y Nigel, la víctima del espía del conde, y a pesar de que seis hombres se alojaban en Ravensmuir al servicio de Malcolm.

"No me quedaré", dijo él. "Viajaría hacia el sur este mismo día".

"Me quisiera quedar hasta que se celebren las nupcias de Malcolm", dijo Guilia, suplicando el acuerdo de Giorgio con una mirada.

Ese mercenario sonrió. "Un par de días más, Rafael", dijo. "El domingo saldremos".

Aunque Rafael estaba irritado por otro retraso, no quería irse sin Giorgio. No sería prudente que un mercenario extranjero recorriera Inglaterra solo con una mujer embarazada. Podría ser acosado por la noche, y aunque Guilia era fuerte, lo mejor sería que todos esperaran unos días más.

Por mucho que deseara lo contrario.

Rafael alzó la voz para dirigirse al resto de la empresa. "¡Vengan conmigo a Francia, donde encontraremos trabajo y riquezas de nuevo!" La mayor parte de la Liga Sable vitoreó y pateó con entusiasmo. Rafael señaló con un dedo a sus compañeros que habían decidido quedarse. "Y todos se arrepentirán de su elección cuando se enteren de las fortunas que he ganado".

No podría ser tan difícil mantener su resolución durante tres días más.

¿Podría ser?

~

RAFAEL NO VIO a Elizabeth en las sombras de la entrada al salón de Ravensmuir. Ella estaba completamente quieta y su atuendo oscuro se mezclaba con las sombras tan bien que él saltó cuando ella habló.

Ella lo notó, por supuesto, y disfrutó de su reacción lo que lo molestó.

"Me gustó que hayas contado la historia de un hombre redimido por el amor", dijo ella, hablando rápidamente como si temiera ser interrumpida. Rafael vio que los caballos estaban siendo sacados de los establos para ella y el padre Malachy, quien hablaba con Malcolm en el patio.

"No era un simple hombre, sino el rey de Persia", respondió Rafael, adivinando lo que sugeriría. "Un mercenario no tiene nada en común con un rey".

"Excepto el miedo", respondió ella con suavidad. "Ambos comparten el miedo a confiar en otra persona. Su desconfianza estaba arraigada en la traición, como debe ser la tuya."

"Nadie me ha traicionado".

"Quizás no le diste una oportunidad a ningún alma, porque las circunstancias te traicionaron antes de dar tu primer paso."

Él la examinó, sabiendo que ella no abandonaría esa discusión fácilmente. "Una o dos admisiones y crees que conoces todos mis secretos."

Ella sonrió. "Sé más de ellos que mi hermano, y él ha luchado a tu lado durante seis años." Sus ojos se abrieron, su confianza exasperante. "Sin embargo, tú y yo hemos hablado solo unas pocas veces, durante unos días."

"Haces mucho de lo poco", dijo Rafael, asegurándose de que su tono fuera despectivo. En verdad, estaba alarmado, porque no se había dado cuenta de que ella había aprendido tanto de él.

"Veo la verdad que quisieras disfrazar," respondió ella. "Veo que tu miedo está arraigado en tu experiencia, porque se te ha quitado mucho y has visto más quitado a los demás." Ella lo miró fijamente, luciendo misteriosa y sabia. "Pero si te niegas a preocuparte por algo, entonces no tienes nada que perder. A tu rey de Persia no le importaba la pérdida de sus esposas, no hasta que llegó a amar a Scheherazada. Ese amor lo haría vulnerable."

Rafael le sonrió, disimulando el hecho de que ella había nombrado una verdad poderosa. Sin duda, escuchar esta noción en voz alta hacía que su corazón se acelerara, como si tuviera miedo. ¿Cómo podía un hombre afrontar sus días, sabiéndose responsable de una maravilla como Elizabeth? "De hecho, tú misma puedes inventar un cuento fantástico, mi señora", dijo él, como si sus palabras tuvieran menos impacto que el que tenían. Rafael hizo un gesto hacia la puerta, porque su yegua estaba allí, y Elizabeth le puso la mano en el brazo como si quisiera permitir que la escoltaran hasta allí sin una palabra más.

Rafael sabía que ella no se quedaría en silencio tan fácilmente, ni menos que no sería dócil.

De hecho, el espíritu de Elizabeth era la clave de su admiración por ella. Incluso en este momento, esperaba su inevitable desafío con no poca anticipación. Era curioso que, en presencia de esta dama, se sintiera más vivo que nunca.

"Pero piensa en esto, Rafael", murmuró Elizabeth mientras salían juntos a la luz del sol y le encantó el sonido de su nombre en sus labios. "¿Qué sentido tiene entonces haber vivido una vida? ¿Morirías al final de tus días sabiendo que has sido como una semilla en el viento, arriesgando tu vida por cualquier causa que pague mejor, pero sin dejar otra marca en el mundo de tu presencia? Ella sacudió su cabeza. "De hecho, debes poner poco valor en tu vida para arriesgarla de manera tan rutinaria y por asuntos que no son de tu incumbencia." Su agarre se apretó ligeramente sobre su brazo y su voz bajó a un tono íntimo. "Creo que tu vida vale mucho más de lo que aparentas."

Rafael no supo qué responder a eso. Toda su vida había sido descartado como una criatura sin valor, y apenas se había atrevido a esperar mucho de sí mismo más allá de la supervivencia. Ibrahim le había dicho a Rafael en repetidas ocasiones que lo habrían vendido, si hubiera valido una sola moneda, si hubiera habido siquiera un comprador interesado.

Elizabeth se detuvo fuera del alcance del oído de los demás y lo miró a los ojos. Rafael vio que ella no ignoraba el tumulto que despertaba en él. "¿Pasarías de esta vida sin haber amado a otra persona? ¿Pasarías de esta vida sin haber alcanzado ningún objetivo que pudiera vincularse con tu nombre?" Hizo un gesto hacia el torreón. "Incluso si Malcolm hubiera muerto, habría dejado una propiedad reconstruida, una esposa con un título, un hijo con un legado. Su vida habría logrado mucho. ¿Cuál será tu legado?"

Rafael pensó en todas esas almas del Infierno, las almas de los que había matado y supo que ese era su único legado. Había tomado gente de este reino mortal, nada más. Era sorprendente considerar que administrar la muerte era su único logro.

"¿Cuál es entonces el punto de despertar cada día?" Elizabeth sonrió cuando Rafael la miró consternado. "De hecho, señor, también podrías tomar una aguja y aprender a bordar, encerrado solo en una alta torre."

Sus miradas se encontraron por un momento potente y Rafael supo que Elizabeth era consciente de que había encontrado una marca.

¿Adivinaba ella que desafiaba todo lo que él creía que era cierto?

Elizabeth luego se alejó de él, puso su mano en la de Malcolm y dio un paso en el agarre del mozo para montar su yegua. Demoiselle pateó y resopló incluso ante su ligero peso en la silla, pero Elizabeth controló el caballo con tal maestría que Rafael quedó nuevamente impresionado. Ella le dedicó una última mirada hirviendo, como si quisiera desafiarlo a que fuera la medida del hombre que ella podía amar, y luego hizo girar el caballo hábilmente. Tocó con los talones el costado de la bestia, sin esperar al padre Malachy, y envió a la yegua al galope hacia Kinfairlie.

Rafael se encontró mirando a Elizabeth hasta que se perdió de vista.

Y aun así miró hacia ella aún más.

¿Tenía ella razón en que él tenía la clave para cambiar su propio futuro? Apenas se atrevía a creerlo, pero Rafael sí sabía una cosa en verdad: no quería que los muertos en el infierno fueran la única señal de haber estado en el mundo.

Y habiendo visto que existía el infierno, temía ser juzgado.

Quizás su pequeño ángel realmente le había quitado la venda de los ojos.

Ella ciertamente le había hecho preguntarse: si pudiera dejar cualquier legado que deseara para sobrevivir después de que terminaran sus días, ¿cuál sería?

ELIZABETH ESTABA sola en su habitación esa noche, incapaz de reprimir su agitación. Tenía la sensación de que había hecho una diferencia ese día al hablar con Rafael, que lo había convencido de que cambiara de rumbo, aunque él no había declarado tal cosa en voz alta. Estaba inquieta, quería ver su propio futuro, pero sabía que debía ser paciente.

La paciencia era esquiva en esa noche, sin duda. Ella apagó su lámpara, esperando que la oscuridad la calmara, pero se encontró paseando por el suelo. Encontró que sus pensamientos volvían una vez más al espejo que Finvarra había dejado caer. Era una cosa curiosa pero a pesar de que estaba resuelta a simplemente guardarlo, no podía dejar de pensar en ello.

Incluso había soñado con el espejo la noche anterior, con un resplandor a través de Kinfairlie como la luz de la luna. Se había despertado con el deseo de ver si realmente podía arrojar tal luz. Aunque había ignorado el impulso esa mañana, porque había necesitado apresurarse para alcanzar al padre Malachy, esa noche no podía negar su curiosidad. Lo había metido en el fondo del único baúl que era exclusivamente suyo la noche anterior, queriendo asegurarse de que estuviera almacenado de forma segura y también de que nadie de su familia lo viera.

Era extraño cómo sentía la necesidad de guardarlo celosamente, no menos de mantenerlo en secreto.

Elizabeth abrió el baúl y buscó en él, sabiendo exactamente dónde encontrar el premio escondido. Estaba ante el baúl donde se guardaban sus vestidos, sus dedos justo en el marco frío del espejo, cuando hubo un solo golpe en la puerta. Elizabeth empujó el espejo más profundo en su ropa almacenada, dejó caer la tapa del baúl y luego se volvió hacia la puerta. Ella no dudaba que parecía culpable de algún truco, con las manos cruzadas a la espalda y la expresión cuidadosamente neutra, pero tenía poco tiempo para recomponerse.

Rosamunde abrió la puerta, su mirada recorrió la habitación y luego se detuvo en Elizabeth. "Pensaba que podrías estar despierta", dijo, luego cerró la puerta y se recostó contra ella. Llevaba una lámpara y su luz atenuaba las sombras en la habitación. "¿Interrumpo algo?"

"Por supuesto que no." Elizabeth luchó contra el impulso de retorcerse bajo la mirada perspicaz de su tía.

Su tía todavía estaba vestida para la cena, su cabello rojo trenzado y enrollado bajo un velo de gasa de oro pálido, asegurado en su lugar por un aro dorado. Su kirtle era de un azul profundo, adornado con un rico bordado dorado y tenía mangas largas con puños que llegaban hasta el suelo. Alrededor de su cintura tenía un cinturón, una vez más de oro, pero tachonado de gemas que Elizabeth sabía que debían ser de gran valor. Había un anillo de oro simple en uno de los dedos de Rosamunde, aunque no llevaba otras joyas.

Elizabeth se sentía sencilla en comparación, porque no había cambiado del sencillo atuendo que se había puesto para el funeral de Reynaud.

Rosamunde frunció los labios, considerándolo, luego pareció aceptar esta afirmación. "Qué grande parece esta habitación ahora que ya no la compartes con cuatro hermanas y una sirvienta", dijo, sonriendo fácilmente mientras caminaba por la habitación. "¿No te parece solitario?"

Elizabeth se encogió de hombros y se rodeó con los brazos. "A veces es un alivio no tener que compartir cada pensamiento y cada frivolidad." Podía imaginar fácilmente que Isabella habría robado ese espejo mientras Elizabeth estaba en Ravensmuir ese día, porque Isabella siempre había tenido una extraña habilidad para encontrar cualquier tesoro, sin importar lo bien que estuviera escondido.

Rosamunde se rió entre dientes y se sentó en una silla para considerar a su sobrina. "Por supuesto. Me lo puedo imaginar." De nuevo, ella estudió a Elizabeth. "Pensé que podríamos hablar, mientras otros se preparan para ir a la cama".

"¿De qué?"

"Dijeron que te habías enfermado", dijo Rosamunde con cuidado. "Que te habías desvanecido como una doncella atrapada en un sueño. Regresé a Kinfairlie debido a la preocupación de Alexander."

Elizabeth se sorprendió por esto y se emocionó porque su tía hubiera viajado tan lejos en su preocupación. Movió una silla y se sentó junto a su tía, sintiéndose amada por sus familiares.

Supuso que Rafael nunca había tenido tal sensación y sintió una punzada de simpatía por él.

"No sabía que te había escrito sobre mí."

Rosamunde sonrió. "Escribía de muchas cosas, siempre lo hace, pero a mí me preocupaba lo que no me confiaba."

"¿Cómo es eso?"

"Él no enviaba noticias de tus nupcias". Elizabeth miró hacia arriba para encontrar a su tía mirándola de cerca. "¿Por qué no te casas, Elizabeth?"

Elizabeth exhaló un suspiro, sabiendo que esta era su oportunidad para buscar consejo, pero temiendo que su tía se hubiera vuelto convencional con su propio matrimonio. Ciertamente se parecía más a una mujer noble en estos días, y Elizabeth no pudo evitar preguntarse cuán profundo era el cambio en Rosamunde.

"No había conocido a un hombre con el que quisiera casarme", confesó Elizabeth. "Hasta ahora."

Por eso no te ves tan enferma como esperaba, dada la preocupación de Alexander. De hecho, tienes exactamente el aspecto que recuerdo. ¿Es esta la influencia del amor?"

Elizabeth sintió que se sonrojaba. "Quizás."

Rosamunde sonrió. "¿Y quién es el afortunado?"

Elizabeth no vio ninguna razón para ocultar la verdad. "El camarada de Malcolm, Rafael Rodríguez".

Las cejas de Rosamunde se levantaron. "Un mercenario y un español". Ella negó con la cabeza y sonrió. "¡Alexander no puede estar complacido con esto!"

"No lo está", admitió Elizabeth, tranquilizada por la sonrisa maliciosa de su tía. Entonces, la historia entera se derramó de sus labios, porque sabía que Rosamunde había sido mantenida cautiva por Finvarra en el reino de las hadas. Ella confió en Rosamunde no solo con los detalles de la noche en Ravensmuir, sino también con las cintas que había visto con Rafael y su negativa a aceptar todo lo que ella le ofrecía.

Para cuando confesó todo esto, su tía era la que caminaba por el suelo de la habitación. "Él realmente parece tener honor en su alma", dijo, aunque su tono no sonaba con el optimismo que Elizabeth esperaba escuchar. Pero debes reconocer, Elizabeth, que sus preocupaciones tienen mérito. Es posible que no estés satisfecha con los resultados de tu elección una vez hecha, porque es posible que no veas toda la verdad."

"Confío en las cintas". Elizabeth no agregó que no confiaba en Finvarra.

"¿Dónde vivirás?"

"Dondequiera que él viva" No había pensado en viajar a Europa con Rafael, pero la idea tenía un atractivo. No esperaba que Finvarra pudiera perseguirla allí.

Rosamunde la consideró, golpeando con los dedos su propio codo. "Parece que este Rafael cree que tienes expectativas que él no puede cumplir. Quizás no desee verte decepcionada."

"Quizás él esté equivocado acerca de mis expectativas. Quizás vea las de Alexander."

"—Quizá sea así" —asintió Rosamunde. Se sentó junto a Elizabeth y tomó la mano de su sobrina con la suya. "He vivido con mucho riesgo en mi época, Elizabeth, pero el mayor peligro es el del amor. No hay dolor más grande que un amor que no se devuelve, o el rechazo del hombre que adoras más allá de todos los demás."

Elizabeth tragó y asintió con la cabeza, sabiendo que su tía hablaba de Tynan, el antiguo Señor de Ravensmuir, que la había rechazado.

"Entonces, que sepas que otorgo este consejo como alguien que perdió su amor, sobrevivió a la angustia y encontró el amor nuevamente. No entregaría mis recuerdos de Tynan o nuestro tiempo juntos, por muy desdichado que resultó ser. Esos días y esas noches todavía son preciosos para mí. Pero ahora tengo una felicidad con Padraig más allá de todo eso, una alegría inesperada y una confianza en su afecto que llena mi vida de placer y satisfacción." Apretó las manos de Elizabeth. "Entiendo el encanto de lo que no se puede ganar. Entiendo el deseo de arriesgarlo todo en pos de una meta. Pero yo te digo, Elizabeth, que si persigues a este hombre sin tener en cuenta ningún costo para ti, cada uno de tus sacrificios podría ser insuficiente para ganar su corazón" Ella sonrió. "Y si no es así, entonces te ruego que vengas a mí en busca de consuelo, porque entenderé por qué tomaste la decisión que tomaste y sabré el dolor que estás soportando."

Elizabeth sintió un nudo en la garganta. "Lo haré."

"Bien." Rosamunde besó a Elizabeth en la mejilla y luego asintió. "Y ahora, debes pensar en lo que dirás y harás." Su mirada era clara mientras sostenía la mirada de Elizabeth. "Si pudieras decirle una cosa a Rafael para cambiar su forma de pensar sobre ti y tus expectativas, ¿cuál sería?"

"¿Porque todo depende de esa única oportunidad?"

"Porque no puedes saber cuántas oportunidades tendrás", dijo Rosamunde. "Cuando te arriesgues, apuesta todo en tu primera oportunidad, porque es posible que nunca tengas la oportunidad de volver a intentarlo."

Allí estaba el consejo que Elizabeth había buscado. Ella asintió con la cabeza, sus pensamientos se agitaban mientras se esforzaba por identificar lo que diría. El espejo fue olvidado por el momento, el consejo de Rosamunde desterró la idea sobre él.

Rosamunde se puso de pie, luego se detuvo junto a Elizabeth antes de alejarse. "Quizás deberías esforzarte por dejarle claras tus similitudes, en lugar de tus diferencias. Él verá la diferencia en tu educación, pero ¿qué te atrae de él? ¿En qué ámbito eres igual?"

Elizabeth supo la respuesta de inmediato. Era en el ansia de aventura y experiencia que ella y Rafael compartían una misma opinión. Él se había equivocado al hacerle creer que lo encontraría en la cama para obligarlo a pedir su mano. No había ningún engaño en esto: Elizabeth quería probar la pasión y quería hacerlo primero con él.

Tenía que dejarle claro a Rafael que su deseo era únicamente saber cómo era tal placer, que ella, como él, sólo deseaba experimentar todo lo que se podía saborear. Ella creía que había honor en él, y creía que él no la abandonaría después de que tuvieran intimidad, pero esa no era la razón por la que lo encontraría en la cama.

Elizabeth lo arriesgaría todo, con la esperanza de ganarse su amor, pero incluso si fallaba, lo sabría.

Y eso podría ser suficiente para mantenerla abrigada por la noche.

SÁBADO, 26 DE JUNIO DE 1428

FIESTA DE SAN HILARIO, OBISPO DE POITIERS,

El desafío de Elizabeth ardió en los pensamientos de Rafael durante los días previos a la boda. Miedo. Era una palabra asombrosa para asociar con él y, sin embargo, había un eco en su acusación que insinuaba la verdad.

El amor había hecho vulnerable al rey. Ahí estaba la raíz del asunto. Un hombre que valorara cualquier posesión, ya fuera su esposa, un hijo o una propiedad, podría tener su premio alejado de él. Peor aún, podría usarse en su contra. Las esposas eran capturadas, los niños atormentados, las posesiones robadas. Rafael había visto a muchos hombres destrozados por tal pérdida y había decidido hace mucho tiempo que no le pasaría a él.

¿Cuál sería tu legado? Allí estaba la verdad más poderosa. Rafael no quería que esas almas del infierno fueran su legado. Como siempre, Elizabeth había encontrado una manera de hacerle reconsiderar sus elecciones.

Pero cambiar su vida no era poca cosa que esperar, y no se haría fácilmente. ¿Qué opciones tenía? ¿Qué habilidades? ¿Qué oportunidades?

Las preguntas obsesionaban a Rafael, y se esforzaba mucho, como si quisiera olvidarlas y dejar atrás sus implicaciones. Él cazó con vigor, cabalgando con Amaury los dos días y trayendo tantos cadáveres que Catriona lloraba pidiendo alivio en las cocinas. Él cuidó heridas y pulió armaduras, afinó hojas y cepilló caballos. Trabajó hasta que le dolió hasta la médula, y luego trabajó aún más.

No durmió demasiado bien, porque Franz parecía decidido a hacerle compañía por la noche. Maldijo el hecho de que tuviera que permanecer en Ravensmuir hasta el domingo, luego se sintió alentado de poder ver por última vez a su ángel.

Rafael sabía que Elizabeth no le tenía miedo, ni siquiera a su ira. De hecho, cuando ella provocaba su temperamento, parecía verlo como una señal de su poder sobre él. Rafael sospechaba que ella tenía razón en eso, porque nunca había existido una mujer que pudiera provocar sus respuestas con tanta habilidad como ella.

Él estaba decidido a mostrarse sereno e implacable el día de la boda, para que ella no se animara con sus modales. Sí, tenía que ser cortés e indiferente. Ella no necesitaba saber que lo había trastornado, no hasta que él hubiera decidido cuál sería su camino.

Rafael estaba tentado, dolorosamente tentado, de darle a Elizabeth lo que ella quería de él, pero sabía que eso solo podría llevarlos a ambos a la ruina. Primero, cualquier seducción sería un insulto para su anfitrión y camarada por despojar a la hermana de ese hombre. En segundo lugar, no podía casarse con Elizabeth honestamente, no sin una casa. En tercer lugar, incluso si hubiera poseído la habilidad y la inclinación para casarse con ella, Rafael sabía que ese matrimonio estaría condenado al fracaso. Ella creía que él era un caballero valiente, y el único resultado del tiempo que pasaran juntos sería su decepción. Ella terminaría como Úrsula, y de todos los pecados que había cometido, la destrucción de la esperanza de Elizabeth sería la peor.

Eso sería un rechazo de todo lo que Rafael consideró bueno y correcto.

Estaba tan preocupado por la noción de su legado que Rafael apenas notaba el otro cambio en su forma de pensar: por primera vez en todos sus días, estaba preocupado por su derecho a casarse.

RAFAEL ESTABA PREPARADO cuando llegó el grupo de Kinfairlie, o eso creía. Se puso su mejor atuendo, terciopelo negro y lino blanco, un abrigo negro bordado con una línea de oro en el dobladillo y una capa negra forrada de oro reluciente. Sus botas brillaban y los anillos de oro en sus dedos brillaban. Se quedó junto a sus compañeros cuando llegó el grupo de Kinfairlie, contento de perderse dentro de la compañía. Anticipó que toda la familia de Malcolm vendría de Kinfairlie, preparada para ser entretenida y alimentada abundantemente. También anticipó que el hermano Alexander no habría renunciado por completo a su desprecio, aunque comería y bebería en la mesa de Malcolm. Rafael esperaba que el oficio de Malcolm arrojara una gran sombra sobre la visión que su familia tenía de él y su relación con ellos.

Pero Rafael se iba a sorprender.

El Señor y la Dama de Kinfairlie iban a la cabeza de la procesión, las pieles de sus caballos negros relucían al sol. La dama era rubia, como Catriona, con el pelo recogido bajo el velo. Un par de escuderos cabalgaban delante de ellos en caballos con el estandarte de Kinfairlie en alto. Otra pareja de nobles cabalgaba detrás de ellos, el cabello de la mujer de un tono rojizo y el hombre moreno. Había niños en abundancia, y realmente Rafael no se molestó en contarlos. Iban ricamente vestidos y tan hermosos como la Dama de Kinfairlie, llevados por sirvientes montados en caballos.

Elizabeth montaba en su yegua junto a Alexander y Eleanor, y Rafael nuevamente se enorgulleció de notar lo bien que cabalgaba. Hacía que pareciera fácil manejar a la yegua tan grande, pero Rafael sabía que Demoiselle no era una yegua tan complaciente. Los tres caballos negros eran cada uno tan maravilloso como el siguiente, sus vestuarios negros y plateados, sus cuellos arqueados y melenas trenzadas. Verlos juntos era una maravilla. En verdad, Rafael nunca había visto a los de su raza, y reconoció que las historias de los caballos de Ravensmuir estaban basadas en hechos.

La propia Elizabeth estaba vestida de verde y plata, el tono de su kirtle hacía que sus ojos brillaran como esmeraldas. Su mirada saltó inmediatamente hacia él, deteniéndose de una manera que revelaba que no había desaparecido en la compañía tan fácilmente como esperaba, pero Rafael con determinación volvió su atención al resto de los que llegaban.

Sin embargo, su corazón dio un brinco, su conciencia de Elizabeth tan aguda como siempre. Nunca la olvidaría, eso era seguro. Entonces se preguntó si las cintas anudadas entre ellos eran una broma cruel del Rey de los Muertos, una estrategia para verla destruida en este reino por atreverse a hablar en voz alta en su corte. Elizabeth, por supuesto, creería que las cintas eran una señal confiable del rumbo que debía tomar, y estaba claro que no prestaría atención a las advertencias. ¿Qué pasaría si el rey oscuro solo deseara verla arruinada, de modo que ella no tuviera más remedio que elegir entrar en su reino para siempre?

La idea tenía un sentido espantoso. Si esos seres eran djinn, ese engaño era lo más característico.

Y si esos seres eran djinn, no demonios, entonces Ravensmuir no era un portal al infierno. De hecho, era posible que el infierno no existiera realmente. Él podía volver a su convicción de que nunca sería juzgado, que solo había vida y olvido y nada en el medio, salvo la ilusión humeante de los djinn.

Excepto por la compañía de Franz. Eso podría haber sido un regalo del rey oscuro, una ilusión enviada para perturbarlo. Rafael se dio cuenta de que quería ver derrotado a ese rey de barba oscura más de lo que había deseado algo en mucho tiempo.

Casi tanto como deseaba a Elizabeth. Él no podría poseerla para sí mismo, al menos por un período de tiempo, pero tal vez podría frustrar el plan del rey oscuro para reclamarla.

Valdría la pena intentarlo.

La fiesta que llegaba parecía numerosa, y Rafael tuvo un momento para pensar que dejarían vacía la despensa de Malcolm. Pero luego, detrás de todos los parientes, sirvientes y niños, venían carros de carne, pan y cerveza. Alexander se lo ofrecía todo a Malcolm con gracia y Rafael se quedó asombrado.

Su esposa, Eleanor, había traído semillas para los campos de Ravensmuir, que estaban en barbecho, de modo que la fortaleza pudiera estar bien provista para el invierno que se avecinaba. Rafael quedó asombrado por la generosidad de este regalo de bodas.

De hecho, nunca había conocido a personas que se ayudaran unos a otros de esta manera, que ofrecieran obsequios prácticos de un costo considerable simplemente para ser de ayuda. Rafael estaba asombrado por su generosidad, tan asombrado que no vio a Elizabeth llevar a su yegua a su lado.

"Pareces sorprendido", dijo ella, con una risa en su voz. "Te confieso que nunca me hubiera imaginado que pudieras estarlo."

Rafael miró sus ojos danzantes y no pudo ocultar su asombro. Hizo un gesto hacia los carros, quejándose bastante bajo el peso de las provisiones traídas de Kinfairlie. "Tanta generosidad", murmuró. "Pensaba que tu hermano desaprobaba a Malcolm"

Y lo hace, pero quiere que Malcolm se quede y restaure a Ravensmuir. La tarea no se terminará fácilmente." Su barbilla se asomó con una resolución que Rafael comenzaba a asociar con ella. "Somos familia, Rafael, y no hay vínculo más fuerte que la sangre. No coincidimos y desaprobamos, pero siempre somos familia, y siempre nos defendemos y nos ayudamos."

Rafael dejó que su mirada volviera a vagar por las provisiones, sintiendo la carencia en su propia vida. No tenía parientes. No tenía familia. No había nadie en quien pudiera confiar. Tenía camaradas, sin duda, pero si estaban mejor compensados por traicionarlo, la mayoría lo haría. Había aceptado esa verdad hace mucho tiempo y sabía que podía confiar únicamente en sí mismo.

Pero Malcolm había ganado más que un sustento, una esposa y un hijo. Había regresado a su familia, donde nunca volvería a estar solo.

Por primera vez, Rafael sintió envidia por su antiguo compañero.

Se dio cuenta de que Elizabeth lo estaba observando de cerca. Ella se inclinó de la silla para susurrarle, con los ojos brillantes. "¿No hay nadie en quien puedas confiar?" Su pregunta fue suave, como si sintiera compasión por él, y Rafael se erizó.

"No necesito a nadie a mi espalda", insistió, sabiendo que, si bien podría ser cierto en este momento, podría no ser el caso para siempre.

"¿Pero no sientes la falta de una familia?"

"Un hombre no puede extrañar lo que nunca ha conocido."

Elizabeth se mordió el labio y lo miró por un momento, una compasión inesperada en su mirada clara. Entonces se enderezó ante el sonido de los cascos. Sus rasgos se iluminaron y señaló al otro lado del páramo. "¡Mira!" susurró, asombro en su voz.

Rafael miró y se asombró a su vez. Alexander se había dado la vuelta y señalaba el camino entre las dos propiedades hermanas. Rafael vio que el polvo se levantaba en el camino y adivinó qué regalo traía Alexander.

Los legendarios caballos de Ravensmuir, los grandes caballos negros que habían sido criados en esa propiedad durante generaciones, regresaban a los establos a los que pertenecían.

Hubo un tiempo en que Rafael había creído que esos caballos debían ser una fábula, porque su reputación parecía demasiado grande. Y Malcolm, cuando se conocieron, había montado un buen caballo, pero no espectacular. Cuando se enteró de los orígenes de Malcolm, lo tomó como confirmación de que los caballos de Ravensmuir no eran tan maravillosos como se decía a menudo.

Pero a su llegada a Ravensmuir, Malcolm había confesado que no podría haber arriesgado uno de los caballos de su familia en la guerra. Ahora, mientras Rafael observaba los grandes cascos de la manada que regresaban golpeando el camino, comprendió por qué. Sus crines y colas estaban trenzadas y habían sido cepilladas hasta que estuvieron brillantes. Arqueaban el cuello, incluso mientras corrían, con tanta alegría y confianza en su paso que ningún hombre que hubiera admirado a un caballo hubiera podido desviar la mirada.

De hecho, él nunca había visto un espectáculo tan magnífico. Rafael dio un paso adelante en su admiración y escuchó la maldición salir de sus labios. "¡rayos!" Apenas reconoció su propia voz, tan llena de asombro estaba. Estaba contento de estar todavía en Ravensmuir, contento de haberse demorado los días extra, contento de haber tenido la oportunidad de ver a esas criaturas con sus propios ojos.

Elizabeth se rió a su lado. Su yegua era pequeña en comparación con esos sementales, y mientras movían la cabeza, con las fosas nasales dilatadas y los ojos oscuros destellando, Rafael reconoció que la yegua tampoco tenía su temperamento. La yegua pateó, inquieta por correr también, pero Elizabeth la mantuvo en su lugar. Una cosa era ver el magnífico caballo de Alexander, y otra muy distinta ver a docenas de estas bestias corriendo hacia Ravensmuir.

Iban montados por mozos de cuadra y escuderos, jóvenes que reían con tanto deleite cuando pararon a los caballos, que Rafael supuso que raras veces habían cabalgado a todo galope. Se detuvieron ante las puertas de Ravensmuir, los caballos resoplaban y pataleaban en su impaciencia por correr aún más, sus arneses brillando bajo el sol.

Malcolm estaba claramente a punto de sentirse abrumado por la emoción al verlos, y caminó a través de la manada, tocando a uno y luego a otro, acariciando una nariz y palmeando un trasero. Rafael se dio cuenta de que conocería a muchos de esos caballos individualmente, ya que había estado fuera seis o siete años. También ellos lo mordieron y lo empujaron, también lo recordaban. Era un reencuentro alegre y ruidoso, y para alivio de Rafael, quedaba mucho por hacer para que los caballos volvieran a instalarse en los establos.

Que Malcolm tuviera tanta riqueza en su mano era maravilloso.

El futuro de su camarada en Ravensmuir estaba asegurado.

Pero esa no era toda la alegría que recibiría Malcolm ese día.

Porque momentos después, Rafael vio el asombro iluminar los rasgos de su compañero mientras los graznidos de los pájaros llenaban el aire.

Malcolm se volvió y levantó las manos mientras los cuervos se elevaban en el cielo azul. Podrían haber sido conjurados desde el aire, tan de repente aparecieron. Rodearon la nueva torre de Ravensmuir, como para inspeccionarla, luego se instalaron en el tejado, tan tranquilos que tal vez siempre hubieran estado allí.

Uno se abalanzó sobre Malcolm y lanzó un grito que hizo reír a ese hombre en voz alta.

"Es una señal", dijo Elizabeth, con los ojos brillantes por las lágrimas no derramadas. Ella se veía radiante de placer y, una vez más, Rafael pensó en ángeles aterrizando en la tierra. Podría haberla observado todo el día y toda la noche.

"¿Cómo es eso?"

"Se cree que la presencia de los cuervos es un respaldo al Señor de Ravensmuir", confesó. "Malcolm se fue cuando los cuervos abandonaron la propiedad, porque sintió que lo habían juzgado y lo encontraron impropio."

Era una idea tan caprichosa que Rafael no supo qué decir.

Aunque sabía lo que era sentir que los esfuerzos de uno se habían quedado cortos.

"Pero ahora han vuelto, y los caballos han vuelto, y todo irá bien", concluyó ella.

"Me disculpo por haber pensado mal en las intenciones de Alexander", dijo Rafael formalmente, porque había juzgado mal al hombre.

"Yo no me disculpo." Elizabeth se rió de nuevo ante su mirada de sorpresa. "¿Por qué más crees que volvieron los caballos?" Sus ojos brillaron con tal vigor que Rafael no pudo apartar la mirada. Ella se inclinó hacia él como si hubieran conspirado juntos y se rió de modo que él estuvo tentado de unirse a ella. "Lo logramos juntos".

"¿Cómo puede ser esto?"

"Le dije a Alexander que te preguntabas por sus intenciones, y se sintió tan insultado que pidió que los caballos estuvieran preparados para viajar hoy." Ella estaba tan feliz que Rafael se quedó paralizado. "Es obra tuya, Rafael, que estén aquí, y espero que estés contento de lo que has hecho."

Era tentador imaginarlo, pero Rafael no creía del todo mérito que fuera suyo.

"—Digo que es obra tuya —dijo él, incapaz de evitar sonreírle. "Y te doy las gracias, porque me alegro de haber visto su esplendor con mis propios ojos."

"Es lo que tenemos en común", confió Elizabeth, sus palabras sorprendieron a Rafael. "Yo quisiera ver todas las maravillas del mundo y buscaría tanto la aventura como la pasión. Sería testigo de todas las fábulas hechas verdad, de todas las riquezas y de toda la pobreza, solo para saber que existe." Un brillo de complicidad iluminó sus ojos. "Porque en verdad, ¿qué mérito es una vida vivida con seguridad? Temo que una vida así se sienta más larga de lo que fue y, por mi parte, no tengo ningún deseo de soportarla." Ella arrugó la nariz. "Preferiría tener un palacio de recuerdos cuando muera que una puntada de bordado perfecta." Su sonrisa se volvió perversa entonces, la vista hizo que su corazón se encogiera, luego ella alejó al caballo de él, con la cabeza en alto.

Claramente estaba segura de haber atraído su atención, y Rafael, aun sabiendo eso, no pudo evitar verla partir.

¿Qué podría darle a cambio del don de la comprensión que ella le concedía? No lo que ella le pedía, porque eso sería innoble, pero tenía que haber algún otro regalo que demostrara su estima.

Algo que ella recordara, incluso atesorar, después de que él se fuera.

Rafael reprimió una sonrisa, porque tenía una idea de cuál podría ser ese regalo perfecto. Era uno que él disfrutaría entregar, sin duda, y uno que moldearía las expectativas de Elizabeth para el resto de sus días y noches.

∼

Esa conversación era un buen comienzo para Elizabeth. Le gustaba cuando Rafael la miraba con tanta intensidad, y le gustaba aún más cuando sonreía lentamente, como si fuera a devorarla de un bocado.

No, él lo haría un festín, asegurándose de que ella supiera que estaba siendo reclamada. Elizabeth se estremeció de placer ante la idea. Le gustaba cómo su mirada ardía en la de ella, cómo se estaba volviendo menos misterioso para ella con cada intercambio, cómo su sola presencia hacía que su corazón saltara y todo pareciera brillante a su alrededor. Se sentía tan vital con él que no tenía ninguna duda de su elección.

Esa sería la noche. Solo tenía que idear su encuentro.

Se intercambiaron los votos matrimoniales y se celebró la misa, se sirvió la comida del mediodía con ceremonia y se consumió el vino de Kinfairlie. Hacía un buen día y la compañía se mostraba resistente a dejar la mesa y la camaradería que se encontraba allí. Elizabeth se alegró de ver a Malcolm tan complacido. Hubo una pausa en la conversación, un momento en el que algún alma pidió un cuento, y Elizabeth aprovechó el momento para atraer la atención de Rafael hacia sí misma.

Se puso de pie y alzó la voz. "Rafael Rodríguez, la última vez que nos sentamos a esta mesa, escuchamos la Canción de Roland, y declaraste que Carlomagno no era un héroe como sabías que eran los héroes. ¿Nos hablarías de un héroe al que admires?"

Los hombres estallaron en aplausos ante esa idea. En esto, Elizabeth sabía que entendería más sobre la verdad de Rafael, porque cualquier cosa que un hombre admirara revelaba su corazón secreto.

Como esperaba, Rafael se tomó su tiempo antes de responder. Terminó su copa de vino, luego se puso de pie y se inclinó ante ella. "No soy un narrador de cuentos, ni un trovador, pero no puedo negarle a una dama su petición."

"Contaste una buena historia el otro día", le recordó Elizabeth.

La sonrisa de Rafael brilló, haciéndolo lucir peligroso e impredecible. "Quizás me inspiró la curiosidad de una hermosa doncella", dijo él.

La compañía volvió a vitorear y Rafael recorrió el salón para detenerse ante ella. Era tan guapo y viril, su mirada tan fija sobre ella, que una vez más los dedos de los pies de Elizabeth se curvaron en sus zapatos. Él le ofreció la mano y ella colocó la suya dentro de ella, sintiéndose casi mareada cuando él le besó el dorso de los dedos.

Luego se dio la vuelta para mirar a la compañía, su capa corta flameando a su alrededor, sus pasos prudentes. Se giró para mirarla y le sonrió de modo que su corazón se aceleró. "En España, mi dama Elizabeth, contamos sobre el héroe más grande de todos, Rodrigo Díaz de Vivar"

"Rodrigo Díaz de Vivar," susurró Elizabeth, encontrando exóticas las palabras en su lengua.

"¡El Cid!" gritó uno de los mercenarios y un grupo de ellos golpeó la mesa con los puños en señal de aprobación. Elizabeth miró a la Liga Sable confundida porque no conocía esta historia.

Rafael inclinó la cabeza hacia ellos. "Mío Cid", corrigió. "El Campeador."

"¿Qué significa eso?" Elizabeth preguntó después de repetir ambas frases.

Rafael sonrió. "Dicen que los moros lo llamaban Mío Cid, porque admiraban tanto su habilidad para hacer la guerra que incluso en la derrota reconocían su valor. También había moros sirviendo en sus ejércitos por la misma razón. Cid es su palabra para campeón, pero todos los hombres de Castilla que he conocido le han llamado Mío Cid, mi señor o mi campeón, una variante del morisco. El Campeador es el castellano de campeón, y es el título que usan los trovadores." Él arqueó una ceja y Elizabeth asintió con la cabeza para señalar que lo entendía, impaciente por que él continuara.

"Me gustan los cuentos de campeones", dijo ella con una sonrisa. "Sobre todo de aquellos hombres que han elegido ser campeones."

Rafael inclinó la cabeza y luego se paseó frente a la mesa alta. Su voz era rica y se transmitía fácilmente por el salón. "Rodrigo nació en Vivar, una localidad cercana a Burgos, en los años en que los moros ocupaban gran parte de las tierras del sur conocidas como Andalucía. Se crió en la corte del rey castellano, Fernando I, y más tarde en la corte del hijo de Fernando, Sancho. Fue allí donde aprendió a tratar a las mujeres con dignidad y honor, independientemente de su estatus, y durante toda su vida se apegó a ese principio."

Elizabeth contó un rasgo que Rafael compartía con su héroe, porque él había sido muy amable con ella.

"En aquellos días, la tierra estaba dividida y los señores en guerra. Había reinos cristianos en Iberia, la poderosa Castilla y las vecinas León y Galicia. Todos estaban unificados bajo la mano de Fernando I, pero a su muerte, sus territorios se dividieron entre sus tres hijos, como era costumbre. Sancho ascendió al trono de Castilla; Alfonso obtuvo el trono de León y García recibió la corona de Galicia. A partir de ese momento, cada hermano fue consumido por el deseo de reclamar lo que le había sido otorgado a sus hermanos, y de unificar el reino de su padre, pero bajo su propia mano. Al mismo tiempo, estos reyes también hicieron la guerra contra las ciudades en poder de los moros, con la esperanza de conquistar nuevamente los territorios y reclamar las riquezas que se rumoreaban que estaban dentro de sus muros, porque la guerra necesita monedas para financiarse."

Elizabeth se dio cuenta de que ahí era donde Rafael había aprendido que los hermanos aristocráticos no se ayudaban entre sí. Quizás había esperado que Alexander asediara Ravensmuir y reclamara la nueva fortaleza para sí, además de quedarse con los caballos en Kinfairlie. Ella se alegraba de que su suposición hubiera sido cuestionada.

"Rodrigo sabía que su futuro sería de guerra, y se esforzó por convertirse en el mejor guerrero entre sus camaradas. Fue nombrado abanderado real de Sancho en el ascenso al trono de ese rey, pero pronto Rodrigo mostró su destreza militar. Lideró tantas campañas contra los otros dos reyes y sus fuerzas y salió victorioso con tanta frecuencia que se hizo famoso por su éxito. Sus victorias hicieron a Sancho más poderoso y a Castilla cada vez más grande, por lo que Rodrigo fue bien recompensado por sus triunfos. Tenía riquezas y casas, sirvientes y más caballos de los que un hombre podría montar. Ascendió cada vez más en las filas del ejército de Sancho, sirviendo al rey en la corte con su propia mano cuando no estaba en guerra. Y así fue en la corte de Sancho donde conoció a la mujer que se apoderó de su corazón. Se dice que cuando Rodrigo vio por primera vez a Doña Ximena, se sintió invadido por un amor que ardería todos sus días y sus noches."

Rafael apretó el puño y se golpeó el pecho en un gesto que emocionó a Elizabeth. "Ninguna otra mujer sería suficiente. Ninguna otra mujer podría dominar su amor. Debido a que Rodrigo tenía todas las ventajas en su mano, a pesar de que no era tan noble como ella, su padre consintió en que ella se casara con este caballero. Estaban casados y su familia estaba convencida de que su futuro no podía estar mejor asegurado. Por supuesto que no lo estaba."

Rafael hizo una pausa para aclararse la garganta. El salón estaba cautivado. Uno de los mercenarios le pasó una copa de vino y él tomó un sorbo antes de continuar. "El rey Sancho murió joven, repentinamente y sin un hijo. Y así fue como legó el reino de Castilla al hermano de Sancho, el rey Alfonso de León, el mismo rey al que Rodrigo había derrotado tantas veces tan completamente. A Alfonso no le agradó tener al hombre que tantas veces había conquistado sus ejércitos dentro de su propia corte. Y así fue como Alfonso desterró para siempre a Mío Cid del reino unificado de Castilla y León."

Elizabeth jadeó ante esto, pero Rafael la miró de reojo. No tuvo tiempo de sacar una conclusión de esto antes de que Rafael le presentara una. "Y aquí vemos que un hombre puede luchar con valor y servir a su señor con honor, sin embargo, ser privado por todo lo que aprecia. Su riqueza fue confiscada por el nuevo rey, la puerta de su propia casa cerrada contra él, y nadie le hablaba en su casa. Su esposa e hijas incluso habían sido enviadas a un monasterio por el rey, por lo que también se le negó la vista de su amada."

Y así fue como Rafael llegó a creer que la fortuna era pasajera. Elizabeth juntó las manos en su regazo.

"Sin embargo, Mío Cid no era de los que admitían la derrota. Tenía una semana de gracia para salir de Burgos, la ciudad donde los reyes mantenían la corte suprema de Castilla, y aprovechó cada momento de ella. Podría haber desaparecido en las colinas y vivir como un bandido, pero no estaba dentro de él retirarse de una batalla. En cambio, Mío Cid resolvió que se haría a sí mismo un reino, donde su destino no pudiera cambiar por el capricho de un hombre u otro, donde su amada esposa y sus hijas pudieran estar a salvo para siempre. Ganaría una fortuna para asegurarse de que sus hijas tuvieran buenas dotes y las vería casadas con hombres de honor y valor. Y para ello dejaría atrás a Castilla y a su mujer, para construir el futuro que deseaba para los suyos."

Elizabeth reconoció que Rodrigo había vendido su espada para velar por la seguridad de quienes confiaban en él. Ese era un objetivo noble, y se preguntó si Rafael tenía un objetivo igualmente noble.

Rafael habló con ferocidad mientras miraba a Alexander. "Rodrigo se convirtió en mercenario y forajido por elección, porque la alternativa le hacía sangrar el corazón. Tenía esposa y dos hijas. No las abandonaría, dejándolas empobrecidas o despojadas. No las vería atrapados bajo el pulgar de un rey que despreciaba a su padre." Alexander asintió con la cabeza al comprender esta inclinación, aunque Elizabeth pudo ver que su hermano todavía no lo aprobaba.

"Y así, Mío Cid convocó a los hombres que le habían servido. Y alzó la voz ante ellos, prometiendo que compartiría con ellos las riquezas que obtuvieran, que los vería tratados con dignidad, que pediría que sus espadas fueran juramentadas a su servicio. Les ofreció la opción de seguirlo o no. Y así fue como todo el pueblo de

Burgos sonó con el coro de su aprobación, y el rey Alfonso en su palacio se maravilló del ruido. Se decía que el rey había llegado a la ventana a tiempo para ver la más fina pieza de la caballería atravesar las puertas del pueblo, y lo mejor de su ejército abandonando su servicio para seguir a Mío Cid."

Los mercenarios sonrieron ante esto, asintiendo con la aprobación de la elección de los hombres de seguir a tal líder.

"Mío Cid acampó al otro lado del río desde Burgos durante tres días y tres noches, llamando a los hombres para que se le unieran. Envió mensajeros a toda Castilla y León, extendiendo su oferta a todos los valientes guerreros. Los caballeros cabalgaban hacia su estandarte, su campamento crecía un poco más cada día. La gente del pueblo se deslizaba por la noche para llevar provisiones al campamento, porque todo el pueblo creía que el guerrero más grande de todos había sido desacreditado, pero temían desafiar al rey a la luz del día. Doscientos caballeros fueron juramentados a Rodrigo antes incluso de que él saliera de Burgos. En la mañana del cuarto día, los cerros resonaban con el estruendo de los cascos mientras el ejército de Mío Cid se alejaba de Burgos y se dirigía a la frontera de Castilla. Primero fue al monasterio donde se hospedaban su esposa e hijas, y le contó su plan a Doña Ximena. Ella lloró porque estarían muy separados, pero lo llevó a él y a sus hombres a la capilla para orar por su éxito. Él dejó todo su dinero con su esposa, para que ella tuviera riquezas cualquiera que fuera su destino. Cuando él se fue, ella se paró orgullosa para verlo irse, las lágrimas corrían por su hermoso rostro, y el dolor de separarse de Mío Cid era como el de que le arrancaran las uñas de los dedos. Trescientos caballeros lo siguieron, incluso sabiendo eso, porque sabían que él compartiría cualquier botín que ganaran."

Ahí estaba de nuevo, la noción de que el amor de una mujer podía ser el ancla de la vida de un guerrero, y la convicción de que una esposa debía ser honrada y defendida. Elizabeth sonrió con la seguridad de que Rafael la trataría bien.

"Tomaron Castilla inmediatamente, porque la gente del pueblo se rindió a Mío Cid en lugar de luchar contra el famoso guerrero. Ahí ganó tres mil marcos en tributo, más rebaños para alimentar a su ejército. Liberó a los moros en esa ciudad, porque no quería que hablaran mal de él, distribuyó el dinero a sus caballeros y siguió adelante. Así sucedió en Alcocer y otras ciudades, así fue como cabalgó de victoria en victoria, su riqueza crecía cada vez más, su gracia no disminuía, su generosidad era bien conocida. Los moros que liberaba a menudo se unían a sus fuerzas, aquellos hombres que se habían unido a él como soldados de infantería ascendieron para convertirse en caballeros por derecho propio, todos los que juraron por su mano vieron aumentar sus fortunas. Mío Cid recuperó todo lo que había perdido y más, y mejor, esta vez ningún hombre se lo podía quitar."

Rafael señaló a los demás con un dedo. "Y aquí demostró su temple, porque no era hombre que se quedara con todas las riquezas ni se olvidara de las alianzas. Aun así, se creía vasallo del rey Alfonso, pues ese hombre era rey de Castilla. Enviaba tributo a ese rey, hermosos caballos de guerra y obsequios de oro y tesoros, y Alfonso se maravilló de esto." Rafael arqueó las cejas. "Aceptó los obsequios, pero no renunció a su edicto contra Mío Cid."

Rafael hizo una pausa, sin duda para enfatizar la infidelidad de este rey. Elizabeth solo pudo estar de acuerdo.

"Entonces Mío Cid continuó durante tres años, tomando Xerica, Onda, Almenar, Murviedro, Cebola, Peña Cadiella... tantas ciudades que no recuerdo todos sus nombres. Siempre enviaba tributo a Alfonso de Castilla, el rey al que todavía consideraba su señor feudal, pero no obtuvo ningún indulto de ese rey. Y así llegó Mío Cid a la ciudad de Valencia, con diez mil caballeros jurados a su servicio, y asaltó ese pueblo de maravillas y riquezas."

"¿Has estado allí?" Preguntó Elizabeth.

Rafael asintió con la cabeza, lo que provocó su deseo de ver la ciudad ella misma. "Por supuesto. Es tan hermoso como se dice. Fue construido por los romanos, llamado Valencia en honor al valor de los soldados que primero reclamaron ese territorio. Los moros la llaman Medina bu-Tarab, que significa Ciudad de la Alegría." Apretó los labios incluso cuando Elizabeth probaba el exótico nombre en su lengua. "Aunque no fue un lugar de alegría para mí".

Ella parpadeó, pero Rafael se había apartado. Caminó por el salón, mientras la compañía esperaba, y continuó pausadamente. "Era un asedio, como siempre será un asedio, los caminos tan bien asegurados que nada entraba y nada salía. Carecían de grano en la ciudad y no tenían pan, aunque ciertamente había vino y fruta. Se creía que el Rey de los Moros en Marruecos enviaría ayuda, pero no lo hizo. Escuchó los gritos de sus hermanos, de eso no cabía duda porque los mensajeros sí escapaban, pero tanto miedo le tenía al Mío Cid, que no respondió." Rafael examinó la punta de su bota. "Durante la guerra es cuando se puede ver la verdadera medida de un hombre, así como la fuerza de cualquier alianza."

Una vez más, Elizabeth vio cómo Rafael se había ganado la expectativa de que no se podía confiar en los demás. ¡Qué solitaria debe haber sido su vida! No es de extrañar que fuera tan cauteloso a la hora de establecer vínculos con los demás.

"La ciudad cayó en manos de Mío Cid, y seguramente los habitantes temían que fuera vengativo como recompensa por su desafío. Pero Rodrigo fue un hombre justo hasta el día de su muerte. Su objetivo había sido tener un reino propio y, en Valencia, estableció uno. Nuevamente liberó a los moros que se habían rendido con el pueblo. Distribuyó el botín entre sus caballeros y concedió monedas incluso a los moros, porque no quería que se murieran de hambre. Les pidió que eligieran si quedarse o irse, ya que él gobernaría Valencia a partir de ese día. Elevó a un sacerdote a obispo de Valencia, para que todos pudieran recibir los sacramentos, y convirtió nueve mezquitas en iglesias."

Esta era la noción de liderazgo responsable de Rafael. Elizabeth lo aprobaba de todo corazón.

"Valencia fue atacada poco después, por el rey de Sevilla, pero a pesar de que ese rey cabalgaba con treinta mil guerreros, fue derrotado y su dinero engrosó el tesoro del nuevo reino de Mío Cid. Él mandó llamar a su amada esposa y a sus hijas, y ellas llegaron triunfantes, Doña Ximena abrazando gozosamente a su amado esposo y campeón ante todo el pueblo. En Valencia hizo su casa y la defendió de todos los que la querían robar o manchar. Desde Valencia, vio a sus hijas bien casadas con buenas dotes, con hombres que las honrarían. En Valencia gobernó hasta morir y murió en su defensa, dejando en su lugar a Doña Ximena."

Rafael se volvió hacia la mesa alta, su postura orgullosa. El corazón de Elizabeth latía con fuerza. Este era un buen ejemplo de matrimonio, en su opinión, porque el héroe de Rafael había tratado a su esposa como su compañera en pie de igualdad y Rafael veía que eso era bueno.

Este guerrero le vendría bien como esposo, de hecho.

"Y este es un héroe para mantener en alto, en mi opinión", concluyó Rafael con una voz sonora. "Era un hombre letal en la guerra y justo para los que vencía, un hombre sin miedo que hizo su vida como él quería que fuera.".

Elizabeth no se perdió la mirada penetrante y rápida que Rafael le envió cuando dijo las palabras "sin miedo"

Ella se puso de pie, impasible por sus modales severos. "Era un hombre leal a los que tenía en su corazón", dijo él y vio que Rafael se sobresaltaba. "Un hombre que trataba a las mujeres con honor y un hombre que trabajó como mercenario sólo después de que la Dama Fortuna se volvió contra él." Vio la sorpresa de Rafael por lo que había tomado de ese cuento. "Era un hombre que trataba a su esposa como su compañera y confidente, un hombre que cumplía su palabra y un hombre que era amable con quienes estaban bajo su mano y tenían menos ventajas." Ella levantó su copa. "Saludo a tu campeón, Mío Cid, y a ti por contar su historia, Rafael Rodríguez"

La compañía gritó en acuerdo y levantaron sus copas para beber el brindis de Elizabeth. Alexander se pasó una mano por la frente, pero Elizabeth solo tenía ojos para Rafael.

Entonces, un calor se iluminó en sus ojos, un fuego que hizo que su corazón latiera con fuerza. Bebió su brindis, luego caminó por el salón hacia ella para hacer una reverencia frente a ella. Elizabeth le ofreció la mano con valentía y Rafael la reclamó, sus cálidos dedos se cerraron sobre los suyos. Los ojos de él brillaron, su sonrisa hizo que su corazón latiera con fuerza, luego le besó el dorso de la mano lentamente.

Esa peligrosa sonrisa levantó la comisura de su boca, y su mirada se fijó tan firmemente en ella que Elizabeth estaba segura de que su sueño se haría realidad.

CAPÍTULO 14

Era solo cuestión de tiempo antes de que Elizabeth lo buscara. Rafael estaba contento de esperar, contento de saborear su anticipación. Se sentía joven de una manera que apenas recordaba haber sentido antes, ambos provocados por Elizabeth y queriendo hacer que la fascinación entre ellos durara el mayor tiempo posible. Ella era seductora y confiada de una manera que era ajena a él, confiada de su seguridad y confiando plenamente en quienes la rodeaban, todo debido a su infancia. La vio bailar, lamentando que su experiencia hubiera sido tan diferente.

A Rafael le hubiera gustado poder cortejar a esa doncella de la vida y el fuego. Sin embargo, dudaba que tuviera la oportunidad. Esperaba que para cuando regresara a Escocia, si es que alguna vez lo hacía, ella estaría casada con sus propios hijos, su alegría probablemente sacrificada por el deber y la compañía de un hombre severo.

Su regalo de esa noche aseguraría que ella supiera qué es lo mejor para exigir a su esposo legal, y calentar sus noches para siempre.

No tenía ninguna duda de que recordaría esa noche durante

todos sus días y noches. Así que prestaba atención a cada detalle, memorizando todos y cada uno.

Llenando su palacio de la memoria con esta noche.

Y esa doncella seductora.

Rafael dejó que Elizabeth eligiera el momento en que hablarían a continuación, porque ella lo juzgaría mejor.

Los trovadores tocaron la melodía y la familia de Kinfairlie dirigió el baile. Como la mayoría de los mercenarios, Rafael se recostó. Saboreó el vino que se había servido y la vista de Elizabeth mientras bailaba. Ella tenía los pies ligeros, era graciosa y alegre, una visión para seducir a cualquier hombre. Rafael perdió la pista de ella entre la multitud por un momento, y luego ella se dejó caer abruptamente al banco junto a él, sus mejillas sonrojadas y sus ojos llenos de expectación. Su corazón dio un brinco, aunque mantuvo su expresión cautelosa.

"Baila conmigo", exigió ella, anticipando claramente su acuerdo a pesar de sus modales. No se dejaba engañar fácilmente cuando se trataba de su estado de ánimo, y le gustaba que fuera tan perceptiva. Era sorprendente que no le importara que ella viera sus secretos con tanta facilidad.

"No lo haré."

"Eres un hombre irritante", acusó ella, aunque su tono estaba lleno de risa.

A pesar de sí mismo, Rafael fue engatusado para que coincidiera con su estado de ánimo. "Y, sin embargo, continúas buscándome", bromeó él. "Quizás no soy lo suficientemente irritante para disuadirte." Él le frunció el ceño. "Quizás debería esforzarme más"

Ella solo se rió de él. "Quizás nunca podrías ser tan irritante", dijo ella y él esperaba que fuera así. "Es mi destino amarte".

El buen humor de Rafael se desvaneció. "Eso no puede ser. No hay destino, solo decisiones tomadas y circunstancias determinadas."

Ella lo miró. "Como Mío Cid dio forma a su vida."

"Por supuesto."

Elizabeth se inclinó para susurrar. "Me gustó mucho tu cuento. Me convenció de que vemos las cosas de la misma manera."

"¿De verdad?" Rafael la miró, asombrado por su convicción. Supuso que nunca dejaría de maravillarse por su confianza.

"Por supuesto." Su expresión se volvió malvada entonces, la forma en que sus ojos brillaron le robó el aliento. "Quisiera aprender de la pasión, Rafael, sin importar el precio." Ella hablaba con un vigor que él sabía que era inapropiado, pero que él admiraba mucho.

Rafael echó un vistazo a la mesa alta, pero ninguno de los hermanos de Elizabeth había notado su ubicación. "Ya hemos discutido sobre esto...", dijo él, queriendo que ella fuera completamente clara sobre sus deseos.

"Podemos ser amantes esta noche sin votos matrimoniales entre nosotros", declaró ella, interrumpiéndolo.

Rafael parpadeó ante esta sugerencia poco convencional, pero un estudio de la dama reveló que ella no bromeaba. Esto era mucho más de lo que había intentado proponerle.

"¿Por qué arriesgarías eso?" murmuró.

La expresión de los labios de Elizabeth se volvió terca. "Porque yo quisiera saber cómo es. Independientemente de lo que venga después de esto, habría probado la verdadera pasión." Ella se encogió de hombros. "Quizás me haría más fácil sobrellevar mi destino, porque dudo que la aventura sea parte de él."

Rafael se sintió consternado por haber logrado convencerla de que no tenían futuro juntos, aunque era una señal de que ella hacía caso de su consejo. Era mejor ser práctico, incluso si él no tenía la intención de aceptar todo lo que ella le ofrecía. Su regalo para ella la introduciría en la pasión de la que era capaz, sin complacer la suya propia. Esto, estaba seguro, era un legado apropiado de sus días en Ravensmuir, ya que sus expectativas de los hombres en la cama serían moldeadas.

Y bien moldeadas.

"Dices que no te casarás nunca, después de todo", continuó ella.

"Y dado que estamos destinados a amarnos sólo el uno al otro, eso significa que estaré sola una vez que te vayas. No dudo que será pronto." Ella le dedicó una mirada exigente.

"Mañana", admitió él y ella arrugó la nariz.

Entonces debe ser esta noche. Al menos el recuerdo de la pasión podría mantenerme caliente por la noche en el futuro."

"¿Incluso mientras trabajas en tu bordado, encerrada en una torre?" Rafael no pudo resistir el impulso de burlarse de ella.

Elizabeth se rió. "Quizás incluso entonces". La maldad bailaba en sus ojos. "¿Cómo lo sabré a menos que me lo muestres? Ningún hombre de honor se molestará, porque hemos acordado que son tediosos." Ella hizo una mueca. "Espero que guarde ese placer para su amante, en lugar de insultar a su dama con placer en la cama."

Su mirada se deslizó hacia él, la tentación en sus ojos. Rafael dejó caer la mirada sobre sus labios, recordando también la dulce miel de sus besos. Si no estuvieran en el salón, él podría haberle recordado el vigor de la pasión y sus demandas, la forma en que podía llegar a un hombre y una mujer y llevarlos más allá de cualquier intención.

Pero Elizabeth se humedeció los labios lentamente mientras él miraba, como para invitar a su toque, y la vista envió una sacudida a Rafael. Ella se apoyó contra él, su seno aplastado contra su brazo, su expresión sabia. Ella lo seducía con un propósito, confiando en que él la trataría con honor, y Rafael no pudo apartarse —y mucho menos ignorar la tentación que ella le ofrecía— una vez que sintió el pico turgente de su pezón.

Ella estaba excitada, quizás tan excitada como él.

Pero ella no se dio cuenta de que él no aceptaría más de lo que le correspondía.

Rafael encontró su mirada, sabiendo que la suya estaba hirviendo.

"O tal vez Finvarra reclamará una compensación por haber hablado en su corte", murmuró ella, luego negó con la cabeza.

"Aunque no puedo imaginar que aprendería mucho de la pasión en su corte".

"¿Haces este plan para aflojar su control sobre ti?" Preguntó Rafael, pero Elizabeth negó con la cabeza.

Entonces su sonrisa volvió a ser traviesa. "Sólo los hombres mortales tienen la castidad en tan alta estima", confió ella en un susurro y Rafael casi se rió de eso. "Finvarra me daría la bienvenida casta o probada." Sus ojos bailaron. "Pero lo haría esperar hasta que yo sea una vieja bruja para eso."

El corazón de Rafael se apretó cuando recordó el plan del rey oscuro para apresurar su elección, y abrió los labios para advertirle.

Pero Elizabeth le tapó la boca con los dedos para silenciarlo, inclinándose cada vez más hacia él. "Ahora quisiera saber de la pasión", insistió en un susurro. "Porque estoy malditamente impaciente." Su voz se volvió ronca. "Enséñamelo, Rafael. Muéstrame esta misma noche."

Era la invitación que él deseaba por encima de todas las demás. Rafael se inclinó, dejando que sus labios rozaran su sien y escuchando su rápida inhalación. Ella era tan receptiva que él supo que su noche sería un recuerdo para saborear, incluso si él mismo no estaba completamente saciado. "¿Cómo puedo rechazarlo?" murmuró y la sintió estremecerse. "¿Dónde nos reunimos?"

Ella se sonrojó de placer, una visión de lo más fascinante. "En los establos, aquí en Ravensmuir".

"No, hay demasiados mozos y escuderos allí". Rafael tomó su mano entre las suyas, la levantó y le dio un beso en la palma. Ella se estremeció, sus ojos se agrandaron por el deseo. "Y te buscarán para regresar a Kinfairlie."

"Entonces será allí", respondió Elizabeth con determinación. "¿Has estado en Kinfairlie?" Rafael negó con la cabeza. "El muro se ha reducido a escombros detrás de la torre, en el lado más cercano al mar. Los campos son accidentados, por lo que nadie viene por ahí. Podría encontrarme contigo allí, junto al viejo árbol retorcido."

Rafael asintió con la cabeza, sabiendo exactamente a dónde la llevaría después de conocerse. "A medianoche, entonces", juró, luego besó su mano de nuevo. Su carne era suave contra sus labios, el olor de su piel era suficiente para atormentarlo.

Él la miró, medio preguntándose si ella le tendía una trampa. No, ella no lo haría, pero Alexander podría hacerlo. Rafael lo evadiría, sin duda, porque era más astuto que el Señor de Kinfairlie.

"No me demoraré", le advirtió. "No llegues tarde, mi pequeño ángel".

La sonrisa de Elizabeth se volvió seductora y Rafael sintió que su sangre ardía. "Oh, no lo haré. En eso, señor, puedes confiar."

Rafael buscó a Malcolm después de su conversación con Elizabeth, sabiendo que tenía que dejarle claros sus planes a su camarada.

Sé que los demás planean irse mañana. ¿Estás seguro de que no te quedarás? Preguntó Malcolm.

Rafael sonrió. "No bromees conmigo. Tú y tu hermano se alegrarán de ver a tales mercenarios partir de su salón y sus tierras."

Malcolm negó con la cabeza. "No bromeo. Eres menos un mercenario que un amigo, Rafael." Su mirada se puso seria. "No quisiera verte regresar a ese oficio por falta de opciones."

Rafael se asustó con estas palabras. "¿Y qué significa eso?"

"Que necesito un senescal para defender mis fronteras y mi salón, y no puedo pensar en ningún hombre que merezca más el puesto."

Catriona se inclinó alrededor de Malcolm, evidentemente había escuchado la conversación. "Y no quiero que te vayas debido a nuestros desacuerdos en el pasado."

Rafael negó con la cabeza apresuradamente, no queriendo que Malcolm supiera que estaba profundamente tentado. "Es mi naturaleza hacer la guerra", dijo. "Y no habrá suficiente en tus fronteras, no ahora, para que yo gane el tributo que deseo."

Malcolm frunció el ceño. "Entonces, ¿partirás tan pronto como mañana?"

"Con la primera luz."

"Siempre serás bienvenido en nuestra mesa", dijo Catriona.

"Y si cambias de opinión, sabes que te daría la bienvenida en mi salón", dijo Malcolm.

"Gracias, pero como dije, quisiera irme."

"Es posible que no encuentres un pasaje a través del Canal de la Mancha", advirtió Malcolm. "Nos cobraron el doble a nuestro regreso a casa porque no confiaban en tu apariencia, y solo entonces porque yo respondí por ti."

"Lo lograré." Rafael observó a la compañía, su mirada se posó infaliblemente en Elizabeth y sintió la necesidad de advertir a su amigo. "Yo no le daría la espalda al conde de Douglas, y no guardo el sello de una fortaleza que él desea. No confíes demasiado, Malcolm, no cuando todos los tesoros han llegado a tu mano." Hizo un gesto hacia el salón que se había construido tan rápidamente y volvió a sentir esa punzada de envidia por lo que había ganado su camarada. "Ravensmuir siempre fue tu destino. Guárdalo y todos tus tesoros con vigor."

Malcolm sonrió y la pareja se dio la mano con entusiasmo.

Amigo. Era algo extraordinario que lo llamaran amigo, y Rafael sabía que saborearía el saludo de Malcolm para siempre.

LA SPRIGGAN DARG, como muchos seres de edad avanzada —y, hay que decirlo, como muchos de edad no tan avanzada— era una criatura de hábitos. Después de su involuntaria participación en la fuga de Rosamunde del cautiverio de Finvarra, Darg había regresado a Ravensmuir. Aunque el torreón estaba en ruinas y las que alguna vez fueron grandes cavernas debajo de la tierra se habían derrumbado, todavía había muchos túneles lo suficientemente anchos como para permitir el paso de una pequeña spriggan.

Una spriggan, en su forma más común, se puede colocar en la palma de una mano humana. Darg, como muchos spriggans, era completamente oscura, como si estuviera cubierta por la corteza retorcida de un árbol. La nariz de Darg era puntiaguda, como un cardo, y poseía los pequeños ojos redondos característicos de los spriggans.

Era más que sus ojos brillantes y dedos rápidos lo que este tipo particular de hada tenía en común con sus compañeros, sino también un deseo por el oro y los tesoros.

Darg se había escondido originalmente en las cavernas debajo de Ravensmuir cuando los antepasados de Malcolm y sus hermanos comerciaban con reliquias religiosas. En aquellos días, los túneles estaban repletos de riquezas: plata, oro, relicarios y botín de las iglesias. Había sido un tesoro tan rico que Darg nunca lo había memorizado en su totalidad.

Al menos no antes de que se lo robaran.

El tesoro no había sido realmente robado, había sido recuperado por su legítimo propietario y vendido. Pero Darg, como era típico de un spriggan, creía que todos los tesoros que percibía y codiciaba eran suyos, por lo que en la mente de Darg, el botín había sido robado.

Además, habían sido robados por la mujer que había sido la ruina de la existencia de Darg durante años, una tal Rosamunde.

Si Darg hubiera sabido que Rosamunde había visitado la nueva fortaleza de Ravensmuir, la spriggan podría haberse movido para visitar el salón, simplemente para mirar a esa vieja enemiga. Se había establecido una cautelosa paz entre las dos, gracias a la ayuda de Darg para recuperar a Rosamunde de la corte de Finvarra, pero la spriggan aún podría haberse enojado.

Tal como estaban las cosas, Darg dormía profundamente después de esa aventura.

Mientras la compañía se regocijaba en el nuevo salón de Ravensmuir, Darg dormía sobre un montón de monedas de oro que había descubierto unos seis meses antes. Justo cuando la spriggan se había convencido de que todos los tesoros del mérito habían sido retirados de los túneles de Ravensmuir, un mortal depositó una cantidad considerable de oro en uno.

Había enterrado su tesoro en un túnel que se abría al mar,

escondido en una curva de la caverna y fuera del viento. Darg había observado al hombre en cuestión mientras lo ocultaba, con modales furtivos, y había investigado inmediatamente después de su partida. Las monedas habían sido enterradas en sacos de terciopelo, pero Darg las abrió todas, arrojando a un lado el terciopelo después de derramar las monedas en una pila reluciente y altamente satisfactoria.

La spriggan había visto tesoros más finos y ciertamente más variados, pero un montículo de oro de varias veces su altura no debía ser despreciado. La spriggan se había hecho un nido en la pila y se había escondido para dormir.

Sin embargo, no dormía tan profundamente como para no escuchar el acercamiento de un intruso. Los ojos de la spriggan se abrieron de golpe, luego se entrecerraron con sospecha. Claramente, algún ladrón venía a saquear el premio recién ganado de Darg.

～

¡PERFECTO!

La estrategia de Elizabeth estaba funcionando mejor de lo que esperaba. Rafael había estado de acuerdo.

Y lo había hecho con ese calor prometedor en los ojos. ¡Esa sería una noche inolvidable! Ella estaba impaciente por que se completaran las celebraciones, pero sabía que no debía dar señales de su plan. De hecho, ni siquiera se atrevió a reconocer a Rafael de nuevo, porque Alexander podría darse cuenta.

Elizabeth bailaba y se regocijaba. Hablaba con los invitados y abrazaba a Avery mientras Catriona y Malcolm bailaban. Se reía de los cuentos contados y bebía un sorbo de cerveza, mientras golpeaba con el dedo del pie para que pasara el tiempo.

Fue cuando regresó del tocador cuando se tropezó con Alexander y Malcolm conversando en las sombras. Habiendo encontrado a estos dos tramando tantas veces en su juventud, Elizabeth instintivamente se escondió en las sombras y escuchó sin remordimientos.

"Deberías saber que he recibido una misiva del conde", dijo Alexander en voz baja. "Quiere negociar contigo."

Malcolm resopló. "Fue derrotado y sus hombres huyeron del campo. No necesito hacerle ninguna concesión."

Alexander respiró hondo en su desaprobación. "Está muy decidido a hacer una alianza con nuestra familia..."

"Y a esconder a uno de sus espías dentro de mis paredes otra vez", dijo Malcolm con disgusto.

"Y asegurarse de que los eventos de esta semana no se repitan", corrigió Alexander con severidad. "Debes darte cuenta, Malcolm, de que la ubicación de Ravensmuir es estratégica. Al reconstruirlo y hacerlo tan bien, has reavivado una vieja codicia en el conde. Él anhelaba poseer Ravensmuir antes, y ahora es aún más atractiva."

"Lucharé hasta la muerte en defensa de lo que es mío..." comenzó Malcolm con vehemencia, pero Alexander lo interrumpió.

"¿Y luego que?" Preguntó suavemente. "¿Verías a Catriona agredida cuando se dirija sola a rezar en la nueva capilla? ¿Verías a Avery herido por un extraño cuando cabalgue para cazar? Hay mil formas de atacar a un hombre sin reunir un ejército fuera de sus puertas."

Elizabeth sintió que Malcolm estaba descontento con estas noticias, incluso sin ver sus rasgos con claridad. "¿Y qué?" demandó con frustración. "Debería desposar a Avery con alguna víbora de la línea del conde como Jeanne, ¿y eso antes de que él siquiera pronuncie su primera palabra?"

"No, por supuesto que no." Alexander se aclaró la garganta. "Aunque fue sugerido."

Malcolm hizo un sonido de disgusto.

"Quieren un matrimonio", continuó Alexander. "Quiero escribirle a Ross y descubrir su circunstancia. Considera que podría ser bueno para nosotros tener un aliado dentro de la familia del conde."

"Dudo que Ross se case por nuestra conveniencia."

Puede que se enamore de una de las mujeres que el conde

propone como pareja. Podría tener algunas sobrinas o primas atractivas." Alexander se encogió de hombros cuando el escepticismo de Malcolm quedó claro. "O bien puede ser recompensado generosamente por su cumplimiento por parte del conde. Solo quiero preguntar."

"No me gusta, aun así. ¿Por qué pondrías esta carga sobre él?"

Alexander no respondió por un momento, y Elizabeth se acercó más para asegurarse de no perderse sus palabras. "Porque le prometí a Elizabeth que podría elegir al hombre con el que se case."

"¿Y entonces?" Preguntó Malcolm, su falta de comprensión clara.

"Y entonces mi mano podría ser forzada muy fácilmente", dijo Alexander con fuerza. "No sería la primera vez que un matrimonio se conspira mediante el secuestro y la violación, y no vería que las cosas lleguen a eso."

Malcolm frunció el ceño. "¿Él está tan decidido?"

Alexander asintió.

Malcolm se aclaró la garganta. "Sabes que ella favorece a Rafael. Podrías verla casada en poco tiempo..."

Alexander soltó una breve carcajada. "Me esfuerzo por asegurar su felicidad, Malcolm, no garantizar su miseria y muerte. Ella no se casará con ningún mercenario mientras yo respire, de eso puedes estar seguro." Tamborileó con los dedos en su propio codo. "No, debe haber otra solución."

"—Entonces escríbele a Ross" —dijo Malcolm con voz tensa. "Quizás habrá éxito en eso."

"Quizás."

Malcolm bajó la voz. "Y hasta que esto se resuelva, no dejes que Elizabeth deje el torreón sola."

Los hermanos asintieron, luego regresaron a la multitud en celebración, dejando a Elizabeth con más cosas que considerar. Si tenían razón, y el conde tenía la intención de asegurarse de que algún primo o sobrino aliado suyo la despojara, obligándola a casarse con ese hombre, Elizabeth sólo podía ver una solución.

Ella misma debía deshacerse de su virginidad, para disminuir su propio atractivo.

Lo que significaba que su noche con Rafael debía ser la consumación de su relación. No podía haber medias tintas ni demoras. Si se viera obligada a casarse con cualquier hombre, sería Rafael, el hombre de su elección.

Elizabeth estaba entonces más impaciente por partir de Ravensmuir y porque llegara la medianoche. Finalmente, el grupo de Kinfairlie se despidió, entre muchos abrazos cariñosos y promesas de visita la semana siguiente. El sol se estaba poniendo en el horizonte, incendiando el cielo occidental. Elizabeth buscó a Rafael en la compañía, pero no pudo verlo por ningún lado.

Quizás ya había ido a Kinfairlie.

Quizás elegía un lugar para su encuentro.

O hacía preparativos.

Se abrazó a sí misma con anticipación.

En su corazón, Elizabeth todavía creía que tal intimidad solo sería un paso más para ganarse la confianza de Rafael y sería otra piedra en la base de su futuro juntos. Ella creía que algún día serían marido y mujer, pero aunque no lo fueran, serían verdaderos amantes.

Rafael sería su primer y único amante.

Nadie jamás podría cambiar su elección.

RAFAEL SALIÓ del salón después de su conversación con Malcolm, decidido a estar preparado para partir con el amanecer. Caminó a grandes zancadas desde el salón hasta el establo, tomó sus alforjas y luego se arrastró hasta el borde de los acantilados de Ravensmuir. Todos estaban en el salón, los sonidos de su alegría se extendían por la tierra. Los centinelas miraban tierra adentro, en guardia contra el regreso del conde y sus hombres, aunque Rafael no creía que regresaría tan pronto como esto.

Rafael escaneó la costa mientras caminaba hacia el sur hacia Kinfairlie, queriendo estar seguro de que nadie veía su destino. Cuando estuvo contento de que nadie lo miraba, de repente Rafael se agachó por debajo del borde de las rocas. Se arrastró a lo largo de la costa hasta el camino que había descubierto meses antes, luego siguió su curso hacia el mar.

Los acantilados no se habían derrumbado ahí, como lo habían hecho donde la antigua fortaleza de Ravensmuir había caído al mar. La caída al agua era menor que donde había estado el antiguo torreón, la tierra descendía gradualmente hacia los pantanos al sur de Kinfairlie. Cuando Rafael se enteró del oficio de los antepasados de Malcolm y de las cavernas bajo el antiguo torreón, había explorado la costa. Efectivamente, había encontrado cuevas cavadas en las rocas, con túneles que se extendían detrás de ellas hacia cavernas oscuras. Rafael había elegido uno que parecía terminar en un túnel bloqueado, o uno con un pasaje demasiado pequeño para cualquier hombre, y había enterrado allí su botín. Fuera de la vista y del viento, había creído que sus riquezas estaban tan seguras como en cualquier tesoro.

Al menos hasta que regresara esa víspera para empacarlas.

Se detuvo justo dentro de la cueva para mirar. Las monedas, que habían estado contadas y guardadas en bolsas de terciopelo cuando las había dejado, ahora estaban amontonadas contra una pared en glorioso desorden, su riqueza mostrada a cualquier hombre que pudiera tropezar con ellas. ¡Le habían robado! Rafael cayó sobre las monedas y las contó con miedo.

Sin embargo, la suma era la misma que había dejado. Contó dos veces para estar seguro, luego no pudo encontrarle sentido. Buscó entre las joyas y otras baratijas que había reunido y no pudo identificar ni un solo artículo que faltara. Incluso la jarra de cobre que le había quitado a Ibrahim seguía ahí, aunque negó con la cabeza al verla. Era demasiado fácil recordar la convicción del anciano en lo invisible, sin importar su certeza de que esos seres hechos de humo eran dignos de temer. Su convicción no era diferente a la de Elizabeth en las hadas.

Rafael también había podido ver al djinn, aunque nunca había dado indicios de sus habilidades. Habían preferido que los pasaran por alto, y él los había visto exigir el castigo de cualquier tonto que admitiera haberlos visto.

Ibrahim se había convencido al ver que la vasija de cobre era una trampa para un djinn, como la del cuento que más le gustaba contar. De todas las posesiones de Ibrahim esa era la que más atesoraba, porque estaba seguro de que algún día tendría que defenderse de las travesuras del djinn. Había pagado un precio ridículo por ella, lo que hacía imposible vender el lote con una ganancia.

Cuando era un niño recién liberado, Rafael había tomado el objeto como suyo, pero tampoco había podido venderlo. Había sido malditamente inconveniente, prácticamente una piedra de molino sobre su espalda, pero no había podido abandonarla.

Rafael puso los ojos en blanco ante la locura que se podía pasar de un hombre a otro, incluso cuando empezaba a contar y guardar sus monedas en sus sacos de terciopelo. Esta vez, decidió dejar atrás el pesado frasco de cobre.

En ese mismo momento se dio cuenta de que no estaba solo.

Algo murmuró en la caverna.

Algo pequeño y oscuro, de rostro afilado y lengua más afilada. Algo que no era lo suficientemente grande para ser un hombre o incluso un niño, algo con piel que parecía estar hecha de corteza desgastada.

Un hada.

O un djinn.

Si hubiera una diferencia en verdad.

"Otro ladrón ha venido a despojarme, el oro que gano con sangre y trabajo. ¡Malditas alimañas por todos lados, estos mortales no puedo soportar!"

Rafael se esforzó por mantener la serenidad en su expresión. No revelaría que podía oír a esa criatura, porque la sorpresa era la mejor herramienta. En cambio, se acercó a la trampa para el djinn, que no era más que un gran recipiente de cobre anudado en una red con un corcho que podía atarse de forma segura en su lugar. Lo empujó con el codo, aparentemente haciendo un movimiento inadvertido, notando que el corcho estaba como debería ser. La abertura estaba hacia el cielo, el interior oculto por la cuerda. Había algo extraño en esa cuerda, Rafael siempre lo había sentido, porque parecía chamuscarle los dedos. Ibrahim le había confiado una vez que solo el uso de una determinada palabra permitiría que se desatara cualquier nudo dentro de ella.

Rafael siempre había pensado que eso era una tontería, pero ahora se preguntaba.

"Husmean, se escabullen, me roban el tesoro, los mortales y su codicia, los desprecio."

Rafael vio a la pequeña figura caminar a la vista, lo suficientemente pequeña como para poder sostenerla en una mano, si hubiera tenido algún deseo de hacerlo. Ella lo fulminó con la mirada y pateó, murmurando todo el tiempo, y luego se apoderó de una sola moneda de oro. Evidentemente, estaba convencida de que él no podía verla y agarró la moneda con la intención de llevársela.

Rafael decidió poner a prueba su idea. Rebuscó en la pila de monedas de oro, como si buscara algo en particular, y la criatura se detuvo para observarlo de cerca.

"No puede desaparecer", susurró él. "¡No es el premio más grande que poseo!"

La criatura dejó la moneda, acercándose con curiosidad. Rafael envió monedas esparciéndose en aparente desesperación, cavando en la pila con creciente frenesí. La criatura se acercó cada vez más.

"¡Ajá, aquí está!" Dijo Rafael con aparente alegría. Se sentó para admirar un anillo engastado con una piedra de cristal rojo. Prácticamente no tenía ningún valor, pero brillaba intensamente y era tan grande que habría valido el rescate de un rey si hubiera sido una piedra genuina.

"El rubí que es la maravilla de mi colección." Rafael sonrió a la piedra, girándola para que captara la luz, respiró sobre ella y la pulió contra su manga. Sintió la aguda atención de la criatura. De hecho, estaba casi a la altura de su codo, sus dedos meñiques codiciosos se movían en anticipación a arrebatarle su premio.

Rafael suspiró. "Un día conoceré a la dama digna de llevar este rubí de valor incalculable en su dedo." Sacudió la cabeza. "Pero me temo que todavía no." Se puso de pie, luego fingió un resbalón, jadeando cuando el anillo cayó en la trampa de djinn. Fingió entonces que no podía ver dónde había caído y se giró en su lugar, aparentemente buscándolo en el suelo.

La pequeña criatura oscura pasó junto a él y se sumergió en la jarra de cobre con los dedos extendidos. Tan pronto como estuvo dentro, Rafael se movió como un rayo para atascar el corcho en el cuello de la botella y atarlo. La cuerda pareció atarse a sí misma con más fuerza de lo que jamás podría haberlo hecho él.

La pequeña criatura gritó. "¡Una maldición, una maldición y una mentira repugnante! Engañada soy y dejada para morir." Pateó el frasco con vigor, luego miró a Rafael.

Él sacudió el frasco y sonrió. "Entonces, eres lo mismo que un djinn", murmuró a su cautivo. "Esto es bueno saberlo."

La criatura se enfureció. "No puedes verme, esto lo sé…"

"¿Porque no revelé que podía verte antes de que quedaras atrapada?" Rafael chasqueó la lengua. "Un hombre que pretende sobrevivir no revela todo lo que sabe. Me alegra ver que, después de todo, la trampa de djinn es útil. La he llevado durante muchos años." Dejó la trampa a un lado y rápidamente guardó su oro. La criatura debía haber pateado contra el cobre, porque sonaba sordamente, pero no pudo escapar.

"Me quema, me quema, esta trampa para djinn, y no debería quedarme aquí."

"Fue obra de un hombre que conocía mucho más a los de tu especie que yo", dijo Rafael con suavidad. "Eso es lo que me dijeron, y aunque nunca creí en la historia, que debe ser verdad. Solo hay una forma de escapar." La criatura guardó silencio mientras esperaba alguna pista. Rafael sonrió. "Para que te libere, por supuesto."

"Apuesto a que la libertad no se ganará, no rápidamente de un demonio como este."

"Él me dijo la forma de hacerlo. Es quizás la única lección de mérito que me ha dado." La criatura siseó, claramente insatisfecha. "Te liberaré de inmediato, pero debes concederme tres deseos a cambio."

La criatura pateó y maldijo. Caminó y pateó, luego, con su furia apagada por el momento, habló en tono malhumorado. "No hago promesas a hombres mortales, porque al final olvidan sus promesas."

"Muy bien", asintió Rafael fácilmente. "De hecho, comprendo tu cautela más que la mayoría." Metió las últimas monedas de oro en sus alforjas y aseguró la hebilla, luego cavó en la suave arena del suelo de la caverna. Cuando Rafael bajó la trampa de djinn en el agujero, su ocupante bramó con furia.

"¿Qué es esto que harías? ¿Qué daño te he hecho alguna vez?"

"—No puedo soltarte, no sin el trato, porque podrías vengarte de mí por el insulto" —respondió Rafael con tono razonable. "Y me voy a costas lejanas por la mañana." Él se encogió de hombros. "¿Por qué no dormir un rato?" Aparentemente ajeno a la furia de las hadas, enterró la trampa de djinn de modo que solo la punta más desnuda del corcho fuera visible. La criatura gritó, pero sus gritos eran tan ahogados que cualquier alma que tropezara con ese lugar pensaría que eran el eco del viento.

Rafael cargó sus alforjas y salió de la caverna. Hizo una pausa para asegurarse de que no hubiera nadie mirando y regresó a los establos.

Se asombró al descubrir que Ibrahim tenía razón sobre la vasija de cobre.

Pensó en las historias que había oído de Ibrahim, las que había considerado meras historias hasta que había llegado a Ravensmuir. Consideró que podría solicitar los favores de este djinn.

Pero el djinn en cuestión necesitaba algo de tiempo para considerar la alternativa a otorgarle a Rafael su deuda.

Y Rafael tenía que enseñarle a una doncella sobre el placer.

Sonrió con anticipación mientras se subía a la silla de Rayo y cabalgaba en el caballo a través del páramo oscurecido. Su corazón latía con fuerza, su deseo rabiaba, y la promesa del placer de su pequeño ángel era todo lo que podía anhelar, y más.

LAS CAMPANAS de la capilla de Kinfairlie tocaron la medianoche.

Elizabeth se deslizó de su camastro y se puso su kirtle, atando apresuradamente los lados. Cogió sus botas y se colgó la capa más gruesa sobre los hombros, se subió la capucha y bajó las escaleras.

El salón estaba completamente en silencio. Incluso los niños debían estar durmiendo en el solar, porque todo lo que Elizabeth escuchaba era el ritmo del sueño.

En el gran salón, había ronquidos, que eran un sonido perfecto para cubrir sus pasos. Se puso las botas y cruzó el salón en silencio. Ella quería correr, pero se movía con cuidado. Atravesó las cocinas y salió por la puerta trasera del torreón. Se apresuró a atravesar los huertos y luego cruzó la pequeña pared de piedra rota en la parte trasera del torreón. Ahí solo había campos y tierra vacía, con el mar a lo lejos. Costa arriba, pudo ver la silueta oscura de Ravensmuir.

Y un caballo corriendo hacia ella.

El corazón de Elizabeth dio un brinco de anticipación. Dejó atrás la piedra caída del muro y se paró junto al árbol retorcido mientras Rafael cabalgaba hacia ella. Su capa volaba detrás de él mientras Rayo galopaba más cerca, la capa dorada reluciendo. Detuvo al caballo a cierta distancia y luego acompañó a la bestia en silencio hasta la última distancia.

Nadie podría escuchar.

Vio de nuevo la cautela en sus modales, la forma en que escudriñaba sus alrededores como si pensara que podrían ser observados.

La sonrisa de Rafael brilló cuando estuvo a su lado y el corazón de Elizabeth se aceleró.

"Entonces, eres una doncella valiente", susurró él. "Pensaba que llegaría para descubrir que habías elegido quedarte en tu habitación."

"No presento desafíos que no voy a mantener", dijo ella, sintiéndose salvaje y sin restricciones.

Rafael se rió entre dientes. Se inclinó y la agarró por la cintura con un suave gesto, levantándola delante de él. La atrajo a su regazo y al mismo tiempo hizo girar el caballo, luego se inclinó para capturar sus labios debajo de los suyos. El viento estaba en el cabello de Elizabeth, la sólida fuerza de Rafael en su espalda y su boca se cerró sobre la de ella. Sus dedos enguantados estaban en su cabello, su capa flameando detrás de ellos mientras Rayo galopaba de regreso por el camino por el que había venido. Podía oler el mar y el calor de la piel de Rafael y Elizabeth le devolvió el beso, asombrada de su propia audacia.

Esta noche apostaría y no se atrevía a imaginar que no ganaría.

Eso era lo que significaba estar vivo.

DOMINGO 27 DE JUNIO DE 1428

FIESTA DE SAN CIRILO DE ALEJANDRÍA.

CAPÍTULO 15

Rafael llevó a Elizabeth a la caverna, dejando a Rayo atado para que pastara en el acantilado. Tanto Ravensmuir como Kinfairlie estaban distantes y oscuros, y el viento habría robado cualquier sonido que hicieran. Él desmontó y luego la bajó, robándole otro beso antes de tomarla de la mano y conducirla por el camino oculto. Ella no vaciló ni titubeó, sus ojos brillaron cuando la caverna fue revelada. A la vuelta de la esquina estaba el escondite de su tesoro, pero Rafael permanecería junto a la abertura, donde todo lo que podían ver era la extensión del océano.

"Podríamos estar solos en toda la cristiandad", dijo Elizabeth, como si no hubiera nada mejor.

Una vez más, Rafael quedó asombrado por ella. Ninguno de sus protectores sabía de su ubicación. Nadie los vería en ese lugar y nadie la oiría si cambiaba de opinión y pedía ayuda. Sin embargo, Elizabeth iba con él de buena gana, con confianza, y Rafael se sintió honrado por eso.

Tanta confianza. Tanta inocencia.

Tanta seguridad.

Él no la traicionaría.

Rafael se quitó la capa y la arrojó sobre la piedra. Elizabeth miró, luego siguió su ejemplo, desplegando su propia capa encima de la de él. La suya era de lana fina, teñida con el tono vibrante de un zafiro y estaba forrada de piel plateada. Era gruesa y lujosa como correspondía a su estado. La suya era gruesa y de lana, ligeramente descolorida por el uso, útil pero sin adornos. El contraste hizo que las diferencias en su estatus fueran tan claras que Rafael titubeó.

Una vez más, Elizabeth pareció leer sus pensamientos. Ella se acercó a él y posó los dedos sobre el bordado de su abrigo. "¿Por qué tu insignia es tan pequeña?"

Rafael solo pudo decir la verdad. "No tengo insignias, porque no soy un caballero."

Elizabeth frunció el ceño levemente y él se preguntó si reconsideraría su elección. "¿No te ganaste tus espuelas bajo la tutela de un tío?"

Rafael sonrió ante sus suposiciones. "Me gané lo que es mío con el peso de mi espada." Tocó el bordado dorado de su abrigo, sus dedos se entrelazaron sobre su corazón. "Esto no es más que una muestra de buena suerte, que me concedió una señora que era rápida con una aguja."

Algo brilló en esos ojos maravillosos, una emoción rápidamente disfrazada. ¿Estaba ella celosa? Rafael lo esperaba desesperadamente. "¿Había cosido una de tus heridas?"

"No, solo una mujer ha hecho eso." Se inclinó y le tocó los dedos con los labios.

Ella sonrió entonces, muy complacida, y la vista envió calor a través de él. Su dedo volvió a rodear el emblema. "¿Qué se supone que representa?"

"Es una granada, porque eso es lo que le pedí."

"Una fruta de Granada", reflexionó Elizabeth y se sorprendió de que ella lo supiera. "Nunca he visto una, aunque he oído hablar de ellas." Ella lo miró. "En cuentos de valor."

"Por supuesto" Rafael le sonrió, atrapado por la bienvenida en sus ojos.

. . .

"Adornan las insignias de más de un caballero que conozco, tal vez porque el jugo de la fruta es rojo como la sangre", admitió Rafael. Quería que ella entendiera más de él. "La fruta, como tantas otras cosas en la vida, es agria y dulce." Él le dio una mirada atenta. "Hay una semilla escondida dentro de cada gota de ese jugo, un recordatorio de que todas las alegrías tienen su precio."

Elizabeth se mordió el labio mientras lo consideraba. "Esa es una forma dura de ver la vida."

"Pero una verdadera."

"¿Cuándo acabará tu oficio?" preguntó ella en voz baja, su mirada buscando la de él.

"Nunca." Podría lamentar esa verdad, pero Rafael temía que fuera inexpugnable.

Ella negó con la cabeza, impaciente por su respuesta. "No seas ridículo. En algún momento te detendrás, aunque solo sea porque te maten mientras haces la guerra. Pero Mío Cid cabalgó para asegurar un refugio para su esposa e hijas y asegurar su futuro. ¿Qué objetivo tienes en tu oficio? ¿Por qué lo empezaste?"

"Para sobrevivir."

"Pero lo has hecho", insistió. "¿Por qué lo abandonarías voluntariamente?"

"No lo haré. Es lo que soy y lo que hago. No conozco otra vida."

"Pero Malcolm..."

Rafael la interrumpió, queriendo estar seguro de que entendía los obstáculos que tenía ante él. "Él tuvo el beneficio no solo de un legado, sino de la capacitación para sus responsabilidades futuras al asumir ese legado. Necesitaba dinero y nada más." Él sonrió, un poco arrepentido de admitir la verdad. "Yo tengo dinero y nada más. Y así continúo, como todos continuamos, hasta que no peleemos más. Tenemos la guerra en la sangre, como sabuesos que han probado la matanza, y su atractivo no puede olvidarse."

Incluso mientras decía eso, Rafael esperaba que pudiera ser de otra manera. Sin embargo, sabía que si le daba a Elizabeth alguna esperanza de su eventual regreso, ella se aferraría a eso, junto con su convicción de la promesa del destino. Él no le daría falsas esperanzas. Concluyó con mayor énfasis de lo que había sido su intención. "Es el camino del mundo, mi pequeño ángel."

Por supuesto, Elizabeth no se desanimó. Él vio en sus ojos que no había alterado ni un poco su convicción.

Rafael se dio cuenta de que lo habría sacudido si lo hubiera hecho.

"¿Qué significa eso?" susurró ella, esos ojos encendidos. "Siempre dices eso, pero no sé lo que significa."

"¿Mi pequeño ángel?" preguntó él y ella asintió. "Significa 'mi angelito'."

Elizabeth sonrió entonces, muy complacida, y volvió a tocar sus labios con los de él. "Pero yo no soy un ángel", murmuró contra su boca. "Tampoco soy tan pequeña."

Y ella no era suya. La verdad golpeó a Rafael hasta la médula.

Era el momento de darle a la dama su regalo. Sería una especie de homenaje a ella.

Rafael se quitó los guantes y enmarcó su rostro entre sus manos, inclinándose para besarla concienzudamente. Elizabeth se estiró hasta los dedos de los pies y le rodeó el cuello con los brazos, devolviéndole el abrazo con ardor. La comprensión de la ternura y la pasión que pueden existir entre una mujer y un hombre, la expectativa de lo que ella podría exigir al hombre que se casaría con ella, la comprensión de lo que le corresponde sería su regalo.

No era mucho, pero era todo lo que Rafael Rodríguez tenía para darle a una mujer de la posición de Elizabeth.

Quizás ella lo recordaría amablemente.

Rafael sabía que nunca la olvidaría.

Elizabeth estaba casi abrumada por el placer. Algo en sus modales había inflamado a Rafael porque la besaba con más vigor que nunca antes. Ella pensaba que podría consumirla por completo, y no le importaba si lo hacía. Su boca se cerró sobre la de ella, su lengua se deslizó entre sus dientes y Elizabeth le abrió la boca en completa rendición.

Él le mostraría el camino.

Él gimió ante su rendición, un sonido maravilloso, y la tomó en sus brazos, poniéndola suavemente sobre el par de capas. Él no rompió el beso, sino que le desató la falda y soltó el cordón a ambos lados. Elizabeth lamentó haberse puesto algo más que su camisola, porque quería sentir sus manos sobre ella.

Ella gimió cuando el peso de su mano se cerró sobre su seno, y gritó de placer cuando él pellizcó su pezón como lo había hecho una vez antes.

"¿Duele?" murmuró él en su oído y Elizabeth negó con la cabeza.

"Es maravilloso, un escozor y un cosquilleo juntos. ¡No te detengas!"

Él se rió entre dientes y giró la punta de su pezón entre su dedo índice y pulgar, mirándola con ojos brillantes mientras ella arqueaba la espalda y jadeaba de placer. Reclamó sus labios de nuevo, ese fuego tentador en su beso, su beso áspero, posesivo y exigente. Que pudiera perder algo de control en su deseo por ella era emocionante sin comparación.

Cuando él levantó la cabeza, Elizabeth tiró de su kirtle suelto por encima de su cabeza y lo arrojó a un lado, luego desató el encaje de su camisola. La miró con avidez, con esa sonrisa pícara y luego deslizó la mano por debajo del dobladillo de su camisola. Su palma estaba tibia sobre su muslo, su expresión era peligrosa mientras la levantaba cada vez más. Elizabeth sintió que se sonrojaba. Sintió el calor acumularse en su vientre y la humedad entre sus muslos. Anhelaba algo que no podía nombrar.

Luego, los dedos de Rafael se deslizaron entre sus muslos, demostrando que sabía lo que ella quería. La tocó en ese lugar más íntimo, acariciándola con una seguridad que hizo a Elizabeth jadear y retorcerse. Ella sentía que una tempestad se levantaba bajo su piel, pero él era implacable, llevándola cada vez más alto.

La besó con fervor de nuevo, luego trazó una línea de besos por su garganta, su barba rozó su piel de una manera que ella encontró más excitante. Ella entrelazó sus dedos en el grueso de su cabello, luego gritó cuando él cerró la boca sobre su tenso pezón.

Él se amamantó y lo besó, pasando la lengua y los dientes por él para que le doliera por sus atenciones. Sus dedos todavía se movían contra ella, provocándola para que cabalgara la tormenta que él creaba. Elizabeth estaba perdida en su abrazo, incapaz de creer el poder de las sensaciones, insegura de sobrevivir a este dulce tormento.

Se sentía desenfrenada porque estaba casi desnuda y él todavía estaba completamente vestido, y podía imaginarlo seduciéndola así en algún rincón de un salón o en una habitación que compartieran. Sus dedos se deslizaron dentro de ella y ella gimió desde lo más profundo de su ser ante el placer que él creaba. Él no cedió, sino que la acarició como si estuviera decidido a hacer hervir su sangre. Hizo una pausa y ella abrió los ojos, incapaz de recuperar el aliento mientras su corazón se aceleraba. Ella le devolvió la sonrisa, sabiendo que estaba sonrojada y complacida, pensando que esto era la suma de todo.

Porque estaba bien de verdad.

"Es maravilloso", logró susurrar.

Pero Rafael le dirigió una sonrisa maliciosa. "Apenas ha comenzado", murmuró.

Levantó el dobladillo de su camisola, dejando al descubierto su vientre a su vista, y trazó otro camino de besos ardientes cada vez más bajo. Elizabeth jadeó cuando su boca se cerró sobre ella, luego suspiró ante el toque de su lengua traviesa. Él la agarró por las nalgas y la levantó para besarla, atormentándola de placer dejándola sin saber que hacer. Esa tormenta se formaba con furia salvaje y ella gritó por algo que no podía nombrar. Se retorcía como una ramera, ávida de su toque y anhelando todo lo que él pudiera dar.

El orgasmo llegó de repente como si la hubieran arrojado desde el acantilado hacia el mar muy por debajo de ellos. Elizabeth se escuchó gritar de placer mientras un tumulto recorría sus venas.

Abrió los ojos mucho tiempo después, acalorada y jadeando, solo para encontrar a Rafael mirándola con una mezcla de satisfacción y diversión.

"Gracias", dijo, al escuchar que su voz era desigual. "¿Por qué las parejas casadas abandonan el solar?"

Rafael se rió. "No todos son tan apasionados como tú".

No había críticas en su tono, aunque Elizabeth sabía que eso no podía ser la suma de hacer el amor. Después de todo, él todavía estaba completamente vestido. Ella lo alcanzó, reclamando su mano. "Y eso no puede ser todo", susurró con asombro. "Porque no has tenido tu placer".

"Es un placer para mí presenciar el tuyo," dijo Rafael con fuerza, luego la alcanzó de nuevo. Entonces comprendió que él no tenía la intención de poseerla, y su corazón se hinchó ante su galantería.

De hecho, su elección solo la convencía del mérito mismo.

"Pero quisiera verte por completo", susurró ella, dejando caer la mano sobre su cinturón. "Vería cómo está forjado un hombre".

Él vaciló, otra señal más de su plan, y Elizabeth supo que no tendría mucho tiempo para superar sus objeciones. Se quitó la camisola, se desnudó por completo a su vista y aprovechó su sorpresa. Ella desabrochó la hebilla de su cinturón y lo dejó a un lado con cuidado, luego lo empujó sobre a su espalda. Rafael se apoyó en los codos, como si fuera a detenerla, pero Elizabeth rápidamente le quitó las botas.

"—Elizabeth" —gruñó él a modo de advertencia y, aunque a ella le gustó mucho el sonido, vio que él comenzaba a incorporarse.

Siguiendo un impulso, puso su mano sobre su erección, sintiendo su tamaño a través de sus calzas y apretó sus dedos alrededor de su fuerza. Rafael contuvo el aliento y se congeló, sus ojos brillaban. "Usaste tu boca para conceder placer", susurró. "¿Qué pasa si uso la mía?"

Sus ojos brillaron como un rayo y Elizabeth comprendió que su sugerencia le agradaría mucho. "Ninguna dama hace eso", comenzó a protestar él, pero los dedos de Elizabeth estaban ocupados en sus cordones. Ella tiró de sus calzas sobre sus caderas y lo tocó tentativamente, sonriendo cuando fue recompensada por su gemido de placer.

"Tentadora", susurró mientras se apoyaba en la capa, y Elizabeth supo que él era suyo para reclamarlo.

~

RAFAEL NUNCA HUBIERA IMAGINADO que Elizabeth poseyera tal audacia.

De todos modos, no pudo resistir su toque, mucho menos su deleite en lo que hacía. Ella aprendía demasiado rápido para que él pudiera evadir su caricia, y ciertamente no podía contener su respuesta. La apartó en el último momento y derramó su semilla en su propia camisa. Cuando él estaba jadeando por las consecuencias, sus malditos dedos estaban ocupados, tirando de la camisola por encima de su cabeza.

"Lo quisiera ver", insistió ella y él no tenía fuerzas para luchar contra ella.

Cuando él estuvo desnudo y ella estuvo desnuda y se arrojó sobre su pecho, el triunfo brillando en sus ojos, no pudo resistirse. Le clavó los dedos en el pelo, le gustaba que lo hubiera dejado suelto durante la noche, y extendió los mechones de ébano sobre sus hombros.

Ella arqueó una ceja, trazando círculos en su pecho con las yemas de los dedos. "Supongo que hay más placer del que se puede compartir".

Él no pudo reprimir su sonrisa. "Supongo que sabes que no pretendo mostrártelo".

Ella se mordió el labio, luciendo tan traviesa que él se consideró advertido. "Supongo que has adivinado que no pretendo dejarte otra opción".

"No puedo casarme…"

"No me importa", dijo Elizabeth y reclamó sus labios en un beso tan potente y autoritario como los que él le había dado. En verdad, aprendía demasiado rápido, porque sus dedos estaban en su cabello, sus manos manteniéndolo cautivo de su beso, su boca exigente y tentadora. Rafael encontró sus manos entrelazadas en su cabello, sosteniéndola fuerte mientras su beso se volvía incendiario. Apenas se dio cuenta de que ella le había pasado una pierna por encima, pero luego sintió sus senos desnudos presionando contra su pecho. Las rodillas de Elizabeth se cerraron alrededor de su cintura y su suavidad tocó su erección, enviando una sacudida a través de él. Ella bajó las caderas y se frotó contra él, haciéndolo gemir.

Él la hizo rodar sobre su espalda entonces, porque no podía hacer nada más. Él tomó el mando de su beso, sus manos recorriendo su piel sedosa, porque esa era su única oportunidad de salvar su castidad. Él colocó una mano entre ellos, aunque no quería romper el contacto, y la habría acariciado para concederle placer. Él habría negado su propia necesidad, pero Elizabeth lo agarró por las nalgas y lo atrajo más cerca, de modo que el dulce calor húmedo de ella estaba justo contra él. Rafael le enseñó los dientes y cerró los ojos, poniendo su ceño en su hombro mientras luchaba por el control.

Elizabeth movió las caderas en señal de invitación.

Y él no pudo negarse. Él se deslizó dentro de ella, temblando por el esfuerzo de mantener el control por un poco más de tiempo. Ella jadeó y agarró su cabello, mordisqueando su oreja mientras él se sumergía en su dulzura. Temía que fuera demasiado para él, pero Elizabeth lo sorprendió de nuevo.

"Todo de ti", exigió ella con ferocidad, cerrando sus piernas alrededor de su cintura. "Muéstrame todo de ti".

Y Rafael solo pudo cumplir. Se echó hacia atrás, apoyando su peso en los codos para poder mirarla mientras la reclamaba. No había miedo en su expresión y si sentía dolor, lo ocultaba bien. De hecho, ella le sonrió, la seductora más seductora que jamás había existido, y cuando él comenzó a moverse, sus ojos se iluminaron de placer. Ella lo agarró por los hombros, agarrando su piel con las uñas, lo que solo lo enardeció más.

"¿Encontramos placer juntos?" preguntó ella, sus mejillas se sonrojaban más con cada momento.

"Si la fortuna nos sonríe", dijo con una sonrisa, luego la acarició con la yema del dedo.

"Eso no es la Fortuna", susurró ella con una risa, incluso mientras se retorcía bajo su caricia. "A menos que hayas cambiado tu nombre, Rafael Rodríguez".

"No lo hice", dijo él, amando lo receptiva que era ella a su caricia. La condujo más y más alto, sus movimientos alimentando su propia pasión, hasta que se movieron juntos con un ritmo tan suave de placer mutuo que podrían haberse encontrado en la cama durante décadas. Se sonrieron el uno al otro, tan en sintonía el uno con el otro que Rafael nunca había conocido nada parecido.

La llevó más y más alto, esperando que ella encontrara su placer primero. Cuando Elizabeth gritó, su cuerpo se tensó convulsivamente alrededor de él y sus dedos se hundieron en sus hombros, Rafael no pudo contenerse. Enterró la cara en su cuello, inhaló profundamente su potente perfume y dio la bienvenida a su propia liberación con un rugido. Elizabeth se rió levemente y le besó el cuello, atrayéndolo con más seguridad a su abrazo mientras él dormitaba.

Así era como se sentía ser un campeón.

Y la sensación era realmente maravillosa.

Sin embargo, no duraba.

ELIZABETH DORMITABA cuando el cielo del este comenzó a aclararse. Faltaba todavía una hora para el amanecer, tal vez dos, pero Rafael estaba bien despierto. Estaba tenso por la importancia de lo que había hecho.

Había tomado lo que no era suyo.

Y debía hacer que el asunto saliera bien.

Rafael cabalgaría esa misma mañana, un nuevo objetivo para sus días. No podía pedir la mano de Elizabeth como hombre de armas al servicio de Malcolm, pero tal vez, como Mío Cid, podría ganar una propiedad y luego volver a cortejarla de verdad. Quizás podría tener un futuro como el pasado de ella, y uno con una mujer tan gloriosa a su lado.

Porque el regalo que Elizabeth le daba fue esperanza, y era deslumbrante para un hombre que nunca antes lo había probado.

Rafael sabía que las probabilidades estaban en su contra. Sabía que probablemente fracasaría. Dudaba que pudiera lograr tener éxito en tal esfuerzo antes de que Finvarra intentara apoderarse de Elizabeth. Pero había mérito en el esfuerzo. No se atrevería a darle falsas esperanzas. No se atrevía a animarla a que lo esperara, porque sería demasiado cruel si fracasaba y no regresaba. Tenía que confiar en su convicción de que Finvarra no impulsaría su elección y creería en su propio éxito inevitable.

Quizás incluso en el destino.

Porque Rafael Rodríguez, por primera vez en todos sus días, iría a la guerra con un propósito y una meta. Y dejaría un legado de mérito, si el destino estuviera realmente de su lado.

Rafael sostuvo a Elizabeth contra su costado, sin querer perturbar su bien merecido sueño, incluso mientras su determinación aumentaba. Su cabello estaba libre de su trenza, desenrollado sobre el pelaje plateado de la capa. Pasó sus dedos a través de la longitud sedosa, deseando tocarla, y tuvo una idea. Él tendría un talismán de ese momento, una marca de la promesa que se hacía a sí mismo para asegurarse de que la dama fuera honrada.

Pero ella no podía saber lo que hacía, porque entendería el significado del gesto.

Rafael separó un cabello del resto y lo soltó. Elizabeth se movió levemente, sus pestañas revolotearon. Rafael reclamó un segundo cabello y ella hizo una pequeña mueca, luego bostezó. El tercer cabello lo reclamó apresuradamente, enrollándolos y metiéndolos en su bolso justo antes de que ella abriera los ojos.

Elizabeth le sonrió, estirándose lentamente, desnuda y hermosa. Ella estaba saciada, él podía verlo, y amaba verla. Rafael anhelaba quedarse con ella, pero cuanto antes se fuera, más pronto podría regresar. La esperanza se iluminó en sus ojos cuando pasó una mano por su pecho desnudo, solo para ser reemplazada por la decepción cuando él le entregó su camisola.

"Llega la mañana", susurró él, incapaz de negarse a sí mismo un dulce beso. "Es hora de asegurarse de que te encuentren en su propia habitación con la primera luz".

Ella no sugirió que se encontraran juntos.

De hecho, Elizabeth parecía vulnerable e insegura como nunca lo había estado en su experiencia. Rafael no pudo resistir la oportunidad de tranquilizarla. Empujó sus dedos en su cabello y ahuecó su nuca, la miró a los ojos y luego la besó con dulce ardor. Sus labios se aferraron a los de él, sus manos aterrizaron en sus hombros y él bebió profundamente de su dulzura.

Él rompió el beso de repente, porque no volvería a sentir la tentación, y luego se alejó de ella. Rafael se puso de pie, luego tomó su propia camisola y se la pasó por la cabeza. Era muy consciente del silencio vigilante detrás de él.

"Eso parece un beso de despedida", dijo Elizabeth, sus palabras roncas.

Rafael le dio la espalda e inclinó la cabeza. "Ya te advertí que los hombres de honor son sumamente tediosos".

Ella contuvo el aliento y él miró hacia atrás para ver que la esperanza se había encendido en sus ojos una vez más. Él sostuvo su mirada, porque no podía hacer nada más, y aunque no deseaba darle falsas esperanzas, Rafael esperaba que esta vez, Elizabeth pudiera realmente leer sus pensamientos. Se miraron el uno al otro durante un largo y potente momento, luego se movieron como uno para vestirse y marcharse.

Elizabeth no se arrepentía, salvo que algo había cambiado en los modales de Rafael.

Parecía distante después de ese último beso, e incluso ese beso había estado teñido de una tristeza que Elizabeth asociaba con las despedidas. Ella vio una nueva determinación en él, pero temió preguntarle su importancia.

Ella supuso que todavía tenía la intención de irse.

Elizabeth no deseaba oírle decir eso.

Ella esperaba que él le pidiera la mano a Alexander por la mañana, pero ahora que había perdido su inocencia, todas las protestas de Rafael resonaban en sus pensamientos, alimentando sus dudas.

No quería que él se sintiera obligado a casarse con ella, porque quería que una vida con ella fuera una elección libre. No quería que él estuviera atado a ella contra su voluntad. Ansiaba conocer su intención, pero sabía que él no deseaba confiársela.

Y por una vez, Elizabeth tuvo miedo de provocar a Rafael por más.

Ella se acurrucó contra él mientras cabalgaba hacia Kinfairlie, esperando que esa no fuera la última vez que lo viera. Su brazo estaba fuertemente envuelto alrededor de ella, su actitud era sombría, y llegaron al muro fronterizo derrumbado demasiado pronto para su gusto. El cielo estaba manchado de rosa y podía oír a una mujer en la aldea de Kinfairlie gritarle a un niño que hiciera ordeñar las cabras y rápido. Ahora temía ser atrapada, porque no quería ver a Rafael reprendido por Alexander, no por lo que Elizabeth misma había hecho.

Ella lo había obligado a reclamarla. Había tomado su decisión y había usado su propio poder sobre Rafael para obligarlo a hacer lo que no deseaba.

Solo ahora se preguntaba el precio de su elección.

Él detuvo a Rayo junto al árbol retorcido y se bajó de la silla, agarrándola por la cintura para bajarla hasta el suelo. Por un momento conmovedor estuvo en el círculo de sus brazos y pudo ver el pesar en sus ojos.

"No me arrepiento", susurró ella con fervor. "No importa el precio".

"Yo tampoco", dijo Rafael, deslizando un dedo por su mejilla. "Yo tampoco. Solo espero que el precio no sea demasiado alto".

"Lo pagaré", dijo ella, sintiéndose desafiante de nuevo.

Rafael sonrió. "Y yo quisiera proteger lo que es precioso", murmuró, su mirada recorriéndola como si fuera a memorizar la vista de ella. Sabía que parecía haber sido acariciada, que su cabello estaba suelto y su atuendo torcido, pero su lenta sonrisa se llenó de admiración. "Cuídate bien, mi pequeño ángel, que si no queda bondad para defender, entonces la carnicería de los hombres de honor no tiene sentido." Él le sostuvo la mirada y luego se alejó.

Ese fue el momento en que Elizabeth supo con certeza que él tenía la intención de dejarla.

Ella contuvo un sollozo, decidida a no rogarle ni suplicarle, luego caminó con paso firme hacia la puerta de Kinfairlie. Escuchó el ruido de cascos detrás de ella, pero no miró hacia atrás.

Elizabeth se lo había jugado todo y temía haber perdido.

En el umbral, sin embargo, se preguntó. ¿Qué había querido decir Rafael sobre un hombre de honor?

¿Se llamaba a sí mismo uno?

Elizabeth giró, pero él estaba muy lejos de la costa, su caballo corría hacia el norte a toda prisa por desaparecer.

O con prisa por embarcarse en una búsqueda.

Elizabeth sonrió entonces, su corazón ardía con una nueva esperanza, y deseó que Rafael tuviera éxito.

RAFAEL REGRESÓ A LA CAVERNA, después de haber llevado a Elizabeth de regreso a Kinfairlie, ardiendo con su nuevo propósito. Arrojó sus alforjas al suelo de la caverna y cavó en la tierra con las manos desnudas. En unos momentos, se reveló la trampa de djinn, su ocupante disgustado como lo había estado antes.

"Tienes una opción en este momento", dijo Rafael enérgicamente. "Porque puedo soltarte antes de partir o dejarte en cautiverio".

El pequeño djinn se mostró desafiante. "Un precio que pedirás, eso es cierto, pero no sé si te daría nada".

Rafael se puso en cuclillas junto a la trampa y habló para que su determinación se escuchara con claridad. "El precio de tu libertad es simple: debes conceder tres deseos a quien te libere."

"Tres deseos para ti, peor, tres deseos, este precio es demasiado alto para mí".

Rafael se enderezó. Entonces puedes quedarte allí. No me importa."

"¡Aiiiiiiiii!" La criatura gritó, y cualquier cosa que hiciera hizo temblar la vasija de cobre. Rafael miró con interés, preguntándose si la trampa de djinn aguantaría. La botella tembló y traqueteó, pero el corcho no se movió.

La criatura maldijo y hubo un ruido sordo, como si pateara su prisión. No le sorprendió haber fracasado, por lo que Rafael asumió que había intentado la hazaña antes, sin éxito. "Una trampa malvada forjada por un hechizo. ¡Algún hechicero aprendió su oficio en el infierno!"

Rafael se rió entre dientes, porque había creído que esas criaturas eran obra del infierno. "Le entregarás tres deseos a quien te libere", insistió él. "Ya sea la dama Elizabeth o yo". Se dio cuenta de que había estado escuchando demasiado a la criatura porque su curioso hábito de rimar su discurso se hizo eco en el suyo.

¿Elizabeth? ¿La doncella nacida de Kinfairlie? ¿Qué tiene ella que ver contigo?

"¿Tú la conoces?"

La criatura cayó en un silencio que solo podría llamarse terco. Rafael sabía que no escucharía esa historia pronto.

No tuvo tiempo de esperar.

Enterró la moneda alrededor de la trampa de djinn, rodeando el recipiente con oro. Las monedas tintinearon, lo que fue de gran interés para la criatura.

"¿Planeas partir pero dejar tu tesoro? ¿Por qué dejarías tu tesoro guardado?

"Es para la dama Elizabeth", informó Rafael al djinn. "Finvarra la haría..."

"¡No digas su nombre, al menos no tan alto!" gritó la criatura.

Rafael se inclinó más cerca. "Ese la atraparía en su reino", confió él. Y atraparla allí cuando los portales se cierren entre nuestros mundos. Si ella te libera, le concederás tres deseos y la ayudarás a sobrevivir a su plan."

"No puedes confiar en alguien como él," susurró la criatura. "Un truco tiene para todo".

"Entonces ella tendrá una gran necesidad de ti, y harías bien en no defraudar mi esperanza". La criatura volvió a quedarse en silencio. Rafael la amenazó con su propio ritmo de habla. "No juegues conmigo, incluso muerto te encontraré. Tomaré el pago de tu pellejo y te mostraré un tormento que nadie pueda soportar."

El pequeño djinn siseó. "No me gustan ni los tratos ni las deudas, me quedo aquí en lugar de aceptar tu trato".

"Entonces estamos de acuerdo", dijo Rafael con tranquilidad. Enterró la trampa de djinn una vez más. "Quizás para cuando llegue alguien, habrás cambiado de opinión."

Escuchó a la criatura gritar de nuevo. La escuchó aullar y vio una leve vibración cuando el frasco se sacudió solo un poco por sus esfuerzos.

No tenía ninguna duda de que el tiempo alimentaría la sumisión del djinn.

Regresó a Ravensmuir, con las alforjas vacías, más que listo para marcharse. Cuanto antes se marchara, antes podría volver.

Mientras esperaba a sus compañeros, Rafael se sentó en el establo de Rayo y trenzó los tres largos cabellos de ébano de Elizabeth. Enroscó la trenza terminada alrededor de su muñeca y la ató allí, prometiendo que no se la quitaría hasta que estuviera a su lado nuevamente.

No, hasta que la mano de Elizabeth estuviera segura dentro de la suya.

ELIZABETH SE LEVANTÓ de la cama cuando las campanas empezaron a repicar desde la capilla de Kinfairlie, llamando a la gente del pueblo a la misa más temprana del día. El pueblo estaba somnoliento y tranquilo de todos modos, inusualmente así, pero había habido mucha alegría en Ravensmuir el día anterior. Muchos dormirían hasta tarde después de esos festejos e irían más tarde a misa.

El salón estaba en silencio, pero el corazón de Elizabeth tronaba con esa nueva esperanza. Un hombre de honor. Rafael nunca se había referido a sí mismo como tal antes; de hecho, insistió en lo contrario.

¿Se atrevía ella a esperar que él tuviera la intención de pedirle la mano esa mañana?

¿Se atrevería a imaginar que Alexander estaría de acuerdo?

Elizabeth se vistió tranquilamente y subió a la habitación de Kinfairlie, donde Alexander podía mirar tierra adentro sobre sus posesiones. La sombra de la torre de Kinfairlie se extendía como un dedo oscuro por la tierra a esa hora. Podía escuchar el mar chocando contra la orilla y algunas aves marinas rodeaban la torre, llamándose unas a otras. El cielo estaba inundado de tonos plateados, azules y rosas, y el viento del este era fuerte.

Habría una tormenta antes del día siguiente.

Elizabeth tenía la garganta apretada. Se apretó más la capa forrada de piel alrededor de sí misma, incapaz de negar su sensación de que él había tomado una decisión. Esperaba que fuera una de sus favoritas. Miró la nueva torre de Ravensmuir, sin apenas atreverse a parpadear.

Tan pronto como el sol despejó el horizonte, un grupo a caballo cruzó las puertas de Ravensmuir. Elizabeth entrecerró los ojos, notando el tamaño de la compañía, el número de jinetes. Vio cómo los caballos estaban cargados de pertenencias y cómo los hombres vestían tanto sus armaduras como sus pesadas capas.

Parecían haberse llevado todas sus pertenencias, como si se fueran para siempre.

Rafael le había dicho que la Liga Sable partiría ese día.

Elizabeth se mordió el labio cuando el rudo grupo de mercenarios se acercó. No tenía por qué preguntarse si Rafael estaba entre ellos, porque podía ver la cinta carmesí que estaba unida a la suya. Se extendía por el cielo, tirando ligeramente de la de ella, como si fuera a liberarse.

¿Seguramente no podría hacer eso?

Elizabeth no lo sabía. Ella siguió el curso de la cinta, entrecerrando los ojos para ver que el hombre de cabello oscuro atado a ella se ponía su casco. Cabalgaba con confianza, erguido en la silla, y no había duda de que su caballo era el caballo castaño con la marca blanca en la frente.

Rafael Rodríguez.

Ella oyó que los cascos de los caballos aumentaban de volumen y notó que los hombres cabalgaban en un silencio lúgubre. Se enderezó, hambrienta de cada detalle sobre Rafael.

Esperaba que viniera por ella, que se arrodillara en el salón y pidiera su mano. Ella esperaba que sus caminos no pudieran separarse, que de alguna manera estuvieran juntos para siempre.

Pero Rafael no detuvo su caballo. No giró a Rayo por el camino que conducía a las puertas de Kinfairlie. A Elizabeth se le aceleró el corazón cuando pasó directamente a su lado, sin siquiera mirar atrás. La cinta carmesí que unía su destino al de él estaba tan delgada y tensa que apenas podía verla.

Él se estaba yendo.

Elizabeth oró con fervor, decidida a creer que tenía la intención de regresar. Ella esperaría ese día. Ella lo esperaría. Ella no perdería la fe.

Un hombre de honor.

Elizabeth se agarró al alféizar cuando la figura de Rafael desapareció de la vista y el mundo mismo comenzó a tornarse gris a su alrededor. El color desapareció de todo lo que podía ver y ese escalofrío impregnó su cuerpo. Ella volvió a sentirse fría y apartada del mundo de los hombres, y había olvidado la vigorosa impresión que era.

Porque había estado con Rafael.

No se arrepentía de lo que había hecho y no quería casarse con otro. Pensó en el clan Douglas y su lujuria infernal por Ravensmuir y supo que vería frustrado ese plan. Podrían pasar años antes de que Rafael regresara, si es que alguna vez lo hacía, pero ella lo esperaría.

Y si tenía que dejar que los demás supieran que ya no era una doncella para proteger su estado de soltera, que así fuera. El único hombre cuya opinión importaba no pensaría menos de ella por eso.

Pasara lo que pasara, Elizabeth no olvidaría a Rafael. Finalmente había encontrado un hombre al que podía entregar su corazón, un hombre que creía que podía cumplir todos sus deseos y con quien saborearía todos los días de su vida, y él se había considerado indigno de ella. Elizabeth se apartó de la vista con lágrimas en los ojos.

Bajó a la habitación que ocupaba sola, todas sus hermanas ahora casadas y con sus propios bebés. Era impensable que pudiera casarse con otro hombre, porque no podría ofrecerle su corazón. Elizabeth veía eso como una base fundamental para el matrimonio y no engañaría a ningún hombre que pensara en casarse con ella.

Ella pasaría su vida sola, si Rafael no regresaba.

Nunca volver a verlo era una perspectiva austera y una que le daba ganas de llorar.

El espejo tiró de sus pensamientos, como si la tentara a sacarlo del baúl. En este día, Elizabeth no pudo negar la tentación. Cerró la puerta detrás de ella y cayó de rodillas ante el baúl, sus manos temblaban mientras recuperaba el espejo. Por un latido aterrador, temió que no estuviera, luego sus dedos tocaron la fría plata de su mango. Era lo único que parecía brillar con promesa en todo su entorno. Sin duda, había un hechizo feroz. Lo sacó a la luz, acarició las extrañas hojas que formaban su marco, luego le dio la vuelta y miró dentro de él.

Vio el reino de las hadas, en toda su belleza y color, con tanta seguridad como si mirara a través de una ventana a ese reino. Inmediatamente quedó encantada al ver su alegría. Vio miles de duendes, bailando a la luz del sol, sus alas brillando como joyas. Vio fuentes de hidromiel dorado y bandejas de frutas que no supo nombrar. Escuchó su música cadenciosa, esa música que tanto incitaba a una persona a bailar, y estaba segura de que no había un lugar mejor para quedarse.

Ella apartó la mirada de la visión presentada por el espejo con un esfuerzo y miró a su alrededor. El mundo mortal era pálido y gris en contraste con el esplendor de la corte de las hadas que se mostraba en el espejo. Ya no podía ver a ningún hada dentro de la habitación y temió que se hubieran retirado a su propio reino. Elizabeth se acercó a la ventana en busca de alguna señal de que todo fuera como había sido, pero no encontró ninguna. Las hadas parecían haberse ido, pero fue más impactante que el aire sobre la aldea de Kinfairlie ya no estuviera lleno de las cintas enredadas de aquellos que se amaban. Giró la cabeza y miró hacia el cielo, notando que las cintas que habían estado sobre la torre de Kinfairlie también habían desaparecido. No se veían cintas.

Ella no podía creer que su don se hubiera ido. No, debía ser que las hadas se habían retirado, llevándose sus piezas y tesoros con ellos.

O eso, o no quedaba ningún amor en el reino de los mortales.

El pensamiento hizo que se le enfriara el corazón. Elizabeth se miró de nuevo en el espejo y se sintió aliviada al ver cintas similares en abundancia. De hecho, los duendes bailaban a través de ellas, las usaban como columpios y las anudaban para los amantes que se miraban con adoración a los ojos. Elizabeth sonrió y miró más profundamente, inclinándose tan cerca del espejo que la punta de su nariz casi tocó su superficie.

No se dio cuenta de que ya no podía apartar la mirada. Si se hubiera dado cuenta de eso, no le habría importado.

Rafael, después de todo, se había ido, y hasta que él regresara, ella solo tenía que esperar.

Elizabeth tampoco se dio cuenta de que una enredadera azul oscuro apareció en su carne, brotando debajo de su pecho, donde los latidos de su corazón se podían sentir con más fuerza. Se entrelazaba, esparciéndose silenciosamente sobre su piel, atrapando a Elizabeth en una tracería de hojas azules y enredaderas.

No se diferenciaba de la montura plateada del espejo que Finvarra había dejado caer, excepto que crecía con constante persistencia, sin control y sin ser notada.

Porque nadie más en el salón de Kinfairlie había podido ver a las hadas o sus marcas.

DOMINGO, 31 DE OCTUBRE DE 1428

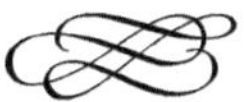

FIESTA DEL MÁRTIR SAN QUINTINO Y DE SAN WOLFGANG, OBISPO DE RATISBONA. VÍSPERA DE TODOS LOS SANTOS.

CAPÍTULO 16

*E*n las afueras de Orleans

A Rafael le había resultado relativamente sencillo volver a su oficio familiar. A pesar de las advertencias de Malcolm, el paso a través del Canal había sido fácil de arreglar, aunque más de un hombre que había permanecido en la Liga Sable bromeó diciendo que era porque los ingleses deseaban deshacerse de ellos. Tuvieron noticias de Rodrigo Villandrando inmediatamente en Calais y cabalgaron a buscarlo. L'Écorcheur estaba donde tenía fama de estar, aunque recién establecido como un noble con un título a su nombre.

A Rafael le había impresionado el cambio en el hombre que conocía desde hacía años. Rodrigo era jovial donde antes había sido calculador. Parecía que el servicio a Carlos VI le sentaba bien. Había dado la bienvenida a la Liga Sable con entusiasmo, contratándolos a todos a un precio justo en el acto. En cuestión de días, Rafael y sus hombres habían sido enviados a reconocer la situación en Orleans. La ciudad había sido rodeada por los ingleses en su búsqueda en curso para reclamar —o exigir— gran parte del territorio de Francia.

Orleans estaba sitiada, pero las tropas inglesas se esparcían para rodear la ciudad. Rodrigo creía que el asedio podía romperse y la Liga Sable había sido enviada para descubrir los medios para hacerlo.

Era un trabajo que pagaba bastante bien, pero era poco probable que produjera los resultados que buscaba Rafael. Estaba impaciente por ganar una propiedad y regresar a Elizabeth, consciente del rey oscuro y el cierre de los portales entre los reinos. Sentía que el tiempo era corto, pero esa era la prueba que le ofrecía Rodrigo, y estaba decidido a tener éxito en ella.

Rafael había dividido a la compañía en pequeños grupos y los había enviado a tabernas y pueblos del perímetro de Orleans. Les encargó que escucharan en las tabernas y compraran cerveza para los soldados, y luego le informaran regularmente de todo lo que averiguaran. Estaba seguro de que algún hombre se equivocaría y hablaría demasiado alto.

Había hecho los preparativos, por si no todo iba bien para su persona.

Rafael había buscado un escriba en dos pueblos diferentes en su ruta hacia el sur. No tenía capacidad para escribir por sí mismo y quería garantizar que el futuro de Elizabeth estuviera asegurado, si no regresaba. El oro era suyo; el djinn en la trampa de ella para que le ordenara. En su ausencia, ambos le darían opciones. Eligió palabras adecuadas que solo Elizabeth entendería, entregándole su mensaje en una misiva y registrando su voluntad en la otra.

Luego buscó un tercer escriba para que dirigiera las misivas, a las que ya había puesto su sello.

Fue entonces cuando recordó la afirmación de Elizabeth.

La confianza es la moneda más estable.

Él nunca había viajado con un escudero, porque nunca había deseado confiarle a otro ser sus secretos o incluso sus rutinas. Si tenía la intención de convertirse en el hombre con el que Elizabeth se casara y, lo que era más importante, el que podría hacerla feliz, necesitaba continuar en el camino del cambio en el que ella lo había puesto.

Rafael convocó a Hans y Xavier, sabiendo que su impulso era bueno. Acudieron a él rápidamente, aunque con cierta inquietud, porque Rafael nunca convocaba a ningún escudero a menos que tuviera trabajo para él o un castigo.

"Necesito un escudero", les dijo Rafael a los muchachos, quienes parpadearon sorprendidos. Hans parecía aún más asombrado de lo habitual. "De hecho, quisiera tener dos, porque les encomendaría una tarea por hacer en caso de mi fallecimiento. Cada uno de ustedes será testigo del otro, así como también me servirán como escuderos."

"¡No morirá, señor!" Xavier exclamó.

"Todos los hombres mueren y ninguno puede elegir el día." Rafael les mostró las dos misivas. "Las llevo dentro de mi abrigo. Si muero, les encargaría a ambos para que se encarguen de su entrega"

"Yo no sé leer, señor", protestó Hans.

"Ni yo", dijo Xavier.

"Yo tampoco," admitió Rafael con una sonrisa. "Es una habilidad para los escribas, no para los guerreros, por lo que debo confiar en que estos escribas escribieron lo que les dije que escribieran. En caso de que no lo hicieran, ustedes dos serán testigos de mis deseos." Esperó hasta que ambos asintieron. "Tengo poco, salvo mi armadura y mi caballo. Si muero con ambos en mi poder, les pediría que tomara mi dinero y viajen al norte, a Escocia. Quiero que le lleven mi espada y Rayo a Malcolm en Ravensmuir, junto con esta misiva con el sello." La levantó y asintieron. "Dentro de esto está mi voluntad, que le concede ambas cosas."

"¿Y la otra, señor?"

La otra se la entregarán a la dama Elizabeth en la vecina Kinfairlie. También le confiarán mi daga. Se recostó y consideró a los muchachos. "También les concedo el derecho a usar cualquier moneda que posea en el momento de mi muerte para sus gastos de viaje, y si queda alguna, tienen derecho a dividirla en partes iguales como si fuera suya."

"¡Señor!" Hans se quedó boquiabierto de asombro.

"No temas", dijo Rafael, advirtiendo a los escuderos con una sonrisa. "Tengo la intención de vivir mucho tiempo y que trabajen duro antes de reclamar esa moneda."

Los muchachos se rieron, tranquilizados, porque ese era el Rafael que conocían.

Y Rafael sonrió, porque había creado un legado por primera vez.

Ahora construiría sobre esa base.

NO PASÓ MUCHO tiempo antes de que el plan de Rafael rindiera frutos. Un mercenario al servicio de los ingleses y escondido cerca de una puerta menor de la ciudad tomó a Eustace bajo su confianza. Parecía que él y sus compañeros vendían pan a la gente del pueblo y lo entregaban al amparo de la oscuridad por un precio elevado. Él ofreció compartir la recaudación con Eustace, a cambio de la ayuda de ese hombre para hacer la entrega.

Eustace era joven y relativamente nuevo en el oficio de mercenario. Era un joven apuesto, nacido con ventaja pero con la mala suerte de ser el menor de cuatro hijos. No había un dinar que cayera en sus manos de la modesta propiedad de su familia, por lo que él, como muchos otros de su origen, había elegido convertirse en mercenario, utilizando las habilidades que había dominado para ganarse el título de caballero. Como muchos de sus compañeros, tenía pocas opciones más, porque no sabía nada más.

Rafael supuso que Eustace podría haber hecho una cruzada, pero ese rumbo no habría llenado su estómago.

Aunque Rafael era joven cuando se había incorporado al oficio, nunca había sido tan inocente como Eustace. Enseñarle al joven a ser escéptico y a dudar de la palabra de los demás le hacía recordar a Rafael la insistencia que le había dado a Elizabeth de que él nunca había sido inocente. Eustace era rápido en confiar y lento en atacar, una combinación que Rafael temía que lo llevaría a su muerte prematura.

Una vez se habría sentido desconcertado por esa combinación. Una vez no se habría sentido responsable de intentar cambiar el destino de Eustace.

Pero Escocia, o una doncella residente allí, habían provocado un cambio en Rafael. Él entrenó más con Eustace y trató de convencer a ese hombre de que fuera más escéptico. Aunque hizo algunos progresos, vio que el alma de Eustace nunca se mostraba cautelosa.

Cuando este mercenario hizo su oferta, Eustace se mostró complacido.

Rafael pensó que era demasiado bueno para ser verdad.

"¡Eres escéptico de todo!" Protestó Eustace.

"Y tú no eres escéptico de nada", dijo Rafael. "Da un paso atrás y mírate a ti mismo. Pareces francés. Suenas francés. Se podría perdonar a un hombre por creer que no amabas a los ingleses."

"Pero cualquier hombre puede ser comprado."

"Sí, pero tú no pareces un hombre al que se pueda comprar tan barato", dijo Rafael. Se puso de pie con orgullo. "Mientras yo parezco un hombre que haría cualquier acto por un precio."

Mejor tú que yo.

Escuchó la burla de Franz en sus pensamientos y reconoció el consejo de sus instintos. Era cierto que Eustace había hecho el trato. Era cierto que Rafael podía dejar que las cosas avanzaran como quisieran, incluso temiendo que el joven fuera traicionado. Era cierto que nadie se lo reprocharía si su premonición resultaba acertada.

Pero Rafael no podía hacer eso esta vez.

Tomó prestada la capa de Eustace, se subió la capucha y, después de una discusión, ocupó el lugar del joven.

No fue un consuelo saber que tenía razón.

Rafael tuvo un mayor sentido del engaño cuando se acercó al lugar de encuentro acordado. Vió un par de sombras delante y dio un silbido, la señal arreglada. Aunque sacó su daga, manteniéndola escondida debajo de su capa, fue sorprendido.

Fue emboscado por detrás por al menos otros dos hombres. Uno saltó sobre su espalda y puso sus manos alrededor del cuello de Rafael. Sin embargo, su agarre fue malo, y un sólido golpe del codo de Rafael en su estómago lo aflojó más. Rafael se giró y lo pateó en la entrepierna, arrojando el peso del hombre a un lado. El otro agarró a Rafael por el hombro y lo derribó con tanta fuerza que oyó que se le rompía la nariz al caerse. La sangre brotó de sus fosas nasales, pero Rafael clavó su daga en el estómago de ese agresor.

Se alegró momentáneamente cuando los dos delante de él corrieron para unirse a la pelea, hasta que se dio cuenta de que estaban aliados con sus asaltantes. Uno golpeó a Rafael en el estómago, haciéndolo doblarse de dolor.

La silenciosa furia de la batalla se apoderó de Rafael, junto con la certeza de que había sido engañado. Entonces luchó con precisión mortal. Apuñaló al cuarto, clavando su daga tan profundamente que pudo sentir la sangre del hombre en su mano. El primer hombre saltó sobre él de nuevo, pero Rafael se giró y cortó la cara de ese hombre. Cuando cayó hacia atrás, tapándose la cara con las manos, Rafael lo pateó hasta que cayó al suelo. Quedó satisfecho cuando sintió que su bota tocaba el hueso. Hubo un crujido y un gemido que podrían haberlo hecho reír en voz alta, si no hubiera sido derribado por detrás.

Alguien trató de apoderarse de su daga y desarmarlo. Rafael lo agarró con fuerza, no estaba dispuesto a entregar el arma, y su muñeca estaba tan torcida que se partió. Le arrancaron la daga de la mano, pero no pudo hacer nada al respecto con la muñeca rota. Sintió la hoja fría de un cuchillo deslizarse sobre su piel, rozando su costado pero sin cortar profundamente. Algo duro chocó contra su sien y se tambaleó, mareado por el golpe.

En ese momento de vulnerabilidad, una cuerda se torció alrededor de la garganta de Rafael y se apretó. El garrote lo estranguló y él balbuceó, indefenso como un bebé. Escuchó a sus atacantes reírse mientras trataba de meter los dedos debajo del cordón. Pateó y peleó, luchando por escapar mientras podía.

Contra todos sus esfuerzos, todo se desvaneció a su alrededor mientras jadeaba por aire. Fue vagamente consciente de que había golpeado el suelo y supo que alguien le había quitado las botas con brusquedad, luego Rafael no supo nada más.

Su último pensamiento fue arrepentimiento, tan seguro como estaba de que pronto estaría en el infierno.

Una eternidad con Franz sería un tormento insoportable.

Pero Rafael no tendría otra opción en eso.

ELIZABETH ESTABA EN SU HABITACIÓN, inclinada una vez más sobre el espejo de Finvarra. Eleanor la estaba llamando al salón para la cena, pero no quería dejar el espejo a un lado.

Sabía que en esta noche, la víspera de Todos los Santos, el velo entre los mundos era delgado. Le parecía que las sombras estaban llenas de fantasmas para ella, espectros que susurraban peligro y amenaza.

Las nociones de peligro y amenaza dirigieron los pensamientos de Elizabeth hacia Rafael.

Él siempre estaba en sus pensamientos, pero algunos días su recuerdo era más brillante. Ella había llorado amargamente cuando sus fluidos llegaron de manera oportuna, odiando no tener un bebé como recuerdo de su noche juntos. Aun así, sabía que Rafael habría preferido que ella no tuviera ninguna marca externa de que su virginidad se había perdido.

El primero de los candidatos del conde por su mano había llegado a la mesa de Kinfairlie, pero Elizabeth había podido disuadirlo con su indiferencia. Escuchó decir que pronto llegaría otro y aún no había decidido si fingir un embarazo, solo para repeler su interés. Podría lograrse fácilmente, con un paquete de tela debajo de su kirtle, y una vez lo habría hecho sin dudarlo. En esos días, sin embargo, tenía tanto frío que era difícil preocuparse tanto por cualquier asunto, y mucho menos dedicar un esfuerzo a ello.

Elizabeth se miró en el espejo, deseando la tranquilidad de

vislumbrar el reino de las hadas, donde todo era vital y vigoroso, donde los residentes estaban felices, donde la corte estaba llena de bailes y música.

Esa noche, el espejo estaba oscuro.

Elizabeth miró más profundamente en él, inclinándose hacia un parpadeo de movimiento. Sus ojos se agrandaron cuando vio a un hombre asaltado por otros cuatro hombres. Era acosado en la oscuridad y, aunque luchaba con habilidad, rápidamente se sintió abrumado. Ella vio el cordón de cuero que se ataba alrededor de su cuello, la sangre en su sien y más sangre saliendo de su nariz. Vio sus ojos abrirse de terror, lo vio apretar los dientes y luchar para soltar la cuerda. Vio que la cuerda se hundía más en su garganta, lo vio agitarse y luego jadeó cuando de repente se quedó quieto.

Tenía los ojos bien abiertos y una expresión de horror.

No volvió a moverse.

Y era Rafael.

Elizabeth dejó caer el espejo de sus manos temblorosas, incapaz de reprimir las lágrimas. ¡Rafael! Seguramente no podría ser así.

Miró de nuevo, solo para ver a los hombres despojar a su amado de sus ropas. Sin duda, venderían su capa y sus botas. Lo arrojaron a un pequeño riachuelo sucio, su cuerpo desnudo fue descartado como basura.

Él no luchó contra ellos.

No se movió.

Elizabeth sabía que nunca olvidaría la visión del cadáver destrozado y ensangrentado de Rafael, inmóvil entre los juncos, tocado por la luz de la luna pero olvidado. Ella contuvo un sollozo.

Rafael estaba muerto.

Una misiva fue arrojada al agua tras él y Elizabeth vio que su propio nombre estaba escrito en ella. Sin embargo, la tinta corría en el agua, lavándose y mezclándose con la propia sangre de Rafael. ¿Qué palabras había querido enviarle él?

El mero hecho de que él hubiera llevado una misiva destinada a ella alimentó su convicción de que tenía la intención de volver con ella.

Pero estaba muerto. Ella se sentó, recordando su descripción de la corte de las hadas, de los cadáveres y espectros que le habían aparecido cada vez que había estado allí. Para él, la corte de Finvarra era una visión del infierno.

Rafael quedaría atrapado allí.

Estaría atormentado y solo.

Elizabeth se enderezó con un nuevo propósito, porque sabía exactamente lo que tenía que hacer. Ella y Rafael estarían juntos, pero no en el reino de los mortales.

Ella lo seguiría al infierno.

Rafael soñaba con una corte desconocida. Sabía que nunca se había sentado en ese salón, ni siquiera lo había visto antes, pero el hombre familiar que presidía su mesa alta le decía dónde debía estar.

Sí, era Alexander Lammergeier en el lugar de honor, su esposa, Eleonor, en su mano izquierda. Había muchos niños, pero Rafael sabía que debía ser Kinfairlie. Rafael identificó a Malcolm y a Catriona, que también compartían la mesa en esta comida en particular, así como a Vera meciendo a Avery. Vio a Elizabeth y se sorprendió por su palidez. La había considerado angustiada cuando la vio por primera vez, pero esa noche parecía estar de luto. Jugaba con su comida y estaba tan delgada que debía haber comido poco recientemente.

¿Su partida le había hecho eso a Elizabeth?

Rafael no quería creerlo. Él no había querido que ella tuviera falsas esperanzas, pero eso habría sido mejor que la completa falta de esperanza que ella parecía tener en esa visión. Nunca la había visto desesperada y no deseaba volver a verla así.

¿Era esta visión del futuro? ¿El presente o el pasado?

La forma en que la mano de Catriona descansaba sobre su vientre, ligeramente redondeada, indicaba que no podía ser el pasado. Ella debía llevar la semilla de Malcolm, y Rafael se alegró por su antiguo compañero.

Pero Elizabeth parecía un alma perdida, y la vista le provocó un doloroso anhelo de tentarla a sonreír.

O mejor aún, poner color en sus labios con un beso ardiente.

Catriona se inclinó hacia adelante y se dirigió a Alexander. "Ya que estamos en Kinfairlie, me gustaría escuchar la historia de la rosa roja."

La rosa roja. El rey oscuro había mencionado tal cosa. Rafael escuchó con avidez.

En su visión, Malcolm se rió entre dientes. "Sí, enséñanos la marca en el suelo, Alexander".

"No, Alexander debe contar la historia para que sepamos el significado completo de la marca", dijo Eleanor.

"Todos ustedes la saben tan bien como yo", protestó ese hombre, pero un coro de petición respondió sus palabras. El hermano mayor de Elizabeth levantó una mano para que la compañía se callara, riendo mientras lo hacía. Alexander se enderezó el abrigo y se puso de pie, tomando un último sorbo de vino antes de comenzar. Rafael pudo ver que habían festejado esa noche, y volvió a notar su poco común confianza en su seguridad. "Todos deben ser amables conmigo esta noche, porque no he contado esta historia en años".

"No desde que animaste a cierta doncella a dormir en la habitación más alta de esta torre", dijo Malcolm. Ante la confusión de Catriona, sonrió. "Animó a nuestra hermana Vivienne a dormir en la habitación más alta con este cuento."

"¿Siento que tenía un plan?" Preguntó Catriona.

"Un truco, más bien", dijo Eleanor con un movimiento de cabeza. "Si hubiera estado en la residencia, nunca habría ocurrido."

"Todo terminó bastante bien", dijo Alexander en su propia defensa y se rieron fácilmente. "¡Y entonces, un cuento!" La compañía vitoreó y se acomodó con anticipación. Se llenaron las tazas y las sirvientas se apresuraron entre las mesas para asegurarse de que todos tuvieran lo que deseaban. Elizabeth miró hacia arriba por primera vez, aunque todavía se veía pálida y desinteresada.

¿Había estado enferma? Las entrañas de Rafael se apretaron ante la idea.

Alexander alzó la voz. "Primero debo obsequiarlos con un poco de historia familiar. La mayoría de ustedes saben que Kinfairlie fue arrasada en la juventud de nuestra bisabuela." Levantó su taza para saludar a Elizabeth. "Y la más joven de mis hermanas lleva el nombre de esa dama, Elizabeth de Kinfairlie."

Hubo un golpeteo de corteses aplausos antes de que continuara. "Con el tiempo, la posesión fue devuelta por la corona a Ysabella, la hija de Elizabeth porque se había casado con Merlyn Lammergeier, Señor de Ravensmuir. Roland, nuestro padre, era hijo de Merlyn e Ysabella, al igual que Tynan, más tarde Señor de Ravensmuir. Nuestro abuelo Merlyn reconstruyó Kinfairlie desde el suelo, para que Roland pudiera convertirse en su señor cuando fuera mayor de edad. Y así fue como Roland y Catherine llegaron a Kinfairlie recién casados. Ya se contaban historias sobre esta propiedad y sobre esa habitación." Hizo una pausa y examinó a la absorta compañía. "Ya se susurraba que Kinfairlie besaba los labios del reino de las hadas."

Una oleada de placer recorrió la compañía y Rafael se estremeció incluso mientras Alexander continuaba.

"El primer castellano de Kinfairlie tenía una hija, una hermosa doncella que era muy curiosa. Como solo había sirvientes en la fortaleza antes de la llegada de Roland, a esta doncella se le permitía vagar donde quisiera dentro de los muros. Y así fue como exploró la habitación en la parte superior de la torre. Hay tres ventanas en esa cámara y todas miran hacia el mar.

"Aunque la vista es buena, la habitación es malditamente fría, porque las aberturas son demasiado grandes para el vidrio y las contraventanas de madera no representan una barrera para el viento, especialmente cuando se avecina una tormenta. Por eso nadie había pasado mucho tiempo en la habitación. Esta doncella, sin embargo, lo había hecho y había notado que una ventana no daba la vista que debería haber tenido.

"Las nubes cruzaban el cielo en esa ventana, pero las otras nunca las enmarcaban. Las aves poco comunes se podían ver sólo en una ventana, y el mar nunca parecía ser el mismo visto a través de esa ventana que a través de las otras. La diferencia era sutil, y una mirada de pasada no revelaba ninguna diferencia, pero la doncella se convenció de que esta tercera ventana era mágica. Se preguntó si miraba hacia el pasado, o hacia el futuro, o hacia el reino de las hadas, o hacia algún otro lugar." Alexander hizo una pausa y dirigió una mirada mordaz a Elizabeth. "Y así, como tantas doncellas intrépidas que conozco, decidió que descubriría la verdad".

Elizabeth apenas miró en dirección a su hermano, y ese hombre frunció el ceño mientras bebía un sorbo de vino. Rafael se sintió aliviado de que no fuera el único que notara el cambio en ella.

"La doncella durmió en la habitación durante varias noches y cuando le preguntaron qué había visto, solo sonrió. Ella insistía en que no había visto nada, pero su sonrisa... su sonrisa insinuaba mil misterios." Alexander se encogió de hombros. "Y luego no hubo oportunidad de preguntarle, porque a la mañana siguiente de haber dormido en esa habitación durante tres noches, no se pudo encontrar a la doncella."

Vera se estremeció en evidente desaprobación ante ese detalle, su mirada se posó en Elizabeth.

"No tengo que decirte que buscaron por todos los rincones a la doncella. Aunque registraron Kinfairlie, no había ni rastro de ella. De hecho, nunca más la volvieron a ver."

"Pero..." preguntó alguien de la compañía.

"Pero..." Alexander reconoció con una sonrisa y un dedo levantado en el alféizar de una ventana, "sospecho que sé cuál era, en la mañana de la desaparición de la doncella, la esposa del castellano encontró una sola rosa. Parecía ser roja, tan roja como la sangre, pero tan pronto como lo levantó en sus manos, comenzó a palidecer. Para cuando la llevó al salón, la rosa era blanca y, apenas el castellano la vio, empezó a derretirse. Estaba hecha de hielo y, en cuestión de momentos, no fue más que un charco de agua en el suelo."

Alexander dejó la mesa alta y se dirigió al centro del salón. Los niños se retorcieron de sus asientos y lo siguieron. Él movió algunos bancos y luego señaló un lugar en el suelo. Brillaba bajo su dedo, como manchado por alguna sustancia que nadie podría haber nombrado.

"Fue aquí donde cayó el agua", dijo Alexander en voz baja, y sus palabras se trasladaron al absorto silencio de la compañía. "Y cuando una anciana que trabajaba en las cocinas vio la marca y escuchó la historia de la rosa, gritó consternada. Parece que hay una vieja historia de amantes del reino de las hadas que reclaman novias mortales, que el portal entre su mundo y el nuestro está en Kinfairlie. Un pretendiente de las hadas puede mirar a través del portal, aunque todos saben que no deberían hacerlo, y podría enamorarse de una doncella mortal que vea allí."

Finvarra, el rey oscuro. Finvarra, que tenía la mirada fija en Elizabeth y había alardeado de su intención de reclamarla en invierno. ¿Eran los modales de Elizabeth el resultado de algún engaño del rey oscuro? Ella parecía sepulcral, sin duda, como si pudiera ocupar fácilmente un lugar junto a Franz.

La idea inquietó profundamente a Rafael. Él había esperado morir, con su búsqueda incumplida, pero nunca había creído que Elizabeth estuviera en peligro. Demasiado tarde comprendió que su confianza le había hecho un flaco favor, porque estaba segura de que la elección sería suya si iba a Finvarra. Peor aún, su confianza había alimentado la seguridad de Rafael de que estaría a salvo hasta su regreso.

Rafael miró a Elizabeth. Sintió que algo se había acelerado dentro de ella cuando Alexander recitó ese cuento, aunque su pose no había cambiado. Ella mantuvo su mirada fija en sus manos, pero él tenía la sensación de que ella prestaba más atención de lo que los demás notaban.

Recordó la afirmación de Finvarra de que los portales de Ravensmuir y Kinfairlie se cerrarían pronto y se sellarían para siempre. Él deseó no estar tan lejos, porque sentía un terrible presagio de fatalidad.

Alexander sonrió a los niños mientras continuaba con lo que claramente creía que era una mera fábula. "Y el pago por la novia que un pretendiente de las hadas enamorado deja cuando reclama la novia para sí mismo es una sola rosa roja, una rosa que no es realmente una rosa, sino una rosa de las hadas forjada de hielo". Raspó el suelo con la punta del pie. "Aunque su forma no perdura, la marca de su magia nunca se pierde realmente."

Hubo un momento de silencio al final de la historia, luego la compañía rompió en aplausos. Los niños vitorearon y Alexander levantó al más pequeño, invitandolos a todos a volver a la mesa alta. La discusión estalló en el salón, pero Rafael notó cómo Elizabeth se enderezaba con determinación. Había un destello de determinación en sus ojos, pero se disculpó recatadamente y salió del salón. Aunque las mujeres la vieron irse con preocupación, ninguna la siguió.

Eso, temía Rafael, era un error de la mayor magnitud.

Peor aún, no podía hacer nada para arreglar las cosas.

YA NO HABÍA nada en el reino de los mortales para Elizabeth, no con Rafael muerto. Ella estaría con él, como no podía ser de otra manera. Ella fue a su propia habitación y se puso su capa forrada de piel, luego tomó el espejo para que no lo descubrieran en su ausencia.

La idea de volver a estar con Rafael la animó como pocas otras cosas podrían haberlo hecho, y subió las escaleras hasta la cima de la torre de Kinfairlie con un nuevo propósito. Tenía una antorcha para iluminar su camino, aunque apenas podía sentir el calor de ella. El frío le pareció más intenso este invierno.

Miró hacia atrás y luego se inclinó para abrir la cerradura con un alfiler de su cabello. Estaba más que contenta de que Rosamunde le hubiera enseñado esa habilidad, porque nadie descubriría lo que hacía a tiempo para intervenir. Ella sonrió cuando los cerrojos rodaron. Hubo cierta resistencia a su intento de empujar la puerta para abrirla, y Elizabeth se asombró al descubrir que la habitación estaba cubierta de nieve hasta las rodillas. La nieve había caído contra la puerta, impulsada por el viento, y aunque era ligera y estaba llena de destellos, aún era lo suficientemente profunda como para formar una barrera.

Ella no puso una hoja de acero en el umbral, ni siquiera llevaba una, porque Elizabeth no tenía planes de regresar. Tampoco le daría a Finvarra una forma fácil de expulsarla.

Caminó por la nieve, esparciéndola mientras caminaba.

Había tres ventanas que daban al mar, como en el cuento de Alexander, tres grandes ventanas en el lado opuesto de la habitación. Las dos exteriores estaban cerradas, aunque el viento silbaba entre los listones de madera. La ventana del medio, la que se decía que se abría al reino de las hadas, no tenía contraventanas. Era una gran abertura cuadrada en el muro de piedra, y una a través de la cual caía la nieve y caía la luz de las estrellas. El cielo nocturno más allá parecía demasiado oscuro para ser un cielo normal y las estrellas eran demasiado espesas en su extensión.

Había algo extraño en la vista a través de esa ventana, y Elizabeth sabía que eso era una señal de la credibilidad del relato de Alexander.

Finvarra estaba sentado frente a la ventana del medio, de espaldas a la noche, la nieve se había movido alrededor de su trono para arremolinarse alrededor de sus botas. Su barba oscura le caía bastante por el pecho hasta las rodillas, y su atuendo estaba ricamente bordado con plata y oro. Un ejercito de pequeñas hadas revoloteaban a su alrededor, un trío de ellas flotando en el aire mientras le ofrecían un cáliz dorado por su favor. Sus manos estaban apoyadas en los brazos de la majestuosa silla oscura, y sus dedos estaban llenos de anillos de joyas. Esas piedras preciosas parecían brillar con la luz de las estrellas, pero su brillo no podía compararse con los ojos de este rey. Eran oscuros, tan oscuros que podrían haber sido forjados por ese cielo de medianoche más allá de la ventana, y su mirada estaba fija en Elizabeth.

"Has venido", dijo el rey, su voz profunda y melódica. Esa tracería de azul permanecía en su piel, y cuando le ofreció la mano a Elizabeth, su manga se retiró para revelar más.

Cuando Elizabeth extendió su mano para tomar la de Finvarra, su manga se retiró de la misma manera y vio las marcas similares en su propia piel. La vista la alivió, como si ese curso hubiera sido su destino desde el principio. Caminó hacia el rey como una mujer en un sueño, luego puso su mano en la de él.

"Llévame con Rafael", dijo ella, solo entonces notando cuán tímida se volvía la sonrisa del rey.

"Y así es como predije," murmuró Finvarra con satisfacción. "Y así se cierra el primer portal." Frunció los labios y sopló. La llama que ardía en la antorcha de Elizabeth se apagó de inmediato, dejando la habitación iluminada solo por la luz de las estrellas, la luz de la luna y su reflejo en la nieve.

EN LA LEJANA KINFAIRLIE, una mujer que se parecía a Elizabeth pero no era esa doncella, descendía de la alta torre de Kinfairlie. Fuera de la habitación de Elizabeth, esta criatura le sonrió a Eleanor, incluso mientras la Dama de Kinfairlie la estudiaba confundida.

"Pensé en mirar por esa ventana al reino de las hadas", dijo esa falsa Elizabeth con una dulzura que la verdadera Elizabeth rara vez había mostrado. Eleanor frunció el ceño ante el impulso y el tono. "Pero la puerta estaba cerrada."

"No deberías aventurarte allí", le reprendió Eleanor en voz baja, y un observador más agudo habría notado su sospecha.

Sin embargo, lo que había reemplazado a Elizabeth no era consciente de los matices. Ella se rió, lo que hizo poco para disipar las sospechas de Eleanor. "No lo volveré a hacer, seguro. ¡Buenas noches!" Eleanor parpadeó, sorprendida por el cambio en los modales de la mujer más joven. Elizabeth había estado tan entristecida estos últimos años que muchos la habían considerado enferma, pero de repente, pareció haber recuperado su antiguo yo.

¿Cómo podría ser esto?

Entonces los niños subieron corriendo las escaleras, llamando a su madre, y Eleanor no pudo evitar notar que Elizabeth mostraba poco interés en ellos.

Era de lo más extraño. Por lo general, Elizabeth adoraba a los niños, y Eleanor vio su decepción de que su tía los pasara alegremente.

Eleanor consideró la puerta de la habitación donde Elizabeth dormía sola, la que ahora estaba bien cerrada, luego miró hacia las escaleras hacia esa habitación en la torre. Una vez que los niños se acomodaron en la cama, tomó el llavero de Alexander y subió las escaleras. Abrió la puerta y se sintió aliviada al encontrarla tan vacía como siempre.

Quizás Elizabeth estaba enamorada de un muchacho de la aldea, y Eleanor tendría que intervenir para asegurarse de que Alexander permitiera que su hermana fuera feliz, independientemente del estado de su amado. Quizás se podría encontrar una pequeña propiedad para ese hombre, para satisfacer a los dos hermanos y para negar la creciente insistencia del conde.

Eleanor tendría que averiguar más en los próximos días.

Cerró la puerta detrás de ella, segura de que Elizabeth había encontrado un hombre para capturar su corazón y bajó las escaleras hacia el solar.

Si hubiera notado la rosa roja en el alféizar de la ventana del medio, Eleanor no habría estado tan contenta.

LUNES 1 DE NOVIEMBRE DE 1428

DÍA DE TODOS LOS SANTOS.

CAPÍTULO 17

Rafael soñaba con el Rey de los Muertos. Estaba seguro de que soñaba con esa corte infernal porque era su destino, y buscó a Franz en las filas de los cortesanos.

En cambio, vio a Elizabeth, su mano dentro de la del rey oscuro.

La vista envió terror a Rafael y trató de gritar una advertencia.

Pero hubo un sonido fuerte, como algo desgarrado en el corazón del mundo. Su vista cambió y vio el último puesto en los establos de Ravensmuir, el que tenía el agujero en la pared trasera que conducía al reino de las hadas. Una luz dorada brillante se derramaba por el agujero, pero un espejo oscuro se deslizó a través de él a la velocidad de un rayo. Cuando se estrelló, no había música ni luz, y la pared no era más que la pared de un establo.

Se había cerrado un portal, tal como había pronosticado el rey oscuro.

Y su Elizabeth estaba en el lado equivocado de la barrera.

Rafael se despertó de repente, sin saber dónde estaba. Estaba de espaldas, le dolía el cuerpo y tenía los huesos rígidos. Podía ver la

luz del sol entrando a través de una tienda en lo alto y oler el humo de las hogueras y la humedad del suelo.

Para su alivio, el brazalete del cabello trenzado de Elizabeth todavía estaba alrededor de su muñeca.

No estaba muerto.

¿Estaba Elizabeth perdida?

"Debería estar muerto dos veces", susurró un hombre desde muy cerca, con asombro en su tono.

"Ya sabes lo que dicen de Rafael", dijo otro, con tono irónico. "Él desafiaría al mismísimo diablo para sobrevivir. El hombre bien podría ser inmortal."

Los dos hombres se rieron juntos en silencio. "Quizás tenga un ángel cuidándolo", sugirió el primero.

Un ángel. Su ángel estaba perdido en la oscuridad.

"Todos deberíamos tener tan buena fortuna como esa".

Los hombres murmuraron estar de acuerdo, luego el primero llamó a un tercero. Envía la noticia de que se mueve. Puede que se despierte pronto."

"Sí, señor."

Rafael escuchó el sonido de pasos corriendo pero mantuvo los ojos cerrados. Mi pequeño ángel. Su primera impresión de Elizabeth había sido la correcta. Ella le había mostrado verdades que nunca habría enfrentado sin ella y lo había obligado a cambiar. ¿Pero había sido demasiado tarde? Ella tenía razón en que él había tenido miedo de reclamarla, porque tal elección lo hacía vulnerable a la pérdida.

Pero el asunto no estaba terminado. Su destino no estaba sellado mientras el portal de Kinfairlie permaneciera abierto. Aunque le palpitaba la cabeza y le dolía el cuerpo, reconoció lo afortunado que había sido ese día. El ángel que lo cuidaba le había dado otra oportunidad.

Rafael no era tan tonto como para desperdiciarla. Él cabalgaría hacia el norte tan pronto como pudiera, cabalgaría a toda prisa hacia Kinfairlie y ganaría su mano, independientemente de si tenía derecho a hacerlo o no.

~

ELIZABETH SE ENCONTRÓ en una corte de las hadas adornada con plata. Había escarcha en los arcos del salón, en la mesa cargada de bebidas, en el respaldo del trono de Finvarra. Había nieve bajo sus pies, nieve ligera que volaba por el aire con cada paso que daba y más copos de nieve caían incluso en el centro de la corte. Las hadas mismas estaban vestidas de plata y tonos de gris y blanco, incluso las marcas en su piel se desvanecían a un tono carbón. Parecía que su mundo había sido despojado de su color, que solo quedaban sombras y luces donde una vez estuvieron todos los colores del arco iris. Todavía bailaban y cantaban, todavía saboreaban su hidromiel, aunque ahora era plateado en lugar de dorado, y todavía se regocijaban entre ellos.

Algo andaba mal, algo que hacía temblar a Elizabeth incluso antes de encontrarse con la mirada de Finvarra.

"Los portales se cierran", dijo él en voz baja, luego la hizo una seña. "El mundo se oscurece, pero sobreviviremos a la luz de las estrellas y la sombra." Él sonrió, aunque su mirada permaneció oscura y siniestra. "Y has elegido venir a mí, tal como lo predije, y por eso tú también pasarás toda la eternidad en nuestra corte."

Elizabeth miró hacia abajo para encontrarse igualmente adornada en tonos grises. Su camisola era tan blanca como siempre, pero su kirtle había cambiado de azul a plateado, y sus pantuflas rojas se habían vuelto negras. El bordado dorado en sus dobladillos ahora era plateado y ahora veía la tracería de espirales oscuras sobre su piel pálida. Se atrevió a vislumbrar el espejo encantado de Finvarra y se sobresaltó al ver su pálido reflejo.

Sus ojos, en lugar de ser del verde claro que sabía que eran, ahora eran de un gris oscuro como el hollín de una chimenea.

Ella levantó la vista alarmada y examinó la compañía, pero aun así no podía ver a los muertos dentro de sus filas. "¿Dónde está Rafael?" preguntó ella, dándose cuenta tan pronto como pronunció las palabras que no debería haberlo hecho.

Finvarra se rió. "Vivo, por supuesto."

Elizabeth dio un paso atrás horrorizada. "Pero él dijo que había visto a los muertos en tu corte, y yo lo vi muerto en el espejo..."

"El espejo muestra lo que deseo que muestre", dijo Finvarra, luego extendió la mano con obvia expectación. "Es una herramienta que ha demostrado su utilidad".

Elizabeth estaba horrorizada. "¡Entonces solo está herido!"

Finvarra asintió, luego chasqueó los dedos y volvió a extender la mano.

"¡Entonces me engañaste!"

"No te dije nada. Hiciste tus propias conclusiones basadas en lo que viste." Los ojos de Finvarra brillaron. "Y lo que es más importante, tú hiciste tu elección."

Elizabeth se sintió nuevamente temerosa de su intención, porque había una crueldad en sus modales que no había notado antes. Dio un paso adelante y se apresuró a poner el espejo en su mano, temblando cuando sus dedos rozaron el frío de su piel.

La miró, como una serpiente observa a un ratón, con los ojos brillantes. "Los mortales ven sus propias verdades en nuestra corte y en nuestra compañía. La ilusión cambia según el espectador, como la verdad cambia según el oyente. Este Rafael vio el infierno cuando entró en mi corte, porque en su corazón, teme su propio juicio." Finvarra se encogió de hombros. "Tengo poco interés en su alma, ya no."

Entonces se puso de pie, elevándose sobre ella, el espejo desapareciendo entre los pliegues de su túnica con tanta seguridad como si nunca hubiera estado ahí. Le tocó la barbilla con la yema del dedo gélido y Elizabeth luchó por no temblar, porque no deseaba ganarse su desaprobación.

Si estaba atrapada en su corte para siempre, necesitaría su favor.

Finvarra la estudió y ella no pudo evitar notar que sus pestañas eran menos gruesas que las de Rafael, su expresión menos sensual, su piel más pálida y la perspectiva de su beso mucho menos tentadora. De hecho, se había sentido tentada por el peligro que ambos ofrecían, pero había un mundo de diferencia entre los dos. Rafael siempre la habría tratado con honor: Finvarra, sin embargo, la destruiría a su antojo, si le agradaba hacerlo.

Ella se había equivocado al ponerse bajo su control.

Y no había nada que pudiera hacer para reparar su error ahora. Había hablado en voz alta en el círculo de las hadas, se había puesto en deuda con Finvarra y había acudido voluntariamente a él ese día. Ella estaba perdida.

A menos que algún mortal quisiera ayudarla.

Elizabeth sabía quién ella esperaba que fuera ese, aunque las posibilidades parecían remotas. Si alguna vez necesitaba un campeón, era ese día, pero no sabía qué tan gravemente herido estaba Rafael.

Finvarra negó levemente con la cabeza, como si viera su consternación. "Tú elegiste", le recordó, luego se inclinó para reclamarla con un beso.

Tan pronto como su boca tocó la suya, Elizabeth sintió un temblor de frío. Pudo haber sido una ventisca barriendo sus propias venas, robando el calor de su piel y ralentizando los latidos de su corazón. Podría haber jurado que sentía que sus entrañas se congelaban, incluso cuando sus recuerdos de Kinfairlie se desvanecían. Su familia podría haber sido de fantasmas, sus recuerdos de ellos de repente tan etéreos que podrían no haber sido ni siquiera reales.

O podrían haber sido los recuerdos de otra persona, distantes e irrelevantes. Ella podría haber estado besando una estatua, una dejada afuera durante cien inviernos, una hecha de piedra tan fría que nunca podría calentarse.

Elizabeth jadeó, segura de que cuando él la reclamara por completo, se convertiría en piedra. Finvarra levantó la cabeza. Su sonrisa ahora la amenazaba.

Cerró los ojos y evocó el recuerdo de Rafael, el fervor de su beso, la pasión de su discusión, el calor de sus dedos sobre su pecho. Sintió que la influencia de Finvarra retrocedía y su corazón latía con más estridencia, haciendo retroceder la escarcha que él había conjurado dentro de ella.

Cuando abrió los ojos, la mirada de Finvarra estaba evaluando. "Me desafías", murmuró, evidentemente intrigado y disgustado. "Nunca había visto algo así". Una tormenta se apoderó de su frente y una onda recorrió la corte cuando las hadas sintieron la ira pendiente de su regente.

Elizabeth sabía que tenía que encontrar una explicación y una que él encontrara agradable.

"Es porque hay una cosa que debo hacer antes de entregarme por completo a ti", dijo ella.

Los ojos de Finvarra se entrecerraron levemente y la corte se quedó inmóvil a su alrededor, escuchando con avidez. "¿Una cosa?"

"Debo contarte una historia", dijo Elizabeth, sus palabras cayeron apresuradamente. "Debo contarte una historia para ganarme tu buena voluntad, antes de poner mi mano en la tuya para siempre. Quisiera verte entretenido, mi señor rey, no más que eso."

Finvarra pareció divertirse con la sugerencia. La soltó y regresó a su trono, sacudiendo su túnica antes de tomar asiento. "¿Una historia?" Él se rió entre dientes y la miró con indulgencia. "Tenemos toda la eternidad, mi bella Elizabeth, y se dice que cualquier bocado es más dulce cuando se anticipa. Si deseas construir mi anticipación con una historia, no veo ningún daño en eso." Chasqueó los dedos y trajeron una silla para Elizabeth, una tapizada en terciopelo plateado con patas que parecían estar hechas de hielo. La pusieron a sus pies.

Elizabeth siguió su gesto, sentándose sobre la silla y arreglando sus faldas con cuidado. Las pequeñas hadas aterrizaron sobre sus hombros y sus manos, otras flotando en el aire ante ella, y otras más sentadas con las piernas cruzadas en el suelo a su lado. La música se detuvo y la compañía se acercó, escuchando con atención.

Se aclaró la garganta y levantó la cabeza, esperando que su estratagema tuviera alguna posibilidad de éxito. Rafael le había contado la historia que necesitaba y ella la haría girar todo el tiempo que pudiera, tal como había hecho Scheherazada. "Una vez hubo un rey", comenzó, "un rey en la lejana Persia, un rey que amaba con mucho ardor a su esposa…"

Finvarra sofocó una risa y Elizabeth supo que había encontrado el cuento correcto.

∼

"¿CUÁL ES TU NOMBRE?"

La pregunta española murmurada podría haber sido de un sueño. Rafael se dio cuenta de que se había vuelto a dormir, pero las palabras lo despertaron. No había oído hablar ese dialecto del español en tantos años, no desde que era niño. Así le habían hablado en Pamplona y se preguntó si los muertos lo volvían a saludar.

Se movió y frunció el ceño, pero no abrió los ojos.

"¿Cuál es tu nombre, amigo mío?" La pregunta persistió, y Rafael pensó que solo se quedaría en silencio cuando tuviera su respuesta.

"Rafael Rodríguez".

Pero no, insistió el hombre. "¿Y tu padre?"

"Pedro Rodríguez".

"¿Tu madre?"

"Iniga". A pesar de su inclinación por dormir, Rafael se sintió despertado por las incesantes demandas de ese hombre.

"¿Tienes hermanos?"

"Cuatro hermanas mayores". Rafael continuó impaciente, antici-pándose a la pregunta. "Constanza, Elvira, Domeca, Aldoncia. No tengo otras relaciones, así que déjame en paz."

El hombre se rió entre dientes y había algo familiar en su voz.

Los ojos de Rafael se abrieron de golpe y se encontró boca abajo en una tienda de campaña, la luz del sol hacía que la seda brillara sobre su cabeza. El propio Rodrigo Villandrando estaba sentado a su lado, con expresión inusualmente benigna.

De hecho, el comandante de la fuerza mercenaria sonreía.

Rafael estaba seguro de que nunca antes había visto a L'Écorcheur sonreír tan ampliamente.

"¿Sabes lo que te pasó?" Preguntó Rodrigo.

Rafael tragó y notó que le dolía la garganta. Levantó una mano y se tocó el cuello, haciendo una mueca de dolor por lo tierno que estaba. "Me asaltaron". Su voz sonaba ronca y le dolía hablar.

Acudiste a la cita en lugar de Eustace.

"No confiaba en ellos"

Rodrigo arqueó una ceja. "Sin embargo, fuiste por Eustace."

Rafael negó con la cabeza. "Él es demasiado lento. Yo le daría la oportunidad de aprender mejor quién es digno de confianza ".

Rodrigo rió. "Por supuesto. Casi te matan, él habría muerto dos veces." Apoyó las manos en las rodillas para mirar a Rafael. "Te desnudaron y te dejaron por muerto. Tenemos suerte de que Eustace haya aprendido algo de tus sospechas, porque te buscó cuando no volviste. Te encontró antes de que murieras."

"Lo veré compensado".

"Ya lo hice." Rodrigo estudió a Rafael, serio de nuevo. "Pero déjame contarte una historia, Rafael".

"¿Una historia, señor?"

"Érase una vez un joven que se ganó su camino con su espada".

Los ojos de Rafael se cerraron a la deriva mientras el hombre mayor hablaba. No podía imaginar por qué el guerrero le iba a contar una historia, pero se esforzó por no ser grosero.

"Viajó por todas partes, sin depender de nadie y saboreando todo lo que la vida tenía para ofrecer. Un día, llegó a un pueblo donde había vivido de niño y volvió a ver a una mujer a la que una vez había amado con todo su corazón. Vamos a llamarla Iniga."

Rafael se sobresaltó de modo que sus ojos se abrieron de par en par. "No es un nombre tan común."

Rodrigo sostuvo su mirada. "No, no lo es". Hizo una pausa por un momento, luego continuó. Ella se había casado en su ausencia, aunque también lo reconoció. Él pensaba que el asunto se había resuelto entre ellos y no se arrepentía, porque sabía que él no era un hombre para quedarse en un lugar con una mujer y ser feliz. Pero una noche, Iniga lo buscó y le pidió ayuda. Parecía que le había dado cuatro hijas a su marido, y él estaba impaciente por tener un hijo. Dijo que sabía que la semilla de su marido no tendría un hijo (de hecho, con cuatro hijas, tenía pruebas en abundancia) y suplicó al joven que se acostara con ella, una vez, por todo lo que habían significado el uno para el otro. Ella le pidió que le asegurara su futuro."

Rafael no podía quedarse dormido, no cuando sabía que la mujer del cuento se parecía tanto a lo que él sabía de su propia madre.

"El joven comprendió entonces que su esposo no era amable con ella, y eso dependía mucho de que ella diera a luz al hijo que el hombre deseaba. Discutió con ella, pero sabía tan bien como ella cómo serían las cosas. Él e Iniga estuvieron juntos no una sino tres veces antes de dejar la ciudad atrás. Él pensaba en ella a menudo, aunque nunca podría ser su mujer, y esperaba que todo le hubiera salido bien.

"Poco más de un año después, tuvo la oportunidad de regresar a ese mismo pueblo. Se alegró de la oportunidad y buscó a Iniga. Para su deleite, ella había tenido un hijo. Para su consternación, el niño era menos vigoroso, porque había nacido demasiado temprano. Ella no lo dijo y el joven no preguntó, pero sintió que los puños de su esposo eran la razón por la que el niño había abandonado su útero demasiado pronto. Había poco que él pudiera hacer por ella, pero ella le mostró al niño que era su hijo, y él le dio una moneda para que pudiera ir en peregrinaje y orar por la curación del niño.

Rafael no podía creer lo que oía. "A Compostela", dijo en voz baja. "Con todas sus hijas."

Rodrigo asintió. "Y así fue, pero la Fortuna no viajó con Iniga. La peste llegó a Compostela mientras ella estaba allí y arrasó la ciudad. Era particularmente virulenta en los alojamientos abarrotados utilizados por los peregrinos. Su hija menor murió primero."

"Aldoncia," susurró Rafael.

"Quizás. No pudieron irse antes de que la enterraran, y mientras esperaban la bendición del sacerdote, dos niñas más cayeron enfermas. Cuando todas sus hijas fueron enterradas en Compostela, todas muertas por la peste, la propia Iniga estaba enferma. Le rogó a su esposo que la dejara allí para que muriera, que llevara a su hijo a un lugar seguro y que también velara por su propio bienestar." Rodrigo miró al otro lado de la habitación, sus labios en una línea sombría. "Al menos esa fue la versión del cuento que contó."

Rafael frunció el ceño, porque parecía que Rodrigo sabía más de lo que compartía.

"El joven mercenario había regresado a la aldea un año después, buscando a Iniga, pero solo pudo enterarse de que había ido en peregrinaje y no había regresado. Su esposo una vez se había ganado su camino como pirata y ladrón, y el joven mercenario temía que el hombre hubiera descubierto la infidelidad de Iniga y la hubiera abandonado. Le tomó dos años encontrar al marido de Iniga, aunque lo buscó con fuerza. Al final, encontró al marido de Iniga por casualidad, y lo vio en una taberna en La Rochelle. El esposo recordaba vagamente al joven mercenario y le confió que había regresado a su oficio, habiendo perdido a su esposa e hijos.

"Habló de la peregrinación, pero insistió en que no había podido dejar a su amada esposa, a pesar de su súplica, y que tanto ella como el hijo habían muerto poco después. Aunque lloró con su vino, el joven mercenario sintió que solo contaba la mitad de la historia. Quizás se había descubierto la traición de Iniga. Tras dejar al marido, el joven viajó a Compostela en busca de la tumba de Iniga y el lugar donde había muerto. La mujer que había alquilado habitaciones a la familia confió no solo que el niño pequeño había sobrevivido, sino que el marido se lo había llevado a sus parientes en Gijón. Con la esperanza de que su hijo hubiera sido dejado a un lado pero aún con vida, el joven mercenario se apresuró a Gijón en busca de su hijo."

Rodrigo negó con la cabeza. "Pero si alguna vez el niño estuvo allí, ya no estaba en Gijón. El año anterior, piratas del norte de Castilla habían atacado la ciudad de Poole en la costa sur de Inglaterra. En represalia, los piratas ingleses habían navegado a España y habían atacado Gijón. Todos los que vivían en esa ciudad estaban muertos o esparcidos por los cuatro vientos. No se pudo encontrar ni un susurro de un niño pequeño que había nacido demasiado pronto."

Su mirada se encontró con la de Rafael con firmeza. "Y así, el joven continuó con su vida y su oficio. Al final, cuando tuvo un título y riqueza a su nombre, se casó con una mujer hermosa. Era la gracia de Dios que ella solo le diera hijas, y él pensaba a menudo en el niño que se había perdido. Todavía lo buscó, enviando hombres para buscar algunas noticias sobre si el niño había vivido o muerto, y gastó mucho dinero en la búsqueda del hijo de Iniga." Rodrigo sonrió. "Pero como suele ser el caso, buscó por todas partes lo que estaba justo debajo de su mirada."

"No lo entiendo."

"Yo era el amante de Iniga." Rodrigo dijo con una convicción que no se podía poner en duda. "Nuestro hijo tenía una marca nacimiento en la nalga, la forma de una mano abierta en la nalga derecha. Era el único defecto que tenía y tú tienes la misma marca."

Rafael asintió, asombrado.

"Había escuchado comentarios sobre la mano del diablo sobre ti, Rafael, pero no tenía la menor idea de que los hombres se referían a una marca de nacimiento."

"Nunca se baña con los hombres, señor."

Rodrigo sonrió. "Y así debería haberlo hecho. Me cuesta creer que tú, Rafael Rodríguez, hayas sido un niño enfermizo nacido demasiado pronto, pero la marca no miente: eres mi hijo perdido." Rodrigo sonrió. "Y no podría estar más complacido, porque a menudo he pensado que un hombre de tal valor y habilidad como tú enorgullecería a su padre." Rodrigo le ofreció la mano y Rafael la miró sorprendido, antes de colocar la suya dentro de ella.

Seguramente esto no podría ser.

Luego sonrió, porque era digno de un cuento, y eso haría sonreír a Elizabeth.

Rodrigo se rió y le dio una palmada en el otro hombro a Rafael con deleite. "¡Tú eres mi hijo!" repitió con alegría. "Y lo mejor de todo es que te encontré justo cuando tenía los medios para asegurarme de que ocupes el puesto en el mundo que te mereces." Asintió con la cabeza hacia Rafael. "Te daré el mando de una compañía..."

"No", dijo Rafael, reconociendo la oportunidad cuando estaba frente a él.

"Pero eres un hombre de guerra..."

"Y yo quisiera ser un hombre con una casa." Rafael le sonrió al hombre mayor. "Sería, como Mío Cid, un hombre con una ciudadela que defender."

Rodrigo sonrió, la comprensión iluminó sus ojos. "Si te doy una casa, necesitarás una esposa, hijo mío."

"Conozco sólo una", dijo Rafael, porque era verdad.

Solo esperaba poder llegar a Escocia a tiempo.

VIERNES, 24 DE DICIEMBRE DE 1428

FIESTA DE LOS SANTOS THRASILLA Y EMILIANA.
VIGILIA DE LA NATIVIDAD DE CRISTO.
NOCHEBUENA.

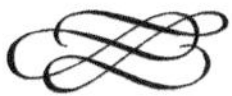

CAPÍTULO 18

Una oleada atravesó el reino de las hadas, un susurro percibido por cada hoja, espora y mechón de cabello. Elizabeth sintió como si un millón de mariposas hubieran batido sus alas en el mismo instante, y luego se hubieran calmado inmediatamente después. No había ninguna señal visible de que hubiera ocurrido algo, pero después se sintió inquieta y ansiosa.

Estaba claro que las hadas se sentían de manera similar, aunque sabían la razón de lo que habían sentido. Elizabeth levantó la vista de su lugar a los pies de Finvarra, dándose cuenta de que las hadas estaban firmes o se inclinaban hacia un extremo de la corte. Estaban como tarareando en su anticipación, algunas emocionados y otras asustadas, y supuso que la sensación había indicado la llegada de algún personaje de importancia.

Cuando Finvarra se aclaró la garganta, Elizabeth se maravilló. Se giró y vio a una mujer alta y exquisitamente hermosa que conducía una procesión hacia la corte desde el otro extremo. Estaba vestida con ricos brocados y joyas, su cabello era tan largo que le caía hasta los tobillos. Estaba luminosa, pero también se desvanecía, como la luz del sol plateada.

Se detuvo ante Finvarra, quien frunció el ceño, se acarició la barba y no se levantó de su trono. "Mi señora."

"¿Lo soy? ¿Aún?" preguntó ella, su mirada deslizándose sobre Elizabeth con desdén manifiesto. "¿Es esta la más nueva?"

"No te debo ninguna explicación", dijo Finvarra. "Y de hecho, Una, tengo una compañera esperándome para una partida de ajedrez".

Ella sonrió. "Estoy segura de que hay mucho en juego, como prefieres".

"Estoy seguro de que no es de tu incumbencia", respondió Finvarra. Se puso de pie e hizo una reverencia, su actitud era cortante y algo impaciente, luego salió de la corte como si no pudiera dejarla lo suficientemente rápido. Elizabeth hizo ademán de levantarse y seguirlo, porque estaba segura de que ese era su deseo, pero encontró la mano fría de la Reina hada sobre su hombro.

"Quédate", ordenó Una. Se deslizó en el lugar del trono que su marido había dejado vacante, silenciosa como un gran gato, y tocó los brazos como para acariciarlos. Ella le sonrió a Elizabeth, con hambre en sus ojos, luego se volvió hacia la Reina Elphine. "¿Otra mortal?"

"Ella vino a él", respondió la Reina Elphine, la luz de la luna ante la luz del sol de la otra monarca.

Una se rió entre dientes. "No por elección, estoy segura."

"Oh, pero lo fue", insistió la otra.

La sonrisa de Una se amplió. "Todos creen que toman una decisión. En verdad, su hechicería es tan fuerte que no tienen ninguna." Ella arqueó una ceja. "¿Fue el espejo esta vez? ¿El que atrapa al amado con una sola mirada? ¿O fue la rosa roja hecha de hielo, el precio de la novia pagado como si fuera un pretendiente en verdad?" Una frunció los labios. "Supongo que podría haber sido el huso que pincha el pulgar de su prometida y la arroja a un sueño sin sueños. No lo ha usado por un tiempo."

"¿Una rosa roja hecha de hielo?" —repitió la Reina Elfina, divertida—. "¿De los cuentos?"

"La misma," dijo Una, con la mirada fija en Elizabeth. "¿Lo conoces?"

"Sí, mi señora. Se deja por las doncellas que cruzan el portal al reino de las hadas en mi casa de Kinfairlie."

"¡Kinfairlie!" respiró la Reina Elphine. "Perdí a un amante mortal allí".

"Mi esposo no ha compartido tu desgracia", dijo Una, pronunciando la última palabra con una amargura que hizo que Elizabeth se preguntara qué significaba. Mantuvo los ojos bajos, sabiendo que sería más respetuoso, pero sintió que Una la miraba de cerca, como para retarla a desafiarla. "De hecho, caza con frecuencia en Kinfairlie."

Elizabeth saltó cuando la Reina hada le agarró la barbilla, obligándola a mirar hacia arriba. Sus ojos eran como fragmentos de espejos, mil tonos de plata y oro, fusionándose y cambiando de modo que Elizabeth se sintió mareada por la vista. "¿Sabes que solo eres la última y que serás la última?"

Elizabeth negó con la cabeza. "No sé nada de los planes del rey Finvarra", dijo, porque era cierto.

Una sonrió y se reclinó en el trono, pidiendo una taza de cerveza. "Pero él ya no tiene secretos para mí, ya no, porque estamos casados desde tiempos inmemoriales".

"Pero él nunca ha sido fiel", observó la Reina Elphine.

"Estoy contenta de dejar que se entregue a su afición por los buenos caballoas y por una buena partida de ajedrez. Sin embargo, ya no me contento con compartir sus otros encantos."

"Parece que no tendrás que compartirlo con los mortales, no ahora que los portales se cierran para siempre." La Reina Elphine estaba descontenta. "El de Ravensmuir ya está atrincherado contra nosotros".

"Y también lo estará el de Kinfairlie en invierno", dijo Una con satisfacción. "Entonces finalmente Avalon después de eso. Los reinos se separarán, el diezmo por las almas ya no se adeudará y mi esposo ya no podrá robar amantes del mundo de los hombres. No puedo esperar." Cogió el cáliz que le ofrecían y bebió con entusiasmo el hidromiel. Elizabeth se atrevió a mirar hacia arriba solo para encontrar la mirada maliciosa de la reina clavada en ella. "No imagines que sobrevivirás en esta corte, mortal. Ya no compartiré los encantos de mi esposo y, como él no renunciará, eliminaré toda tentación. Eres la última, pero no vivirás mucho."

"Deberías dejarla terminar su relato", insistió la Reina Elphine. "Es bastante excelente y no me gustaría vivir para siempre sin conocer su final."

"¿Un relato?" Una extendió su cáliz para pedir más hidromiel. Fluyó como azogue en su cáliz. "Te contaré una historia, mortal, la historia de una doncella robada de la torre alta de Kinfairlie por su amante hada. Este amante hada le dijo que él era un príncipe que había venido a cortejar a su amor y que se casaría con ella si cruzaba la línea divisoria con la mano en la de él. Prometió pagar el precio de la novia con una rosa que fue la última muestra que su familia tuvo de ella."

Una se inclinó más hacia Elizabeth. "Él mintió. Era un rey, no un príncipe, y ya estaba casado." Hizo girar el anillo de oro pálido en su mano izquierda. "Le mintió a su doncella mortal y le mintió a su esposa, y cuando ambas fueron despojadas, volvió su mirada al reino de los hombres nuevamente, buscando otra belleza para seducir. Su apetito es interminable, su encanto abunda y su corazón, bueno, me temo que no tiene corazón en absoluto."

Bebió un sorbo de su hidromiel. "Estas doncellas siempre acudían a la esposa en busca de consuelo después, con la esperanza de que ella pudiera usar un poco de hechicería para arreglar las cosas. Todo lo que yo podía hacer era hacerles olvidar, ya veces eso era suficiente. Su mirada nunca se posaría en la misma doncella dos veces, después de todo. Una vez que ha probado, su apetito por ese plato queda satisfecho, pero nunca su hambre por más."

"Y así fue como su esposa se cansó de su infidelidad, no menos de las doncellas que lloraban a las que tenía que consolar. Decidió que si no podía cambiar la manera de ser de su esposo, eliminaría sus oportunidades. Ella sabía que él sentía afecto por las doncellas de Kinfairlie, porque había reclamado varias antes de que su verdadero amante frustrara su deseo por Rosamunde.

"¿Frustrado por un mortal?"

"Con un poco de ayuda de cierta reina," dijo Una, lo que provocó que la Reina Elphine se riera. "Y así fue como la esposa se sintió inspirada por el escape de Rosamunde de la intención amorosa de su marido, y así fue como lanzó un hechizo."

La Reina Elfina se rió entre dientes. "Esta reina que no nombraremos era la más talentosa en hechicería, apostaría".

"Ella era la mejor", dijo Una con fervor. "Mejor incluso que su marido. Y puso todo su empeño en este hechizo, un hechizo que rodeara a Kinfairlie con tanta seguridad como una enredadera crece alrededor de una torre. Su hechizo era este: que desde el hechizo, cuando tres de los hermanos de esa familia se casaran por amor verdadero, entonces sonaría la perdición de las hadas y no habría otro diezmo debido al Infierno. Las vidas de mortales y las hadas se dividirían y cada uno volvería a la suya. En los siguientes siete años, los portales que unen los reinos se sellarían, comenzando con el de Ravensmuir y seguido por el de Kinfairlie. Un presagio de esto se lo entregó a las hadas, aunque no admitió su propio papel en el hechizo."

"¡Ah!" dijo la Reina Elphine. "Entonces, tengo a Finvarra para culparlo por la pérdida de mis placeres".

Una continuó como si la otra reina no hubiera hablado. "Y así fue que después de que se lanzó el hechizo y se pronunció el presagio, el propio rey decidió intervenir en los asuntos de los mortales para ver sus propios fines logrados y el plan de su esposa arruinado. ¿Fue un accidente que el ojo de la Reina Elphine cayera sobre Murdoch Seton? No, no, pero la hechicería de la reina y la determinación de la doncella hicieron que el amor verdadero triunfara."

Su voz se elevó incluso cuando los ojos de Elizabeth se abrieron. "¿Fue un accidente que Garrett MacLachlan se volviera casi loco por las visiones, que los hombres lo expulsaran y lo dejaran correr en la naturaleza? No, no, fue la mano del rey, decidido a proteger sus placeres, pero el poder del hechizo de la reina y el vigor del amor de la doncella vieron al hombre curado y al verdadero amor triunfar."

Una se puso de pie. "¿Fue un accidente que el rey decidiera dejar que Malcolm Lammergeier ocupara el lugar de su compañero, para que lo mataran para pagar el diezmo al infierno? No, no, pero el amor que había encendido en el corazón de su dama lo cambió tan fuertemente que la espada no permitiría que le quitaran la vida, porque su alma ya no era la más oscura que se podía encontrar." Su voz se convirtió en un grito. "El amor verdadero frustró al rey tres veces seguidas, y ahora los portales se cierran."

Se volvió a sentar, bebió un sorbo de hidromiel y estudió a Elizabeth. "Y así el rey se aseguró de que la única doncella que más deseaba quedara atrapada dentro del reino de las hadas cuando se sellara el último portal. No imagines que te amará por siempre. Tu encanto se perderá con tu virginidad y quedarás atrapada aquí para siempre, en servidumbre."

"Lo sé, mi señora", se atrevió a susurrar Elizabeth. "Me engañó el espejo y quisiera irme."

"Estás atrapada", dijo Una rotundamente. "Por tu propia elección de hablar dentro del círculo, estás obligada a este lugar. Haz las paces con tu situación, mortal, porque no cambiará."

Elizabeth frunció el ceño a su regazo. De todos sus hermanos, ella era la que más deseaba casarse por amor.

Ella sabía que nunca haría las paces con eso.

ERA Nochebuena cuando Rafael y su compañía de hombres galoparon hacia el patio de Kinfairlie, con los hombros cubiertos de nieve recién caída. Sus caballos pateaban con orgullo, sus banderines ondeaban con la brisa, y su llegada hizo que los aldeanos se quedaran mirando. Pasaba del mediodía y el cielo parecía un cuenco de peltre en lo alto. Rafael se estremeció mientras desmontaba, sabiendo que solo su adoración por su dama podría traerlo de regreso a esa tierra.

No podía esperar a verla adornar su nuevo hogar y esperaba que ella todavía lo deseara como él la deseaba a ella. Había pensado mucho en sus sueños y había decidido que solo el primero, el de ella en Kinfairlie, podía ser cierto. El segundo había sido solo un presagio de lo que sucedería si él no regresaba ahí antes del Yule. No, Elizabeth vivía, aunque estaba enferma, pero Rafael curaría con su regreso oportuno.

No podía esperar a ver su reacción porque él llegaba como un campeón, que lo hacía porque ella lo había impulsado a cambiar su propio rumbo. Eso le devolvería el brillo a los ojos, estaba seguro.

Rafael saboreó la mezcla de sorpresa y reconocimiento en la expresión de Alexander cuando ese hombre llegó al patio para recibir a sus invitados. Era evidente que había esperado a alguien más y su mirada recorrió al grupo con asombro. Una docena de hombres y otros tantos muchachos cabalgaban con Rafael, todos vestidos con el negro y el oro de sus nuevos colores, todos adornados con su insignia. Eran un grupo elegante y regio, y Rafael dio un paso adelante con orgullo para estrechar la mano de Alexander.

"Rafael Rodríguez. Estoy realmente sorprendido de verte regresar"

"Parece que el destino de los hombres que hacen fortuna es venir a Escocia", dijo Rafael, sabiendo que su manera jovial desconcertaba a su anfitrión.

Hubo un eco de cascos y otro grupo entró en el patio, un grupo más pequeño montando magníficos caballos tan negros como la noche. Malcolm soltó un grito de placer cuando vio a Rafael y los dos se dieron la mano y se abrazaron.

"La Dama Fortuna te ha sonreído", dijo Malcolm con orgullo, admirando la compañía con una mirada. "No sabía que las cosas iban tan bien en Francia."

"No para Francia, sino para mí", admitió Rafael. "Parece que mi padre no era el hombre que yo creía que era, sino un barón al servicio del rey francés." Eligió no compartir el nombre de su padre todavía. "Me ha concedido un dominio en la frontera para defender, porque lo quiere en manos de alguien en quien pueda confiar."

Malcolm pareció estar tan complacido con esto como Rafael y le estrechó la mano de nuevo con entusiasmo. "Y veo que has tentado a más de nuestros antiguos camaradas a dejar atrás la vida del mercenario." Saludó a los hombres del grupo, uno por uno, mientras Alexander miraba.

"Ven al salón y descansa", dijo el señor de Kinfairlie con rigidez, y Rafael no dudaba que el hermano de Elizabeth había adivinado el motivo de su llegada.

Sus hombres desmontaron y él le ofreció la mano a Catriona, quien le sonrió. De hecho, estaba embarazada con el hijo de Malcolm, como en su sueño, y Rafael se inclinó profundamente después de que Malcolm la levantó de la silla. La locuaz Vera estaba con ellos, regañando a su nuevo marido por algún crimen u otro, y luego cacareando sobre Avery, que había crecido mucho.

"Debería haber traído a los demás, si hubiera sabido que estarías aquí", dijo Malcolm. "Deberías haber enviado un mensaje".

"Prefería viajar con prisa", dijo Rafael, lo que provocó que Malcolm y Catriona intercambiaran una sonrisa. Los modales de Alexander permanecieron sombríos.

"Entonces debes venir a Ravensmuir para visitarlos", dijo Catriona. "Antes de partir"

"¿Quieres quedarte mucho tiempo?" Alexander preguntó cortésmente.

Rafael sonrió. "La decisión, señor, no es mía."

Luego entró en el gran salón de Kinfairlie. Era precisamente como su visión, aunque estaba atestada de nobles que debían ser parientes, hijos y sirvientes. Su mirada voló inmediatamente a Elizabeth y le sorprendió su desconocimiento.

Ella no se veía en absoluto como lo había hecho en su visión.

Se reía alegremente de algún comentario que hacía otro

miembro de la familia, y su actitud era animada. Pero su mirada se deslizó más allá de él cuando él se inclinó ante ella como si ella no supiera quién era. Se propuso hablar directamente con ella, pero no había reconocimiento en sus ojos.

Elizabeth podría haber sido una mujer completamente diferente.

Rafael realmente no podía creer que fuera tan olvidable como eso.

La mujer se parecía a Elizabeth. Sonaba como Elizabeth y vestía como Elizabeth, pero había algo en sus ojos y sus modales que hizo que Rafael pensara más en una muñeca que en una mujer.

Cuando salió del salón, insistiendo en que iría a buscar a uno de los niños, él la siguió, persiguiéndola tan silenciosamente como una sombra. Sintió que Malcolm lo miraba, pero Catriona tocó el brazo de su marido.

"¡Mi señora!" Rafael la llamó y Elizabeth se volvió hacia él.

"¿Señor?" dijo ella, como si no supiera su nombre.

Impaciente con sus modales, Rafael se acercó a ella y la tomó de la mano. Estaba aturdido por su frialdad, pero se inclinó para rozarla con los labios. "Mi señora. Estoy muy contento de verte de nuevo", murmuró, dejando que sus labios se demoraran en su carne. Ella no pareció darse cuenta y ciertamente no tembló de placer como él hubiera esperado.

"¿De nuevo?" preguntó ella, su mirada parecía atravesarlo. "¿Nos conocemos?"

"Nos hemos amado, mi señora", confesó Rafael en voz baja. "Y me has robado el corazón".

Ella se rió, como si la idea fuera absurda, y su voz fue lo suficientemente alta como para hacer que él se estremeciera. "—Has bebido demasiada cerveza, señor. Déjame ir a buscar a mi sobrina mientras regresas a la alegría en el salón." Su sonrisa se volvió tímida de una manera que no se parecía en lo más mínimo a Elizabeth. "No le diré a mi hermano tu valentía, porque no podríamos tener una batalla en este día santo."

Rafael frunció el ceño ante esta inesperada respuesta. "Primero tendré una bendición tuya", murmuró él, todavía esperando que Elizabeth se revelara. Le llevó un dedo a la mejilla, sintió su frío y se inclinó más cerca. Ella lo miró como si no pudiera comprender lo que hacía.

"Nos fuimos para darnos un beso, mi señora", susurró él. "Para que otros no sean testigos de nuestro beso."

"¡Oh!" dijo ella y le sonrió. No había ardor en sus ojos, ningún recuerdo de las uniones apasionadas que los habían dejado a ambos hirviendo. Podría necesitar un recordatorio de que tenía sangre en las venas.

Él la besó, gentilmente, como para obligarla a participar. Cuando ella no respondió, inclinó su boca sobre la de ella en un beso posesivo muy parecido a los que habían compartido antes.

La dama no respondió ni se alejó.

Ella pareció soportar su caricia con paciencia.

No, podría haber estado hecha de madera por todo el ardor de su respuesta.

Rafael volvió a intentar convencerla de que reaccionara. La atrajo más cerca, dejó un rastro de besos a lo largo de su mejilla y murmuró en su oído, luego capturó su dulce boca de nuevo. Cuando él levantó la cabeza, ella lo miró con desinterés, sin rubor en sus mejillas ni brillo en sus ojos.

"¿Hemos terminado, entonces?" preguntó ella a la ligera. "¿Regresamos al salón ahora?"

"Por supuesto," asintió Rafael. A él le parecía imposible, pero ella actuaba como si se acabaran de conocer.

Y como si ella no tuviera ningún interés en él. La conciencia que los había roto a los dos durante los últimos seis meses, el encanto que había llenado sus sueños y la chispa que había saltado entre ellos estaba muerta y desaparecida. Ella no estaba fingiendo desinterés. Ella realmente lo ignoraba.

Si ella se hubiera enojado con él por su partida, todavía habría fuego en su caricia, no esa indiferencia.

Rafael estaba más decepcionado de lo que podría haber expresado. Nunca había pensado que Elizabeth fuera voluble. De hecho, su determinación de pensar bien de él había sido la única constante en la que podía confiar.

La acompañó a la mesa alta, muy consciente de lo intensamente que lo miraba el Señor de Kinfairlie, luego se retiró a su lugar en el fondo del salón, sin un beso en sus dedos. La dama no pareció darse cuenta.

El señor, en cambio, estaba complacido.

Rafael llamó para que le llenaran la taza y se echó hacia atrás la capa, sentándose en la mesa con nueva impaciencia. Sólo cuando se llevó la taza a los labios se dio cuenta de que tenía una herida en el dedo.

Era el dedo con el que había acariciado la mejilla de Elizabeth, momentos antes.

Y había una gran astilla alojada dentro de la carne. No había tocado nada más que la suave piel de la dama.

¿Cómo pudo haber obtenido una astilla?

¿Podría haber sido cierta su otra visión también?

Si Elizabeth había sido reclamada por el rey oscuro, ¿quién era esa mujer?

Más importante aún, ¿cómo podría salvarse Elizabeth?

LA CABEZA de Catriona daba vueltas con las presentaciones de todos los parientes de Malcolm reunidos, aunque Vera había intentado prepararla de antemano. La mayoría de los hermanos habían regresado a Kinfairlie ese año, incluidos Madeline y Rhys de Gales, con sus tres hijos, Dafydd, Rhiannon y Owain. Annelise y Garrett habían viajado desde el oeste de las Tierras Altas con sus tres hijos pequeños, las gemelas Aileen y Eva, y su menor Gavin. En el camino, se detuvieron en la Fortaleza Seton, luego continuaron su viaje con Isabella y Murdoch, junto con sus hijos Duncan, Cameron y Murdoch. Alexander y Eleanor tenían cuatro hijos propios,

Roland, Tynan, Eloise y Melissande, y el salón era ruidoso con niños corriendo de un lado a otro.

Vivienne y Erik no habían llegado al sur desde las Tierras Altas después de su regreso a casa el verano anterior, porque Vivienne estaba cerca de su parto. Catriona esperaba que la visitaran el verano siguiente, porque le gustaría ver a los niños que había atendido mientras estaba al servicio de Vivienne. Sin duda habían crecido mucho más y ella abrazó a Avery con fuerza, queriendo saborear cada momento.

Catriona se sorprendió cuando Rafael se sentó a su lado, aunque no le disgustó. Se alegraba de tener un acuerdo con el hombre que había sido el camarada más cercano de su marido y estaba más alentada por el cambio en Rafael desde el solsticio de verano. Estaba menos enojado que antes, y realmente demostraba poseer un hechizo peligroso. Había un mechón de cabello en su sien que se había vuelto tan blanco como la nieve, pero ella no se atrevió a pedir detalles sobre eso. La lesión y la conmoción provocaban esos cambios, y se preguntó qué le habría sucedido a Rafael en su ausencia.

Aparte de su adquisición de un título y una riqueza.

Catriona le preguntó por sus aventuras y por su recién descubierta propiedad, aunque sintió que él deseaba hablar de algo más.

Su mirada se desvió hacia Elizabeth una y otra vez, su confusión haciéndose eco de la suya.

Elizabeth, después de todo, parecía más extraña cada vez que ella y Catriona se encontraban. Aunque el resto de la familia insistía en que Elizabeth había vuelto a su naturaleza de años atrás, Catriona no podía reconocer a esa muchacha fría y vertiginosa con la que había conocido el verano anterior. Elizabeth se había sentido triste después de la partida de Rafael, sin duda, pero Catriona había podido entender eso. Esta mujer era tan extraña que Catriona no entendía en absoluto un cambio tan grande en su naturaleza.

A menudo ni siquiera le agradaba Elizabeth, cuando alguna vez pensó que probablemente se convertiría en una buena amiga.

Catriona se tranquilizó en cierto modo porque Rafael estaba tan descontento, porque parecía que él también veía una diferencia en Elizabeth.

Catriona supuso que era porque estaba recordando el momento en que ella, Rafael y Elizabeth habían unido fuerzas contra el plan de un rey de las hadas que esa historia surgió en sus pensamientos.

Cuando Alexander pidió un cuento, Catriona se apresuró a alzar la voz.

"Una vez hubo una doncella tan hermosa que todos exclamaron maravillados cuando la vieron", comenzó. "Su cabello era largo y dorado, y sus ojos eran del tono azul más claro". Malcolm apretó la mano de Catriona y ella se dio cuenta de que había descrito su propio color. "Su nombre era Ethna y vivía en Irlanda. Era dulce y servicial, además de encantadora, y así fue que cuando su padre le dio la mano al hombre que se había ganado su corazón, todos estaban felices en la tierra. El señor con el que se había casado era joven y apuesto y poseía una propiedad excelente, y adoraba a Ethna más de lo que nadie hubiera creído posible. Su posesión estaba cerca de Knockma, la colina que cubría la corte del rey de las hadas, Finvarra. Él solía llevar ofrendas de vino a Knockma y su respeto se aseguraba de que sus relaciones fueran cordiales, como deberían ser las relaciones entre señores vecinos."

Catriona vio que Rafael se enderezaba un poco en su lugar y se dio cuenta de que había captado la referencia a Finvarra.

"Y así fue que el señor estaba tan feliz con su nueva esposa, y a su nueva esposa le encantaba bailar, que las festividades que celebraron la boda duraron mucho más de lo habitual. Continuaron, noche tras noche, festejando y bailando, y Ethna usó un vestido nuevo todas y cada una de las noches de la celebración. La noche que usó su vestido plateado, el que parecía hecho con rayos de luna, vaciló en la danza, luego se desmayó y no bailó más. Toda la compañía estaba angustiada, su marido sobre todo, y el señor mismo la llevó a sus aposentos. Se sentó a vigilar a su lado toda la noche, pero ella no se movió hasta que salió el sol, y luego habló sólo de la maravillosa tierra que había visitado la noche anterior y de su anhelo de volver.

"Ahora, el señor había sido criado en el torreón que tenía, el que se encuentra cerca de Knockma, por lo que sabía algo de las hadas y sus costumbres. Supuso que su novia había estado bailando en la corte de Finvarra, y temió que ella pudiera haber tomado un sorbo de vino dorado o comido un bocado del banquete. Puso una vigilia en sus aposentos cuando el sol empezó a ponerse bajo, y su vieja nodriza se sentó junto a Ethna y le tomó la mano. Sin embargo, una a la vez, cada persona que estaba en vigilia se durmió, hasta que el señor mismo fue el único despierto. Estaba decidido a mantener los ojos abiertos hasta el amanecer, pero cuando salió el sol descubrió que él también había dormido. Vio inmediatamente que Ethna se había ido, y adivinó bastante bien dónde estaba.

"Hizo que le ensillaran su caballo de inmediato y se dirigió a toda prisa a Knockma, seguro de que su amigo Finvarra tendría algún consejo para él y le proporcionaría algún medio para recuperar a su novia de cualquier hada que se la hubiera robado. Para su alivio, mientras subía la colina, escuchó a dos hadas discutiendo el secuestro de Ethna: para su consternación, se enteró de que el mismo Finvarra era el responsable. Uno declaró que Finvarra era feliz, porque la mujer mortal más hermosa del mundo era su cautiva para siempre. Aunque el señor sabía que Finvarra adoraba a las bellas mujeres mortales, había pensado que su amistad garantizaría la seguridad de su esposa. Lamentó saber que se había equivocado y sabía que Finvarra no le daría un buen consejo. Pero luego escuchó atentamente a las dos hadas, porque podrían darle alguna pista.

"Y así lo hicieron. La primera estaba segura de que el marido de Ethna nunca volvería a verla. El otro no pensaba así, y el señor acercó su oído a la tierra, para no perderse ni una palabra. "Él todavía podría obtener su regreso", declaró la segunda. "Si cava en la colina y expone la corte de las hadas a la luz del sol, ella volvería a ser suya." El señor no necesitaba recibir este consejo dos veces. Inmediatamente convocó a hombres de todas partes, y cavaron con vigor en la colina que albergaba la corte de las hadas. Tan grande fue su esfuerzo que cuando el sol se puso, cavaron una trinchera a medio camino de la corte de las hadas. El señor estaba convencido de que su esposa soportaría solo una noche más en el reino de Finvarra antes de volver a casa.

"Pero por la mañana, tuvo una sorpresa espantosa. La colina estaba restaurada, la trinchera se había rellenado y el verde césped en la cima parecía como si nunca hubiera sido alterado. Los hombres se desesperaron, pero el señor estaba decidido a salvar a su amada. Él llamó a más hombres y les pagó para que cavaran más rápido, y al anochecer del segundo día, habían cavado dos tercios del camino hacia la corte de las hadas.

"Y, sin embargo, a la tercera mañana, la colina estaba restaurada una vez más. El señor casi gimió de desesperación, porque no podía ver cómo podía encontrar más hombres y mucho menos tener más hombres cavando en el mismo lugar. Temía que todo se perdiera, pero escuchó una voz en su oído. No podía verla, pero una pequeña hada había aterrizado sobre su hombro. Sin embargo, pudo escuchar su consejo y le aconsejó que rociara sal sobre su trabajo al final del día. Y entonces el señor mandó a buscar sal, incluso cuando puso a los hombres a cavar la trinchera de nuevo, y al anochecer, una vez más, estaban a las tres cuartas partes del camino hacia la corte de las hadas. Cuando puso la oreja en el suelo, incluso pudo escuchar la música de las hadas debajo de la colina e incluso ese débil sonido fue suficiente para hacer que sus pies se movieran. Sabía que no debía bailar ni dejar que ninguno de sus hombres bailara, por lo que hizo que echaran sal sobre el suelo y luego los llevó de regreso a su salón para pasar la noche.

"Para su deleite, el sol salió para revelar la trinchera como había sido la noche anterior. Los hombres vitorearon como uno solo, luego llevaron sus palas a trabajar incluso antes de que el sol calentara la tierra. El señor sabía que el hierro de sus espadas destruiría la corte de las hadas si incluso una rompía su techo, pero Finvarra lo había engañado. Y fue así que estaban muy cerca cuando la voz de Finvarra llegó desde el interior de la colina. "Deja de cavar", gritó. "Y Ethna será devuelta al anochecer a su señor marido." El señor estuvo de acuerdo, contento con este compromiso, porque realmente no tenía ningún deseo de hacerle mal a las hadas: simplemente deseaba el regreso de su esposa. Pagó a los hombres y los despachó, y al ponerse el sol, se quedó en Knockma esperando en el crepúsculo. Tan pronto como el sol se deslizó por el horizonte, su amada Ethna vino caminando hacia él con su vestido plateado, luciendo como un rayo de luz de luna regresando a él. La alcanzó y regresó a su morada con ella sentada frente a él en la silla, seguro de que todo había salido bien.

"Sin embargo, cuando llegó a su propia morada, el señor había comenzado a temer que Finvarra lo hubiera engañado. Una vez que se apoderó de Ethna, ella se quedó dormida. Durante el viaje a casa, él había asumido que ella no había dormido estos tres días y tres noches y que, como resultado, estaba cansada, pero cuando llegaron a su salón, ella no se despertó. Pasaron los días y las noches y ella durmió, palideciendo. Las ancianas susurraron que debió haber comido del festín de las hadas. Decían que Finvarra había devuelto un tronco con un hechizo de las hadas y que la dama todavía estaba atrapada en la colina. El señor no sabía qué pensar ni qué hacer. Fue a Knockma, pero Finvarra no lo recibió, y la colina parecía a la vez quieta y oscura, incluso de noche. Temió que nunca volvería a estar con su amada en verdad."

"Estaba montando su caballo en Knockma una noche, después de otra petición fallida, cuando una vez más escuchó un par de voces hadas desde debajo de la colina. "Ha sido un año y un día que Finvarra ha retenido el alma de Ethna y la ha mantenido alejada de su marido", dijo la primera, y el señor se dio cuenta de que había pasado tanto tiempo. Está perdida bajo la colina para siempre. No, no, dijo el segundo, una vez más optimista ante las posibilidades del señor. Podría recuperarla en una noche si le desabrochara el cinturón alrededor de la cintura y le quitara el alfiler de oro. Si quema el cinto y arroja las cenizas alrededor de su cama, y entierra el alfiler profundamente en la tierra, ella volvería a ser suya." El señor no necesitaba escuchar este consejo dos veces. Galopó a casa e hizo lo que le había aconsejado la segunda hada. Desabrochó la faja que rodeaba la cintura de su esposa, aunque no le costó poco hacerlo. Sacó el alfiler, aunque tuvo que soltarlo con todas sus fuerzas. Quemó el cinturón y arrojó las cenizas alrededor de su cama, luego enterró el alfiler profundamente en la tierra."

Catriona hizo una pausa para tomar un sorbo de cerveza, consciente de la atención con que escuchaban los niños.

"¿Y?" preguntó la hija de Madeline, Rhiannon.

"Y por la mañana, Ethna se despertó por primera vez desde que la había traído de regreso a su morada. Ella sonrió y abrazó a su señor esposo, agradeciéndole por liberarla del hechizo de Finvarra. Recordaba todo lo que le había sucedido, pero creía que se había ido una sola noche. De modo que fueron felices juntos, tuvieron muchos hijos y vivieron mucho y bien. La trinchera en la colina Knockma permanece, y se llama Fairy Glen, y Finvarra nunca volvió a mirar a Ethna, la novia.

La compañía aplaudió y pateó, muy complacidos con la historia, y Catriona inclinó la cabeza ante su placer. Su mirada bailaba por el salón y le sorprendió la consideración de la expresión de Rafael.

Mucho más que su mirada estuviera fija en Elizabeth.

CAPÍTULO 19

Elizabeth jugueteaba con su copa, aparentemente indiferente a la historia que le había contado Catriona. Catriona sintió que fruncía el ceño, porque era diferente a la Elizabeth que había conocido no responder con gran favor a la historia de un hombre que salvaba a su único amor verdadero del peligro.

"Un buen cuento finamente contado", dijo Rafael con una sonrisa, y Catriona asintió en aceptación de su cumplido.

"Te lo agradezco."

"Cuenta cuentos como los cuenta papá", declaró la pequeña Rhiannon al lado de Catriona.

"¿Yo?"

"Sí, papá siempre nos habla de las hadas, aunque sus hadas son galesas como él".

"Y como tú", declaró Rhys, levantando a su hija por detrás. Hizo una reverencia a Catriona, la niña en su cadera. "Pido disculpas por su interrupción", dijo, asintiendo con la cabeza a Rafael. "Sin duda tienes asuntos que discutir que no son para oídos pequeños." Rhiannon le gritó a uno de sus hermanos, y Rhys la bajó, sacudiendo la cabeza mientras ella se apresuraba a volver a jugar con los otros niños.

La mirada de Rafael se elevó hacia Rhys y Catriona los presentó de nuevo. "¿Cuenta historias de las hadas?" Rafael le preguntó al otro guerrero, con cierta sorpresa.

"Por supuesto. Tales historias llevan la verdad en su raíz, como mi esposa te contará con mucho gusto."

Rafael pareció considerar esto. "¿Una verdad como la de un rey hada tomando a una mujer mortal como su novia?" Rafael dejó que su mirada se deslizara hacia Elizabeth y de regreso a Catriona. "Tú y yo recordaremos un riesgo que tomó hace seis meses"

Catriona asintió y Rhys escuchó con avidez.

"Me pregunto si podría haber habido una forma en que este rey oscuro podría haber disfrazado su reclamo de lo que ve como lo que le corresponde", dijo Rafael en voz baja, su mirada se encontró con la de Catriona. "Para que nadie supiera que ha robado una novia."

Catriona jadeó y se llevó los dedos a los labios. "—Un polimorfo" —susurró, aunque por la forma en que Rafael fruncía el ceño quedaba claro que no entendía la palabra.

Rhys le dio a Malcolm un golpe en el hombro abruptamente. El joven se movió a lo largo del banco, porque estaba hablando con Eleanor, y Rhys se sentó en el banco en el espacio recién hecho.

"Hay historias de las hadas reemplazando a los mortales que capturan con uno llamado cambiante", confesó Catriona en voz baja.

"¿Cómo se puede decir la verdad?" Preguntó Rafael.

"Hay una historia", dijo Rhys, manteniendo la voz baja. "De un hada que revela su verdadera naturaleza de tres maneras." Tocó su dedo índice. "Ella se ríe en un funeral."

Catriona se enderezó. Elizabeth se rió cuando Malcolm se enteró de que algunos miembros de la Liga Sable habían sido asesinados, aunque había conocido a esos mismos hombres el verano pasado. Me sentí ofendida, pero Malcolm dijo que no hiciera nada al respecto."

"¿Pero ella no habría hecho eso antes?" Dijo Rafael.

Catriona negó con la cabeza. "No me parece."

Malcolm se volvió y Catriona se dio cuenta de que los estaba escuchando, al igual que Eleanor. "Ella siempre lloraba mucho", confió Malcolm. "Pensaba que ella no haría más que lamentar la muerte de un hombre." Lanzó una mirada a Rafael.

"Aunque en este día ella no me conoce".

Rhys tocó un segundo dedo. "Que ella llore por el nacimiento de un niño."

Eleanor se inclinó hacia adelante. "Este mes hubo dos bautizos en la capilla, de bebés nacidos en el pueblo", confesó ella, en voz baja, "Nunca había escuchado a una mujer lamentarse como lo hizo Elizabeth. Me sentí avergonzada y las madres muy insultadas."

Intercambiaron miradas preocupadas. Rhys dio unos golpecitos con el dedo anular. "Que celebre la prematura muerte de un niño." Frunció los labios cuando nadie habló. "Madeline fue ayer a visitar la tumba de Madeline Arundel. Esa niña murió joven aquí en Kinfairlie aunque habían jugado juntas. Ella siempre va a la tumba con Elizabeth y dijo que los modales de su hermana eran muy inapropiados." Levantó la mirada. "Dijo que no podía entender la risa de Elizabeth."

Todos se sentaron como uno solo y trataron de ocultar lo que entendían. Afortunadamente, el salón estaba lo suficientemente lleno y ocupado como para que nadie pareciera darse cuenta de ellos.

"¿Pero quién es ella, entonces?" Rafael dijo en voz baja.

"Un polimorfo suele ser un hada anciana o incluso un tronco", dijo Catriona. "Pero está disfrazado a los ojos de los mortales por un hechizo y parece ser la persona desaparecida."

Rhys hizo una mueca. "No es fácil deshacerse de una, porque hay que quemarla".

"No te atreverías a equivocarte", dijo Eleanor.

"Un tronco", repitió Rafael, y examinó lo que parecía ser una astilla en su dedo. Catriona frunció el ceño sin comprender. "Le acaricié la mejilla", admitió él, y ella supo que tenía que ser verdad.

"Aun así debemos estar seguros", dijo Eleanor.

Rhys se encontró con la mirada de Catriona y asintió una vez. "Los niños deben ser enviados a la cama", dijo, luego se apartó para llamarlos. Eleanor se levantó para hacer lo mismo, animando a Annelise e Isabella a que también enviaran a sus hijos a sus camas.

"Debe haber una prueba antes de la quema. Necesitaré tu ayuda, Rafael" —susurró Catriona.

Sin dudarlo, Rafael se acercó para escuchar más.

Un año antes, Rafael nunca le habría dado crédito a la historia de Catriona.

Ahora se encontraba a sí mismo como su asistente dispuesto. Era tarde y los niños estaban acostados. Muchas de las esposas también se habían retirado y los sirvientes habían ido a las cocinas a prepararse para el día siguiente. Eleanor había considerado que debería haber pocos testigos, en caso de que las cosas salieran mal, aunque había discutido poderosamente con Isabella y Annelise sobre por qué deberían retirarse temprano.

Parecía que Isabella tenía un agudo sentido de la verdad oculta.

Ese fuego todavía ardía en lo alto de la chimenea; Rafael se quejaba poderosa y regularmente del frío, mientras Rhys avivaba el fuego cada vez más alto. Elizabeth estaba sentada frente al fuego, bordando con tanta alegría que la creencia de Rafael en el plan de Catriona se reforzó de nuevo. El castellano llamó a Alexander a que se fuera para hablar sobre algún detalle y Malcolm hablaba con algunos de los hombres del otro lado del salón.

Catriona asintió rápidamente con Rafael y luego se inclinó ante el fuego. Había obtenido algunas cáscaras de huevo de las cocinas. Llenó una media cáscara con vino y la colocó en equilibrio sobre el borde de la chimenea. Llenó una segunda con vino y lo dejó a un lado, casi inclinando al primero al hacerlo.

Elizabeth miraba con fascinación.

Catriona llenó una tercera mitad de la cáscara de huevo con vino y la colocó junto a las demás con cuidado.

Rhys le trajo media docena de cáscaras más. "Confieso que no puedo encontrar más."

"De alguna manera debemos hacer las cosas para que funcione", dijo Catriona.

Eleanor se acercó a ellos, retorciéndose las manos. "Los cestos de verduras y las cáscaras de huevo ya se llevaron a los cerdos", dijo, en tono de disculpa. "No me di cuenta de que tenías la intención de hacer esto, Catriona, o los habría salvado".

"Creo que tengo suficiente. Te doy las gracias", dijo Catriona, colocando las cáscaras en la chimenea con cuidado. Rhys se acuclilló a su lado y enderezó algunas, tirándolos y derramando el vino en el proceso. Hizo una mueca y se dispuso a enderezarlas.

"¿Qué es esto que haces?" Preguntó Elizabeth, dejando caer su bordado por curiosidad.

"Quisiera calentar un poco de vino, para que Malcolm y yo estemos calientes para nuestro viaje a casa esta noche", dijo Catriona, como si esto tuviera perfecto sentido. Llenó otra cáscara y la colocó con cuidado sobre la chimenea.

"Pero necesitarás tantas cáscaras de huevo para calentar sobre dos copas de vino", dijo Elizabeth con una sonrisa.

Rhys se enderezó y se paró junto al fuego.

Rafael dio un paso adelante, dispuesto a hacer lo que debía.

"No tienes que preocuparte", dijo Catriona con total calma. "Sirvieron huevos en el salón este día, así que tengo un buen número." Le mostró su miserable colección a Elizabeth y luego llenó otra cáscara con cuidado. Mientras la colocaba en la chimenea, golpeó la que estaba al lado y la derramó. El vino se derramó sobre la chimenea y siseó.

Catriona exhaló un suspiro y volvió a llenar la cáscara derramada, continuando con su tarea.

Elizabeth se rió, una risa aguda que no tenía similitud con la risa cálida que Rafael recordaba. "¡Nunca había visto tal locura en todos mis mil años!" gritó y se rió aún más de Catriona.

Ante la confesión de su edad, que no podía ser la de Elizabeth, Rafael agarró al polimorfo. Ella luchó con una fuerza superior a la de cualquier humano, pero él se mantuvo firme. Rhys la agarró por el otro lado y los dos la arrojaron al fuego. Gritó de furia por ser descubierta, y una bruja apareció por un momento en el humo.

Luego sólo había otro leño en el fuego, aunque crujió ruidosamente mientras las llamas lo devoraban.

"Cuentos de verdad", dijo Rhys. "Sabía que algo andaba mal".

"Yo esperaba que no lo hubiera", dijo Eleanor. "Pero ahora veo que ignoré las señales".

Rafael le ofreció la mano a Catriona para que pudiera levantarse. "Hacemos una pareja intrépida", susurró y Rafael sonrió.

Malcolm se unió a ellos, luego, su mano cayó a la parte posterior de la cintura de Catriona. "Tenías razón entonces", dijo. "Pensaba que ella había cambiado en mi ausencia".

"Pero la tarea está a medio hacer", señaló Rafael.

Catriona asintió incluso mientras los demás parecían sombríos.

"¿Qué es?" Preguntó Rafael.

Catriona negó con la cabeza. "En todas las historias de cambiantes que conozco, el cautivo debe ser recuperado de las hadas por un mortal".

"También en aquellos que yo conozco", coincidió Rhys. "No es un peligro pequeño para nuestra especie entrar en ese reino, ya que nuestras posibilidades de salir con vida son escasas".

Malcolm sonrió y asintió con la cabeza hacia las botas de Rafael. "Rafael sabe tanto como yo. Apuesto a que tus botas nuevas no tienen agujeros en las suelas."

Rafael sonrió. "No, y sé que no debo aceptar ninguna invitación a bailar".

Alexander se acercó a ellos a grandes zancadas en ese momento, con la frente oscura por la desaprobación. Eleanor le contó lo que había sucedido y él miró a Rafael con el ceño fruncido. "Supongo que tú, siendo quién y qué eres, realizarás esta hazaña por un precio."

Malcolm miró a su hermano mayor.

"Ya no soy un mercenario, sino el hijo de un noble con un título propio", dijo Rafael sedosamente.

Los labios de Alexander permanecieron tensos. "No dudo que tengas un precio".

"Sí", asintió Rafael. "Un precio muy justo, a cambio de salvar la vida de tu hermana" Alexander cruzó los brazos sobre el pecho.

"Tomaré a Elizabeth como mi esposa, si tengo éxito", dijo Rafael, y luego le ofreció la mano a Alexander esperando que aceptara.

"Recuerdo a un hombre que reclamó como su novia a una mujer a la que rescató", dijo Eleanor, pero aun así Alexander miró la mano extendida de Rafael.

"Ella debe ser devuelta sana, o no puede haber trato", dijo él.

"Por supuesto." Rafael entendía que Alexander era protector con sus hermanos y no podía culparlo por eso. "No pregunté antes porque no tenía una propiedad", dijo, suavizando su tono. "No tenía derecho a preguntar, porque no podía garantizar su bienestar y seguridad. Eso ha cambiado. Elizabeth será una dama de un hermoso castillo y vivirá, como mínimo, en el estilo al que se ha acostumbrado."

Rhys sonrió y apoyó las manos en las caderas, su mirada se movió entre los dos hombres en desafío.

Alexander se encontró con la mirada de Rafael. "¿La amas?"

"Con todo mi corazón y alma."

Catriona sonrió ante eso, apoyándose en Malcolm con los ojos brillantes.

Alexander los consideró a todos tan dispuestos contra él y suspiró. "Y sospecho que Elizabeth te ama." Agarró la mano de Rafael en señal de acuerdo. "Prometí dejarla elegir, y ella me dijo que tú eras su elección. "No es el matrimonio que hubiera imaginado, y seguramente lo reconoces, pero creo que mi hermana podría tener razón sobre ti, Rafael Rodríguez."

Y para asombro de Rafael, Alexander sonrió.

"Dios te apure. Quisiera saber que ella está bien."

Rafael se encontró rodeado de la familia de Elizabeth, mientras los hombres le deseaban lo mejor y las mujeres lo besaban en las mejillas. Estaban agrupados muy juntos, sintiendo consuelo en la presencia del otro, y sabía que rezarían por su regreso sano y salvo. Rafael sabía que partía solo en esta búsqueda, pero sentía como si toda su buena voluntad cabalgara con él.

Era una sensación nueva para un hombre que siempre había luchado solo, y era realmente bienvenida.

LA CRIATURA DARG se mostró mucho más receptiva al plan de Rafael que antes.

De hecho, la spriggan exhaló un suspiro de alivio cuando vio que la tierra estaba siendo limpiada alrededor de la trampa. Aunque era inmortal, tenía poca paciencia y esos meses habían sido realmente largos.

Darg casi se alegró de volver a ver el rostro del mercenario.

"¿Y entonces?" Demandó Rafael, su anticipación clara.

"Hágase tu voluntad, no necesitas regocijarte, la libertad es lo que más deseo. Cumpliré tres deseos, pero ten en cuenta que tus demandas no me sirven de nada."

La sonrisa de Rafael brilló. "te contaré de ellas ahora. Elizabeth ha sido capturada por Finvarra, o tal vez se ha rendido a él. He destruido al polimorfo y ahora debo recuperar a la dama. En esto me ayudarás."

Darg realmente no pudo encontrar ningún problema con eso. "Me gusta la sirvienta, eso es cierto, y vería que su amor se hace realidad."

Rafael levantó un dedo. "Mi primer deseo es que encuentres un medio para que le envíe un mensaje. No es un mensaje corto, sino una historia, y debe permanecer en secreto para Finvarra."

Darg consideró eso. "Al menos por mí se puede hacer, aunque su olvido no se gana fácilmente."

Rafael asintió y levantó otro dedo. "Mi segundo deseo es que le entregues la misiva directamente a ella. Ella debe recibirlo o todo se perderá."

Darg asintió. "El reino de las hadas no está prohibido para mí. Dondequiera que esté escondida, puedo estar."

"Y en tercer lugar, cuando entre en su corte, debes hablar por mí".

Darg sonrió. "Si quieres que pida tu demanda, de esta búsqueda deberías abandonar la persecución. El rey no me tiene simpatía; si hablo, no te oirá."

Rafael se inclinó más cerca del cristal, su mirada intensa. "Por eso te diré de antemano exactamente lo que tienes que decir".

Con eso, la curiosidad de Darg se despertó. La pequeña hada tampoco sentía cariño por Finvarra y habría disfrutado de todo corazón ver al viejo rey derrotado.

O al menos frustrado.

La perspectiva, así como su curiosidad por el plan de este mortal, significaba que Darg estaba más que de acuerdo con los términos de la liberación.

Elizabeth ya no sabía ni el día ni el mes. De hecho, las estaciones eran invariables en el reino de las hadas, y el día ni siquiera parecía tan distinto de la noche. Todo mezclado para que el tiempo pasara sin esfuerzo y sin notarse.

A decir verdad, era algo aburrido en el reino de las hadas. Después de su tiempo allí, por mucho que hubiera sido, Elizabeth podía entender por qué las hadas se entrometían tan a menudo en los asuntos de los hombres. Tampoco había riesgo ni peligro en ese reino, porque todos eran inmortales y todos eternamente jóvenes.

El baile comenzaba a agradar a Elizabeth. Anhelaba una discusión o un evento emocionante. El peligro de la sonrisa de Rafael, sin duda. La pasión de su beso. Si bien una vez se había sentido insensible en el reino mortal, desde que había conocido a Rafael, se sentía insensible en el reino de las hadas.

Ella estaba paseando por un jardín, un lugar que le gustaba simplemente porque le recordaba el jardín de hierbas amurallado en Inverfyre, cuando una bola salió rodando de debajo de la maleza y se detuvo directamente frente a ella. Era de color marrón rojizo, aparentemente cubierta de cuero. Elizabeth la recogió, pensando que algún niño la había perdido, luego recordó que no había niños en la tierra de las hadas.

Sin embargo, una vez que lo sostuvo en la mano, se dio cuenta de que no era una pelota. Era una fruta, con un tallo en un extremo y una estrella en el otro, que recordaba la forma en la base de una manzana. Miró alrededor del jardín, buscando el árbol del que había caído, pero no vio buenos candidatos. Elizabeth miró hacia abajo de nuevo, girando la fruta antes de recordar dónde había visto esa forma antes.

En el abrigo de Rafael, el bordado que él había dicho que no era una insignia.

Era una granada.

Qué extraño que tuviera la oportunidad de probar esa fruta ahí, en la tierra de las hadas, cuando temía que estaba destinada a no volver a ver a Rafael nunca más, en lugar de que él le trajera una como regalo. Ella había prometido no dejar que ningún bocado de comida de las hadas cruzara sus labios, no fuera a haber ninguna esperanza de salir del reino, pero esa fruta no parecía ser de las hadas. El rico color, por ejemplo, contrastaba con todos los tonos descoloridos que la rodeaban.

Y no podía ser casualidad que fuera una granada.

Elizabeth le dio la vuelta a la fruta, buscando la manera de pelarla. Agria pero dulce, había dicho él, y ella nunca olvidaría su expresión cuando pronunció las palabras. Había un desgarro en la piel de la fruta, en forma de V, y Elizabeth tuvo la extraña sensación de que invitaba a explorar.

Ella retiró la piel fácilmente en ese punto y contuvo el aliento ante las cuentas relucientes dispuestas en su interior. Parecían rubíes redondos y podía oler una tentadora mezcla de agrio y dulce.

Tal como había dicho Rafael.

Él le había prometido honestidad.

Había una cuenta regordeta más oscura que las otras que invitaba a su toque. Elizabeth lo arrancó de su lugar, recordando la advertencia de Rafael de que cada perla de jugo contenía una semilla y la rompió contra el paladar.

Sus ojos se agrandaron ante el sabor, picante y maravilloso, luego casi jadeó en voz alta cuando una visión se formó en su mente.

De Rafael.

Iba vestido de blanco y negro, como antes, y su atención estaba tan fija en ella que podría haber estado ante ella en el jardín. Sus botas negras habían sido pulidas hasta que brillaron y su cabello oscuro peinado y ordenado. Sus calzas parecían nuevas, porque estaban perfectamente limpias y bien ajustadas. Llevaba una camisola blanca de mangas anchas y un abrigo negro grueso con bordados dorados encima. El bordado era el de tres granadas con una trenza que las rodeaba y una luna creciente, con las puntas hacia abajo, colocada arriba. No era la insignia que había usado antes, y Elizabeth supuso que se trataba de una visión de él desde que se habían separado. Su cinturón colgaba sobre sus caderas, tanto la espada como la daga preparadas allí, y llevaba unos pesados guantes de cuero rojo que le cubrían los brazos hasta los codos. Su capa era corta y del mismo rojo vivo, colgada sobre un hombro para colgar por su espalda hasta las caderas.

Lo más notable era la mata de pelo blanco sobre su sien izquierda. ¿Estaba herido? ¿Lo veía muerto? Elizabeth esperaba que no fuera así, entonces Rafael frunció el ceño y se aclaró la garganta, su mirada se volvió más intensa.

"Espero por el cielo que esta hechicería funcione", murmuró él, con un tono tan familiar y escéptico que Elizabeth sonrió, con el corazón en la garganta. Levantó un dedo. "Mi pequeño ángel, una vez insististe en que tenía miedo, y yo discutí con fuerza. En ese momento, pensaba que estabas equivocada, pero he aprendido que tenías razón. Viste mi corazón, como nadie lo ha hecho nunca, y descarté el regalo que me ofreciste."

Entonces hizo una pausa, frunciendo el ceño a una pequeña figura a su lado. "Esto es una locura. Tal estrategia no puede tener éxito."

Para deleite de Elizabeth, una figura familiar salió disparada de detrás de la bota de Rafael. "Confía en mí y verás, que es posible más de lo que crees", dijo Darg, con la voz de la pequeña hada en tono de regaño.

"Colocar recuerdos en una granada es una idea caprichosa", argumentó Rafael. Él parecía molesto con Darg, y Elizabeth encontró su exasperación entrañable. Lanzó una mano. "¡Me pides que crea en la hechicería! Me engañas únicamente para asegurarte de tener más cerveza para beber. ¡Esta estrategia es solo para tu ventaja!"

Darg ahora parecía tan molesta como Rafael, y Elizabeth tuvo que admitir que eran aliados poco probables. "Es un plan, uno que tendrá éxito, pero solo si confías en mí."

Los labios de Rafael se tensaron y parecía como si hubiera jurado con vigor. En cambio, continuó con su apelación. "Una vez, me pediste que te contara mi pasado y lo rechacé. Una vez me pediste que te concediera tu único deseo y lo rechacé. Y así, en este día, de esta manera, te concedería la historia que deseabas para que pudieras elegir con pleno conocimiento." Miró hacia abajo por un momento, frunciendo el ceño. "Me temo que ya has elegido, y quizás el resultado te sienta bien. Yo elegí una vez, pensando que tenía razón, y deseé más tarde haber tenido la oportunidad de cambiar de opinión. Te daría esa oportunidad." Le dio una última mirada atenta, suficiente para hacer que el corazón de Elizabeth se acelerara, luego desapareció.

Sin embargo, su voz resonó en sus pensamientos, tan reconfortante y emocionante como un susurro en su oído. Elizabeth cerró los ojos, imaginándolo fácilmente a su lado, su aliento contra su piel.

"Esta hada me dice que los sueños escapan de los límites del reino que ocupas y que tus pensamientos y recuerdos aún serán tuyos", murmuró Rafael. Elizabeth tomó asiento en el jardín, dando la apariencia de simplemente saborear la fruta y su entorno.

"También me dice que es importante que no des ningún indicio de esta comunicación entre nosotros, ni siquiera de lo que escuches de mí. La criatura me dice que ha llenado las cuentas de la granada con mis recuerdos y mensajes, y que aquellas que son más regordetes y de un tono carmesí más profundo contienen estas verdades."

Elizabeth miró la granada y notó que había dos pepitas más tan gordas y coloradas como la que se había comido.

Rafael guardó silencio, aunque ella chupó mucho la semilla. Solo para estar segura de que ningún hada podría conjurar el mensaje de Rafael, Elizabeth se la tragó entera.

El núcleo dentro de la dulzura de la vida.

Elizabeth sonrió.

Luego eligió otra cuenta de dentro de la fruta.

RAFAEL SUBIÓ a la torre alta de Kinfairlie después de regresar de la caverna y dejar a Darg con la granada. Catriona se quedó a su lado, dándole un consejo.

"No debes hablar en su corte", dijo ella por vigésima vez y él se volvió hacia ella con una sonrisa.

"Sé todo lo que puedo saber, gracias a tu ayuda", dijo. "Ahora simplemente debe hacerse". Estrechó la mano de Malcolm, luego la de Rhys, asintió con la cabeza hacia Alexander y luego tomó la llave de la habitación alta. Podía sentir un viento frío que soplaba a través de la cerradura mientras insertaba la llave.

Giró fácilmente y la puerta se abrió, aparentemente por su

propia voluntad. Se agruparon juntos, mirando dentro de la habitación.

Había tres ventanas, tal como Rafael había escuchado en ese cuento. Las de ambos lados estaban cerradas, la más grande del medio estaba abierta. Más allá de ellas el mar brillaba, reflejando la luz de las estrellas y la luna, y el aire estaba frío. Incluso había un poco de nieve en el suelo, aunque brillaba con una luz que parecía profana.

"Hay una rosa", murmuró Alexander.

"Una rosa roja", asintió Catriona.

"Hecha de hielo", dijo Rhys.

Catriona besó preocupada la mejilla de Rafael y él sacó la daga de su cinturón. Cruzó la habitación y reclamó la rosa roja.

Hacía frío, más frío que la tumba.

Se giró para enfrentarlos, notando su miedo.

Rafael no mostraría ninguno. "Volveré con Elizabeth, o no volveré", juró, luego se inclinó profundamente.

Luego, Rafael enterró la empuñadura de su cuchillo en el mortero del alféizar de la ventana. Saltó para pararse en ese alféizar, sintiendo que el viento del otro reino levantaba su capa. Miró hacia atrás, saludó a los demás y luego cruzó el umbral hacia el reino de las hadas.

Elizabeth saboreó la segunda semilla de granada, con su sabor agrio y dulce mezclado. Cerró los ojos, dejando que la voz de Rafael llenara su mente.

"Me dicen que nací en Pamplona, en Navarra, como ya te conté, y que nací temprano y con mala salud. Te hablé de mis cuatro hermanas mayores y de mi responsabilidad por su muerte, pero me negué a contarte más. Mi madre estaba resuelta a que toda la familia peregrinara a Compostela para rezar por mi mejoría de salud. Fue por mí que emprendieron el viaje y por mí que contrajeron la peste.

Todas murieron allí, perdidos por la plaga, aunque mi padre y yo sobrevivimos. Él regresó a su antiguo empleo con la flota castellana, que atacaba pueblos a lo largo de la costa inglesa a instancias del rey francés. Los hombres de nuestra clase eran conocidos por la eficacia en la batalla y por ser oponentes implacables." Una nota de humor iluminó su tono. "Se podría decir que heredé honestamente mi oficio y mi reputación."

Elizabeth agarró la fruta con más fuerza.

"Él me dejó al cuidado de su hermano soltero en Gijón, un hombre al que recuerdo con mucha amabilidad. Fue asesinado en el asalto a esa ciudad por piratas, protegiéndome. Un extraño vio que mi tío se preocupaba por mí y, aunque no podía hacer nada por mi tío, me llevó consigo mientras huía. Me dejó al cuidado de un monasterio en las colinas. Él no tenía monedas para donar, además de mi responsabilidad, y recuerdo que a los hermanos no les agradaba tener otra boca que alimentar. Desde la más tierna edad, supe que no era bienvenido. Allí el trabajo era duro y las raciones pequeñas. Un hermano me guardaba el pan y era amable." Rafael hizo una pausa en su historia por un momento y Elizabeth temió que dejara de confesar. "Yo estaba con él cuando el monasterio fue atacado e incendiado. Recuerdo que lo masacraron ante mis ojos y el olor de las llamas cuando todo fue arrasado. Yo había visto seis veranos."

Elizabeth no podía imaginarse soportar un ataque así o saber tanto de la muerte a una edad tan joven.

"Pasaron muchas cosas rápidamente en los años siguientes. Los asaltantes me capturaron y me pusieron a trabajar en uno de sus barcos. Un día, sin previo aviso, me vendieron o tal vez incluso me entregaron a un barco comandado por Pero Niño, que partió poco después hacia el Mediterráneo. La tripulación era castellana y vasca, y aprendí mucho en su compañía. Sin embargo, como se ha convertido en la marca de mis días, no iba a saborear esa situación por mucho tiempo. Una vez entraron en una batalla con piratas tunecinos en el Mediterráneo y murieron. Me llevaron cautivo, junto con el resto de la tripulación que no murió. Fueron salvados por otra fuerza. Me vendieron a Ibrahim."

Elizabeth sintió que sus ojos se abrían más por la consternación.

"Ibrahim no era un mal hombre, lo puedo ver ahora, aunque en ese momento lo despreciaba. Él me consideraba un pagano o un infiel, no mejor en verdad que un animal, aunque un poco más útil. Trabajé duro para él, porque me pegaba cuando no estaba satisfecho, y con el tiempo aprendí tanto su idioma como algo de su oficio. Él nunca me habría enseñado nada, dados mis orígenes, pero observaba de forma encubierta y aprendí mucho. Él compraba y vendía mercancías, siempre obteniendo ganancias, viajando sin cesar en busca de nuevas mercancías. Habría vendido cualquier cosa para hacer dinero. Vendía cuentos cuando no tenía bienes para vender." Rafael sonrió con tristeza. "A menudo me decía que me habría vendido si hubiera podido encontrar un comprador para un niño tan vago y feo."

El corazón de Elizabeth se apretó.

"Él también sabía mucho sobre curación, porque su padre había sido médico y su madre sabía mucho sobre hierbas. Rara vez hablaba de ellos, pero creo que había nacido bastardo y su padre lo negó." La expresión de Rafael se volvió intensa. "—La brutalidad se aprende, Elizabeth. Como había sido tratado Ibrahim, así me trató a mí. Recuerdo pasar hambre con Ibrahim. Recuerdo que me dolían las tripas por el vacío. Recuerdo estar atado en mi rincón, porque él no confiaba en que yo no huiría de él y había pagado una buena moneda por mí. Recuerdo que me vi obligado a verlo comer con placer y satisfacción. Me dijo, en un castellano vacilante, que un hombre no podía esperar tener nada que no pudiera permitirse comprar. Yo no tenía dinero. No tenía ninguna posibilidad de obtener ninguno. Él me decía que no era mejor que un animal y me golpeaba como a un burro. Y despreciaba que tuviera tanta hambre que comía como un animal cuando se dignaba a echarme un bocado."

La voz de Rafael bajó. "Recuerdo cuánto lo odiaba. Fue la furia lo que me mantuvo con vida y la determinación de sobrevivir simplemente para demostrarle a Ibrahim que yo era mejor de lo que él creía. También quería verme vengado de Ibrahim. Y entonces podría decirse que Ibrahim lanzó la suerte para hacerme lo que soy."

Una vez más, Rafael hizo una pausa y luego se aclaró la garganta. "Ves que me has pedido mucho, porque debo confesar mis pecados y condenarme a ti, cuando en verdad buscaría tu favor por encima de todos los demás." Su suave risa le sonó irónica a Elizabeth. "Lo nombré bien cuando pensé que eras un ángel, porque son los ángeles los que nos obligan a admitir la verdad, y los ángeles pueden juzgarnos por nuestras faltas. Oro para que no juzgues la mía con demasiada dureza."

Elizabeth agarró la fruta y exprimió aún más jugo del grano.

"Llegó el día, por supuesto, en que la marea se volvió contra Ibrahim. Había envejecido, por supuesto, y ya no era tan fuerte como antes. Yo había visto dieciséis veranos entonces, y aunque delgado, era más fuerte de lo que él creía. Dejé que me golpeara al final, queriendo mantener su convicción de que me tenía completamente bajo su control. En verdad, esperaba mi momento, como una víbora en el jardín, y llegó a ser en Ceuta. Ibrahim tuvo la desgracia de estar en esa ciudad cuando los portugueses la atacaron, con la intención de reclamarla y controlar la puerta entre el Mediterráneo y el océano"

Rafael suspiró. "Nunca había visto algo así. La matanza fue tremenda, el caos casi abrumador. Ibrahim fue llamado para ayudar a los heridos, y para su crédito o quizás por ignorancia, fue. Quizás pensó que la tarifa valdría la pena. Pero era una trampa, y aunque él no era el objetivo, quedó atrapado dentro de la derrota. Aquellos atrapados en esa plaza se giraron para huir, una gran turba de pisoteos que no se detuvo en su frenesí. Ibrahim fue empujado hacia abajo con fuerza y se cayó, rompiéndose el tobillo y casi muere propezando. Rodó contra la pared y se tapó la cabeza con los brazos. Su error fue pedirme ayuda. Fue el momento de la oportunidad que esperaba."

Rafael frunció los labios. "Actué por impulso al principio, el esclavo decidido a evitar una paliza. Lo saqué de esa plaza y lo devolví a su alojamiento. Estaba temblando de alivio y declaró que estaba en deuda conmigo." Rafael miró hacia arriba. "Pedí la llave de mis grilletes. Cuando se negó, cuando se rió, me enfurecí."

Se aclaró la garganta. "No estoy orgulloso de lo que hice ese día, pero sobreviví gracias a mis elecciones. Tomé la llave a la fuerza, sin importarme el daño que le hacía. Tomé lo mejor de lo que él tenía, su atuendo, sus armas, y lo dejé allí para que muriera. De hecho, mientras estaba en el umbral y él suplicaba mi ayuda, me burlé de él como él se había burlado de mí tantas veces. Mejor tú que yo." Rafael frunció el ceño. "La brutalidad se aprende, y su lección no era una que pronto olvidara. Luché junto a los portugueses, ganándome su respeto con mis actos. No tenía nada que perder y mucho que ganar, y fui tan despiadado como se dice que son mis compatriotas. Luché con vigor desde ese día en adelante, ganando monedas para comprar lo que deseo y no confiando en ningún hombre para asegurarme de estar alimentado, vestido y a salvo de cualquier daño."

Elizabeth giró la fruta en su mano, una lágrima en su mejilla por lo que él había soportado.

Una sonrisa asomó a los labios de Rafael. "Cuando escuché por primera vez la historia de Mío Cid, pensaba que era una fábula para entretener a los que no sabían nada de la guerra. Creía que ningún hombre podía mostrar honor y luchar para ganar. Y luego, hace unos siete años, un caballero se unió a nuestras fuerzas, un caballero del lejano norte, con acero en su mirada y un poder feroz en su espada. Su nombre era Malcolm Lammergeier. Apenas se había unido a nuestras filas cuando lo vi arriesgarlo todo por el bien de un extraño, una hazaña notable."

Rafael asintió con obvio recuerdo. "Habíamos asaltado una ciudad, y hubo saqueos y caos después del triunfo, como siempre ocurre. Varios hombres habían acorralado a una joven, que no era una puta, y tenían la intención de tomarla por la fuerza. No me habría sorprendido que la dejaran muerta o cerca de estarlo cuando se saciaran. Malcolm salió en su defensa, aunque estaba muy superado en número, y cuando la marea se volvió en su contra, no podía permitir que su elección le costara la vida." Hizo una mueca. "Le costó la noble línea de su nariz. Quizás mi comprensión de que un hombre puede ser tanto un guerrero como un hombre de honor comenzó esa noche, aunque no supuse tanto en ese momento."

Su voz bajó más, su tono tan íntimo que ella lo anheló. "Me creía condenado, Elizabeth. Creía que este mundo era la única existencia que importaba y que las únicas consecuencias serían mi propia supervivencia o muerte. Creía eso, hasta que vi a un ángel, y ella me recordó que hay mérito en mi corazón, hasta que me obligó a tratarla con el honor que se merecía y me mostró plenamente lo que había perdido."

Elizabeth podría haber escuchado los cuentos de Rafael desde siempre. Era tan maravilloso escuchar su voz. Aunque sabía que debía saborear ese premio, no podía evitar escuchar solo uno más.

Tomó una tercera semilla y cerró los ojos, sonriendo ante el sonido y la vista de Rafael en su mente.

Su sonrisa se amplió cuando él le confió la historia de su padre descubriéndolo y dotándolo de un legado.

Los ojos de Elizabeth se abrieron de golpe. ¡Rafael tenía derecho a pedir su mano! ¡Podría dejar su oficio como mercenario!

Si tan solo ella pudiera escapar de la corte de Finvarra.

Ese fue el momento en que Elizabeth supo que Rafael vendría por ella.

CAPÍTULO 20

*E*lizabeth estaba en la mesa del salón de Finvarra, esperando con todo su corazón que la granada fuera un presagio. Ella miró hacia arriba cuando hubo una fanfarria y su corazón se detuvo.

El mismo Rafael entró en la corte de las hadas, tan valiente que ella estaba encantada. Su mirada era resuelta, su paso decidido, su expresión tan misteriosa como siempre. No miró ni a la izquierda ni a la derecha, sino que caminó hasta situarse ante el trono de Finvarra. Se detuvo allí, frente al rey de las hadas pero sin mirarlo a los ojos.

Tenía el mismo aspecto que tenía en las visiones que le había concedido en la granada.

Elizabeth no pudo evitar verlo con fuerza para notar todos y cada uno de los detalles. Su atuendo era más rico que antes y la pequeña granada bordada en su abrigo había sido reemplazada por un emblema más grande. Quizás ahora estaba al servicio de un gran barón, en lugar de trabajar como mercenario. El cambio más sorprendente en él fue la mata de cabello blanco en su sien, precisamente donde ella lo había visto ser golpeado.

Rafael estaba vivo.

Él le había confiado la verdad.

Y había venido por ella.

Elizabeth estaba alegre al verlo y aterrorizada por el precio que podría pagar por su valor. Las hadas se quedaron en silencio, sus fantasías acallados por la presencia del intruso.

Elizabeth podría haber extendido un dedo para tocar su bota.

Finvarra apretó con más fuerza el brazo de su trono y Elizabeth se imaginó que el rey sabía por qué había venido Rafael.

Ella esperaba que no le hiciera daño a Rafael, pero bajó la mirada como si estuviera más interesada en su taza de hidromiel. Era fácil recordar las propias palabras de Rafael.

Un hombre que pretende sobrevivir no revela todo lo que sabe.

Sintió que Finvarra miraba en su dirección, luego de vuelta a Rafael, quien permaneció en silencio.

"¿Qué te trae a mi corte, mortal?" —Exigió Finvarra, sus modales majestuosos. "¿Tienes ganas de volver a bailar?" Hizo un gesto con la mano y la música comenzó una vez más, una nota alegre suficiente para hacer que cualquier dedo del pie se moviera. Un grupo de hadas comenzó a bailar, brillando mientras bailaban hacia Rafael. Unieron sus manos en un círculo y bailaron a su alrededor, creando un círculo de oro alrededor de sus rodillas.

Él no se movió ni habló. Elizabeth se preguntó cómo la salvaría Rafael si no podía hablar, luego él metió la mano en su abrigo. Cuando sacó su mano, había una rosa roja que brillaba como si hubiera sido forjada con hielo. Rafael lo arrojó al suelo del salón, luego la aplastó bajo el tacón de su bota, con expresión impasible. Finvarra contuvo el aliento y, detrás de él, Una sonrió.

"¿Qué burla es esta?" Preguntó Finvarra.

Rafael no dijo nada. Metió la mano en su abrigo una vez más. Cuando sacó su mano de nuevo, una pequeña criatura familiar estaba parada en su palma, su pecho inflado por la importancia.

¡Darg! Elizabeth tuvo que bajar la mirada para ocultar su anticipación.

Darg se inclinó profundamente ante Finvarra. "Mi rey, que dejaste la rosa roja, el pago de novia por la doncella que elegiste, esa bendición ahora te ha sido devuelta, tan intacta como el rocío de la mañana."

Finvarra estaba desconcertado por esto, Elizabeth pudo ver. ¿El regreso de la rosa aseguraba su libertad? No podía estar segura, pero el deleite de Una estaba claro.

"Tu dominio sobre tu premio se debilita", le susurró la reina a su esposo, quien no se dignó responder. "Al menos, a este hombre se le debería conceder una solicitud".

"Ella no," gruñó Finvarra.

"Seguramente tu honor exige que no puedas quedarse con una doncella sin pagar el precio de tu novia", murmuró Una.

Finvarra se volvió hacia ella con un destello de ira. "Seguramente, mi honor está más allá de la reprimenda, ya que soy el rey de este reino".

Una entrecerró los ojos, pero no dijo nada más. Finvarra se recostó con satisfacción, con la mirada fija en Rafael con tristeza.

Darg volvió a inclinarse y se aclaró la garganta. "Este mortal no sería tan atrevido como para exigir el premio más preciado que tienes. De hecho, quiere hacer un trato contigo e intercambiaría un acertijo por su parte. Pero si no resuelves su rima, esta vez él te reclamaría una bendición."

Finvarra hizo un sonido de molestia en su garganta y tamborileó con los dedos en el brazo de su trono. Elizabeth sabía que le encantaba comparar el ingenio con los demás, porque le encantaba ganar. Ella esperaba que Rafael tuviera un buen acertijo, porque tenía una idea clara de lo que podría pedirle si ganaba.

Su corazón se llenó de esperanza de nuevo.

"No necesito jugar tus juegos", dijo Finvarra. "Conozco tu deseo y no la abandonaría."

Su esposa Una se inclinó sobre su hombro, su mano acariciando su cuello. "¡Pero seguramente, mi amor, puedes derrotar a un simple mortal!" dijo ella, la risa corrió gutural. "¡Has vivido miles de años y conoces casi todos los acertijos que existen!" Ella se inclinó y bajó la voz. "Muéstrale que eres el amo en este reino".

Su burla funcionó, porque Finvarra se enderezó. Una lanzó una mirada triunfal a Elizabeth, y se dio cuenta de que la reina de las hadas también había adivinado la intención de Rafael. "Acepto tu trato", dijo Finvarra, luego le hizo un gesto a Darg. "Pero si puedo responder, serás mi cautivo para siempre."

Darg miró a Rafael, vio la respuesta en sus ojos y luego se volvió para asentir a Finvarra.

"Dime tu acertijo para que esta locura pueda quedar rápidamente atrás". Finvarra fingía ser despectivo, pero sus ojos brillaban con interés y se acarició la barba, incapaz de ocultar por completo su anticipación de la victoria.

Darg se enderezó y juntó las manos a la espalda. Su voz sonó claramente a través de la corte de las hadas.

> *"Palacios espléndidos y ropa rica,*
> *Un amor que prenda fuego a su corazón,*
> *Hijos para llenar sus días de alegría,*
> *Trabajo que ella disfrute*
> *Un rostro joven y terso para todos sus días,*
> *Causa de risa, que pase lo que pase:*
> *Estos dones hay y más además*
> *Pero todas las mujeres nombran al mismo precio.*
> *Los gallos pueden pavonearse y los fanfarrones alardear:*
> *Pero, ¿qué es lo que más quiere una mujer?*

UNA SE RIÓ LEVEMENTE, su risa sonaba como campanillas de plata. "Seguramente usted, mi señor esposo, con su gran cariño por las mujeres, debería resolver este fácilmente." Había un tono en su voz y Elizabeth volvió a ver sus celos. Ella podría haber nombrado lo que Una más deseaba, eso era seguro, porque estaba claro que la reina deseaba la fidelidad de su esposo.

Finvarra reflexionó. Finvarra balbuceó. Finvarra juntó los dedos y frunció el ceño. Miró ceñudo a Rafael, quien permaneció impasible, Darg de pie sobre su palma extendida. Él miró a Elizabeth con el ceño fruncido, luego a Una, luego a la Reina Elphine, que parecía estar tremendamente divertida por ese intercambio. Elizabeth supuso que él, como ella, no podía imaginar qué objetivos tendrían en común las tres mujeres.

Darg se aclaró la garganta de nuevo, esta vez de manera más portentosa. "Tu tiempo no puede ser infinito, una respuesta necesito, así que responde rápido." Finvarra miró a la spriggan por su audacia, pero Darg no se detuvo. "Es sólo que los reyes muestran gracia. Tu respuesta debe hacerse rápidamente. Diez pulsos del corazón de un mortal, entonces tendré tu mejor respuesta." Darg se inclinó para tocarle el pulso a la muñeca de Rafael y comenzó a contar en voz alta.

Uno, dos, tres.

Elizabeth estaba asombrada de que el corazón de Rafael latiera tan lentamente, a pesar del momento que tenían ante ellos. Estaba tan sereno que ella podría haber temido que él no la quisiera si no le hubiera enviado la granada. Tal como estaban las cosas, sabía que él buscaba que Finvarra lo subestimara.

Elizabeth jugaba con su hidromiel, decidida a alimentar la ilusión, sabiendo que la sorpresa era la mejor arma. Como siempre, no bebía la bebida, sino que simplemente dejaba que las hadas se la sirvieran.

Cuatro cinco SEIS.

Finvarra tamborileó con los dedos sobre su rodilla, luego los chasqueó, convocando una nube de hadas asesoras. Le susurraron, sugiriendo soluciones, mientras él miraba a Rafael.

Siete, ocho, nueve.

Elizabeth no se atrevió a respirar. Temía que su agitación fuera evidente para cualquiera que mirara en su dirección.

"¡Diez!" gritó la spriggan. "Diez latidos fueron y diez es el tiempo. Tu respuesta ahora será mía."

Finvarra se puso de pie. Caminó hacia la spriggan y el guerrero, sus modales eran tan imponentes que Elizabeth temió que los golpeara a ambos. Rafael no se movió. La spriggan se estremeció un poco pero se mantuvo erguida sobre la palma de Rafael. Finvarra pareció agrandarse y su silueta volverse más siniestra. Las palabras brotaron de él con evidente desgana y no poca frustración.

"¡No lo sé!" declaró y la corte se puso a hablar.

Darg sonrió. "Entonces has perdido y él ha ganado. Su voluntad en la corte debe hacerse ahora."

"¿Pero cuál es la respuesta al acertijo?" demandó Una.

Darg miró a Rafael, luego asintió con la cabeza hacia el rey y la reina. "Una dama elegiría su propio camino, porque la elección es lo que le da alegría a su día. Y así es la petición de mi guerrero, que le concedas una elección a Elizabeth."

Finvarra giró bruscamente, su mirada fija en Elizabeth. Él sonrió levemente mientras ella deliberadamente fingía indiferencia, luego se giró para enfrentar a Rafael nuevamente. "Eres un tonto", dijo en voz baja. "Le das una opción, pero ella no elegirá irse. Nuestras marcas están sobre su piel; ella se ha convertido en uno de nosotros. Has desperdiciado tu victoria."

Darg se aclaró la garganta deliberadamente y Finvarra se rió.

"Cumpliré mi palabra, no tengas miedo de eso." El rey giró entonces, su túnica flameando detrás de él mientras caminaba hacia Elizabeth. Habló en voz baja, con urgencia, su voz baja en un evidente intento de seducirla. Elizabeth miraba su hidromiel, temblando por dentro. "Y entonces, mi Elizabeth, una elección está ante ti", murmuró. "¿Te quedarás en la tierra de las hadas o te irás con este rudo guerrero?"

Elizabeth se atrevió a levantar la mirada. Miró a Rafael como si no lo conociera, luego examinó la corte con obvia admiración, dejando que Finvarra creyera que había ganado.

El rey sonrió lentamente, riendo entre dientes ante su evidente triunfo, luego Elizabeth se enderezó.

"Iré", dijo, hablando en voz alta y con claridad para que su decisión no pudiera ser cuestionada. "Yo quisiera mi propia elección, y él es quien me la da".

Una se rió alegremente de eso. La frente de Finvarra se oscureció como un trueno y levantó un puño, pero Darg chasqueó la lengua. Rafael se inclinó ante el rey y le ofreció la mano a Elizabeth. Ella realmente no podía creer que se les permitiría partir, pero no iba a renunciar a la oportunidad de hacerlo. Se apresuró al lado de Rafael y puso su mano en la de él, sorprendida por lo bien que se sentía su agarre sobre la de ella. Ella le dedicó una sonrisa de gratitud, solo para encontrar sus ojos entrecerrados.

Y su mirada se fijó en Finvarra incluso mientras retrocedía, volviendo sobre sus pasos fuera de la corte de las hadas.

Finvarra les sonrió con indulgencia. Estaba tan satisfecho que Elizabeth no pudo explicar sus modales. Entonces, ¿se alegraba de verla irse? No tenía sentido. Su esposa Unavino a pararse detrás de su trono, su propio placer en el resultado más que claro. Para Elizabeth era imposible que esta pareja se pusiera de acuerdo en algo, pero la mano de Una pasó por encima del hombro de Finvarra en un gesto posesivo. El rey miró su mano y luego se movió como para encogerse de hombros.

Entonces hubo un sonido que parecía provenir de las profundidades de la tierra, un sonido que hizo vibrar la propia corte. Podría haber sido una montaña moviéndose o el cielo rasgándose. Elizabeth no podía decirlo, pero era un sonido que la llenaba de pavor.

Que Finvarra se riera de buena gana no cambiaba su forma de pensar. "—Será mejor que te apresures" —murmuró con evidente regocijo. "Pronto este portal se cerrará entre los reinos y ustedes serán mis cautivos para siempre."

Una, su esposa, maldijo como una pescadora. "¡Alimañas!" le gritó a su esposo. "Quieres sellar a tu amante en nuestro reino cuando el camino esté bloqueado. Nos engañaste a ellos y a mí, deteniéndote hasta que fue demasiado tarde para que huyeran."

¡El portal se cerraba!

Finvarra rió y rió, muy complacido con lo que había hecho.

~

RAFAEL GIRÓ sobre sus talones y comenzó a correr, tirando de Elizabeth detrás de él. Tenía la boca en una línea firme, evidentemente para evitar maldecir en voz alta, pero sus ojos ardían de ira. Recordaba claramente el rumbo que había tomado, porque corría a toda prisa, sin dudar nunca en un cruce o una curva.

Elizabeth corría lo más rápido que podía, su respiración era entrecortada, incluso mientras continuaba el sonido desgarrador. No sabía qué tan lejos tenían que huir o incluso dónde emergerían en el reino de los mortales. En verdad, a ella no le importaba. Temía estar frenando la retirada de Rafael, pero él la agarraba con fuerza y sabía que no la dejaría atrás.

Los túneles le recordaban los que alguna vez estuvieron debajo de Ravensmuir, los que habían caído años atrás. Estaban tallados en la roca y habrían estado oscuros sin la iluminación dorada de la corte de las hadas detrás de ellos. Sus sombras eran largas y oscuras en las paredes y la luz se hacía cada vez más tenue mientras corrían. Pero eran túneles desconocidos, y ella había estado debajo de Ravensmuir lo suficiente en su vida como para que algún rincón le resultara familiar.

Mientras corrían, el sonido de los portales siendo destrozados se hizo más temible.

Treparon un montón de piedras sueltas y Elizabeth tropezó, golpeándose el dedo del pie con una parte de la roca. Rafael no vaciló, la tomó en sus brazos y siguió corriendo. Ella se aferró a él, esperando que sobrevivieran.

Ante ellos se reveló de repente un gran portal, una sombra más profunda en la oscuridad que se extendía por delante. Estaba oscurecido en más de dos tercios, una puerta de obsidiana espejada atravesaba constantemente el hueco. Una luz brillaba mucho más allá de la abertura, y Elizabeth recordó la llama sobre una lámpara de aceite. Parecía un faro y estaba convencida de que si podían alcanzarlo, estarían a salvo. Sin embargo, la brecha se hacía más pequeña con cada paso que daban. El espejo oscuro se movía con sacudidas convulsivas, cerrando el espacio con una gran estocada. La llama estaba fuera de la vista y Elizabeth agarró a Rafael con fuerza.

¡El portal estaría sellado antes de que lo atravesaran!

Evidentemente, Rafael llegó a la misma conclusión. Enseñó los dientes y saltó hacia al portal, justo cuando volvía a retumbar. La brecha restante era demasiado estrecha para Rafael y el corazón de Elizabeth se apretó de miedo.

Pero Rafael agarró el borde del espejo como para detener su avance. Empujó a Elizabeth a través del espacio hacia el otro lado mientras evitaba a la fuerza que el portal se cerrara.

¡No! ¡No sola! Elizabeth cayó al suelo por la fuerza de su empujón, pero se puso de pie en un santiamén.

La abertura ya se había reducido a la mitad de su ancho nuevamente.

"¡Rafael!" Elizabeth gritó al ver que se separarían para siempre. "¡Te quiero!" Vio la sangre fluyendo de sus dedos y supo que el portal era tan afilado como una espada. Ella le agarró la mano y él se inclinó hacia el hueco para que pudiera ver parte de su rostro.

"Mi pequeño ángel", murmuró él, aun recordando las reglas de la corte de Finvarra, aun esperando el triunfo. "Mejor yo que tú", agregó, para su horror, y le lanzó un beso a través del espacio.

¡No! Ella no podía perderlo.

Entonces el espejo se sacudió y se movió de nuevo. Rafael retiró la mano y solo quedó su sangre en la piedra. Elizabeth golpeó la barrera, queriendo estar con él, pero su curso era implacable.

Estaría atrapado en su peor pesadilla, atrapado con los muertos en la corte de Finvarra y obligado a pagar un precio para siempre por verla libre.

¡Eso no podía ser!

Mientras Elizabeth gritaba de frustración, una pequeña figura saltó al espacio restante y se colocó entre el portal y la pared. El espacio no era más grande que el ancho de dos dedos de Elizabeth unidos y la puerta se estremeció al moverse. ¡Fuera lo que fuera, se cortaría por la mitad!

Para su asombro, Elizabeth reconoció a Darg, la spriggan hada que se había hecho amigo de ella y la había acosado. No tenía ni idea de qué esperar de la pequeña criatura, ya que sus lealtades cambiaban a menudo.

Darg le dirigió una mirada penetrante y luego se enderezó. "Te debo una bendición, y en este día todas las deudas vencen. El cuarto de los amores verdaderos ligados entre sí, este portal no se partirá en dos."

Antes de que Elizabeth pudiera entender eso, la spriggan respiró hondo y luego gritó.

"¡Aiiiiiii!" fue su bramido, el sonido lo suficientemente fuerte como para perforar los oídos de Elizabeth. En el mismo momento en que Darg gritó, la spriggan se convirtió en un gran fantasma de un rojo furioso y palpitante. En un abrir y cerrar de ojos, ella era más alta que Elizabeth, más ancha que el salón, y Elizabeth fue lanzada hacia atrás por su repentina y creciente presencia.

Se protegió los ojos cuando la piedra de la caverna empezó a agrietarse, por encima y por todos lados, la piedra se tensaba por la necesidad de espacio del spriggan a toda costa. Escuchó un estruendo y un gemido y temió quedar atrapada bajo un montículo de escombros, tal como había estado su tío Tynan.

Luego vio que una línea irregular surgía a través de la suave obsidiana negra que creaba una barrera entre los mundos.

El espejo oscuro se resquebrajó.

Darg volvió a gritar y la roca se estremeció. Elizabeth escuchó otro crujido y luego un tercero. La bota de Rafael apareció mientras pateaba el espejo desde el otro lado. El portal se hizo añicos y se rompió, creando una abertura en la oscuridad.

Rafael no dudó, sino que se lanzó a través del espacio, aterrizando en una caída y rodando sobre sus pies. Elizabeth ya estaba de pie cuando él la alcanzó y la hizo que se alejara del portal.

Escuchó un bramido desde muy abajo, un rugido que hizo que la tierra retumbara y el suelo temblara bajo sus pies. Se tomaron de las manos y corrieron hacia esa luz parpadeante. Elizabeth no sabía exactamente dónde estaban, porque estaba oscuro por todos lados, pero Rafael corría con confianza.

Se oyó el sonido de derrumbe detrás de ellos, el eco de rocas cayendo y túneles colapsando. Miró hacia atrás para encontrar una nube de polvo rodando en su persecución, una nube turbulenta llena de escombros e indudablemente mala voluntad. Cobró velocidad, acercándose tan rápido que ella temió que no pudieran dejarla atrás, pero Rafael tiró de ella hacia adelante.

Jadeaban cuando llegaron a un umbral de piedra. No tenía sentido que hubiera un borde de mampostería encajada en esa cueva, pero no había tiempo para preguntas.

Rafael sacó una daga que estaba clavada en el mortero y Elizabeth tuvo tiempo de reconocerla como suya. Luego él la tomó en sus brazos y saltó sobre el alféizar, atrapándola cerca mientras él caía en un espacio más allá. Le dio la espalda a la avalancha de escombros, abrazándola con fuerza contra él. Elizabeth hundió el rostro en la calidez de su garganta, más que nada contenta de estar en su abrazo.

El polvo y la piedra estallaron junto a ellos, y ella esperaba que los siguiera. Pero la brecha se había convertido en una barrera, una barrera clara que detuvo el asalto de los escombros.

Elizabeth sintió que el suelo bajo sus pies temblaba, pero Rafael se aferró a ella. Ella se aferró a él, tranquilizada por el latido constante de su corazón debajo de su oído y la fuerza de sus brazos envueltos alrededor de ella.

Con Rafael, ella siempre estaría defendida.

Más tarde le diría que su rescate de la corte de Finvarra encajaba con la historia de un trovador. Ella le diría más tarde que él era un campeón más allá de sus sueños más locos.

Pero primero le mostraría lo contenta que estaba de su regreso.

SÁBADO, 25 DE DICIEMBRE DE 1428

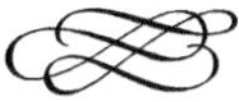

DÍA DE LAS SANTAS ANASTASIA Y EUGENIA. DÍA DE NAVIDAD.

CAPÍTULO 21

Cuando pasó el tumulto, Elizabeth se atrevió a abrir los ojos. Estaban en una habitación y se dio cuenta con un sobresalto que era la de la torre de Kinfairlie, la que tenía tres ventanas que daban al mar.

La ventana del medio ya no ofrecía una vista diferente a las otras dos.

El portal a la tierra de las hadas estaba cerrado, y ellos estaban del lado correcto. Elizabeth podía ver el mar a la luz de la luna, su superficie brillando como si estuviera tachonada de gemas. La luna cabalgaba alta y plateada en un cielo tan oscuro como el terciopelo y había pocas nubes. Soplaba un ligero viento y hacía frío, pero ella lo encontró estimulante. Respiró hondo, muy complacida con el lugar donde se encontraba.

No había ni rastro de Darg.

La llama parpadeó sobre la linterna que había en el suelo junto a la puerta, y Rafael fue a comprobar el nivel de aceite. "Pensaba que podríamos necesitar una señal", dijo, exhaló un suspiro de satisfacción y luego volvió a mirarla con una sonrisa.

Elizabeth le devolvió la sonrisa, mostrando su placer. No tuvo oportunidad de expresarle su agradecimiento, ya que Rafael tomó su rostro entre sus manos y luego se inclinó para besarla profundamente.

"Supongo que hay una buena manera de celebrar tu regreso", dijo ella cuando pudo volver a hablar.

Rafael sonrió. "Creo que es un hecho apropiado que una dama conozca a su esposo legal en la cama."

Elizabeth dio un paso atrás para considerarlo, fingiendo estar más sorprendida de lo que estaba. "Dijiste que nunca te casarías".

"No tenía derecho a casarme. Me fui para ganar ese derecho." Rafael señaló su abrigo. "Tengo una propiedad, ahora, nuestra propia pequeña Valencia, si me aceptas como esposo". Sus ojos brillaron de una manera que hizo que se le oprimiera el pecho. "Un hombre de honor".

Elizabeth sonrió a su vez. "Me temo que nunca te volverás tan tedioso como otros que hemos conocido." Ella se mordió el labio. "Pero supongo que tendrás que pedirle permiso a Alexander.

"Él lo ha dado", dijo Rafael. "A cambio de mi búsqueda para salvarte". Sus cejas oscuras se arquearon, dándole la expresión malvada que tanto amaba. "Pero asegurémonos de que no pueda cambiar su elección".

"¿Cómo es eso?"

Rafael se quitó la capa y la extendió en el suelo, luego la llamó con una sonrisa peligrosa. "Ven aquí, mi pequeño ángel, que ya es hora de que tengamos un hijo."

Elizabeth se rió y se acercó a él, porque le ofrecía todo lo que ella había deseado.

Y más.

No había posibilidad de que Rafael pudiera perder a Elizabeth ahora.

Extendió su capa en el suelo de la habitación, humillado por su confesión de amor. No era un hombre que pronunciara palabras tan bonitas fácilmente, pero le mostraría la plenitud de su corazón con sus hechos.

Ella se acercó a él con los ojos encendidos y le tocó la mejilla con una mano. Ella lo miró a los ojos y luego rozó los labios con los de él, su toque fugaz y dolorosamente dulce. "Me diste el derecho a elegir", susurró ella, deslizando sus labios sobre los de él una vez más. Rafael cerró los ojos, saboreando la dulce suavidad de ella, la sensación de su aliento contra su piel. "Y yo te elegí a ti, Rafael Rodríguez. No me importa dónde vivamos ni cómo. Yo estaría contigo."

Rafael sonrió e inclinó su boca sobre la de ella, reclamando sus labios para un beso que hizo que su corazón tronase.

Cuando se separaron, ella examinó su mano, limpiando la sangre de los cortes en cada dedo. "Se curarán bastante bien", murmuró, desdeñando esos detalles. Elizabeth estaba a salvo, estaba en sus brazos, y él quería saborear cada rastro de su piel para tranquilizarse después de haber estado a punto de perderla. Ella parecía sentir lo mismo, ya que se apretó contra él y pasó las manos por él repetidamente.

"Es posible que haya perdido las yemas de los dedos", dijo.

"Habría perdido más si hubieras estado atrapada allí todo el tiempo", dijo él con calor, ganándose otro beso apasionado. Rafael se encontró acorralado contra la pared de la habitación, objeto de su asalto amoroso.

No tenía quejas, sino que la agarró por la cintura y la levantó contra sí mismo, besándola tan profundamente que ambos se quedaron sin aliento cuando levantó la cabeza.

Entonces Rafael sonrió. "Las marcas en tu carne se están desvaneciendo ante mis ojos", susurró, muy complacido de que el dominio del rey oscuro sobre su amada se hubiera roto.

Elizabeth le sonrió, pareciendo estar igualmente complacida. "Porque mi campeón me salvó, tal como yo sabía que lo haría".

"No me pides mi insignia", murmuró Rafael, inclinándose para besarle debajo de la oreja. Él desabrochó el cordón de su cabello y extendió su cabello sobre sus hombros, atravesando sus dedos a través de su largo sedoso.

"Me dijiste que no tenías una".

"No la tenía, no entonces".

Ella se echó hacia atrás levemente, asombrada en sus ojos. "Fuiste a reclamar nuestra Valencia", susurró ella, haciéndose eco de sus palabras y solo ahora entendiéndolas. Ella tomó su abrigo y examinó los símbolos que tenía sobre él. ¡Estás al servicio de un señor! ¿Dónde está esto?"

"Adivina."

"Tres granadas."

"Tres semillas potentes", confirmó y ella le sonrió.

"Y una trenza que las envuelve". Ella le frunció el ceño, mientras trazaba el círculo en su abrigo, desconcertada.

Rafael levantó su muñeca izquierda, mostrándole el brazalete que había hecho con su cabello. "Una marca del favor de mi señora".

"¡Me cortaste del pelo! Pensaba que había soñado eso. Elizabeth se rió, luego miró su abrigo de nuevo mientras se mordía el labio. "Una luna creciente, con su apertura hacia abajo. No sé su significado."

"Es el símbolo que usa Rodrigo de Villandrando, que ahora está al servicio de Carlos VI de Francia."

"¿Tu padre?", Adivinó ella y Rafael asintió. Disfrutaba viéndola descifrar el rompecabezas. "Si él está al servicio del rey francés, debe ser un territorio fronterizo, tal vez en Normandía o Borgoña". Ella miró hacia arriba. "¿Cerca de Navarra?"

Él no podía disfrazar su orgullo, ni quería. "Muy cerca de Navarra. El camino de los peregrinos a Compostela pasa por él, y también se podría seguir ese camino hasta el puerto de Roland."

Elizabeth le sonrió complacida. "Y tu señor te ha concedido el derecho a casarte. ¿Tienes un hogar en su morada?"

"Tengo un dominio bajo mi propio nombre, Elizabeth. No te ofrecería menos."

Ella se rió y lo besó con tal placer que él se asombró de sus propias dudas en su reacción. "Oh, Rafael, estoy tan orgullosa de ti"

"Estarás lejos de tu familia..." comenzó él pero ella lo interrumpió.

"Mi tía viaja a Sicilia con regularidad". Ella puso los ojos en blanco. "Si hay un puerto y el clima es cálido, estaremos plagados de huéspedes".

"Hay un puerto", admitió Rafael. "Y hacen vino fino en esta tierra".

"Nunca nos libraremos de ellos", dijo y volvió a reír. Ella se puso seria cuando sus dedos se elevaron hasta la mata de cabello blanco en su sien. "Pensaba que estabas muerto", admitió ella con voz irregular. "Pensaba que estabas atrapado con los muertos que habías visto en el salón de Finvarra. Por eso fui a su corte, con la esperanza de poder al menos verte."

"Elizabeth", murmuró, abrumado por estas noticias. Él enmarcó su rostro entre sus manos y la besó profundamente, vertiendo en su beso toda la emoción que no sabía cómo expresar. Ella tiró de él hacia la capa y él se alegró de haber traído la forrada de piel. Tenía las manos en su cinturón, pero él le apartó los dedos y le dio un beso en cada palma. "Déjame, mi pequeño ángel".

Ella sonrió y obedeció. Rafael dejó a un lado sus vainas y luego se desabrochó el cinturón. Se quitó las botas y luego se sacó la camisa por la cabeza. Elizabeth se lo quitó y lo dobló con cuidado, acariciando el bordado del frente con evidente orgullo. Se desató la camisola y se la pasó por la cabeza, dejando que ella lo mirara para su propia satisfacción. Entonces se levantó y se acercó a él, pasando el dedo por la herida que ella le había cosido. Ella le sonrió con picardía, luego se inclinó y tocó la cicatriz con los labios.

Era la primera herida de él que ella sanaba, pero sabía que no sería la última.

Ella pasó las yemas de los dedos por su brazo y por encima de su hombro, y él se contentó con dejar que ella lo explorara. Ella metió los dedos en su cabello y le acarició la nuca. "Nuestros hijos tendrán el pelo oscuro", susurró ella.

"Rezaré para que las niñas tengan los seductores ojos verdes de su madre", murmuró Rafael y ella volvió a sonreír.

"Rezaré para que todos tengan las espesas pestañas de su padre", susurró ella, rozando sus párpados con las yemas de los dedos. "Estoy bastante celosa de las tuyas."

Rafael se rió entre dientes y desató los costados de su kirtle. Deslizó las manos por debajo de la tela bordada y las cerró alrededor de su cintura. Tiró de ella contra su pecho y la besó lentamente, saboreando la forma en que ella respondía a su caricia. Él quería experimentar la pasión, pero también se la ofrecía, y Elizabeth era un festín del que Rafael sabía que nunca se cansaría. Cuando dejó a un lado su kirtle, contuvo el aliento ante las sombras de sus curvas bajo el puro lino de su camisola.

Nunca tímida, ella se quitó la camisola y la dejó caer, de pie ante él con solo sus medias. Rafael se arrodilló para desabrocharle las ligas, incapaz de resistir la oportunidad de besarle el interior de las rodillas. Le apartó la media de la pierna y luego hizo lo mismo con la otra. Todavía de rodillas, besó el interior de su muslo, dejando un rastro de besos a la dulce perla que había tocado una vez antes. Elizabeth jadeó y sus rodillas temblaron, lo que llevó a Rafael a abrazarla. La estiró sobre la piel y la besó íntimamente, convocando la tormenta dentro de ella para que se retorciera debajo de él. Sus dedos se hundieron en sus hombros y su piel enrojeció, el pulso de su corazón contra sus mismos labios.

"No sola", jadeó ella.

Rafael rodó sobre una cadera y se desató las botas con prisa. Los dedos de Elizabeth estaban sobre él, sus besos y caricias le hacían temer que fuera demasiado rápido. Sin embargo, ella lo invitó a seguir adelante y, queriendo sorprender a su valiente doncella, él la montó a horcajadas sobre él. Ella le echó un vistazo a su erección, sus ojos brillaban, luego le sonrió.

"Muéstrame", invitó ella, su confianza tan completa que su pecho estuvo apretado.

Rafael guió sus caderas para que su unión fuera completa. Ella estaba apretada y resbaladiza, tan celestial como recordaba y más dispuesta de lo que podría haber soñado. Esta vez, ella comenzó a moverse con él y como él sugería, su mejilla contra la de él, sus senos sobre su pecho, sus nalgas llenando sus manos. Él trató de aguantar, de moverse lentamente, pero ella estaba demasiado apretada y demasiado ardiente, demasiado dulce después de haber esperado tanto. Apretó los dientes mientras la pasión aumentaba y la sintió sonreír cuando le dio un beso en la oreja.

"Todavía me pregunto que las parejas casadas alguna vez abandonen la cama", susurró ella con picardía y Rafael se rió.

"Quizás no dejemos la nuestra".

Ella se rió y él resolvió mostrarle aún más. La rodó sobre su espalda, permaneciendo enterrado dentro de ella y se echó hacia atrás un poco para poder poner una mano entre ellos. La acarició de nuevo, viendo cómo su pasión aumentaba y su piel se teñía de rosa. Se burlaba de ella incluso mientras se movía dentro de ella, amando cómo ella gemía de placer y, sin embargo, seguía exigiendo más. No había nada en el mundo salvo el placer en su sonrisa y el calor en sus ojos y Rafael sabía que haría lo que fuera necesario para asegurar la felicidad de su amada.

Pellizcó esa perla apretada entre su dedo índice y pulgar, lanzándola al borde del placer. Ella gritó en su liberación y agarró sus hombros, incluso cuando él se enterraba profundamente dentro de ella y encontraba su propia liberación con un rugido.

"Te amo, mi propio ángel", le susurró al oído y ella le dirigió una sonrisa soñolienta de satisfacción.

"Lo sé", dijo ella, pasando las yemas de los dedos por su mandíbula. "El destino no se puede frustrar".

Rafael apoyó su peso en los codos y la miró con satisfacción. "Construiremos un hogar, Elizabeth, porque tú me enseñarás cómo hacer eso".

"Y me contarás todas tus historias", respondió ella. "Todas y cada una."

"Quizás estemos demasiado ocupados viviendo una aventura digna de un viejo cuento".

Ella se rió entonces, rió con un placer que no podía ser fingido y que alegraba su propio corazón. "¿Qué me escribiste?" preguntó ella de repente. "Había una misiva en la visión, una que cayó al río después de que te atacaron. Estaba dirigida a mí."

"Entonces, el escriba no mintió", reflexionó Rafael.

"¿Qué era?"

Él le sonrió. "Una confesión de que todo lo que era mío era tuyo. Te ordenaba que fueras a la cueva a cavar, porque dejé todas mis riquezas allí para ti."

"¡No lo hiciste!"

"Lo hice. Lo recogeremos a nuestro regreso." Rafael se puso serio. "Temía que pudieras concebir un hijo y deseaba que tuvieras opciones."

"Elijo concebir uno ahora", dijo ella con alegría.

Rafael le puso un dedo en los labios para detener su beso, porque sabía que una vez que ella lo besara, estaría perdido de nuevo. "También había un recipiente de cobre con un pequeño djinn atrapado dentro, uno al que se le había dicho que debía conceder tres deseos a quien lo soltara."

Elizabeth le frunció el ceño. "Pero espera. Siempre insististe en que no podías ver a las hadas. ¿Cómo atrapaste a una entonces?"

Rafael sonrió, atrapado en su propia historia. "Un hombre que pretende sobrevivir no revela todo lo que sabe", le recordó y Elizabeth se rió.

"¡Y esa hada era Darg!" ella respiró. "Ella trajo la granada".

Rafael se apartó un poco. "¿Ese ser es mujer?"

"Siempre lo he pensado, aunque no lo sé".

"Tengo mis dudas", murmuró. "Pero al final, cumplió los tres deseos que pedí".

"¿Que eran?"

"El primero fue las historias puestas dentro de la fruta, el segundo la entrega para ti, el tercero hablar por mí en la corte de Finvarra".

Elizabeth se mordió el labio. "Pero creo que Darg se sacrificó para salvarte."

Rafael la besó en la sien. "Entonces eso lo hizo la propia criatura, tal vez porque ella también te amaba."

Elizabeth lo acercó más y lo besó de nuevo, un beso potente que le hizo pensar que podrían quedarse un rato para celebrar su triunfo. Rafael había ganado todo lo que siempre había aspirado a tener en su propia mano, así como un premio mayor para su esposa de lo que jamás se había atrevido a esperar que fuera suyo.

No podía pensar en algo mejor para celebrar, o una mejor manera de celebrarlo que complaciendo a su dama repetidamente.

Después de todo, necesitarían muchos hijos.

Y pasarían horas antes de que saliera el sol.

El padre Malachy se despertó con el sonido de alguien golpeando la puerta de su cabaña. Era un golpe de mando, uno que no toleraba ninguna demora en su respuesta. Su primer pensamiento fue que se había quedado dormido y no había tocado las campanas lo suficientemente temprano para la primera misa de la mañana de Navidad. Había más de un residente de la aldea de Kinfairlie que encontraría fallas en eso, y verdaderamente, el padre Malachy no tenía ningún deseo de ser negligente en sus deberes.

Estaba más oscuro de lo que esperaba y abrió su puerta con cautela, aunque no recordaba la última vez que había habido bandidos en la aldea de Kinfairlie. Anticipaba las travesuras más que cualquier otra cosa.

Ciertamente no esperaba encontrar a ese camarada de Malcolm en su umbral, su atuendo inusualmente fino, con la dama Elizabeth en sus brazos. La propia dama estaba despeinada, por decir lo menos, con el pelo suelto y los pies descalzos. Una capa forrada de piel estaba envuelta alrededor de ella y tuvo que preguntarse si estaría completamente vestida debajo.

Sin embargo, estaba tan radiantemente feliz que el padre Malachy no podía entenderlo.

Recordó lo sucedido en el torreón y sabía que el nombre de este hombre era Rafael Rodríguez.

El que había jurado recuperar a la dama Elizabeth del reino de las hadas y había exigido el derecho a casarse con ella como recompensa.

"—Buenos días, padre Malachy —dijo la dama Elizabeth, como si no hubiera nada extraño en su presencia en su puerta a esta hora, o en su propio estado. "Hemos venido a casarnos, por favor"

"Tengo monedas por tus servicios", dijo el guerrero y se esforzó por alcanzar su bolso sin dejar a la dama. Esto hizo reír a Elizabeth, y el padre Malachy no la había oído reír en años.

"Más tarde", reprendió a su compañero. "El padre Malachy confiará en nosotros mientras dure el servicio".

"De hecho", dijo el sacerdote. "Pero creo que sería prudente que confirmara con el señor que este partido es de su agrado..."

"Me dio su promesa anoche", dijo el guerrero, su actitud era sombría.

"Sí, pero..."

"¿Sugieres que no cumplirá su palabra?"

"No, pero las cosas pueden haber cambiado..."

"Sí, lo han hecho", dijo el hombre con confianza. "El matrimonio ya se ha celebrado".

El padre Malachy sintió que se abría la boca, pero no salió ningún sonido. Esperaba haber entendido mal, pero de repente la forma de vestir de la dama cobró sentido.

Al igual que el brillo de sus ojos.

Entonces, realmente no había elección. El Señor Alexander tendría que cumplir su palabra, y la unión, ya fuera comprometida en una iglesia o no, no podría anularse, no si ambas partes estuvieran de acuerdo en que se había consumado. "Pero debo ponerme la sotana", logró decir, sintiéndose nervioso. "Me reuniré con ustedes en la capilla"

"A toda prisa, por favor," dijo el guerrero. "Vendré a buscarte si te demoras demasiado"

La dama sonrió y pateó sus pies con placer. "¿Tienes la costumbre de amenazar a los sacerdotes?" le preguntó al hombre con el que se casaría, claramente sin miedo a él.

"Si no tienen el ingenio o la inclinación para cumplir con sus deberes, no veo ningún problema con un poco de aliento", respondió, ganándose un beso de tal entusiasmo que el padre Malachy se retiró al interior de su cabaña. Tardó un momento en recuperar el aliento, luego se puso la sotana y los zapatos, rezó para elegir bien y se apresuró a ir a la capilla.

La dama Elizabeth se había vuelto a trenzar el cabello y estaba parada sobre sus propios pies, con las manos entrelazadas en las de su prometido. Ese hombre le entregó al padre Malachy una moneda de oro tan grande que el sacerdote parpadeó asombrado.

Luego lo consideró. "Las prohibiciones no se han llamado."

El guerrero le entregó otra moneda.

"Y debería consultar con mi patrón".

Una tercera moneda se unió a las otras dos. El padre Malachy los miró asombrado. "No escatimas en gastos para llevarte a esta novia".

"Gastaré mi moneda en York para reclamarla si las cosas no avanzan con prontitud". El guerrero fue a tomar las monedas, pero el padre Malachy las metió apresuradamente en su bolso.

Levantó la mano para bendecir a la pareja, justo cuando la primera luz del sol de la mañana se asomaba por el horizonte. La aldea de Kinfairlie parecía estar tocada con plata, y el poco de nieve que había caído durante la noche brillaba como iluminado por un fuego interior. No pudo encontrar ningún problema con el fervor evidente en el intercambio de sus votos, ni en la sonrisa satisfecha del guerrero cuando tomó un anillo de oro de su propia mano para deslizarlo sobre la de la dama Elizabeth.

"Mi pequeño ángel", murmuró, pareciendo un hombre muy enamorado de su esposa.

"Mío Cid", respondió ella, su expresión no menos adoradora que la de él. "El Campeador".

El padre Malachy no tenía idea de lo que se habían confesado, pero estaba claro que ambos estaban muy complacidos. El guerrero realmente se reía, su voz llena de alegría, y la dama Elizabeth lo abrazaba con deleite. Él la columpió en sus brazos y luego la besó tan profundamente que el padre Malachy se sintió obligado a apartar la mirada.

Después de todo, era hora de que hiciera sonar las campanas de la misa.

La pareja encabezó el camino hacia el altar para esa misa y se arrodillaron juntos, con las manos entrelazadas con fuerza. El padre Malachy esperaba en la puerta a su rebaño, incapaz de reprimir la sensación de que esta mañana en particular parecía llena de promesas. Quizás era porque la última de las hijas de la casa de Kinfairlie estaba casada ahora. De hecho, todos los hermanos estaban casados, excepto Ross, el hijo que estaba en servicio en Inverfyre. Quizás era la maravilla de este día de días, un día que llenaba su corazón de alegría cada año.

El padre Malachy decidió que prendería una vela por Ross, con la esperanza de que ese muchacho, que debía haberse convertido en un hombre esos últimos años, le fuera bien en el próximo año.

Echó un vistazo al herrero de Kinfairlie, Bertrand, y saludó con la mano. No era raro ver a Bertrand despierto temprano, porque ese hombre trabajaba mucho y duro. Más tarde vendría a misa con su familia, como era su costumbre. Esa mañana, sin embargo, Bertrand estaba fuera de su herrería sin camisa. Contempló su propia piel desnuda con aparente asombro, luego dio un grito de alegría. Luego bailó por el patio de la herrería, agarró a su asombrada vecina y bailó con ella hasta que ella se rió en voz alta.

Hacía bastante frío para tales payasadas, en opinión del padre Malachy, pero en este día de días, no podía juzgar a nadie.

Era Navidad en Kinfairlie y todo estaba bien bajo el sol y la luna. El padre Malachy solo podía rezar para que siempre fuera así.

~

NOTAS

CAPÍTULO 2

1. Es un demonio necrófago que, según el folclore árabe, habita en lugares inhóspitos o deshabitados y frecuenta los cementerios. Están clasificados como monstruos no muertos. Los gules profanan las tumbas y se alimentan de los cadáveres, pero también secuestran niños para devorarlos. La mención literaria más antigua que menciona a los guilan es *Las mil y una noches*

CAPÍTULO 3

1. Era una especie de abrigo acolchado que se vestía debajo de la coraza y el camisote para llevarlos cómodamente; cubría el cuerpo, los brazos y parte de las piernas y se llevaba para proteger el cuerpo del contacto con las piezas metálicas, que podían producir heridas como cortes, raspones y quemaduras. Su estructura acolchada servía también para soportar los golpes contundentes, de los cuales la flexibilidad de la malla no protegía
2. Es la pieza de la armadura de placas antigua que se ajustaba al cuello para su defensa

Claire Delacroix vendió su primer libro, un romance medieval, en 1992. Desde entonces, ha publicado más de setenta novelas en una amplia variedad de subgéneros, que incluyen romance histórico, romance contemporáneo, romance paranormal, romance de fantasía, romance de viaje en el tiempo, ficción femenina, paranormal adulto joveny fantasía con elementos románticos. Ha publicado bajo los nombres de Claire Delacroix, Claire Cross y Deborah Cooke. The Beauty, parte de su exitosa serie de romances históricos Bride Quest, fue su primer título en aparecer en la Lista de libros más vendidos del New York Times. Sus libros aparecen habitualmente en otras listas de bestsellers y han ganado numerosos premios. En 2009, fue escritora residente en la Biblioteca Pública de Toronto, la primera vez que la biblioteca organiza una residencia centrada en el género romántico. En 2012, tuvo el honor de recibir el premio Mentor del año de Romance Writers of America.

Actualmente, escribe romances contemporáneos y romances paranormales bajo el nombre de Deborah Cooke. También escribe romances medievales como Claire Delacroix. Vive en Canadá con su esposo y su familia, además de muchos proyectos de tejido sin terminar.

http://delacroix.net
http://deborahcooke.com

Los campeones de Santa Eufemia:

La novia del caballero de las Cruzadas

El corazón del caballero de las Cruzadas

El beso del caballero de las Cruzadas

El juramento del caballero de las Cruzadas

El compromiso del caballero de las Cruzadas

Las joyas de Kinfairlie

La bella novia

La novia de la rosa roja

La novia blanca como la nieve

La balada de Rosamunde

Las novias del amor verdadero

El corazón del renegado

La maldición del Highlander

El beso de la doncella de hielo

La recompensa del guerrero